KB057694

역주

태교신기(胎教新記)

태교신기언해(胎教新記諺解)

역주 태교신기·태교신기언해

등록 1994.7.1 제1-1071
1쇄 발행 2023년 4월 20일

지은이 이사주당·유희 외
역 주 김양진
펴낸이 박길수
편집장 소경희
편 집 조영준
관 리 위현정
디자인 이주향
마케팅 조영준
펴낸곳 도서출판 모시는사람들
03147 서울시 종로구 삼일대로 457 (경운동 수운회관) 1207호
전 화 02-735-7173, 02-737-7173 / 팩스 02-730-7173
홈페이지 http://www.mosinsaram.com/

인 쇄 피오디북(031-955-8100)
배 본 문화유통북스(031-937-6100)

값은 뒤표지에 있습니다.
ISBN 979-11-6629-164-7 93810

이 저서는 2019년 대한민국 교육부와 한국연구재단의 지원을 받아 수행된 연구임(NRF-2019S1A6A3A04058286).

역주

태교신기(胎教新記)

태교신기언해(胎教新記諺解)

이사주당 · 유희 외 지음 | 김양진 역주

조선 명가에 가전된 태교서 최초 완역본

도서출판 모시는사람들

──── 머리말

내가 어렴풋하게 알고 있던 자료 『태교신기』를 본격적으로 접하게 된 것은 2019년 경희대 인문학연구원에서 한국연구재단의 인문한국플러스 사업(HK+)의 융복합 과제 〈4차 산업 시대 인간 가치의 정립과 통합의료인문학〉 과제에 참여하게 되면서부터이다. 과제의 어젠다에 참여하기 위해 4차 산업 시대 인간 가치를 정립하기 위한 통합의료인문학의 주제로 오랫동안 국어학 분야에서 활동해 온 내가 기여할 수 있는 바가 무엇이 있을까 고민하다가 처음에는 치매나 화병, 우울증 같은 주변 사람들과 긴밀한 관련성을 맺고 진행되는 사회적 질병이라든지 통증 표현 및 의료적 지시와 수용 등 질병 관련 의사 소통 체계 등에 관심을 가지게 되었다. 질병 표현의 어휘를 따라가다가 『조선왕조실록』이나 『언간』 등 옛 문헌에 실린 다양한 전통 사회의 질병 표현이라든지 『훈몽자회』, 『천자문』, 『신증유합』, 『역어유해』, 『동문유해』, 『한청문감』 등 어휘 자료에 실린 질병 부문의 어휘들을 만나게 되었다. 하나같이 전에 미처 생각해 보지 못했던 인문학적 이야기들이 담긴 주제여서 이 자료들을 논문으로 하나씩 완성해 가면서 그동안 순수 국어학에 한정해서 연구해 오던 데에서 벗어나 응용 언어학적 관점에서 언어를 바라보는 시야가 넓어져 갔다.

인문한국플러스 사업(HK+) 1차연도 과제를 마무리하는 2020년에 들어서면서 우리 사회는 코로나19라는 전대미문의 전세계적 의료 공황 상태

(팬데믹)에 빠지게 되었고, 단순하게 질병 표현의 어휘들을 정리하고 의료적 상황에서의 의사 소통 체계에 대해 학문적으로 접근하는 것 이상의 의료인문학적 지향이 필요다는 인식을 하게 되었다.

마침 2차연도 사업을 시작하면서 연구단에서 2차연도부터 전체 사업을 '생로팀-사팀-병팀'의 세 팀으로 나누어 진행하게 되었고, 나는 이 중 '생로팀'에 참여하게 되면서 '태어남과 죽음'이라는 주제에 대해 천착할 수 있는 계기가 마련되었다. 특히 삶의 시작으로서 '태어남'이라는 경이적인 사건에 대해 우리는 무엇을 말할 수 있는가 하는 점은 지난 반 세기 동안을 살아오면서 내가 그다지 주목하지 못했던 주제다. 접하는 이야기마다 새롭고 흥미로웠지만 사실 근대의 출산 문화라든지 산파-조산원-조산사-산후조리원으로 이어지는 현대까지의 출산 문화의 역사적 전개나 중국, 프랑스, 영국, 일본, 근대 조선 등 각 나라에서 벌어지고 있던 출산 장려나 산아 제한 등의 다양한 현실의 문제들은 4차 산업 시대 인간 가치를 정립하기 위한 통합의료인문학의 주제로는 적합하지 않아 보였다.

그러다가 눈에 띈 것이 바로 이사주당의 『태교신기』와 유희의 주석이 덧붙은 『태교신기언해』의 존재였다. 마침 내가 몸 담고 있는 경희대학교에서 박사를 마치고 공주사범대학교에서 오랫동안 교편을 잡으시면서 한국어의 어원에 대한 깊이 있는 연구를 해 오시던 강헌규 선생님이 또 하나의 필사본 〈태교신기언해〉를 발굴하고(1975) 여기에 다양한 주석과 해석을 덧붙여서 출간한 『註釋/影印 胎教新記諺解』(1995, 삼광출판사)의 존재는 이 책에 대한 나의 관심을 증폭시켜 주었다. 자료들을 검토하는 과정에 나는 『태교신기』와 관련한 기존의 자료들이 주로 이사주당의 『태교신기』 한문 원문에만 관심을 기울였지 이 자료와 관련한 다양한 서문, 발문 및 언해 자료들에 대해 전체적으로 일관된 시각으로 정리한 책이 없음을 알게 되었다. 무엇보다 이사주당이 이야기한 〈태교〉와 유희의 다양한 어휘 주석, 그리고 이사주당의 『태교신기』를 간행하기 위해 대를 이어 노력해 온 사람들의 관념 속에 있는 〈태교〉에 인간의 미래를 염려하는 인간 가치 정립의 철학이 내재되어 있으며, 이것이야말로 오늘날 통합의료인문학적 시각에서 가장 강조되어야 할 주제의 하나임을 깨달을 수 있었다.

나는 2020년 새 학기가 시작되자마자 곧 한의학 전공의 윤은경 선생과 함께 이사주당의 〈태교신기〉와 유희의 〈음의 및 주석〉 그리고 신작, 정인보, 권상규, 이충호, 권두선, 유근영 등 이사주당의 『태교신기』 간행에 참가한 사람들의 글을 번역하고 주석하기 시작했다. 초기에 같이 시작했던 윤은경 선생이 개인 사정으로 이 번역에서 빠지게 되었지만 나는 혼자서 부족한 한문 실력을 끌어안고 끙끙대며 번역과 역주를 계속하였다. 이렇게 저렇게 해서 어느덧 『태교신기』에 대한 연구의 성과를 담은 「18세기의 태교인문학과 『태교신기(胎教新記)』」(『출산의 인문학』, 모시는사람들, 2022)를 출간하고 주석 번역서로서의 책의 모습이 대략 갖추어졌다 싶었을 때, 나의 부족한 한문 번역문을 바로잡는 데 도움을 준 오보라 선생(고려대학교 한문학과에서 유희 연구로 박사학위를 받았다)을 통해 내가 한 작업과 비슷한 작업이 마침 2017년 5월에 용인시와 이사주당기념사업회에서 공동 주관한 학술회의 〈태교신기-이사주당의 생애와 학문세계〉에서 체계적으로 이루어진 바 있음을 알게 되었다. 그 자료들을 한번 더 검토하면서 이 책을 마지막으로 정리하는 데 큰 도움을 받을 수 있었다.

이 책을 작성하는 과정에 확인한 가장 중요한 사실 하나를 밝혀 둘 필요가 있다. 수많은 유희의 저작과 소장본 가운데 유기선 선생이 우연히 발견하여 따로 챙겨둔 (유기선 소장본) 필사본 〈태교신기언해〉가 바로 이사주당이 직접 언해한 원 자료였다는 사실이다. 그동안 〈태교신기〉와 관련한 많은 연구가 이어졌지만 강헌규(1976)를 제외하면 대부분 이 필사본이 가지는 의의에 주목하지 못하고 한문본 〈태교신기〉에만 관심이 집중되어 왔었다. 하지만 이 자료가 이사주당이 직접 쓴 언해본 〈태교신기〉라는 사실이 강조될 필요가 있다. 아울러 이 자료의 〈부셜(附說)〉로 덧붙여진 'ᄐᆡ극리긔셩졍귀신인심도심디결'과 'ᄀᆡ삼빅주셜', '역셜' 등도 모두 이사주당의 저술로 볼 수 있다. 이 자료들은 한문본 〈태교신기〉를 빼고는 다 태워

버렸다는 이사주당의 숱한 저술들이 어떠한 내용을 담고 있었을지를 판단하는 시금석이 될 수 있다는 점에서 그 중요성이 분명하다 할 것이다. 앞으로 이 방면의 연구가 좀 더 본격적으로 이루어질 필요가 있다.

사주당의 남편 유한규가, 아들 유희와 두 딸이, 시조카인 빙허각 이씨가, 사주당의 비문을 쓴 신작이, 그리고 같은 시기의 대학자 이규경이, 또 구한말 국학의 선구자 정인보가, 안동 권문의 여러 학자들이, 그리고 유희의 집안의 대를 이어 유근영, 유기선 등이, 그리고 이사주당의 친속인 이충호 등이 하나같이 이사주당의 〈태교신기〉를 언급하고 이를 추앙하고 이를 면면히 이어가고자 했던 이유는 무엇이었을까. 이야말로 21세기 4차 산업 시대를 살아가는 우리가 인간의 가치를 정립하고자 할 때, 가장 먼저 생각해야 하는 바른 성정, 건강한 신체와 바람직한 기질을 갖춘 바른 사람을 이루기 위한 최초의 노력으로서 〈태교〉에 주목해야 하는 '그 무엇'이 아니었을까 다시 한번 생각해 보자.

2023년 3월

김양진

머리말 —— 5
해제 —— 14
일러두기 — 25

역주편 01 | 胎教新記 單 —— 27

I.〈胎教新記 序〉- 申綽 —— 29

II.〈胎教新記音義序略〉- 鄭寅普 —— 36

III.〈胎教新記章句大全〉- 李師朱堂 著/柳僖 註 —— 47

1. 第一章 | '教[교]'자에 대해 말함 —— 50

第一節▪50 第二節▪53 第三節▪56 第四節▪61 第五節▪66
第六節▪68

2. 第二章 | '胎[태]'자에 대해 말함 —— 72

第一節▪72 第二節▪74

3. 第三章 | '태'와 '교'를 갖추어 말함 —— 78

第一節▪78 第二節▪82 第三節▪84

4. 第四章 | 태교의 방법 —— 89

第一節▪89 第二節▪92 第三節▪94 第四節▪100 第五節▪103
第六節▪106 第七節▪108 第八節▪111 第九節▪113
第十節▪114 第十一節▪116 第十二節▪117 第十三節▪124
第十四節▪126

5. 第五章 | 태교에 대한 잡론 —— 129

第一節▪129 第二節▪130 第三節▪132

6. 第六章 | 태교를 행하지 않는 손해에 대해 말함 —— 135

第一節▪135

7. 第七章 | 사람들이 귀신에게 아첨하고 꺼리는 일에 구애받는 것을 경계함으로써 태에 이익이 있게 함 —— 138

第一節▪138 第二節▪140

8. 第八章 | 잡다하게 인용해서 태교의 이치를 증명하고 제2장의 뜻을 거듭 밝힘 —— 143

第一節▪143 第二節▪145

9. 第九章 | 실제의 좋은 글 한 편을 들어 옛 사람이 이미 행한 일을 인용함 —— 149

10. 第十章 | 태교의 근본을 미루어 말함 —— 153

IV. 〈附錄〉 —— 156

1. 墓誌銘 並序 - 申綽 —— 156
2. 跋1-儆(柳僖) —— 163
3. 跋2-長女 —— 168
4. 跋3-小女 —— 170
5. 跋4-權相圭 —— 173
6. 跋5-李忠鎬 —— 176
7. 跋6-權斗植 —— 179
8. 跋7-玄孫 近永(柳近永) —— 182

V. 〈胎教新記章句諺解〉 - 柳僖 —— 185

1. 제일장 —— 187

第一節▪187 第二節▪188 第三節▪189 第四節▪191

第五節▪194 第六節▪195

2. 제이장 —— 196

第一節▪196 第二節▪197

3. 제삼장 ———— 199

第一節▪199 第二節▪200 第三節▪202

4. 제사장 ———— 204

第一節▪204 第二節▪206 第三節▪207 第四節▪208

第五節▪209 第六節▪211 第七節▪212 第八節▪213

第九節▪215 第十節▪216 第十一節▪216 第十二節▪217

第十三節▪220 第十四節▪221

5. 제오장 ———— 223

第一節▪223 第二節▪224 第三節▪225

6. 제육장 ———— 227

7. 제칠장 ———— 229

第一節▪229 第二節▪230

8. 제팔장 ———— 232

第一節▪232 第二節▪233

9. 제구장 ———— 235

10. 제십장 ———— 237

역주편02 | <ᄐᆡ교신긔언ᄒᆡ> - 희현당(李師朱堂) ———— 239

I. 잡설부 胎教新記 單 ———— 243

1. 제일장 ———— 243

2. 제이장 ———— 251

3. 제삼장 ———— 253

4. 제사장 ———— 256

5. 제오장 ———— 268

6. 제육장 ———— 271

7. 제칠장 ———— 272

8. 제팔장 ———— 274

9. 제구장 — 276
10. 제십장 — 278

II. 부설 — 280
1. 〈틱극리긔셩경귀신인심도심디결〉 — 280
2. 〈긔삼빅주셜〉 — 283
3. 〈역셜〉 — 286
4. 〈결사〉 — 288

부록 — 295
부록1: 〈논문〉 18세기의 태교인문학과 『태교신기(胎教新記)』 / 김양진 — 297
부록2: 『태교신기』 원문과 주석 원문 인용서목의 서지 및 인용 내용 — 321
부록3: 주요 인물 사전 — 335

원문 — 347
원문1: 태교신기 단(1801/1938) — 349
원문2: (존경각본) 태교신기언해(1801/1938) — 370
원문3: (유기선 소장본) 태교신기언해(1810) — 388

이 책은 사주당 이씨의 〈태교신기〉와 유희의 〈태교신기언해〉 및 이 두 자료를 묶어서 책으로 출간할 때 실린 각종 서(序), 발(跋), 비명(碑銘) 등과, 유기선 소장본 필사본 〈태교신기언해〉를 주석한 책이면서 동시에 이에 대한 연구서의 성격을 지니고 있다.

이 책에서 역주의 본문으로 삼은 『胎教新記 單(태교신기 단)』(1938)은 본래 사주당 이씨(師朱堂李氏, 1739~1821)가 한문으로 지은 〈胎教新記(태교신기)〉에 그의 아들 서파(西陂) 유희(柳僖, 1773~1837)가 음의(音義)와 주석을 붙인 뒤, 언해하여 〈胎教新記諺解(태교신기언해)〉라 한 것을 합쳐서 1938년에 경상북도 예천에서 간행한 태교전문 서적으로 엄밀히 말하자면 사주당 이씨와 아들 서파 유희의 공동 저술이라 할 수 있다.

〈태교신기〉의 원문은 한문으로 되어 있어 널리 보급되지 못하고 대대로 유희 가문에 필사로 전해져 왔지만, 이사주당의 시조카인 이빙허각이 지은 글 가운데 「태교신기발(胎教新記跋)」이 있다든지(현재 전하지는 않는다), 같은 시대에 살았던 이규경(李圭景, 1788~1863)의 『오주연문장전산고(五洲衍文長箋散稿)』〈인사편(人事篇)_치도류(治道類)_학교(學校)_여교변증설(女教辨證說)〉에서 "최근에 광주 사람 유희(柳僖)의 어머니 유인(孺人)께서 〈태교편(胎教篇)〉을 지었는데 아직 보지는 못했다."고 한 것을 볼 때, 이 글이 지어지고 얼마 되지 않은 19세기 후반에 이미 이 책의 존재는 당시의 조선 지식인 사회에 알음알음으로 널리 알려져 있었던 듯하다. 이 책은 책이 완성된 지 100여 년 뒤, 1908년에 『기호흥학회월보(畿湖興學會月報)』에 『태교신기』가 7회에 걸쳐 연재되면서 그 실체가 알려졌으며, 이후 1938년 1월에 예천에서 석판(石版)으로 간행되어 세상에 널리 알려지게 되었다.

오늘날 『태교신기』는 두 가지 유형의 수고본(手稿本)과 석판본(石版本)이 전한다. 수고본 중 하나는 아들 유희가 이사주당의 글을 10개 장절로 나누어 주석을 달고 우리말로 음과 해석을 붙인 것이다. 1책 69장으로 된 이 책은 서문(신작, 1821), 한문 본문, 발문(유희), 언해 본문, 발문(유근영), 태교신기음의서략(胎教新記音義序略)(정인보, 1936)으로 구성되었다. 이 수고본은 현재 성균관대 동아시아학술원의 존경각 검여문고(도서번호:C19-79)에 소장되어 있다. 고 검여 유희강(故 劍如 柳熙綱, 1911~1976)이 생전인 1975년 선대의 유고 전부를 성균관대학교 중앙도서관에 기증할 때 여기에 포함된 것이다.(이를 아래 '유기선 소장본 필사본 『태교신기언해』'와 구별하기 위해 '존경각본 『태교신기언해』'로 명명한다.)

이 수고본을 저본으로 하여 1938년 1월 20일에 유근영(柳近永, 1897~1954)이 경북 예천군 예천읍 백전동에서 간행한 책이 석판본 『태교신기』이다. 유근영은 유희의 증손으로 용인 출신이고 1919년 경성고등보통학교 4학년에 재학 중에 3월 5일 남대문역(지금의 서울역) 만세 시위에 적극적으로 참여하였다가 일본 경찰에 붙잡혀서 6개월형을 언도 받은 독립운동가이기도 하다.

석판본은 크게 다섯 부분으로 구성되어 있다.[1] 첫 번째 부분에는 석천 신작(石泉 申綽, 1760~1828)의 서(1821)와 위당 정인보(爲堂 鄭寅普, 1893~?)의 〈태교신기음의서략〉(1936) 등 서문류가 있고 (〈태교신기목록〉에 이어서) 두 번째 부분에는 사주당이 쓴 〈태교신기〉 한문 본문을 유희가 「태교신기장구대전(胎教新記章句大全)」으로 제명을 바꾼 뒤, 10장으로 나누어 상세하게 주석을 달고 음의를 덧붙인 것이 있다. 세 번째 부분은 「부록」들로 신작의 묘지명 〈병서(竝序)〉 및 각종 발(跋)류가 포함되었다. 발문은 유경(유희의 초명)의 1801년 한문 발문, 큰딸(성명 미상)의 언문 발문(1810), 작은딸(성명 미상)의 언문 발문(1810), 권상규(權相圭, 1874~1961)의 발문(1936), 이충호(李忠鎬, 1872~1951)의 발문(1937), 권두식(權斗植)의 발문(1937), 유희의 증손 유근영(柳近永)의 발문(1936) 등이 차례대로 실려 있다. 네 번째 부분

---

1 석판본의 〈태교신기목록〉에 따르면, 다음 세 부분으로 구성되었다. "「태교신기장구대전(胎教新記章句大全)」, 〈부록〉묘지명 〈병서(竝序)〉 및 각종 발(跋), 「태교신기장구언해(胎教新記章句諺解)」"이다. 이 앞뒤로 석천 신작의 서문과 위당 정인보의 서략이 있고 권정섭의 간행사가 있다.

은, 유희가 「태교신기장구대전(胎教新記章句大全)」을 언해하여 집안의 여성들이 쉽게 볼 수 있도록 한 「태교신기장구언해(胎教新記章句諺解)」이다. 이 언해문에서는 나오는 모든 한자에 언문(諺文)으로 당시의 한자음을 달았으며, 여타 언해본과 마찬가지로 한 문장씩 떼어서 먼저 언문(諺文)으로 토를 달고, 이어서 19세기 초반의 우리말로 언해하는 방식을 취하였다. 책의 맨 마지막에 이 책의 간행을 도운 권정섭(權廷燮)의 글이 있다. 본서에서 역주의 대상으로 삼은 것은 이 가운데 첫 번째 부분에서 네 번째 부분까지이다.

또 다른 수고본이 유희의 7세손인 유기선 소장의 필사본으로 존재하였는데, 1975년 강헌규에 의해 논문으로 소개되었고, 『주석영인 태교신기언해』(강헌규 주석, 1995)에 원문과 함께 상세한 주석이 더해져서 출간되었다. 유기선 선생은 공주 사범대학 국어교육과 63학번으로 강헌규 선생과는 동기동창생이다. 대학 졸업 후 대전시 교육청에서 근무하였고 퇴임 후에는 충북 옥천에서 거주하였는데, 이른바 (유기선 소장본) 필사본 〈태교신기언해〉를 소장하게 된 경위를 강헌규 선생을 통해 알 수 있었다. 알려져 있는 바와 같이 유희의 저작을 포함한 소장 도서들은 오랫동안 유희의 후손가에 남겨져 보관되어 왔는데, 1930년대 정인보에 의해 유희의 저작 〈문통〉 100여 권이 소개된 이래, 이 자료에 대한 학계의 관심은 지대

했다. 이후 이 자료들은 여러 차례 서적상을 통해 거래될 뻔하다가 일부 자료가 1975년에 성균관대 동아시아학술원 존경각 검여문고에 기증되었고, 나머지 자료들도 2000년에 진주 유씨 문중에 의해 한국학중앙연구원에 기증되어 현재 이와 관련한 본격적인 연구가 진행되고 있다. 1970년대 초반, 아마도 이 자료들이 성균관대 검여문고에 기증될 무렵, 우연히 유기선 선생이 주로 한문으로 저작된 여러 자료들 가운데 한글로 쓰여진 필사본을 한 권 발견하고 이를 따로 챙겨 두게 되었다. 그것이 바로 유기선 소장본의 필사본 〈태교신기언해〉인데 이 필사본 자료는 존경각본 〈태교신기언해〉와 달리 한문 원문이 제시되지 않고 본문에 대한 언해 부분만 필사로 전하며, 여기에 〈부설(附說)〉로 'ᄐᆡᆨ극리긔셩졍귀신인심도심디결', '긔삼ᄇᆡᆨ주셜', '역셜' 등이 필사되어 있고, 맨 마지막에 '(1810년인)경오년 오월에 우환 중에 이 책을 하루만에 만들었는데 눈이 어두워서 글과 줄이 아니 되고 글자를 쓴 것이 많아서 추하다'고 하며 칠십에 이르러 책상자 속의 글들을 다 못 보고 죽게 됨을 부끄러워하는 사주당의 글이 남겨져 있어서 유희의 언해본 말고 사주당 이씨의 언해본이 함께 전해 왔음을 짐작하게 한다. 유기선 소장의 필사본 원문은 현재 고 유기선 선생의 부인이 소장하고 있는 것으로 알려져 있으나 소재가 불분명하다.

정리하자면, 이사주당이 30대인 1770년대 초에 유희를 임신하였을 무렵 처음 정리해 두었던 '태교와 육아'에 대한 글에 남편인 유한규가 '교자집요'라는 제목을 붙여 두었다. 그후 셋째 딸의 서랍속에 넣어 두었다가 잊고 있었던 것을, 20여년 만에 우연히 다시 찾아서, 62세였던 1800년에 '胎敎(태교)'에 대한 부분만을 다시 정리하여 '전에 없던 새로운 글'이라는 뜻에서 '新記(신기)'라는 제목을 붙였다. 이 책을 유희가 자신의 스물여덟번째 생일인 1801년 3월 27일에, 〈태교신기장구대전〉에 음의와 주석을 더하고 이를 언해한 〈태교신기장구언해〉와 발문(跋文)을 덧붙여 수고본을 만들어 두었다. 그 후 사주당이 72세가 되던 해인 1810년에, 사주당이 여기에 다시 스스로 언해한 언해문 및 부설과 후기(後記)를 쓰고 큰딸과 작은딸이 언문 발문을 덧붙여서 책을 한번 더 엮었다. 이후 1938년에 안동에서 석판본 『태교신기』가 출간될 무렵에는 이른바 〈태교신기장구대전〉에 (존경각본)〈태교신기언해〉와 유희의 한문 발문 및 큰딸과 작은딸의 언문 발문이 다 포함되었는데, 정작 1810년본 사주당의 필사본이라 할 수 있는 유기선 소장본 필사본 〈태교신긔언히〉는 빠져 있다. 아마도 1938년에 석판본 『태교신기』를 제작하던 이들이 (존경각본)〈태교신기언해〉과 (유기선본)〈태교신긔언히〉의 내용 중첩된다고 보아 이 가운데 유기선 소장본 필사본의 〈태교신긔언히〉를 누락한 것이 아닌가 한다. 이 (유기선 소장본)〈태교신긔언히〉야말로 이사주당의 친필 언해문임을 고려한다면 아이러니가 아닐 수 없다.

이렇게 보면 본서에서 역주한 『태교신기 / 태교신기언해』는 사주당이 처음 유희를 임신했을 무렵인 30대부터 만들기 시작해서 60대에 한 번, 70대에 한 번씩 최소 총 세 번을 수정 확대한 문헌이고, 남편 유한규가 첫 글의 제목을 정해 주었으며 여기에 아들 유희가 음의와 주석 및 언해를 더했고, 사주당이 각각 언해한 글과 유희의 한문 발문 및 딸들의 언문 발문을 더한 책으로, 아마 조선 시대를 통틀어 온 가족이 함께 참여한 가족 문집의 성격을 띤 유일한 책이 아니지 않은가 싶다. 아울러 사주당 동시대의 유학자인 신작의 서문 및 묘지명과 구한말의 국학자 정인보의 서략, 안동 권문의 권상규, 권두선 및 유희의 후손인 유근영, 이사주당의 먼 권속인 이충호 등의 발문이 포함된 것으로, 조선시대 여성이 쓴 것으로는 보기 드물게 연속성과 연계성을 가진 책이라 할 수 있다.

앞서 언급한 것처럼 이 책의 존재는 이 책이 만들어지고 얼마 되지 않은 시점부터 이미 당시의 많은 지식인들에게 알려져 있었고, 이를 구해서 보려는 노력이 있었으며, 그 결과로 1908년에 『기호흥학회월보』에 게재되었고, 1938년에 경상북도 안동에서 책이 출간되었으며, 그 후에도 여러 차례 많은 사람들에 의해 번역되고 소개되어 왔다. 그럼에도 불구하고 여전히 이 책에 대해서는 많은 사실이 충분히 알려져 있지 않다. 기존의 많은 번역서가 대부분 사주당이 처음 작성한 원문만을 번역하고 있다든지, 번역의 원칙 같은 것이 분명하지 않아서 번역자들마다 동일한 원문에 대한 번역이 들쭉날쭉하다든지, 번역의 근거가 명확하지 않다든지 하는 점들이 그것이다.

이에 여기서 이 책을 번역하고 주석한 하나의 책을 새로 더하는 까닭은 사주당의 글에 달아 둔 유희의 주석이 이미 오랜 시간이 지난 뒤의 것이어서 이 자체가 또 다른 주석이 덧붙어야 하는 것이고, 이 책이 여러 차례 깁고 조정되면서 덧붙은 다양한 주석에 대한 설명뿐만 아니라, 언해된 두 가지 수고본(존경각본과 유기선 소장본)의 글에 대한 이해에 이르기까지 종합적인 해석이 필요한 시점이기 때문이다.

사주당의 삶을 살펴보면서 그가 쓴 〈태교신기〉가 작성되던 무렵의 상황을 되짚어볼 필요가 있다. 사주당의 삶을 알 수 있는 자료는 그동안 신작이 지은 〈유목천부인이씨묘지명(柳木川夫人李氏墓誌銘)〉이 거의 유일한 것이었다. 2000년대 이후 사주당의 아들인 유희의 문집 『문통(文通)』이 학계에 알려졌는데, 이 속에 유희가 지은 〈선비숙인이씨가장(先妣淑人李氏家狀)〉이 포함되어 있어 사주당에 대한 좀더 면밀한 연구가 가능해졌다.

이사주당은 1739년(영조 15)에 이창식의 2남 5녀 중 넷째 딸로 청주에서 출생하였다. 신작(申綽)의 〈柳木川夫人李氏墓誌銘(유목천부인이씨묘지명)〉에 따르면 "아버지는 창식이며, 할아버지는 함부인데 모두 현달하지 못하였다.[영조 기미년 12월 5일 유시에 청주 서면 못동 고향집에서 태어났다].(考昌植, 祖咸溥, 皆未顯.【英廟己未十二月五日酉時, 生夫人于淸州西面池洞村第】)"고 한다.

19세인 1757년에 부친 이창식의 상을 당하였고, 25세인 1763년(癸未) 진주인(晉州人) 유한규(柳漢奎, 1718~1783)에게 시집을 갔다. 이사주당이 당시로서는 상당히 늦은 25세에 혼인을 한 것은 부친의 3년상으로 혼기를 놓쳤고, 또한 가세도 넉넉하지 못했기 때문이라 할 수 있을 것이다.

결혼 후 한참 동안 후사가 없다가, 10년 뒤인 1773년(35세)에야 아들 희(僖, 초명은 儆)[2]를 낳았는데, 이후로 세 딸을 더 두었다. 첫째 딸은 전주인(全州人) 이수묵(李守默)에게, 둘째 딸은 전주인 이재녕(李在寧)에게, 셋째 딸은 죽산인(竹山人) 박윤섭(朴胤燮)에게 출가하였다. 1791년(53세)에는 전주인 이진장(李鎭章)의 딸을 며느리로 맞이하였다. 〈胎教新記(태교신기)〉는 사주당 이씨가 유희를 낳기 전인 1772년경에 지었는데, 여기에 남편인 유한규가 '교자집요'라는 이름을 붙여 두었다.

1남 3녀를 낳고 오랫동안 이 책의 존재를 잊고 있다가 20여 년 뒤에 우연히 셋째 딸의 상자 속에서 이 책이 발견되어, 62세인 1800년에 〈胎教新

2 유희의 아버지 유한규가 앞서 세 번 상처(喪妻)하였는데, 유희가 태어나기 전에 두 번째 부인에게서 두 딸을, 세 번째 부인에게서 아들 하나를 두었다.

記(태교신기)〉라는 이름으로 책을 완성하였는데, 유희가 여기에 주석과 음의, 언해를 더하여 자신의 스물여덟 번째 생일인 1801년 3월에 한 권의 책으로 묶었다. 그로부터 9년 뒤인 1810년(72세)에 큰딸과 작은딸의 발문과 함께 〈부설〉 등 후기와 언해를 덧붙여 하루 만에 묶어서 만든 것이 유희의 후손가에서 오래도록 세전되어 왔던 것이다.

이사주당은 이후 80세가 넘으면서 고질병이 있어 3년 남짓 고생하다 1821년 9월 22일 83세의 나이로 세상을 떠났다. 그해 11월 20일 용인 모현촌 관청동 당봉(鐺峯) 아래 자리를 정하고 관청동의 다른 곳에 있던 유한규의 묘를 옮겨 합장하였다.

2017년 용인시에서는 이사주당기념사업회와 함께 〈태교신기-이사주당의 생애와 학문세계〉라는 학술집을 간행하여 사주당을 용인을 대표하는 인물로 인식의 지평을 넓히는 계기를 마련하였다. 자료집의 전반부는 이사주당의 삶과 학문 세계를 살폈고, 후반부는 그 아들 유희의 삶과 학문 세계를 정리한 것인데, 이 논의들을 포함해 오늘날 〈태교신기〉를 다루는 많은 이야기들 속에서 이사주당의 이야기와 그 아들 유희의 주석 간의 연계성을 강조한 논의는 찾아보기 어렵다. 본 역주서는 바로 이 지점에 초점을 두고 편역되었다. 특히 사주당의 글에 대한 유희의 주석을 완역하고 이에 대해 각 장절(章節)마다 〈해설〉을 덧붙이고 자세한 설명을 보충해 두었다.

이와 관련하여 사족을 덧붙이자면 사주당은 유희의 스승을 선택할 때 스스로 그 선생을 시험해 보고 아들을 맡긴 것으로 유명하다. 유희가 어머니의 태교신기와 자신의 태교신기언해를 묶어서 책으로 만들기 직전이었던 20대 중반에 당대의 저명한 학자였넌 정동유(1744~1808)에게시 사사를 받았다. 사주당보다 다섯 살 아래인 정동유는 특히 양명학(陽明學)과 상수학(相數學)에 밝았고, 훈민정음학이라 할 수 있는 당대의 언어학에도 밝았는데, 유희가 정동유에게서 받은 학문적 영향은 훗날 최초의 본격적인 한국어 언어학 연구서라 할 수 있는 『諺文誌(언문지)』(1824)에 잘 드러나 있다. 〈태교신기〉의 음의, 즉 어휘 주석들은 당시 실학의 일반적 흐름에 따라 백과사전적 지식이 대부분이지만, 1800년경 막 정동유로부터 성운학 및 훈민정음학에 대해 사사받고 난 유희가 같은 무렵, 어머니의 글 〈태교신기〉(1800)에 음의와 주석을 달아 〈태교신기대전〉이라 하고 이를 〈태교신기언해〉로 언해하여 두 책을 1801년에 하나로 묶었다는 사실에서 평소 정동유의 『주영편』이나 〈현동실유기〉 등의 언어학적 관찰에 관심을 두고 있던 나로 하여금 『태교신기/태교신기언해』의 역주 작업을 하도록 이끈 측면도 있다.

일러두기

1. 정인보는 사주당의 〈태교신기〉를 〈태교신기음의〉라 하였는데, 이는 석판본으로 찍어낸 〈태교신기〉가 어머니의 글에 아들인 유희가 '음의(音義)'의 주석을 더하여 새로 편집한 것에 기반하였기 때문이다. 유희는 이것을 〈태교신기장구대전〉이라고 하였다. 여기에는 사주당의 〈태교신기〉 원문과 유희의 주석 원문이 포함되고, 원문의 바로 뒤에 작은 글씨로 적힌 음의(音義) 부분과 책의 난상(欄上) 혹은 난우(欄右)에 별도의 주석을 덧붙여 두었다. 본서에서는 유희가 〈태교신기〉의 내용에 대한 설명을 위해 주석을 단 내용을 '주석원문(註釋原文)'이라 하고 사주당의 원문 바로 뒤에 쓴 음의 부분을 '본문주(本文註)'라고 구별하며 난상, 난우에 적힌 주석을 '난주(欄註)'로 구별하여 각주로 따로 보였다. 그 밖에 현대적 관점에서 필자가 덧붙인 주석에는 별도의 표시를 하지 않고 각주로 달아, 주석의 체계가 복잡해 보임에 유의하기 바란다.
2. 〈태교신기언해〉의 주석 역시 필자 주에는 별도의 표시를 하지 않았고, 원문 주석은 현대어 풀이와 함께 본문으로 제공하고, 난상, 난우의 기록은 '난주(欄註)'로 구별하였다.
3. 난주 부분은 일련번호를 ①, ②, ③의 원문자로 붙여서, 1, 2, 3으로 배열된 필자주와 구별하였다.
4. 〈태교신기〉 및 〈태교신기언해〉 이외에 신작의 서문 및 묘비명, 정인보의 서문과 유희, 큰딸, 작은딸, 권상규, 이충호, 권두식, 유근영 등 후세 사람들의 글에 대해서도 주석을 꼼꼼하게 달아 이 글을 읽을 때 다른 자료를 두 번 찾는 수고를 하지 않도록 하였다.
5. 〈태교신기〉 원문(사주당 이씨 지음), 주석(유희 지음), 이 책에서 가져와서 현대 한국어로 번역한 모든 글에 대해 해당 구절에서 인용한 한문의 원문을 꼼꼼

하게 찾아서 해당 구절의 정확한 문맥적 의미를 알 수 있도록 하였다. 기존의 번역서들은 〈태교신기〉 원문만을 번역하였기 때문에 〈태교신기〉를 둘러싼 여러 지식들을 종합적으로 살펴보기 어려웠던 단점이 있었는데, 본서에서는 이러한 문제를 최대한 극복하고자 〈태교신기〉, 〈태교신기언해〉 및 이와 관련한 글들에 인용된 한문 고전의 모든 내용을 최대한 밝혀 보였다.

6. 특히 유기선본 〈태교신기언해〉의 마지막에 덧붙은 세 편의 부설에 대해서도 현대어역과 함께 이 자료를 사주당이 굳이 〈태교신기언해〉에 덧붙인 이유가 무엇인지를 미루어 짐작해 볼 수 있도록 하기 위해, 참고되는 내용을 상세하게 주석하였다.
7. 책의 말미에 〈태교신기〉의 인문학적 의의에 대해 설명한 필자의 논문과 이 책에 인용된 서목들, 그리고 존경각본 〈태교신기〉에 실린 주요 인물들에 대한 설명을 부록으로 덧붙여 두었다. 책을 다 읽고 나서 혹은 책을 읽는 과정에 참고하기 바란다.

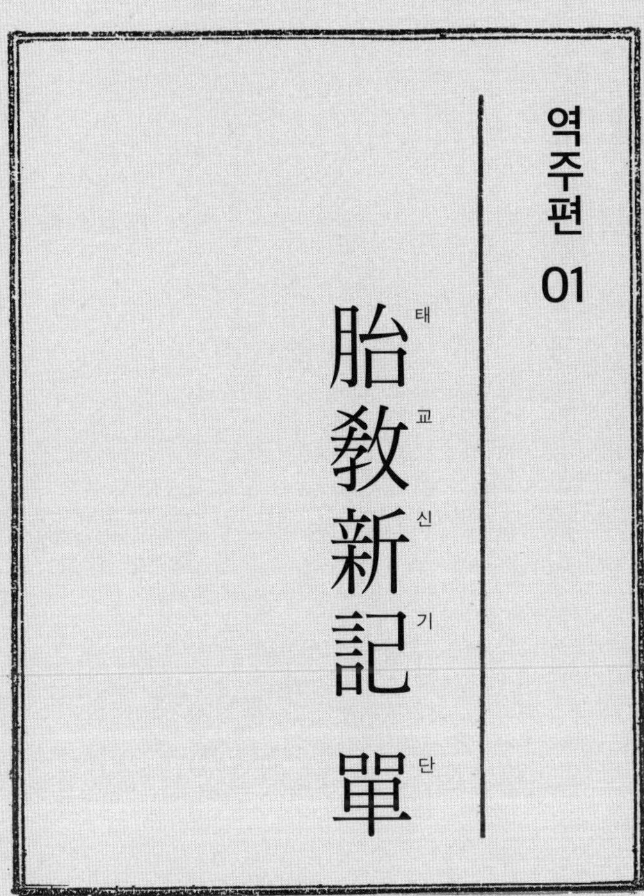
역주편 01
胎敎新記 單
태 교 신 기 단

I.

〈胎教新記 序〉

申綽

夫二儀 構精醇醨未分, 四大成形 聖凢已判. 是以端莊之化 可以育明聖之德, 勛華之道 不能變均朱之惡. 盖未分則教可從心, 已判則習不移性 此胎教之所以重也. 柳夫人李氏 完山氏族 春秋今 八十有三 幼而好書 涣明經訓 旁貫載籍 寄意高秀 以為世之才 難胎教之不行也. 乃採綴典訓遺意 先達微旨 凢妊婦之 心志 事為 視聽 起居 飮食之節 皆參經禮而垂範 綜墳記而炯鑑 酌醫理而啟悟出入玅奥勒成一編子 西陂子儆 離章辨句而釋之 是謂胎教新記 以補前人之闕文 於戱遠矣. 西陂子與余新知 有絕倫聰識 詩書執禮 固所雅言其學 亦涣春秋 而於陰陽律呂 星曆醫數之書 莫不違其源 而窮其支. 君子謂夫人之教使然. 西陂子曰 稼谷尹尚書光顔 甚奇此書欲序未及而卒子 為我成之. 綽奉覽 反復曰 此秦漢以來 所未有之書 且婦人之立言 垂世亦所罕聞. 昔曺大家作女誡 扶風馬融善之 使妻女誦焉. 然女誡所以誡成人 成人而誡 豈若胎教之力. 夫胎者天地之始 陰陽之祖 造化之槖

籥 萬物之權 與太始氤氳 渾沌之竅未鑿 竗氣發揮 幽贊之功 在人. 方其陰化保衛 脈養月改靈源之護膝流通 奇府之榮血灌注 母病而子病 母安而子安 性情才德隨其動靜 哺啜冷暖為其氣血 未施斧藻龍鳳之章闇 就事同埏埴瑚璉之器. 先表學有生知 教不煩師用 是道也. 故曰賢師十年之訓 未若母氏十月之教. 覽此書者 誠能昭布景 訓衿珮諸媛庶 見金環 載肅 無非義訓 而王國克生盡為思皇矣.

純廟 廿一年 辛巳 重陽 後日 平州 申綽 謹序.

번역

I.
〈태교신기 서〉

신작

무릇 음양(陰陽)의 양의(兩儀)[1]는 순수함[2]과 후박함[3]으로 얽혀 나뉘어 있지

---

1 이의(二儀): '양의(兩儀)'를 말한다. '양의(兩儀)'는 일반적으로 '①양(陽)과 음(陰), ②하늘과 땅'을 가리키지만 여기서는 음양(陰陽)의 뜻으로 '부모(父母)'를 상징하는 의미로 사용되었다고도 할 수 있다.

2 정(精): 정기(精氣). 만물에 갖추어져 있는 순수한 기운을 말한다. 여기서는 '순수함'으로 옮겼다.

3 순리(醇醨): '순리(醇醨)'는 '진한 술'[醇]과 '슴슴한 술'[醨]을 아울러 이르는 말로, 일반적으로 순수한 풍속과 경박한 풍속이라는 뜻으로 인정(人情)의 후박(厚薄)함을 비유하는 말이다. 여기서는 앞말의 '순수함'에 대비하여 '후박함'으로 번역하였다.

않고 지수화풍(地水火風)의 사대(四大)는 형체를 이루어[4] 성인(聖人)과 범부(凡夫)가 이미 구별이 된다. 이 때문에 단장(端莊)의 품성을 갖추는 일[5]은 성인의 밝은 덕을 키울 수 있으나 요순의 도[6]로는 상균(商均)과 단주(丹朱)의 잘못[7]을 바로잡을 수 없다.

대개 형체가 아직 나뉘지 않았을 때는 마음을 좇아 가르칠 수 있지만 이미 구별이 되어 습성화되면 성품을 바꾸기 어려우니, 이것이 태교[8]를 소중히 여기는 까닭이다.

유(柳)씨 집안의 이씨 부인[9]은 완산 씨족으로 나이는 팔십삼 세였다. 어려서부터 책을 좋아해서 경전의 뜻을 깊고 밝게 알았고 고전을 두루 관통

---

4 사대(四大): 네 가지 큰(기본적인) 것. 일반적으로 '사대(四大)'는 도가(道家)에서는 '道, 天, 地, 人'의 네 가지 자연 법도를 가리키고, 불가(佛家)나 의가(醫家) 등에서는 '地[땅], 水[물], 火[불], 風[바람]'의 네 가지 자연물을 가리키는데, 여기서는 '사물을 이루는 네 가지 기본 요소'라는 뜻으로 후자의 의미로 사용된 것으로 보았다.

5 단장지화(端莊之化): 사람의 됨됨이가 단정한 성품과 장엄한 품격으로 이루어지는 일을 말한다. 여기서는 태중(胎中)에서 이러한 품성이 갖추어지는 것을 비유적으로 이른 말로 보았다.

6 훈화지도(勛華之道): 요임금과 순임금의 도를 아울러 이르는 말이다. 요(堯)임금은 도당씨(陶唐氏)로 이름은 '방훈(防勳)'인데 역사서에서는 당요(唐堯) 혹은 요(堯)라고 하고 순(舜)임금은 유우씨(有虞氏)로 이름은 '중화(重華)'인데 역사서에서는 우순(虞舜) 혹은 순(舜)이라 한다. '勛'은 '勳'의 고자(古字)로 요임금을 가리키는 말이고 '華'는 '중화(重華)'의 약칭으로 순임금을 가리키는 말이다.

7 균주지악(均朱之惡): 상균(商均)과 단주(丹朱)의 잘못을 가리키는 말이다. 상균(商均)은 순임금의 아들로 사람됨이 모자라서 순임금의 뒤를 잇지 못했고, 단주(丹朱)는 요임금의 아들로 충신(忠信)한 말을 좋아하지 않고 다투기를 좋아하는 품성이라 요임금의 뒤를 잇지 못했다. 요임금의 뒤는 순임금이, 순임금의 뒤는 우(禹)가 이어받았다.

8 태교(胎教): 임신 중에 태아에게 좋은 감화를 주기 위하여 임부(姙婦)가 마음을 바르게 하고 언행을 삼가는 일, 또는 그 가르침.

9 유부인 이씨(柳夫人 李氏): 유씨 집안의 이씨 부인. 태교신기의 저자이며 유희(柳僖) 선생(『언문지諺文志』의 저자)의 어머님. 본관은 완산(完山)이다.

하여 기이한 뜻이 높고 빼어났는데, 세상에 재능 있는 사람이 적은 까닭을 태교(胎敎)가 행해지지 않았기 때문인 것으로 보았다. 이에 전훈[10]에 남겨진 뜻을 뽑아 엮어서 먼저 미묘한 뜻에 이르러 무릇 임부의 마음가짐[心志]과 행동거지[事爲], 보고 듣기, 앉고 서기, 먹고 마시기의 절(節)이 다 경전의 예법을 모아서 모범을 세우고 종합하여 거울로 삼고[11] 의학의 이치를 취하여 그것의 들고남을 깨우쳐[12] 정리하여 한 권의 책을 만드니 서파자 경(유희)[13]이 장을 나누고 구를 떼어 주석을 덧붙여 이것을 『태교신기』라 하니 이로써 이전 사람들이 빠뜨린 글월을 보충하였으니 아아 심원하도다.

서파자는 나의 새 친구[新知]로서 뛰어나고 슬기로워서, 평소에 늘 『시경』과 『서경』 및 집례에 대해 이야기하고[14] 그 학문은 또한 춘추[15]에 더욱

---

10 전훈(典訓): ①인도(人道)를 가르침. ②교훈(敎訓).

11 형감(炯鑑): 밝게 감정(鑑定)하여 식별(識別)함.

12 계도(啟導): 식견이 열리도록 지도함.

13 서파 경(西坡 儆): 1773~1837. '경(儆)'은 조선시대 순조(純祖)때의 한글학자 유희(柳僖) 선생의 처음 이름. 자는 계신(戒伸)이고 호는 서파(西坡) 외에 방편자(方便子)·남악(南岳) 등이 있다. 경서, 천문, 지리에 밝았으며 언문(한글)을 깊이 연구하여 순조 24년(1824)에 언문(한글) 연구의 대저 『언문지(諺文志)』를 지였다.

14 『논어(論語)』 제칠 〈술이편〉에 나오는 구절로 원문은 "子所雅言, 『詩』·『書』·執禮, 皆雅言也.(공자께서 평소에 늘 말씀하시던 것은 『시경』과 『서경』 및 집례에 관한 이야기이다. 모두 평소에 늘 말씀하셨다.)"인데, 여기서는 "『시경』과 『서경』 및 집례에 관한 이야기를 평소에 늘 이야기하였다"는 뜻으로 사용되었다.

15 춘추(春秋): 오경(五經)의 하나. 중국 노(魯)나라 사관(史官)이 편년체로 기록한 노나라 역사를 공자가 비판·수정한 책.

깊었고, 음양학,[16] 율려학,[17] 천문학,[18] 의학, 상수지학의 책에 이르기까지 그 뿌리를 거슬러서 그 곁가지에 다하지 아니한 바가 없었다. 사대부들이 "부인(夫人)의 가르침 덕분이다"라고 하였는데 과연 그러하다.

서파자가 말하기를, 상서(尙書) 벼슬의 가곡 윤광안[19]이 이 책을 매우 특별하게 생각하여 서문을 쓰고자 하였으나 미처 쓰지 못하고 돌아갔다 하고는 (서파)자가 나에게 그것을 완성해 달라 하였다. 작(綽)[20]이 받들어 반복하여 보고 말하니 이 책은 진한(秦漢) 이래로 전혀 없었던 책이요, 또 부인(婦人)의 말한 바가 세상에 드러난 것은 또한 전에 들어본 적 없는 일이다.

예전에 조대가[21]가 『여계』[22]를 지었는데, 부풍 땅 마융[23]이 그것을 좋아

16 음양(陰陽): ①음(陰)과 양(陽), 건곤(乾坤). ②역학(易學)에서 이르는, 만물의 근원이 되는 상반된 성질을 가진 두 가지의 것.

17 율려(律呂): '육률(六律)'과 '육려(六呂)'를 아울러 이르는 말. ㉠'육률(六律)'이란 아악(雅樂)의 십이율(十二律) 가운데서 양성(陽聲)인 대주(大族)·고선(姑洗)·황종(黃種)·유빈(蕤賓)·이칙(夷則)·무역(無射)의 여섯 음. ㉡'육려(六呂)'란 십이율 가운데서 음성(陰聲)인 대려(大呂)·협종(夾種)·중려(仲呂)·입종(林種)·남려(南呂)·응종(應種)의 여섯 가지 음.

18 성력(星歷): 천문역법(天文歷法).

19 윤광안(尹光顔, 1757~1815): 조선시대 순조 때의 학자, 정치가. 유희 선생과 교분이 두터웠음.

20 작(綽): 신작(申綽, 1760~1828)이 자기자신을 스스로 가리키는 말. 여기서는 '내가'의 뜻으로 사용되었다. 신작은 조선시대 순조(純祖) 때의 학자로 고금의 경서를 고증학적(考證學的) 방법으로 주해하여 많은 저술을 남겼다. 주요 저서에 『시차고(詩次故)』, 『역차고(易次故)』, 『상차고(尙次故)』 등이 있다.

21 조대가(曹大家): 후한(後漢)시대 문장으로 이름을 날렸던 조반표(曹班彪)와 아들 고(固), 딸 소(昭)의 집안을 가리켜 부른 말.

22 여계(女誡): 후한(後漢) 시대에, 조소(曹昭)가 지은 한 권의 책. 내용은 비약(卑弱), 부부(夫婦), 경순(敬順), 부행(婦行), 전심(專心), 곡종(曲從), 화숙매(和叔妹)의 7편으로 나누어 여자의 행실을 논한 책.

23 마융(馬融): 중국 후한(後漢)의 학자. 지금의 섬서성[陝西省] 함양[咸陽] 동쪽 지역인 부

해서 아내와 딸들에게 외우게 하였다. 그러나 『여계』는 사람됨[成人]을 가르치는 것이니 사람을 이루고 경계할 수 있지만, 어찌 태아(胎兒)를 가르치는 데[胎教]에까지 힘이 미치겠는가.

무릇 태(胎)란 천지의 시작이요, 음양의 근원이며 조화의 바탕이고 만물을 담는 그릇이며, 천지의 화합, 혼돈의 궁(竅)이 미착함[24]과 같은 것인데, 묘기(妙氣)의 발휘와 유찬지공(幽贊之功)은 사람에 있다.

바야흐로 태아가 음화(陰化)에서 자라는 것을 보호하고 지키매, 경맥이 길러져 달이 바뀌어 감에 따라 호흡이 이루어지고, 자궁의 영혈이 태아에게 흘러 혈맥의 피가 바야흐로 돌게 되니 어머니가 병들면 곧 자식이 병들고, 어미가 편안하면 곧 자식이 편안하여, 그 성정과 재주와 덕이 어머니의 움직임에 따른다. 먹고 마시기,[25] 주위와 더위가 기혈이 되어 아직 용봉[26]을 새기는 장엄이 베풀어지지 않았을 때 진흙을 반죽하여 훌륭한 도자기[27]를 만드는 것과 같다.

옛날 본보기가 될 만한 사표(師表)들이 배움에 있어 태어날 때부터 아는 생지(生知)가 있고 가르침에 있어 선생을 힘들게 하지 아니함은 이러한 방법을 썼기 때문이다. 그러므로 어진 스승의 십년 가르침이 어미의 열 달

풍현(扶風縣) 사람이다. 많은 고전(古典)에 주석(註釋)을 더하여 훈고학(訓詁學)을 시작한 사람으로 알려져 있다. 그의 문하에 정현(鄭玄)·노식(盧植) 등 유명한 학자가 있다.

24 미착(未鑿): 아직 길을 내지 못한 상태를 말함.

25 포철(哺啜): 먹고 마심.

26 용봉(龍鳳): 뛰어난 인물을 가리킴. 『남사(南史)』의 〈왕승건전(王僧虔傳)〉에 나오는 말이다.

27 호련(瑚璉): 종묘(宗廟)에 제사 지낼 때 쓰는 그릇. 『논어(論語)』 〈선진(先進)〉편에 나오는 말이다.

가르침만 못하다 하는 것이다.

이 책을 보는 이들이 진실로 밝은 교훈을 널리 펴서 환히 드러낸다면 (화폭에 그려질) 배경을 빛내고, 도포나 패옥의 여러 재원(才媛)과 서민(庶民)을 가르치고, 금가락지를 보이는 것과 같다고 할 수 있다. 더욱이 의로운 가르침이 아닌 게 없으니 나라가 인재를 내고 모두 다 사황(思皇, 즉 나라를 생각하는 충신들)이 될 것이다.[28]

순조 이십일년 신사 중양절(구월 구일) 다음날 평주 신씨 작이 삼가 서문을 쓰다.

---

28 원문의 '王國克生盡為思皇矣.'는 『시경(詩經)』〈문왕지십(文王之什)〉편의 "世之不顯 厥猶翼翼 思皇多士 生此王國 王國克生 維周之楨 濟濟多士 文王以寧(대대로 크게 밝아 그 계획대로 신중하다. 임금을 생각하는 많은 선비들이 이 나라에 태어났네. 나라가 인재를 내니 주(周)나라의 동량이 되었다네. 늘어선 수많은 선비들, 문왕은 이들로 평안하네.)"에서 가져온 말이다. "나라가 인재를 내고 모두 다 사황(즉 나라를 생각하는 충신들)이 될 것이다."로 번역하였다.

II.

〈胎教新記音義序略〉

鄭寅普

始寅普 閱西陂柳先生僖所著書目 有曰胎教新記音義. 意其為少儀內則 胎教之旨. 而未知為誰作 而先生釋之後. 讀先生文錄考妣墓誌 知先生母 李淑人. 邃經晰禮 先生早喪考木川君 其學受自淑人. 淑人既老 著胎教新記傳於家 又見申石泉綽. 木川君暨淑人 合葬墓碣 趙東海琮鎮先生誌 皆推服是書. 石泉又為之序 以為出入妙奧. 寅普亟思讀其書 就先生曾孫德永 徧檢遺書 卒不得謂其佚也. 今年初冬 德永從父弟近永 自嶺之醴泉 千里相訪 出一編 則先生耿耿 先生手書 胎教新記音義也. 寅普驚喜 殆不自定 不惟十載 一朝而償久願以 先生卓犖閎碩 而淑人訓之 知先生者 當知淑人之學為何如. 而是書 實淑人平生心力 所凝聚此 而不傳於震域 學術遺恨至鉅乃幾不傳而傳 其為幸 可勝道哉. 淑人在室 習經讀六藝百家之言 既歸木川君. 木川君又負絕學. 夫婦衎衎 講明古聖賢 怡義旁治 曆算至律呂 靈素靡所 不儷偕暨. 木川君汲 則媷意教先生 夫妻勤勤於腹胎 以預期薰化 繼之

苦心 纂綴思廣 其道於後 則其養之於既生 導之於既長者 不待言也. 迨淑人晩節 先生道行俱高 著述滿家 先生同母姊妹三人 皆端莊有文. 淑人之為是書 固驗諸己 而徵親見之實與虛. 依於理而設其言者異矣. 胎教之說 昉見於戴記. 然已略晩世. 遠西始言優生 優生者優其生也. 九尪儜悴癆癲瘖毒 諸惡疾浸淫綿聯 終以瘯蠡族類 則明為之防用 粹其良其說 視醫養療餌為玄遠 蓋以彼治其成. 此事其先然 亦止於是. 而已至其養之 於氤氳之初制術猶踈. 矧仁煦義葩德教 眇化去之 固邈然也. 淑人之書 首重父行母儀俾懷子之母 率由順正 以御氣血 而方化者象焉. 觀其博究精辨 謂世多不肖非氣數使然 孤懷瓌識 可謂前無古人矣. 戒目見則 論見物而變 戒耳聞則論聞聲而感. 其說覷理縝栗 冥會幼眇 居養事為坐動行立寢臥飲食 皆審碻周詳 其言存心也. 曰延醫服藥 足以止病 不足以美子貌 汎室靜處 足以安胎 不足以良子材子. 由血成而血 因心動其心 不正子之成 亦不正. 娠婦之道 敬以存心 毋或有害人殺物之意 奸詐貪竊妬毀之念 不使蘖芽 於胸中. 然後 口無妄言 面無歉色. 若斯須忘敬 已失之血矣. 嗚呼 豈非所謂 造之淶而體之切者耶. 此講學之精言 足以頡頏前賢. 其從以胎教垂後則 自以婦人珩璜造次思 不越其位故也. 蓋其講之至明 察之至密 古之言胎教 至是克底成典 為數千年來 所未有. 衡諸 遠西兼包有 優生家言 而其洞本原 操心御血 優生家所莫逮 苟行之廣 而群以則焉 雖後乂比屋可也 其毗輔人群 豈有既哉. 自女教中襄 畧惠后內訓 以外域中閨壼 以經禮著述 傳者絶鮮.

肅 英以後 樸學起而 洪淵泉奭周 母徐氏 名能文 僅傳其詩 徐楓石有榘 兄有本夫人李氏 淵博富聞 著閨閤書畫叢書 今其書存否未可知. 其有書 以傳而書 又關係世道 則獨淑人為然. 假使沿襲典訓 猶為綦重 況其獨綜微言妙達天人. 如淑人 而是書至今不大傳 值寰宇多. 故人物眇然之日 撫遺篇

而回皇 又安能不重為之致慨也. 雖然淑人之著 而先生之釋 其精爽亙 久遠決不沈湮. 子孫之圖其傳 無苟於一時 而必思先世 潔修之節 以期其不累重而慎之 所以善其傳也. 淑人生 英祖己未 卒于 純祖辛巳 書之成在 正祖季年 又一年 而音義 就先生 自稱子男儆 實先生初名 而書末 附以正音讀解詞語高古有法慮 出自淑人 玆又承學者 所宜葆貴也. 近永志刊先生全書 首事是書 寅普為序 其略如此云

丙子十二月 後學 鄭寅普 謹書.

번역

II.
〈태교신기음의 서략〉

정인보

처음에 인보가 서파 유희 선생이 저술한 책의 서목을 열람하던 중에 『태교신기 음의』[1]가 있음을 알게 되었다. 그 내용은 주로 〈소의(少儀)〉와 〈내칙(內則)〉[2]인데 태교(胎敎)의 종지(宗旨)를 담았다. 그런데 그것이 누구에 의해서 지어지게 된 것인지 처음에는 지은이를 알 수 없었지만 선생이 뒤

1 음의(音義): 음과 뜻. 여기서는 '언해(諺解)'와 같은 뜻으로 쓰였다.

2 〈내칙(內則)〉: 『예기(禮記)』의 편명(篇名)으로, 주로 여자들이 규문(閨門) 안에서 지켜야 할 도리를 기록하고 있다. 같은 내용이 『소학(小學)』에도 실려 있다.

에 풀이를 달아 두었다.

뒤에 선생의 문집과 아버님, 어머님의 묘지[3]를 읽고 나서야 겨우 그 책이 선생의 어머님이신 숙인 이씨[4]에 의해 저술되고 선생께서 그 책에 음의를 붙인 것임을 알게 되었다.

경서와 『예기(禮記)』[5]에 밝은 선생은 어려서 아버지 목천군[6]을 여의었으니 선생의 학문은 어머니 숙인 이씨로부터 받은 것이다. 숙인이 연로했을 때 『태교신기』를 지어 집안에 전하였다.

또한 석천 신작이 쓴 목천군과 숙인의 합장묘의 묘갈명(墓碣銘)과, 동해 조종진[7] 선생이 지은 묘지명(墓誌銘)을 보니 모두 이 책을 추천하고 감복하였다. 석천 신작이 또 그 책의 서문에 글의 출입이 오묘하다 하였다.

인보가 그 글을 매우 읽고 싶어 하다가 근래에 선생의 증손되는 덕영을 찾아가 남겨진 책[遺書]들을 두루 살펴보았으나 끝내 찾지 못해 "잃어버렸네" 하고 말았다.

금년 초겨울에, 덕영의 사촌동생 근영[8]이 영남 예천으로부터 천리를 찾

---

3 묘지(墓誌): 죽은 사람의 이름·신분·행적 등을 새겨서 무덤 옆에 파묻는 돌이나 도판(陶板), 또는 거기에 새긴 글.

4 숙인(淑人) 이씨: '숙인(淑人)'은 정삼품의 당하관, 종삼품의 아내인 외명부(外命婦)의 품계. 여기서는 유한규의 아내이자 유희의 모친인 사주당 이씨를 가리키는 말이다.

5 예기(禮記): 오경(五經)의 하나. 진·한(秦漢) 때의 고례(古禮)에 관한 이야기를 수록한 책. 『주례(周禮)』, 『의례(儀禮)』와 함께 삼례(三禮)라 한다.

6 목천군(木川君): '~군(君)'은 조선시대 때 임금이 종친(宗親)이나 훈신(勳臣)에게 내렸던 작위(爵位)로, 목천군(木川君)은 목천(木川) 현감(縣監)을 지낸, 유희(柳僖) 선생의 아버지 유한규(柳漢奎)를 가리킨다.

7 조종진(趙琮鎭): 조선시대 순조(純祖) 때의 학자. 호는 동해(東海)이다. 유희(柳僖) 선생의 아버지 목천군(木川君) 유한규(柳漢奎)와 교분이 두터웠다.

8 이 책(『태교신기음의』)의 발문을 쓴 유희의 증손 유근영을 말한다. 사주당 이씨에게는

아와 책을 한 권 꺼냈는데, 곧 선생이 밤새워 잠 못 이루고 손수 쓰신 『태교신기음의』 이었다.

인보가 놀랍고 기뻐서 마음을 안정시킬 수가 없었는데, 십년 동안을 보고 싶어 하다가 하루아침에 오랜 소망을 보상받은 것 때문만은 아니다. 선생의 탁월하고 뛰어난 학문은 숙인으로부터 가르침을 받은 것이니 선생을 아는 사람이라면 마땅히 숙인의 학문이 어떠했는지를 알 수 있을 것이다.

이 책은 실로 숙인이 평생 동안 그의 마음과 힘을 다해서 여기에 모아 놓은 것이다. 하지만 우리나라 안에 전해지지 않아 학술하는 사람들이 안타까이 여기는 바가 컸는데 거의 전하지 않을 뻔하였다가 전해지니 그 다행스러움을 가히 말로 다 표현할 수가 없다.

숙인은 결혼 전에 이미 경서를 익히고 육예[9]와 제자백가[10]를 읽었다. 목천군에게 시집가서는 목천군 또한 뛰어난 학자였으므로 부부가 함께 믿고 즐기며 옛 성현들이 가르친 뜻을 밝게 강론하고 틈나는 대로 역학(曆學), 산학(算學)과 십이율 등에 이르기까지 다루지 않은 바가 없었다.

목천군이 세상을 떠난 뒤로 숙인은 줄곧 선생을 가르치는 데만 온갖 뜻을 다하였다. 무릇 그는 부지런하게도 선생이 뱃속 태아일 때부터 자기가 가지고 있는 모든 것을 선생에게 미리 이을 수 있게 하는데 온 노력을 다

현손(玄孫)이 된다.

9 육예(六藝): ①선비로서 배워야할 여섯 가지의 일. 곧 예(禮)·악(樂)·사(射)·어(御)·서(書)·수(數). ②육경(六經). 곧 역경(易經)·서경(書經)·시경(詩經)·춘추(春秋)·악가(樂記)·예기(禮記). 이 가운데 악기는 없어지고 지금은 오경(五經)만 남았음.

10 제자백가(諸子百家): 중국 춘추·전국시대의 여러 학파를 통틀어 이르는 말.

기울였으며 고심을 계속하여 책을 편찬하고 후세에 널리 알렸으니 그 태어나고 난 뒤의 양육과 다 자라고 난 뒤의 계도함에 있어서 새삼 언급할 필요가 없을 것이다.

숙인의 만년에 이르러, 선생의 도(道)와 행적이 모두 높고 많은 저술로 집안이 가득 찼으며, 친누이 셋이 다 용모가 단정하고 문장력을 갖추고 있으니 숙인이 이 책으로 하여 진실로 다 자신에게 시험을 하여서 그 실제와 헛됨을 친히 살펴본 증거로 삼았던 것이다.

숙인은 진실로 모두 시험해서 이 책을 만들었다. 근본 이치에 의거하여 몸소 실과 허를 비교해 보고 실증도 하였다. 그래서 자기 생각 이외의 다른 의견들까지도 모두 덧붙일 수 있었다. 태교의 학설은 『대기(戴記)』[11]에서 시작했다고 한다. 그러나 너무 간략할 뿐 아니라 세상에 두루 알려진 것도 너무 뒤늦었다. 멀리 서역에서는 우생(優生)[12]으로 알려졌는데 '우생(優生, 즉, 우수하게 태어난 사람)'은 그 자손을 우수하게 한다는 것이다.

무릇 허약[尪], 고통[儜], 초췌[悴], 결핵[癆], 전간[癲], 창독(瘡毒) 등 여러 나쁜 질병에 걸려 이 병이 가족에게 이어져 온 종족에 전염되려 한다면 밝혀서 막고 그 좋은 기질만을 보존해야 한다. 그 학설이 의료나 양생, 그

---

11 『대기(戴記)』: 『대례기(戴禮記)』의 준말. 중국 주(周)나라 혹은 진한(秦漢) 초에 고인논례(古人論禮)의 유언(遺言)과 의절(義絶)을 집록(集錄)한 『예기(禮記)』를 한(漢)나라 대성(戴聖)이 전하였기 때문에 붙여진 이름.

12 우생(優生): 우생학(優生學)과 같은 말. 인종 개량학이라고도 한다. 유전원리(遺傳原理)를 이용하여 약질(弱質)의 혈통을 제거하고 우량한 혈통을 보존할 목적으로 배우자의 선택, 또는 결혼에 관하여 과학적으로 연구하는 학문으로 1885년 영국의 골턴(Galton)이 주창하였다. 정인보 선생이 〈胎教新記音義序略〉을 쓴 1937년에는 이러한 서구적 의미의 '우생학'이 이미 상식화되어 있었다.

리고 식이요법 등에 비하여 훨씬 나은 것은 무릇 저것(의료, 양생, 식이요법 등)은 그 이루어진 다음에 다스리고 이것(즉 우생학)은 이전의 일을 도모하기 때문이다. 그러나 이에 그칠 따름이고, 음양이 화(和)하여 있는 그 시초에 기르는 태교의 제술[13]에 이르겠는가. 하물며 仁(인)으로 온후하게 하며 義(의)로서 감싸고 德(덕)으로 가르치는 그 교묘한 태교법에 비하여는 참으로 아직 한참 멀었다.

숙인의 글에서는 먼저 아버지의 행실과 어머니의 거동을 중요시하고, 아이를 밴 어머니로 하여금 착하고 바르게 몸가짐을 가지고 혈(血)과 기(氣)를 제어함으로써 돌아가신 이의 상(象)을 닮게 해야 한다 하였다. 그 넓은 관찰과 정밀한 판단에 따르면 세상에 갖추어지지 않은 사람이 많은 이유가 기세(氣勢)의 운명에 따른 것이 아니라고 말한 것을 보건대 홀로 품은 뛰어난 식견이 이전의 옛 선인들에게는 없었던 것이다.

눈으로 보는 것에 대해 경계한 것은 사물을 보고 바뀌는 마음을 논한 것이고 귀로 들은 것에 대해 경계한 것은 귀에 들리는 말에 따라 느껴지는 마음을 논한 것이다. 그 주장은 뿔의 무늬처럼 촘촘하게 여물어 있고 거처하고 봉양하고 계획 세우고 일하고 앉고 움직이고 다니고 서고 자고 눕고 마시고 먹는 모든 일에 대하여 다 자세하고 확실하면서도 두루 상세하게 설명하였으니 그 말에 진심이 담겨 있다.

말씀하시기를,[14] 의원을 맞이하여 약을 먹으면 병은 족히 낫게 할 수 있

---

13 제술(制術): 방법 또는 기술을 제정하거나 규정함.

14 이하 '아아[嗚呼]' 앞까지의 내용은 사주당이 쓴 〈태교신기〉 제4장 제5절의 내용 전문을 가져온 것이다. '姙婦存心(임부 마음을 가라앉혀야 한다.)'의 마음가짐을 다룬 것이다.

으나, 자식의 모습은 족히 아름답게 하지 못할 것이며, 집에 물을 뿌려 깨끗하게 하고 거처를 고요히 하는 것이 족히 태아를 안정되게 할 수는 있으나, 자식의 재목을 족히 훌륭하게 할 수는 없으니, 자식은 피[血]로부터 말미암아 이루어지고, 피는 마음[心]의 움직임에 따라 움직이므로, 그 마음이 바르지 못하면 자식의 이루어짐도 또한 바르지 못하니, 임부의 도리는 '삼감[敬]'으로써 마음을 잡아 혹시라도 사람을 해치며 산 것을 죽일 마음을 먹지 말아야 하며, 간사하고 속이고 탐하며 훔치고 투기하며 훼방할 생각이 가슴에 싹트지 않게 한 이후에 입에 망령된 말이 없고, 얼굴에는 원망하는 색이 없어야 한다. 만약 잠깐이라도 '삼가는 마음[敬]'을 잊으면 이미 피가 그릇되는 법이다.

아아. 어찌 이른바 조예가 깊고 체험이 절실한 자가 아니겠는가. 이 강학(講學)의 정밀한 말들은 이전의 현자들에 견주기에 충분하다. 그 태교로서 후세에 드리워 따르게 한 뒤 스스로 부인의 겸양지덕으로 잠깐 동안이라도 부인의 자리를 잊지 않았기 때문이다. 그 강학이 지극히 밝고, 성찰이 지극히 정밀하니, 옛날부터 말해온 태교가 여기에 이르러 비로소 전범[典][15]을 이루게 되었으니 수천 년이 내려오는 동안 일찍이 있지 않았던 바이다.

서구의 우생학자의 말까지 감안하여 견주어 본다 하더라도 본원(本原)까지 통찰하여 마음을 조절하고 혈(血)을 다스리는 일은 우생가[16]가 미치지 못할 바이니 진실로 널리 행하여 많은 사람이 본받는다면 집집마다 준

15 전범(典範): 본보기가 될 만한 모범.

16 우생가(優生家): 우생학자(優生學者)와 같은 말.

결과 재주 있는 사람이 태어날 수 있을 것이니 그 사람의 무리를 보완함에 어찌 다함이 있으리오.

'여성들에 대한 가르침[女敎]'이 중간에 쇠하여져 소혜왕후[17]의 『내훈』[18] 외에 우리나라 안의 부녀들이 경서의 예로서 저술하여 전하던 것들이 거의 끊어졌다. 숙종·영조 연간 이후로는 질박한 학문[19]이 일어나게 되어 연천(淵泉) 홍석주[20]의 어머니 서 씨[21]도 명문으로 이름나 있으나 그 시(詩)가 겨우 남겨져 있고, 풍석(楓石) 서유구(徐有榘)의 형 서유본(徐有本)의 아내 이씨[22]도

---

17 소혜왕후(昭惠王后, 1437~1504). 조선 제7대 세조의 장남인 덕종(德宗)의 왕비. 성은 한씨(韓氏). 서원부원군 한확(韓確)의 딸이다. 둘째아들인 혈이 즉위하여 조선 제9대 임금인 성종이 되자 소혜왕후(昭惠王后)를 거쳐 인수대비(仁粹大妃)로 추증되었다. 불경에 조예가 깊어 범(梵)·한(漢)·국(國)의 삼자체(三字體)로 쓴 불경과 부녀자를 위한 생활지침서 『내훈(內訓)』을 썼다.

18 『내훈(內訓)』: 조선시대 성종(成宗)의 모후(母后)인 인수대비(仁粹大妃) 한 씨가 『소학(小學)』·『열녀(烈女)』·『명심보감(明心寶鑒)』 등에서 역대 후비(后妃)의 언행의 규잠(規箴)이 될 만한 것을 추려 모아 언해를 붙여 성종 6년(1475)에 간행한 책.

19 박학(樸學): ①지금은 통용되지 않는 고대 학문. ②명예나 이익을 목적으로 하지 않은 소박한 학문.

20 홍석주(洪奭周, 1774~1842): 조선조 순조 때의 문신. 자는 성백(成伯). 호는 연천(淵泉), 본관은 풍산(豐山). 영의정 홍낙성(洪樂性)의 손자인 우승부지 홍인모(洪仁謨)의 아들. 정조 19년(1795)에 문과에 급제, 병조·이조판서를 거쳐 순조 34년(1834)에 좌의정을 지냈다. 한학 특히 주자학과 문장에 유명했을 뿐 아니라 정치, 경제, 과학에도 이름이 높았다. 시호는 문간(文簡)이고, 저작으로 『풍산세고(豐山世稿)』, 『상예회수(象藝薈粹)』 등이 있다.

21 서 씨(徐氏): 영수각 서씨(令壽閣 徐氏, 1753~1823). 영수합 서씨(令壽閤 徐氏)로도 불린다. 연천(淵泉) 홍석주(洪奭周)의 어머니로 시(詩)와 문(文)에 능하였는데 저서 『영수합고(令壽閤稿)』에 36편의 작품이 전한다. 그의 아들 연천(淵泉) 홍석주(洪奭周), 항해(沆瀣) 홍길주(洪吉周), 영명(永明) 홍현주(洪顯周) 삼형제와 딸인 유한당(幽閑堂) 홍씨(洪氏)도 모두 당대의 뛰어난 문장가로 활동하였다.

22 서유본의 아내인 빙허각 이씨(憑虛閣 李氏, 1759~1824)를 말한다. 1759년(영조 24) 서울에서 당대 명문가인 전주 이씨 가문의 막내딸로 태어나서 15세 되던 해인 1773년(영조 49) 달성서씨(達成徐氏) 서유본(徐有本)과 결혼하였다. 1806년 시댁 작은아버지 서

학식이 넓고 견문이 풍부하여 『규합총서』[23]를 두루 저술했다고 하는데 오늘날 그 책들이 있는지 없는지는 전혀 알 길이 없다. 이제 다만 글이 있어서 세상에 전하고, 세상에 전하는 그 글은 또한 세도(世道)[24]와 깊이 관계되어 있다. 그와 같은 글은 유독 숙인의 글만이 있을 뿐이다.

가령 경전의 가르침을 답습하기만 하였다 하더라도 매우 중요하다 할 수 있는데 하물며 홀로 미묘한 말들을 모아 하늘과 사람에게 오묘하게 통달해 있음에서랴. 숙인과 같은 경우에도 이 책이 지금 널리 전하지 않는 까닭은 나라가 많이 어지러운 때를 만났기 때문이다. 사람들이 망연자실하고 있는 날에 유편을 어루만지며 방황하면서 또 어찌 능히 거듭 강개하지 않겠는가. 비록 그렇다 할지라도 숙인이 지었고 선생의 해석이 더욱 정밀하고 명쾌하니 아무리 오래간다 할지라도 결코 없어지지 않을 것이다. 자손을 그 세상에 전하는 일을 도모함이 한때에 구애받지 아니하고 반드시 선대의 깨끗이 닦은 절개를 생각하여 그 욕되지 아니하기를 원하여 거듭 삼가니 그 전함을 잘하고 있는 까닭이다.

형수(徐瀅修)가 옥사에 관련되면서 집안이 몰락하면서 집을 동호 행정(서울 용산)으로 옮겼는데, 이때부터 이씨는 차밭을 일구면서 집안 살림과 가정 경제를 직접 책임져야 하는 위치에 있었다. 이후 이러한 집안 살림 경영의 경험을 바탕으로 1809년에 『규합총서(閨閤叢書)』를 저술하였는데 빙허각 이씨가 51세에 쓴 이 책은 20세기 초까지도 여성들에게 가장 널리 읽히고 인용되는 생활 경제 백과사전이었다. 빙허각 이씨가 『규합총서』를 지은 지 18년 후, 시동생 서유구가 본격적인 경제 이론서인 《임원경제지》를 저술하였으며 이는 형수인 그녀의 영향이라 할 수 있다. 빙허각 이씨는 사주당 이씨의 시조카이며 유희와는 내외종사촌간이다.

23 원문에는 '閨閣叢書[규각총서]'로 보인다. 빙허각 이씨가 쓴 글은 『규합총서(閨閤叢書)』로 알려져 있으나 영수각 서씨(令壽閣 徐氏)가 영수합 서씨(令壽閤 徐氏)로도 불리는 상황을 볼 때 여기서 '閣'은 '閤'과 통용되는 글자로 이해된다.

24 세도(世道): ① 세상을 올바르게 다스리는 길. ② 세상의 도리.

숙인은 영조 기미년(1739)에 태어나서 순조 신사년(1821)에 돌아가셨고 이 책은 정조 말년 한 해 전(1800)에 씌어졌고 또 1년 후(1801)에 그 음의를 달고 곧 선생이 스스로를 '아들 경[子男儆]'이라 칭하였다. '경(儆)'은 바로 선생의 초명(初名)이다. 그 글의 끝에는 정음[25]으로 독음과 풀이의 글까지 붙였는데, 말이 고상하고 예스러워 숙인의 법려[26]를 잘 드러내었으니 이 또한 학문을 계승하는 자들이 마땅히 본받아 귀하게 여겨야 될 바이다.

근영이 선생의 전서를 간행하고자 하여 먼저 이 책부터 시작함에 인보가 서문을 상재케 되었으니 위에 보인 것이 바로 서문의 대강이다.

병자년(1937) 십이월 후학 정인보가 삼가 쓰다.

---

25 정음(正音): 훈민정음(訓民正音)의 줄임말.

26 법려(法慮): 법도(法度)와 같은 말. 인간이 지켜야 할 도리.

Ⅲ.

〈胎教新記章句大全〉

李師朱堂 著/柳僖 註

晉州柳氏婦師朱堂完山李氏著 子男敬釋音義

[序論[1]] 女範曰 上古賢明之女 有娠胎教①之方 必慎.[女範明節婦劉氏所著]

今考之諸書 其法莫有詳焉 自意求之益 或可知矣 余以所嘗試於數②四娠

① 教去聲後同('教'는 거성이다. 이하 같다.) ※ '教[교]'는 거성일 때 '가르치다, 알리다'의 뜻이고 상성일 때 '본받다[效]'의 의미로 사용된다. 여기서는 '教'가 '가르침'의 뜻으로 사용되었음을 말하는 것이다.

② 數去聲('數'는 거성이다.) ※ '數[수]'는 상성일 때 '세다, 계산하다'의 뜻으로 사용되고 거성일 때 '몇, 여럿'의 뜻으로 사용되는 단어이다. '數'가 경성으로 사용될 때는 [삭]으로 읽히고 '자주'의 뜻으로 사용된다.

③ 內則禮記篇名(〈내칙(內則)〉은 『예기(禮記)』의 편명이다.)

1 '序論' 2자는 한문이나 번역문 원문에 없는 내용이다. 〈胎教新記章句大全〉에서 사주당이 '태교'와 관한 본문을 시작하기에 앞서 본문에서 2칸을 내려 짤막하게 서론적 내용을 서술한 것인데, 이를 채한조 편(1938) 전체의 서문(채한조 서문 및 정인보 음의서략 등)과 구별하기 위해 임의로 '序論'으로 명명하였다.

育者 錄為一編 以示諸女 非敢擅自著述誇耀人 目然猶可備內則③之遺闕也 故名之曰胎教新記.

번역

III.
〈태교신기장구대전〉

진주 유씨 아내 사주당 완산 이씨 지음. 아들 경(儆)이 음과 훈을 주석함.

『여범(女範)』[2]에 이르기를 옛날 현명한 여인이 임신을 하면 반드시 태교의 방안을 조심하여 행하였다.[『여범』은 명나라의 절부 유씨가 지은 것이다] 이제는 여러 책들을 조사해 봐도 그 법이 상세한 것이 없으나 나 스스로 찾아보니 혹 알 만한 것이 있다. 내가 일찍이 네 명 남짓을 임신하고 낳아 기르면서 시험해 본 것을 기록하여 한 편의 책을 만들어 여

2 『여범(女範)』은 명나라 강녕 유씨(江寧劉氏)가 지은 책의 이름이다. 청나라 왕진승(王晉升)이 여성이 반드시 읽어야 할 네 권의 책으로, 후한(後漢) 조대가(曹大家)의 『여계(女戒)』, 당나라 송약소(宋若昭)의 『여논어(女論語)』, 명나라 인효문황후(仁孝文皇后)의 『내훈(內訓)』, 명나라 강녕유씨(江寧劉氏)의 『여범첩록(女範捷錄)』을 묶어 4권 3책의 『여사서(女四書)』를 편찬하였는데, 이를 조선시대 후기인 1736년에, 영조가 홍문관 제학 이덕수에게 언해하도록 명하여 『여사서언해』로 간행되면서 일반에 널리 알려졌다. 『여범(女範)』은 『여범첩록(女範捷錄)』을 줄여서 이르는 말로, 음양의 이치에 따라 남자와 여자의 근본과 도리를 설명한 뒤, 가정에서 여성의 역할을 강조하면서 이에 따라 여성교육의 중요성을 역설한 책이다.

러 딸들에게 보이는 것이니 감히 멋대로 글을 써서 남들에게 자랑하려는 것이 아니고, 그저 〈내칙〉[3]에서 빠진 것을 갖추었을 뿐이다. 그러므로 이름 지어 이르기를 〈아이 배고 가르치는 새로운 글[胎教新記]〉이라 한다.

3 〈내칙(內則)〉: 오경의 하나인 『예기(禮記)』의 49편 중 12번째 편. 『예기(禮記)』는 예절에 대한 내용을 집대성한 책으로, 그 중 〈내칙(內則)〉은 여자들이 가정 안에서 지켜야 할 법도나 규칙에 대해 설명하고 있다.

1. 第一章

'教[교]'자에 대해 말함

第一節

人生之性本於天, 氣質成於父母, 氣質偏勝, 馴至于蔽性. 父母生育, 其不謹諸.[勝如字, 馴音殉, 諸語助辭.]

馴順習也. 蔽掩使不見也. 朱子曰 "天命與氣質 亦相袞同 纔有天命 便(便)有氣質. 若無此氣 則此理如何頓放.[1] 天命之性 本未嘗偏 但氣質所稟卻有偏處." 蓋此氣承載此理 而行氣有傾向理 不得不隨. 故氣質之性 用事既久 遂能掩蔽 本然之至善 實由於男女 未謹胎教 使其方至之氣 方凝之質 不得中正而然也.

○此節 首言人生氣質之由.

번역

사람의 성품은 하늘에 근본하고 기질은 부모에게서 이루어지니, 기질이 한쪽으로 치우침이 심하면 점점 성품을 가리게 된다. 아버지, 어머니의

---

1 頓放: 놓아 두다. 안치하다.

낳고 기름에 어찌 삼가지 않으랴.['勝'은 '字(아이를 배다, 기르다)'와 같다. '馴'의 음은 [xùn(殉)]이다. '諸'는 어조사(語助辭)이다.][2]

'馴[길들 순]'은 순하게 익숙해지는 것[順習]이다. '蔽[덮을 폐]'는 가려서 보이지 않게 하는 것이다. 주자(朱子)가 말하기를 "천명(天命)과 기질(氣質)은 또한 서로 감돌아 같으니[衮同] 천명이 있고서야 곧 기질이 있다. 만약 이 기(氣)가 없으면 이 리(理)를 어찌 놓아 두겠는가. 천명의 본성은 본래 일찍이 치우치지 않았건만 기질의 갖추어진 바는 오히려 기울어진 데가 있다."[3] 대개 이 기(氣)는 이 리(理)를 이어 실으니 기(氣)의 가는 길은 리(理)를 향하는 경향이 있어 따르지 않을 수 없다. 따라서 기질의 본성은 일을 함에 이미 오랫동안 본연의 지극한 선(善)을 덮어서 가릴 수 있는데 이르렀다. 실로 남녀(즉 아버지와 어머니를 말한다)에 따라 태교를 삼가지 않으면 그 장차 기(氣)가 이르고[到] 나아가 질(質)이 엉김[凝]에 있어, 복중에서 바르게 이루어질 수 없다.

○ 이 절은 맨 먼저 사람의 기질이 어디서 말미암았는지를 말한 것이다.

---

2 이 문장에서 '諸'는 어조사 즉, 어세 강조 발어사로 사용되었다. 이를 고려하여 이 부분의 현대어 번역은 '~지 않으랴'와 같이 설의법적 강조문으로 번역하였다.

3 이 부분은 『朱子語類』 卷第四 〈性理一〉편에 나오는 다음의 내용 "所謂天命之與氣質, 亦相衮同. 才有天命, 便有氣質, 不能相離. 若闕一, 便生物不得. 旣有天命, 須是有此氣, 方能承當得此理. 若無此氣, 則此理如何頓放! 必大錄此云「有氣質之性, 無天命之性, 亦做人不得; 有天命之性, 無氣質之性亦做人不得.」 天命之性, 本未嘗偏. 但氣質所稟, 有偏處, …" 중 밑줄 친 부분을 정리한 것이다.

해설

사람은 하늘로부터 성품(즉 본성)을 타고나고 부모로부터 기질을 받아서 태어난다. 사람은 이러한 성품과 기질의 조합으로 이루어진다. 본성은 보편적이지만 기질은 개별적이어서 한쪽으로 편중될 수 있다. 이러한 이유로 부모는 기질이 한쪽으로 심하게 치우치지 않도록 아이를 낳고 기르는 일을 신중히 해야 한다. 사람의 기질은 개별적이기 때문에 여러 가지 측면에서 완벽하게 균형 잡힌 경우는 존재하기 어렵다. 누구나 신체적으로나 체질적인 측면에서 조금씩 치우쳐 있고, 그렇기 때문에 저마다 고유의 개성을 지니게 된다. 한 개인 안에서도 모순처럼 보이는 특성들이 존재한다. 그럼에도 불구하고 누군가 균형이 잡혀 있는 것처럼 보이는 것은 그러한 특성들이 평화롭게 공존하기 때문일 것이다. 즉, 기질의 다양한 측면들을 아우르는 유연성과 개방성이 있어 본성과 조화를 이루기 때문이다. 기질이 편승하다는 것은 이러한 유연성과 개방성이 부재하며, 본성(本性)에 따라 움직이지 못함을 말한다. 유희의 본문 주석에서는 '馴[길들 순]', '蔽[덮을 폐]' 등의 어휘 설명과 함께 '氣質偏勝[기질편승, 즉 기질이 한쪽으로 치우침이 심함]'의 이유를 『주자어류(朱子語類)』 권제사(卷第四) 〈성리일(性理一)〉편 속의 주자의 이야기를 인용하여 보충하고 기질의 불균형성에 따라 사람의 본성이 제대로 드러나지지 않기 때문에 부모가 아이를 낳음에 있어서 서로의 상황에서 모두 태교에 힘을 써야 기질이 한쪽으로 치우쳐서 자신의 타고난 바른 성품을 가리게 되는 문제를 해결할 수 있음을 강조하였다.

第二節

父生之, 母育之, 師教之, 一也, 善醫者, 治於未病, 善斆者, 斆於未生, 故師教十年, 未若母十月之育, 母育十月, 未若父一日之生.[斆音效]

生指入胞也. 育指養胎也. 教誨也. 斆亦教也. 十月自入胞至解產月數也. 入胞之後妙合成胎母之十二經脈. 分月遞養 始于足厥陰[4] 終于足太陽 而手太陽手少陰 則下主月水 上為乳汁 故不在養胎之數 餘計十箇月乃產也.

○此節 言教有本末 胎教爲本 師教爲末.

번역

아버지의 낳으심, 어머니의 기르심, 스승의 가르치심은 하나이다. 잘 치료하는 이는 병이 들기 전에 고치는 법이고, 잘 가르치는 이는 태어나기 전에 가르치는 법이니, 따라서 스승은 십년을 가르치지만 어머니의 열 달 기름만 같지 못하고, 어머니의 열 달 기름은 아버지의 하루 낳음만 같지 못하다.['斆[효]'의 음은 [xiào(效)]이다.])

'生(날 생)'은 '배태함[入胞]'을 가리키고 '育(기를 육)'은 '태중에서 기름'

4 厥陰[궐음]: ① 삼음(三陰)의 하나. 음기가 끝나는 마지막 단계에 이르렀다는 말이다. 삼음 가운데에서 궐음은 가장 안쪽에 있고 음(陰)이 끝나는 부위이므로 합(闔)에 해당된다. ② 경맥 이름. 궐음경(厥陰經)을 말한다. 궐음경에는 수궐음심포경(手厥陰心包經)과 족궐음간경(足厥陰肝經)이 속하는데 일반적으로는 간경(肝經)을 말한다. 소양경(少陽經)과 표리 관계를 가진다.(〈한의학대사전〉(2001, 한의학대사전 편찬위원회))

을 가리킨다. '教[가르칠 교]'는 '가르침[誨]'이다. '斅[가르칠 효]' 역시 '가르침[教]'이다. '열 달[十月]'은 배태해서[入胞] 해산할 때까지의 개월 수이다. 배태한 후에 오묘하게 합쳐져서 어머니의 십이경맥에 태를 합쳐 이룬다. 달을 나누어 성품이 길러지니 족궐음맥(足厥陰脈)에서 시작해서 족태양맥에서 끝나는데, 수태양맥, 수소음맥은 즉 아래로 월경수를 주관하고 위로는 젖을 내기 때문에 양태(養胎)의 수에 들지 않으므로 남은 맥을 합쳐서 십 개월이 지나면 아이를 낳게 된다.[5]

○ 이 절은 가르침에 근본[本]과 지엽[末]이 있는데 태교가 근본이고 스승의 가르침이 지엽이라고 말한 것이다.

해설

'아버지 날 낳으시고 어머니 날 기르신다'는 말은 사람의 생명이 아버지에게서 출발하여 어머니에게서 배태되어 자라게 된다는 말이다. 스승의 가르침이 사람을 기르는 일의 하나임을 고려한다면 아버지가 나를 처음 발생시키고 어머니가 나를 열 달 동안 배 안에서 양육하는 일은 모두 '사람이 사람이 되도록 하는 일', 즉 '사람을 길러 내는 일'의 연속체이다. 따라서 아버지가 나를 낳으시고, 어머니가 나를 기르시며, 스승이 나를 가르치는 일은 내가 사람으로 성장해 가는 일에 반드시 거쳐야 하는 연속된

5 한의학에서 임신 중의 양태(養胎)를 이해하는 방식이다. 이에 따르면 임신을 하면 열 달 동안 태(胎)가 자라는데, 십이 경맥 중 수태양맥과 수소음맥을 뺀 나머지 경맥들이 매 한 달씩 '아이를 기르는 일', 즉 양태(養胎)를 주관한다.

과정의 일부이다. 스승이 십년을 가르쳐서 얻을 조건을 어머니는 뱃속에서 열 달 동안 체화된 지식으로 가르치며, 아버지는 이 모든 과정의 시작점으로서 자신의 신체와 정신을 건강하게 유지함으로써 아이에게 미칠 영향을 최대한 긍정적으로 만들어 준다. 즉 배태 이전에 아버지로부터 출발하던 시점의 기질적 기억이 모든 교육의 시작이며, 이를 어머니가 받아서 열 달 동안 먹고 마시고 움직이고 생각하고 보고 듣고 읽고 느끼는 모든 과정을 모범적으로 함으로써 태 안의 아이가 간접적으로 이를 배우게 한다. 이는 출산 이후의 여타 교육을 받아들일 준비를 할 수 있도록 하는 것으로, 모든 교육의 바탕이 된다. 이런 이후에 스승이 10년을 가르쳐 아이를 키우는 것이므로, 출발점과 바탕이 바르지 못한 것을 이 기간 동안에 바로 잡기 어렵다. 다소 운명론적 시각이 포함된 이야기이지만, 이는 모든 일이 유기적으로 연결되어 있으며 그 출발점으로부터 과정적 단계가 바르지 못하면 속성이 이미 형성된 이후의 가르침으로 이를 바로잡기 어렵다는 상식적 관점에 따른 주장으로, 사람됨에 있어서도 아버지 되는 이가 바르고 건강한 삶을 유지해야 아이에게도 그러한 속성이 발생하며, 어머니가 또 아이의 속성을 잘 달래어 바람직한 경험을 전달해 주어야 아이도 세상에 나오기 전에 그러한 기질을 갖추어 세상에 나오게 된다는 이야기를 담고 있다. 이러한 유기적인 이해야말로 가장 자연주의적인 해석이며 경험적으로 개연성을 지닌 이야기이므로, 이를 적극적으로 받아들여 아이의 교육 과정에서의 실패가 스승의 능력 부족이나 성의 부족에 있는 것이 아니라, 아이가 교육 과정을 받아들이는 태도의 기초가 이미 배태 이전의 아버지의 기질적 상태와 배태 이후의 어머니가 제공하는 경험적 조건에 달려 있음을 강조하는 것이다.

유희의 주석에서는 生(날 생)'은 '배태함[入胞]'을 가리키고 ②'育(기를 육)'은 '태중에서 기름'을 가리킨다. '教[가르칠 교]', '斅[가르칠 효]'에 대한 어휘 풀이와 함께 '열 달[十月]'에 대해서 상세한 한의학적 지식을 덧붙이고 있다. 전통 한의학에서는 임신을 하면 열 달 동안 태가 자란다고 본다. 즉 십이 경맥 중 수태양맥과 수소음맥을 뺀 나머지 경맥들이 매 한 달씩 아이를 기르는 일, 즉 양태(養胎)를 주관하는 것으로 설명하고 있다. 첫째 달에는 족궐음맥(발바닥 가운데), 둘째 달에는 족소양맥(발등 가운데), 셋째 달에는 수심주맥(손바닥 한가운데), 넷째 달에는 수소양맥(손등 가운데), 다섯째 달에는 족태음맥(발바닥 앞쪽), 여섯째 달에는 족양명맥(발등 앞쪽), 일곱째 달에는 수태음맥(손바닥 앞쪽), 여덟째 달에는 수양명맥(손등 앞쪽), 아홉째 날에는 족소음맥(발바닥 뒤쪽), 열 번째 달에는 족태양맥(발등 뒤쪽)이 양태(養胎)를 주관한다. 유희는 이 가운데 양태가 어머니의 뱃속에서 족궐음맥(발바닥 가운데, 첫째 달)에서 시작해서 족태양맥(발등 뒤쪽, 열 번째 달)에서 끝나는 열 달 동안 아이가 길러지는데, 십이 경맥 중 수태양맥(손등 뒤쪽)과 수소음맥(손바닥 뒤쪽)은 아래로 월경수를 주관하고 위로는 젖을 내기 때문에 양태의 수(數)에 들지 않은 것임을 보충하여 설명하였다.

第三節

夫告諸父母, 聽諸媒氏, 命諸使者, 六禮備而後爲夫婦, 日以恭敬相接, 無或以褻狎相加, 屋宇之下, 牀席之上, 猶有未出口之言焉, 非內寢, 不敢入處, 身有疾病, 不敢入寢, 身有麻布, 不敢入寢, 陰陽不調, 天氣失常, 不敢宴息,使虛慾不萌于心, 邪氣不設于體, 以生其子者, 父之道也. 詩曰相在爾室, 尙不愧于屋漏 無曰不顯 莫余云覯, 神之格思, 不可度思.[夫告之夫音夫. 諸語助辭. 使者之使 相在之相 並去聲 思終語辭 度入聲]

聽聽從也. 媒氏周禮掌男女之娶嫁者 命謂送致詞命也. 士昏禮①納采問名[6]納吉納徵請期親迎 凡六禮 惟親迎無使者 猶有未出口之言 謂敬以相憚 不敢盡言心內之私也. 內寢妻之適②室也. 麻絰布衰③謂喪(喪)服也. 不調失常 謂隆寒盛暑烈風雷雨之類也. 宴息謂安寢也. 坎水④不涸 則虛欲不萌 离火⑤常明 則邪氣不設 如是然後 神旺精盛 生子而才且壽也. 詩大雅抑之篇. 相視也. 屋漏室西北隅也. 覯見也. 格至 度測也. 言視⑥爾獨居之時 猶不愧于幽淡之處 而後可爾無曰 此非顯明 而莫有見者 當知鬼神之妙 無物不體其至 於是有不可得而測矣.

○此節 言胎敎之道 始自男女 居室之間 而其責 專在於父.

번역

무릇 부모에게 고하고 중매에게서 들으며 사자(使者)에게 명하여 육례를 갖춘 후에 부부가 되거든, 날마다 공경으로 돕고 대접하며 혹시라도 상스

---

① 士昏禮儀禮篇名(〈사혼례(士昏禮)〉는 『의례(儀禮)』의 편명(篇名)이다.).
② 適正也.('適'은 '正(정실)'이다.)
③ 衰縗同.('衰(쇠할 쇠)'는 '縗(상복이름 최)'와 같다.)
④ 坎水喩腎('坎水[감수]'는 '腎[신장]'을 이른다.)
⑤ 离火喩心.('离火[이화]'는 '心[심장]'을 이른다.)
⑥ 視上聲後同.(여기서 '視'는 상성(上聲)이다. 아래도 같다.)

---

6 問名(문명): 육례(六禮)의 하나. 육례 중 납채와 동시에 이루어지는 것으로, 신부 어머니의 성씨를 묻는 절차이다.

럽고 익살스러운 말로 서로 더하지 말며, 지붕 아래나 평상 위에서라도 오히려 입 바깥에 내지 못할 말이 있으며, 안방이 아니거든 감히 들어 머물지 말며, 몸에 질병이 있거든 감히 잠자리에 들지 말며, 몸에 상복을 입었거든 감히 안방에 들지 말며, 음양이 고르지 못하여 천기가 일상에서 벗어났거든 감히 편히 쉬지 말며, 헛된 욕구가 마음에서 싹트게 하지 말며, 삿된 기운이 몸에 달라붙게 하지 맒으로써 그 자식을 낳는 것이 아버지의 도리이다. 『시경』에 가로되 "네 방에서 (홀로) 보고 있어도 오히려 옥루(玉漏)[7]에 부끄러움이 없어야 하고 드러나지 않는다 하여 나를 보는 이가 없다고 하지 말라. 귀신이 오는 것을 우리가 헤아리지 못할 뿐이다" 하였다.['夫告'의 '夫'는 음이 [fū夫]이다. 諸는 語助辭이다. '使者'의 '使'와 '相在'의 '相'은 둘다 '去聲'이다.[8] '思'는 종어사(終語辭)이다. '度'는 입성(入聲)이다.[9]]

'聽[들을 청]'은 '이르는 대로 잘 들어 좇음[聽從]'이다. '媒氏'는 『주례(周禮)』에서 '남녀의 장가가고 시집가는 것을 관장하는 사람'이다. '명(命)'은 보내는 사명[10]이다. 〈사혼례(士昏禮)〉 납채(納采), 문명(問名), 납길(納

---

7 옥루(玉漏): 남들의 시선이 잘 닿지 않는 방의 서북쪽 구석을 이르는 말. 예전에는 이곳에 귀신을 모셔 두는 신줏단지를 두었으므로 '귀신을 모셔 둔 신줏단지'를 비유하여 이른 것이다.

8 '使(사)'는 상성일 때 '시키다', 거성일 때 '보내다'의 뜻으로 사용된다. 여기서는 '거성'으로 '사자(使者)'의 의미로 사용되었음을 가리킨다. '相(상)'은 평성일 때 '서로, 마주보다', 거성일 때 '보다, 돕다, 다스리다'의 뜻으로 사용된다. 여기서는 '상접(相接)'이 '돕고 대접하다'의 의미로 사용되었음을 말하는 것이다.

9 '度(도)'는 거성일 때 '법도' 또는 성씨를 가리키는 용법으로 사용되고 입성일 때는 '헤아리다, 재다'의 뜻으로 사용된다. 여기서는 후자의 의미로 사용되었음을 나타낸다.

10 詞命[사명]: 사신(使臣)이 명령을 받들어 외교 문서 등을 작성하거나, 외교 무대에서 응

吉), 납징(納徵), 청기(請期), 친영(親迎)의 육례(六禮)[11]이다. 생각해 보면 친영(親迎)은 사자(使者)가 없다. '오히려 입 바깥에 내지 못할 말이 있다(猶有未出口之言焉)'는 것은 공경으로써 서로 삼가며 감히 마음속에 있는 사사로운 일을 다 말하지 않는 것이다. '內寢(내침)'이란 '본처(本妻)가 주로 거처 하는 공간'[適室]이다. '麻絰(마질)'[12]과 '布衰(포최)'는 상복(喪服)을 말한다. '(陰陽)不調'와 '(天氣)失常'이란 '매우 심한 추위[隆寒]'나 '한창 심한 더위[盛暑]', '몹시 사납고 거세게 부는 바람[烈風]', '천둥 번개를 동반한 비[雷雨]'를 말한다. '宴息(연식)'은 '편안하게 자는 일[安寢]'을 말한다. '坎水(즉 신장)'가 마르지 않으므로 헛된 욕구[虛欲]가 (마음에서) 싹 트지 않으며 '离火(즉 심장)'가 항상 밝으므로 삿된 기운[邪氣]이 (몸에) 달라붙지 않는다. 이와 같이 한 연후에야 '神精(즉 정신의 정기)'이 왕성

대(應對)하면서 쓰는 말이나 문장.

11 육례(六禮)란 전통사회에서 행하던 혼인절차인 '납채(納采)·문명(問名)·납길(納吉)·납징(納徵)·청기(請期)·친영(親迎)'의 여섯 가지 혼례의식을 말한다. 첫째, '납채'는 신부측에서 중매인을 통한 신랑측의 혼인의사를 받아들이는 일이다. 납채의 '채(采)'는 채택의 뜻이므로 '납채'란 '(신랑측에서) 채택한 일을 (신부측에서) 받아들인다'는 뜻이다. 그러나 이 납채의 채택은 다만 혼인을 논의할 만한 상대의 채택에 그치고 실질적인 혼인의 절차는 납채 이후에 진행된다. 둘째, '문명'은 신랑측에서 신부 어머니의 성명을 묻는 절차이다. 이는 신부 외가 쪽의 가계나 전통을 알기 위함인데 이는 '납채'와 동시에 이루어진다. 셋째, '납길'은 신랑측에서 혼인의 길흉을 점쳐서 길함을 얻으면 그 결과를 신부측에 알리는 것이다. 넷째, '납징'은 혼인이 이루어졌음을 표시하는 절차이다. 납징의 '징(徵)'은 '표시'의 뜻으로 '혼인이 이루어짐(成)'을 뜻한다. 납길을 통하여 실질적인 혼인이 이루어졌다고 보기 때문에 납징 때에 이르러 신부측에 결혼예물, 즉 폐물(幣物)을 주게 된다. 다섯째, '청기'는 신랑측에서 신부측에 혼인 날짜를 정해 줄 것을 요구하는 것을 말한다. 여섯째, '친영'은 신랑이 직접 신부의 집으로 가서 신부를 맞이하는 의식으로 오늘날 결혼예식에 해당된다.

12 마질(麻絰): 상복에 갖추어 삼베로 만들어 머리와 허리, 팔 등에 두르는 것을 통틀어 이르는 말.

하여 자식을 낳으면 재주가 있고 또 오래 사는 것이다. 『시경(詩經)』〈대아(大雅)_억지편(抑之篇)〉이다. '相[상]'은 '보는 것[視]'이다. '屋漏(옥루)'는 집의 서북쪽 구석이다. '覯[구]'는 '보는 것[見]'이다. '格[격]'은 '이름[至]', '度[도]'는 '헤아림[測]'이다. 네가 혼자 있을 때 방구석 어두운 곳에서도 부끄러움이 없어야 하고 그런 이후에 드러나는 것이 없으면 보는 사람이 없는 것이 아니니 마땅히 귀신의 묘함을 알아 사물이 없어도 형체없이 와서 지각할 수는 없지만 헤아릴 수는 있음을 말한다.

○ 이 절은 태교의 도(道)는 남녀가 방에 있는 사이에서 시작하며 그 책임은 전적으로 아버지[父]에게 있다고 말한 것이다.

해설

남자가 육례(六禮)를 거쳐 아내를 취해 결혼하여 부부된 이후에는 서로 같은 방을 쓰더라도 서로(의 생활)을 존중하며 말을 삼가며 몸가짐을 바르게 하고 주변 상황이 좋지 않을 때(아프거나 자연적 제약, 사회적 제약 등이 있을 때)에도 아내를 대할 때 조심해서 대하는 것이 아버지가 될 사람의 도리라는 것이 본문의 내용이다. 이를 『시경(詩經)』〈대아(大雅)_억지편(抑之篇)〉의 "네 방에서 (홀로) 보고 있어도 오히려 (신주를 모셔놓은) 방구석에 부끄러움이 없어야 하고 드러나지 않는다 하여 나를 보는 이가 없다고 하지 말라.(相在爾室, 尙不愧于屋漏 無曰不顯 莫余云覯)"는 구절의 내용을 인용하여 보충하였다. 즉 태교는 남녀가 혼인하여 처음 한방에 거처하면서부터 시작되며 특히 남자, 즉 아버지될 사람의 태도와 책임이 중요하다는 것을 강조하였다. 이에 대해 유희는 주석 본문에서 '聽[들을 청]', '媒氏[매씨]', '命

[사명]', '使[보낼 사]', '六禮[육례]', '相[도울 상]', '內寢[내침]', '麻布[마포]', '相[볼 상]', '屋漏[옥루]', '覯[볼 구]', '格[다다를 격]', '度[헤아릴 도]' 등의 어휘와 '不調[부조]', '失常[실상]', '宴息[연식]' 등의 구(句), '猶有未出口之言焉', '虛慾不萌于心, 邪氣不設于體', '詩曰相在爾室, … 不可度思' 등의 문장에 대해 꼼꼼하게 보충 설명을 함으로써 사주당의 원문에 대한 이해를 돕고자 하였다. 특히 〈사혼례(士昏禮)〉 속의 '육례(六禮)'에 대한 설명이라든지 '不調[부조]'와 '失常[실상]'의 실제, '오히려 입 바깥에 내지 못할 말이 있다(猶有未出口之言焉)'가 어떤 의미로 사용되었는지를 보충하고, 또 '虛慾[허욕]'과 '邪氣[사기]'에 대해 이들이 각각 '坎水(즉 신장)'과 '离火(즉 심장)'의 상태와 관련이 있다는 한의학적 주석을 통해 그 의미를 좀더 명확하게 알 수 있게 해 주었다든지 '詩曰…' 이하의 내용이 『시경(詩經)』〈대아(大雅)_억지편(抑之篇)〉에서 가져온 말로 그 의미가 '방안에 부부끼리만 있을 때에도 항상 예의를 다하고 삼가야 함'에 있음을 상세하게 설명하고 있다. 또한 이외에 〈본문주(本文註)〉에서는 '夫', '使', '相', '度' 등의 음과 어조사(語助辭) '諸', 종어사(終語辭) '思' 등 문법 정보를 소개하고 〈난주(欄註)〉에서는 〈사혼례(士昏禮)〉, '適[적실]', '衰[상복]', '坎水[=腎[신장]]', '离火[=心[심장]]', '視' 등의 어휘 의미를 보충 설명하였다.

第四節

受夫之姓, 以還之夫, 十月不敢有其身, 非禮勿視, 非禮勿聽, 非禮勿言, 非禮勿動, 非禮勿思, 使心知百體, 皆由順正, 以育其子者, 母之道也. 女傳曰婦人娠子, 寢不側, 坐不偏, 立不蹕, 不食邪味, 割不正不食, 席不正不坐, 目不視邪色, 耳不聽淫聲, 夜則令瞽誦詩道正事, 如此則生子, 形容端正, 才過人矣.[知傳並去聲. 便本作邊. 義同蹕. 讀皮智反]

古者為子孫為姓. 詩[①]云振振公姓. 有私有也. 非禮勿視以下十六字論語文[②]. 使心知以下九字樂記文. 女傳漢劉向所著列女傳. 妊妊娠懷子也. 寢寐也. 側仄同不正也. 偏邊同一邊也. 蹕跛同偏任也. 邪味品之奇巧者 邪色容色之妖冶者. 淫聲音樂之褻亂者. 瞽樂師無目者. 詩孔子所刪三百篇也. 道說[③]也. 正事正人君子之事也. 陳氏曰 婦人妊子坐立視聽言動無不一出於正 然後生子 形容端正 才能[④]過人矣.

○此節 言胎教之責 專在於女.

번역

남편의 성을 받아 그 성을 다시 돌려보낼 때까지 잉태한 열 달 동안 감히 그 몸을 함부로 하지 말아야 하니, 예(禮)가 아니거든 보지 말며, 예(禮)가 아니거든 듣지 말며, 예(禮)가 아니거든 말하지 말며, 예(禮)가 아니거든 움직이지 말며, 예(禮)가 아니거든 생각하지 말아야 하니, 마음과 지각과 온몸으로 모두 순하고 바르게 함으로써 그 자식을 기르는 것이 어머니의 도리이다. 『여전(열녀전)』에서 말하기를, "부인이 자식을 임신하면 잠자리를 기울여 옆으로 자지 말며, 앉을 때 한쪽 구석으로 앉지 말며, 서 있을 때 기대지 말며, 삿된 음식을 먹지 말며, 자른 것이 바르지 않으면 먹지 말며, 자리가 바르지 않거든 앉지 말며, 눈으로 삿된 빛을 보지 말며, 귀로 음란한 음악을 듣지 말며, 밤에는 맹인악사에게 시와 바른 일을 읊게 하니, 이와 같이 하면 자식을 낳았을 때 얼굴이 단정하고 재능이 남보다 뛰어날 것이다"라 하였다.['知'와 '傳'은 둘다 거성(去聲)이다.[13] '便'은 본래 '邊'으로 쓴다. 뜻은 '蹕(길 치울 필)'와 같다. '讀[피]'는 [皮智]反이다.]

옛날에는 자손(子孫)의 성(姓)으로 성(姓)을 삼았다고 한다. 『시경(詩經)』에서 이르기를 "번창한 '공후의 자손'[公姓]이로다."라고 하였다. '有[있을 유]'는 '사사로이 가지는 것[私有]'이다. '非禮勿視(예가 아니면 보지 말고)' 이하의 열여섯 자는 『논어(論語)』의 문장이다. '使心知' 이하의 열아홉 자는 〈악기(樂記)〉의 문장이다. 『여전(女傳)』은 한(漢)나라 유향(劉向)이 지은 『열녀전(列女傳)』이다. '妊[임]'은 '임신(妊娠, 아이를 뱀)'이고 '회자(懷子, 자식을 뱀)'이다. '寢[잘 침]'은 '잠자다[寐]'이다. '側[기울 측]'은 '기울다[仄]'인데 '바르지 않다[不正]'와 같다. '偏[치우칠 편]'은 '가[邊]'인데 '한 쪽 가[一邊]'와 같다. '蹕[기댈 필]'은 '기대다[跛]'인데 '비스듬히 서다[偏任]'와 같다. '삿된 맛[邪味]'이란 '[品]이 기이하고 교묘한 것'이고 '삿된 빛[邪色]'이란 '생김새[容色]가 요사하고 야한 것[妖冶者]'이다. '제성[淫

① 詩麟趾篇文.(『시경(詩經)』〈인지지(麟之趾)〉편(篇)의 글이다.) ※ 『시경(詩經)』〈인지지(麟之趾)〉편의 "麟之趾 振振公子 于嗟麟兮. 麟之定 振振公姓 于嗟麟兮. (기린의 발, 성공한 공후의 아들이로다, 아 기린이여!, 기린의 이마, 번창한 공후의 자손[姓]이로구나, 아 기린이여!)"에서 온 말이다.

② 樂記禮記篇名.(〈악기(樂記)〉는 『예기(禮記)』의 편명(篇名)이다.)

③ 說音雪.('說'은 음(音)이 '雪[설]'이다.)

④ 能耐同.('能'과 '耐[내]'는 같다.)

13 '知'는 평성일 때 '알다, 깨닫다, 느끼다' 등 동사로 사용되지만 거성일 때는 '지혜, 지각, 대접' 등 명사로 사용된다. 여기서는 명사의 용법으로 사용되었다. '傳'은 '옮기다, 퍼뜨리다'일 때 평성, '전하다, 알리다, 전기문, 역참' 등의 뜻일 때 거성으로 사용되었다. 여기서는 거성으로 '전기문'의 뜻으로 사용된 것이다.

聲]'은 '음악이 난잡한 것[音樂之襍亂者]'이다. '瞽[소경 고, 맹인악사 고]'는 악사[樂師]인데 눈이 없는 이이다. 여기서 '시(詩)'란 공자(孔子)가 편집한 책(즉 『시경(詩經)』)의 시 삼백편(三百篇)이다. '道[말할 도]'는 '이야기하다[說]'이다. '正事[정사, 바른 일]'는 '마음씨가 올바른 군자의 일[正人君子之事]'이다. 진씨(陳氏)[14]가 말하기를 "임신한 부인[婦人妊子]은 앉고 서고 보고 듣고 말하고 움직임에 '바름[正]'에서 나오지 않은 것이 없어야 하는데 그런 연후에 자식을 낳으면 겉모습이 단정하고 재능이 남보다 나을 수 있다고 하였다."고 하였다.

○ 이 절은 태교의 책임이 오로지 여자에게 있다고 말한 것이다.

해설

처음 수태를 하고 나면 어머니될 사람이 남편의 성(姓)을 받아 아들의 성(姓)으로 물려 주는 역할을 성실히 수행하여야 한다. 임신한 여성은 아이를 배고 있는 열달 동안 보고 듣고 말하고 움직이고 생각하는 모든 일에서 온몸과 마음과 지각을 예에 따라 순하고 바르게 하는 것이 태교의 바른 도리라는 점을 강조하고 이에 대한 문헌적 근거로 유향의 『여전(열녀전)』 속 자료를 예로 들었다. 한(漢)나라 유향이 지은 『여전(열녀전)』은 전통 사회에서 오랫동안 여성의 생활 지침서로 사용되어 온 문헌이다. 이 속에서 사용된 "(부인이 자식을 임신하고 나면) 잠자리를 기울여 옆으로 자

14 송나라 진양(陳暘, 1068~1128)을 말한다. 이 부분의 내용은 진양이 편찬한 『악서(樂書)』(1104)의 내용을 가져온 것이다.

지 말며, 앉을 때 한쪽 구석으로 앉지 말며, 서 있을 때 기대지 말며, 삿된 음식을 먹지 말며, 자른 것이 바르지 않으면 먹지 말며, 자리가 바르지 않거든 앉지 말며, 눈으로 삿된 빛을 보지 말며, 귀로 음란한 음악을 듣지 말며, 밤에는 맹인악사에게 시와 바른 일을 읊게 하라"는 구절은 전통 유교 사회에서 하나의 관용구로 사용되었을 정도로 널리 알려진 이야기이다. 유희의 주석 본문에서는 이와 함께 '有[있을 유]', '妊[아이밸 임]', '寢[잘 침]', '側[기울 측]', '偏[치우칠 편]', '蹕[기댈 필]', '瞽[소경 고, 맹인악사 고]', '道[말할 도]' 등의 어휘 풀이와 '삿된 맛[邪味]', '삿된 빛[邪色]', '제성[淫聲]', '正事[정사]' 등의 구(句)에 대한 설명, 그리고 『시경(詩經)』, 『논어(論語)』, 『예기(禮記)』〈악기(樂記)〉 및 진양의 『악서(樂書)』(1104)에서 인용된 구절들에 대해서 보충 설명을 하였다. 특히 '姓'에 대한 설명에서 "옛날에는 자손(子孫)의 성(姓)으로 성(姓)을 삼았다"고 하면서 『시경(詩經)』의 '振振公姓(번창한 '공후의 자손'[公姓]이로다.)'를 들었는데 이는 '姓[성]'이 결정되는 것이 훌륭한 아들을 낳아 그 아들이 번창하게 됨으로써 '姓[성]'을 얻게 된다는 점에서 어머니가 한 집안을 결정하는 데 가장 중요한 역할을 하게 된다는 점을 부각하고자 한 설명이라는 점에서 주목할 필요가 있다. 본래 '姓[성]'은 모계를 통해 전해지는 특성을 가지고 있었고 현대 한국어에서 성씨(姓氏)는 '본관+성'의 방식으로 불리는 이유를 '모계+부계'의 통합으로 이해해 볼 수 있다. 즉 지역을 기반으로 하는 모계의 전통에 혈통을 기반으로 하는 부계의 전통이 결합되면서 '본관+성'으로 실현되는 '경주 김씨'와 같은 혈통 개념이 정착하게 되는데 여기서 본관은 '경주댁, 상주댁, 나주댁, 청주댁, 서울대, 부산댁'과 같이 여성의 출신지를 나타내는 명칭과 맥락을 같이 하는 것으로 이해해 볼 수 있다. 한편 〈난주(欄註)〉에서는 '姓'과 관련한 이야기가 『시경(詩經)』〈인지편(麟趾篇)〉의 문장이라는 점과 '說'의 음(音)이 '雪[설]'이라는 점, 그리고 '能'이 '耐[내]'와 같은 의미로 '할 수 있다'의 의미로 사용되었음이 강조되었다.

第五節

子長羈丱, 擇就賢師, 師教以身, 不教以口, 使之觀感而化者, 師之道也, 學記曰, 善敎者, 使人繼其志.[長去聲. 羈丱音奇慣]

羈束髮也. 丱兩角貌. 春秋傳①曰 羈丱成童. 師教以身 猶曰無行②而不與二三子者耶. 不教以口 猶曰聲色③之於以化民末也. 觀目觀 感心惑 化身化也. 學記禮記篇名. 繼其志者人樂倣傚也.

○此節 言既長之後 責在於師.

번역

아이가 자라 머리를 묶을 때가 되면 현명한 스승을 골라 나아가야 하니, 스승은 몸으로써 가르치며 입으로 가르치지 않느니, 보고 느껴서 감화토록 하는 것이 스승의 도리이다. 〈학기(學記)〉에 말하기를, "잘 가르치는 자는 사람(배우는 사람)으로 하여금 그 뜻을 이어가게 한다"고 하였다.['長'은 거성(去聲)이다.[15] '羈丱'의 음은 '奇慣[기관]'이다.])

---

① 春秋穀梁傳.(『춘추(春秋)』〈곡량전(穀梁傳)〉)

② 無行以下論語文.('無行[무행]' 이하는 『논어(論語)』의 문장이다. ※ 『논어(論語)』〈술이

'羈[굴레 기]'는 '머리를 묶는 일'이다. '丱[쌍상투 관]'는 '양쪽으로 뿔처럼 묶은 머리모양'이다. 『춘추(春秋)』〈곡량전(穀梁傳)〉에 말하기를 '머리 묶는 일[羈丱]'은 아동(兒童)[16]이 되는 일이다. '스승이 몸으로써 가르친다[師教以身]' 함은 마땅히 행동하되 함께 하지 않는 것이 없어야 한다는 것이며 '입으로 가르치지 않는다'는 것은 마땅히 말소리와 겉모습은 백성을 교화하는 데 지엽적인 것이어야 한다는 말이다. '觀[볼 관]'은 '눈으로 보는 것[目觀]'이고 '感[느낄 감]'은 '마음으로 느끼는 것[心感]'이며 '化[될 화]'는 '몸이 감화되는 것[身化]'이다. 〈학기(學記)〉는 『예기(禮記)』의 편명(篇名)이다. '그 뜻을 이어가게 한다(繼其志)'는 것은 "사람이 본뜨고 본받는 것을 기꺼이 한다"는 것이다.

○ 이 절은 이미 장성한 뒤에야 스승에게 책임이 있다고 말한 것이다.

편(述而篇)〉 23장. "子曰: "二三子! 以我爲隱乎? 吾無隱乎爾. 吾無行而不與二三子者, 是丘也!"(공자께서 말씀하셨다. "이보게들! 내가 뭘 숨기고 있다고 생각하는가? 나는 숨기는 것이라곤 아무것도 없네. 나는 행하여 자네들과 함께 하지 않는 것이라곤 아무것도 없네. 이것이 구(丘)일세!") ※ '二三子'는 스승이 두세 명의 제자를 한꺼번에 부를 때, 또 임금이 두세 명의 신하를 한꺼번에 부를 때 쓰는 말이다.

③ 聲色以下中庸文.('聲色[성색]' 이하는 『중용(中庸)』의 문장이다. ※『중용(中庸)』 제31장, "子曰: 聲色之於以化民 末也"(공자께서 말씀하셨다. "말소리와 겉모습은 백성을 교화하는 데 지엽적인 일이다.")

---

15 '長'은 평성일 때 '길다, 항상, 늘'의 뜻으로 사용되고 거성일 때 '자라다', 상성일 때 '맏'의 의미로 사용된다. 여기서는 거성으로 '자라다'의 뜻으로 사용된 것이다.

16 童: 열대여섯살 이하의 아이.

해설

자식이 장성하고 나면 머리를 양갈래로 묶어 총각머리를 해 주고 현명한 스승을 가리어 배우게 하는데, 이때 현명한 스승은 단순히 말이나 글로 가르치는 것이 아니라 몸소 실천함으로써 가르치는 이를 말한다. 이를 보충하여 설명하기 위해 『예기(禮記)』〈학기(學記)〉의 한 구절을 인용하여 학생이 스승의 행동으로부터 깨달음을 얻어서 그 뜻을 이어받게 하는 것이 현명한 스승의 역할임을 강조하였다. 유희의 주석 본문에서는 '羈[굴레기]', '丱[쌍상투 관]', '觀[볼 관]', '感[느낄 감]', '化[될 화]'의 어휘 의미를 보충하였는데 특히 '羈丱[기관]'을 설명하기 위해 『춘추(春秋)』〈곡량전(穀梁傳)〉의 설명을 가져 왔다. 〈난주(欄註)〉에서도 '羈丱[기관]'이 『춘추(春秋)』〈곡량전(穀梁傳)〉에서 가져온 말이라는 점과 『논어(論語)』의 문장('無行[무행]' 이하)과 『중용(中庸)』의 문장('聲色[성색]' 이하)에 대해 보충하여 주석을 덧붙였다.

第六節

是故, 氣血凝滯, 知覺不粹, 父之過也, 形質寢陋, 才能不給, 母之過也, 夫然後, 責之師 , 師之不教, 非師之過也.[知過並去聲. 能乃代反. 夫音扶 後同.]

粹精純也. 寢醜陋劣也. 能耐同才力也. 給之為言足也.

○此節 結上三節之意 而言子 有才知然後 專責之師.

번역

이렇기 때문에 기(氣)와 혈(血)이 엉겨 정체되고 지(知, 앎)와 각(覺, 깨달음)이 순수하지 못한 것은 아버지의 허물이요, 형태와 자질(즉 용모)이 비루하고 재주와 견디는 능력이 주어지지 못한 것은 어머니의 허물이다. 무릇 그 이후에 스승의 책임이 있으니, 스승의 가르침이 부족한 것은 스승의 허물이 아니다.['知'와 '過'는 둘다 '거성(去聲)'이다.[17] '能[내]'은 [乃代]反이다. '夫'의 음은 [扶]이고 이하 마찬가지이다.]

'粹[수]'은 정치(精緻)하고 순수(純粹)함이다. '寢[침]'은 '추하다[醜]'이고 '陋[루]'는 '열등하다[劣]'는 것이다. '能[내]'는 '견디다[耐]'인데 '재력(才力, 재주와 능력)'과 같다. '그것을 준다'[給之]는 것은 '풍족함'을 말한다.

○ 이 절은 앞의 3절의 내용을 요약한 것으로, 자식에게 재능과 지력이 있고 난 뒤에야 오로지 스승의 책임을 논할 수 있다고 말한 것이다.

해설

태어난 아이의 지각(知覺)이 부족한 것은 아버지의 잘못이고 겉모습과 체질의 문제는 어머니에게서 비롯한 것인데 스승의 잘못은 그 이후의 일이

---

17 '知'는 평성일 때 '알다, 깨닫다, 느끼다' 등 동사로 사용되지만 거성일 때는 '지혜, 지각, 대접' 등 명사로 사용된다. 여기서는 명사의 용법으로 사용되었다. '過'는 평성일 때 '지나다, 경과하다'의 뜻에서 동사로 사용되었지만 거성일 때는 '잘못, 허물, 넘다/초과하다, 나무라다' 등의 의미로 사용되었다. 여기서는 후자의 의미 중 명사 용법인 '잘못, 허물'의 의미로 사용되었다.

기 때문에 아이가 자라면서 올곧고 바르게 자라느냐는 아버지와 어머니의 선천적 교육(태교 등)에 그 원인이 있는 것이지 스승에 의한 후천적 교육에 있는 것이 아님을 강조하였다. 비교적 짧은 이야기이지만 이는 앞에서 3절~5절까지에서 다룬 아버지의 책임, 어머니의 책임, 스승의 책임에 대해 요약 정리하면서 그중에서도 아버지와 어머니의 책임이 한 사람의 교육에 무엇보다 중요하다는 점, 즉 태교의 중요점을 강조한 것이다. 유희는 주석 본문에서 '粹[수]', '寢[침]', '陋[루]', '能[내]' 등의 어휘 풀이와 '給之[그것을 준다]'는 구절에 대한 풀이를 간략히 덧붙였다.

右 第一章 只言敎字 ○此章 言氣質之病 由於父母 以明胎敎之理

번역

앞 제1장. '敎'자에 대해 말한 것이다, ○ 이 장은 태교의 이치를 밝힘으로써 기질(氣質)의 병이 부모에게서 유래함을 말한 것이다.

해설

이상은 제1장으로 전체 10장의 구성 중에서 특히 '교(敎, 가르침)'의 이치를 밝힌 부분이다. 이 장은 총 6개의 절로 구성되어 있는데, 전형적인 기-서-결의 삼단 구성으로 되어 있다. 즉 제1절~제2절(사람의 기질은 어디에서 왔는가. 아버지와 어머니로부터 왔다.-기), 제3절~5절(태교에 있어서 아버지와 어머니의 역할이 중요하다. 그 이후에 스승의 역할이 있다-서), 제6절(태교를 통해 자식에게 재능과 지력이 있고 난 뒤에야 오로지 스승의 책임을 논할 수 있다-결)로 구성된 것이다. 이러한 구성을 통해 강조하고자 한 것은 '교(敎, 가르침)'라는 개념을 단순히 스승의 가르침에 그치지 않고 10개월 간의 어머니의 복중(腹中) 가르침과 임신 전 하루 동안의 아버지의 기질적 가르침으로 확대해서 설명해야 한다는 것이다.

2. 第二章

‘胎[태]’자에 대해 말함

第一節

夫木胎乎秋, 雖蕃廡, 猶有挺直之性, 金胎乎春. 雖勍利, 猶有流合之性, 胎也者, 性之本也. 一成其形而敎之者, 末也.[廡古通蕪. 勍音黥]

> 陰陽家① 木胎於酉 生於亥 旺於卯 絕於申 金胎於卯 生於巳 旺於酉 絕於寅 挺上抽也. 性指氣質之性 木是柔物 而猶䚗流合者 稟乎春也. 性之得於胎教者如此 一成其形謂木芽金礦②及人之産也.

○此節 言物之性 由於胎時之養.③

번역

무릇 나무[木]는 가을에 잉태되기 때문에 비록 무성하게 되더라도 곧게 뻗어나는 성질이 있음과 같고 쇠[金]는 봄에 잉태되기 때문에 비록 굳세고 날카롭게 되더라도 흘러 엉기는 성질이 있음과 같다. 태(胎, 아이 배는 일)라는 것은 성품의 근본이니 그 형상을 한번 이루고 나면 그것을 가르치는 일은 맨 마지막 일인 것이다.[‘廡’는 옛날에는 ‘蕪’와 통용자였다. ‘勍[셀 경]’의 음은 ‘黥[경]’이다.]

음양가들이 "'나무[木]'는 '酉(한가을, 음력 10월)'에 태동하여 '亥(초겨울, 음력 12월)'에 생성되고 '卯(한봄, 음력 4월)'에 왕성해졌다가 '申(초가을, 음력 9월)'에 끊어지며, '쇠[金]'는 '卯(한봄, 음력 4월)'에 배태되어 '巳(초여름, 음력 6월)'에 생성되고 '酉(한가을, 음력 10월)'에 왕성해졌다가 '寅(초봄, 음력 3월)'에 끊어진다"고 하는 데서 위의 이야기를 빼온 것이다.[1] 본성[性]이란 기질의 성[性]을 가리키는 것이니 나무(나무의 속성)는 사물을 부드럽게 하여 흘러 합칠 수 있게 하는 것이므로 봄에 부여된다. 본성을 얻는 일이 태교에서 얻어진다는 것은 이와 같으니 '그 형상을 한번 이룬다[一成其形]' 함은 '나무의 싹[木芽]'이나 '쇠의 광석[金礦]' 및 '사람의 출산'을 말한다.

○ 이 절은 사물의 본성이 배태(胚胎, 아이를 뱀)시에 길러짐에 말미암는다고 말한 것이다.

① 陰陽家推擇吉凶之術(음양가는 길흉의 방법을 가려 뽑는다).
② (木)芽金礦((나무의) 눈과 쇠의 광석이다)
③ 養去聲, 後節同('養'은 거성(去聲)이다. 아래 절도 같다.). ※ '養'은 상성일 때 '기르다/먹이다, 즐기다, 다스리다'의 뜻이고 거성일 때 '길러지다, 공양하다'의 뜻으로 사용된다. 여기서는 '길러지다'의 용법이다.

1 이른바 지지(地支) 즉 12지는 24절기와 각각 자(子-대설/동지, 한겨울), 축(畜-소설/대한, 늦겨울), 인(寅-입춘/우수, 초봄), 묘(卯-경칩/춘분, 한봄), 진(辰-청명/곡우, 늦봄), 사(巳-입하/소만, 초여름), 오(午-망종/하지, 한여름), 미(未-소서/대서, 늦여름), 신(申-입추/처서, 초가을), 유(酉-백로/추분, 한가을), 술(戌-한로/상강, 늦가을), 해(亥-입동/소설, 초겨울)의 대응을 보인다.

해설

나무[木], 쇠[金], 물[水], 불[火], 흙[土]의 오행(五行)이 자연의 순환 과정에서 배태되듯이 사람도 태(胎)를 통해 그 형상과 기질이 정해지는데 이것을 가르쳐 올바른 방향으로 이끄는 것은 그 다음의 일이어서 사람의 본성의 기질을 바르게 얻으려면 태교를 올바르게 해야 한다. 유희는 주석 본문에서 이러한 내용 중 특히 음양가의 주장을 인용하여, 나무의 눈이나 쇠의 광석, 사람의 출산이 모두 배태시(아이를 밸 때)에 본성이 결정되는 것임을 보충하여 설명하였다. 본문주에서는 '廡'의 통용자와 '勍[셀 경]'의 발음을 보충하였고 〈난주(欄註)〉에서는 '음양가(陰陽家)'와 '木芽金礦'에 대해서 한번 더 보충하였고 끝으로 '養'이 거성으로 '길러지다'의 뜻임을 강조하였다.

第二節

胎於南方, 其口閎, 南方之人, 寬而好仁, 胎於北方, 其鼻魁, 北方之人, 倔强而好義, 氣質之德 也, 感而得乎十月之養, 故君子必愼之爲胎.[閎宏通. 倔音掘.]

閎渶大也. 魁高擧也. 南方水渶 故口閎 北方山高 故鼻魁. 孔子曰 寬柔以教 不報無道 南方之強也. 衽金革死 而不避 北方之強也. 德性之效也.

○此節 略擧以見 人之性 由於胎時之養.

번역

남방에서 아이를 배면 그 입이 크니 남방 사람이 너그럽고 인(仁)을 좋아하며, 북방에서 아이를 배면 그 아이의 코가 크니 북방 사람이 굳세고 의기를 좋아하는 것은 기질의 덕이다. 열 달 동안의 기름에 감응하여 얻는 까닭에 군자는 반드시 '삼가는 것'으로 태를 삼는 것이다.['闊[굉]'과 '宏[굉]'은 통용자(通用字)이다. '倔'의 음(音)은 [掘/굴]이다.]

'闊[굉]'은 흘러서 큰 것이다. '魁[괴]'는 높이 들어 올린 것이다. 남방에는 물이 흐르기 때문에 입이 크고 북방에는 산이 높기 때문에 코가 크다. 공자께서 말씀하시기를 "너그러움과 부드러움으로 가르치고 무도한 이에게 보복하지 않는 것이 남방의 강함이다. 쇠와 가죽을 깔고 죽어도 피하지 않는 것이 북방의 강함이다."[2]라 하였다. 덕성을 본받음이다.

○ 이 절은 사람의 본성이 뱃속에 있을 때 길러짐을 간략히 예를 들어 보인 것이다.

---

2 '孔子' 이하의 내용은 『중용』의 10장의 내용에서 가져온 것이다. 『중용』 10장의 내용은 '강함'에 대해 묻는 자로의 질문에 대한 공자의 대답으로 이루어져 있다. 원문의 내용은 다음과 같다.
子路問強. 子曰:「南方之強與, 北方之強與, 抑而強與? 寬柔以教, 不報無道, 南方之強也. 君子居之. 衽金革, 死而不厭, 北方之強也. 而強者居之.(자로가 강함에 대해 물었다. 선생님이 말씀하시기를[子曰] 남방의 강함 말이냐, 북방의 강함 말이냐, 너의 강함 말이냐? 너그러움과 부드러움으로 가르치고 무도한 이에게도 보복하지 않는 것이 남방의 강함이니 군자는 거기에 거(居)하고, 쇠(무기)와 가죽(갑옷)을 깔고 죽는다 해도 꺼리지 않는 것이 북방의 강함이니 강한 이들은 거기에 거(居)한다.)

해설

자신이 태어난 지역에 따라 기질이 달라진다. 남방 사람의 겉모습과 기질은 남방의 기후 및 풍토와 관련이 되고 북방 사람의 겉모습과 기질은 북방의 기후 및 풍토와 관련된다는 풍토설에 따라 사람의 태를 설명하고자 한 것이다. 유희의 주석에서는 '闊[괭]', '魁[괴]'의 어휘 풀이와 남방의 사람이 입이 큰 이유와 북방의 사람이 코가 높은 이유를 각각의 지형 즉 남방은 바다가 드넓고 북쪽은 높은 산이 있기 때문이라고 비유적으로 설명한 것이다. 특히 후자의 내용에 대해 『중용』의 10장에 있는 공자의 말 "남방 사람들은 관용의 특징이 강하고 북방 사람들은 용맹함의 특징이 강하다"를 인용하여 태(胎)에 따라 덕성이 본받아짐을 강조하였다.

右 第二章 只言胎字 ○此章 引譬以見 胎教之效.

번역

앞 제2장. '胎[태]'자에 대해서만 말한 것이다. ○이 장은 태교의 효과를 비유를 통해 보여준 것이다.

해설

제2장은 두 개의 절로 이루어졌는데 태(胎)가 인성(人性)의 본질이 결정되는 근본이기 때문에, 올바른 수태를 위해서 반드시 마음가짐을 조심해야 함을 비유하여 설명한 것이다. 제1절에서는 자연의 5행의 속성에 따라 복중 영아의 속성이 정해진다는 것이고 제2절에서는 남방과 북방의 지역적

기질의 차이가 태아에게 영향을 미친다고 보았다. 이 두 이야기는 이러한 모든 일이 태중의 10달 동안에 주어지는 일이기 때문에 이때 더욱 태교에 힘써야 함을 강조한 것이다.

3. 第三章

'태'와 '교'를 갖추어 말함

第一節

古者聖王, 有胎敎之法, 懷之三月, 出居別宮, 目不衺視, 耳不妄聽, 音聲滋味, 以禮節之, 非愛也, 欲其敎之豫也. 生子而不肖其祖, 比之不孝. 故君子, 欲其敎之豫也, 詩曰, 孝子, 不匱, 永錫[1]爾類.

古者聖王以下三十三字 顏氏家訓①文. 懷之三月始知胎也. 出居別宮 欲寧靜也. 目不衺視 正容貌也. 耳不妄聽 絶㒓語也. 音聲滋味以禮節之 即所謂比三②月 若王后所求聲音 非禮樂則 太師撫樂而 稱不習所求. 滋味非正味則 太宰荷升① 不敢煎調④ 而曰不敢者也. 愛憐惜也. 豫先事業. 肖似也. 子不肖祖比之無後 故其父自為不孝也. 詩大雅 既醉之篇 匱竭錫賜也. 言孝子之種⑤ 不竭長賜以汝之類也.

○此節 言古人有胎教 而其子賢.

1 錫은 '주석 석', '줄 사', '다리/가발 체'의 훈음을 가지며 여기서는 '주다, 하사하다'의 뜻이므로 [사]로 읽어야 한다.

번역

옛날 성왕(聖王)에게 태교의 법이 있어서, 회임한 지 3개월이면 별궁에 나가 거처하면서 눈으로는 흘겨보지 않고, 귀로는 망령된 것을 듣지 않으며, 음악소리와 맛난 음식도 예로써 그것을 절제하였는데, 아끼지 않아서가 아니라 그를 미리 가르치고자 하는 것이다. 자식이 태어나서 그 조상을 닮지 못하면 불효와 마찬가지다. 따라서 군자는 미리 가르치고자 하니 『시경(詩經)』에 이르기를 "효자는 다함이 없으니 길이 너와 같은 종류를 내리신다"고 한 것이다.

'古者聖王' 이하의 33자는 『안씨가훈(顏氏家訓)』의 문장이다. 회임한 지 3개월이면 태(胎)를 알기 시작한다. 별궁(別宮)으로 나가 사는 것은 편안하고 고요하게 있고자 함이다. 눈을 흘겨 보지 않음은 용모를 바르게 함이다. 귀로 망녕된 이야기를 듣지 않음은 잡스러운 말[緝樸語]를 끊는 것이다. '음악소리와 맛난 음식도 예로써 그것을 절제하였다(音聲滋味以禮節之)'는 말은, 즉 이른바 이 삼 개월 동안은 왕후가 '성음(聲音, 즉 듣고 싶은 음악)'을 구하더라도, 예악(禮樂)이 아니라면 태사(太師)[2]는 악기를

---

① 梁顏之推家訓.(양나라 안지추의 가훈이다). ※ 안지추(顏之推, 531~591): 중국 남북조시대 양(梁)나라의 문인. 자는 개(介). 학식과 문필로 이름을 떨쳤으며, 저서에《안씨가훈(顏氏家訓)》등이 있다.

② 比三以下文 大戴禮文.('比三' 이하의 문장은 『대대예(大戴禮)』의 문장이다.)

③ 荷上聲. 升一作斗.('荷'는 상성이다. '升'은 '斗'로도 쓴다) ※ '荷'는 평성일 때는 명사로 '연꽃', 상성일 때 동사로 '메다/짊어지다/부담하다/담다'의 뜻으로 사용된다. 여기서는 상성으로 '담다'의 뜻으로 사용되었다. '升[되 승]'과 '斗[말 두]'는 한자어로는 의미가 다르지만(말은 되의 10배) '斗'의 한자음이 '升'의 뜻인 '되'와 유사하기 때문에 통용해서 쓰기도 한다는 말이다.

연주하되 '구하신 것을 배우지 않았다[不習所求]'고 한다는 것이고, '자미(滋味, 즉 먹고 싶어하는 맛난 음식)'가 제대로 된 맛이 아니면 태재(太宰)는 되를 재되 감히 달이고 조리하지 않으며 '감히 할 수 없습니다[不敢]'라고 한다는 것이다. '愛[애]'는 '아끼는 것[憐惜]'이다. '豫[예]'는 '미리 일을 하는 것[先事業]'이고 '肖[닮을 초]'는 '닮는 것[似]'이다. 자식이 조상과 비교해서 닮지 않으면 후사가 없는 것이므로 그 아버지 된 자는 불효가 되는 것이다. 『시경(詩經)』〈대아_개취지편(大雅_既醉之篇)〉이다. '匱[다할 궤]'는 '다하는 것[竭]'이고 '錫[줄 석]'은 '주는 것[賜]'이다. '너와 같은 종류'로써 끊어지지 않고 길게 내려 주는 것이 효자의 종류임을 말하는 것이다.

○ 이 절은 옛 사람들이 태교를 해서 그 자식이 현명했음을 말한 것이다.

해설

이 절에서는 『안씨가훈(顔氏家訓)』의 내용을 인용하여 옛 성인들이 태교에 힘썼음을 주장하였다. "옛날 성왕(聖王)에게 태교의 법이 있어서, 회임

④ 調平聲.('調'는 평성이다.) ※ '調'는 평성일 때 '어울리다, 조리(調理)하다', 거성일 때 '뽑히다, 가락/음률'의 뜻으로 사용되는 한자이다. 여기서는 '조리(調理)하다'의 뜻으로 사용되었다.

⑤ 種上聲.('種'은 상성이다.) ※ '種'은 평성일 때 형용사 '어리다', 거성일 때 동사 '심다', 상성일 때 명사 '씨, 종류'의 뜻으로 사용되는 한자이다. 여기서는 상성으로 '종류'의 뜻으로 사용되었다.

2 태사(太師): 악관(樂官)의 장(長).

한 지 3개월이면 별궁에 나가 거처하면서 눈으로는 흘겨보지 않고, 귀로는 망령된 것을 듣지 않으며, 음악소리와 맛난 음식도 예로써 그것을 절제하였는데 "운운"은 아마도 주나라 문왕의 어머니 태임(太任)의 고사를 염두에 둔 표현일 것이다. 특히 '자식이 태어나서 그 조상을 닮지 못한 것[不肖]'을 '불효(不孝)'로 규정하고 『시경(詩經)』의 "효자는 다함이 없으니 길이 너와 같은 종류를 내리신다"의 구절을 자식이 자신의 조상을 닮는 일을 두고 한 말로 보았다.

유희의 주석에서는 먼저 '古者聖王, 有胎敎之法, 懷之三月, 出居別宮, 目不衺視, 耳不妄聽, 音聲滋味, 以禮節之'까지의 내용이 『안씨가훈(顔氏家訓)』에서 가져온 말이라는 점을 밝힌 뒤, 이 글에서 '出居別宮(별궁에 나가 있는 것)'은 편안하고 고요하게 있고자 함이고 '目不衺視(눈을 흘겨 보지 않는 것)'은 겉모습 즉 용모를 바르게 함이며, '耳不妄聽(귀로 망녕된 이야기를 듣지 않는 것)'음은 잡스러운 정보[𣘻語]를 차단하기 위한 것임을 보충 설명하였다. 특히 '음악소리와 맛난 음식도 예로써 그것을 절제하였다(音聲滋味 以禮節之)'는 말에 대해 악사(樂士)가 임부의 요청이 있다 하더라도 바르지 못한 음악은 연주하지 않도록 하고 요리사 역시 임부가 특별히 맛난 것을 찾더라도 제대로 된 맛이 아닌 것을 조리하지 않도록 함으로써 임부의 상태를 조절하여야 한다는 점을 강조하여 설명하고 있다. 나아가 '愛[애]', '豫[예]', '肖[닮을 초]', '匱[다할 궤]', '錫[줄 석]' 등의 한자어 의미를 구체적으로 설명하고 특히 '肖[닮을 초]' 의 의미를 설명하면서는 자식이 조상을 닮지 않게 되면 결과적으로 후사(後嗣)가 없게 된 것이기 때문에 불효(不孝)에 해당한다는 설명을 보충하고 『시경(詩經)』〈대아_개취지편(大雅_旣醉之篇)〉의 구절 '孝子 不匱 永錫 爾類(효자는 다함없이 너의 종류를 길이 내려준다)'를 '孝子之種 不竭長賜以汝之類(효자의 핏줄은 너와 같은 종류를 다함 없이 내리신다)'로 보충하여 풀어서 설명하고 있다.

第二節

今之娠者 , 必食恠味, 以悅口, 必處凉室, 以泰體, 閒居無樂, 使人諧語而笑之, 始則誑家人, 終則久臥恒眠, 誑家人, 不得盡其養, 久臥恒眠, 營衛停息, 其攝之也悖, 待之也慢. 惟然故, 滋其病而難其産, 不肖其子而墜其家, 然後歸怨於命也.[閒音閑. 樂音洛. 養去聲. 誆俱曠反.]

> 諧語謂可笑謊①說也. 誑欺瞞也. 盡盡其道也. 血行為榮 氣行為衛 周流一身者也. 息止也. 摂妊婦自護也. 待謂他人待妊婦也. 滋益也. 家謂家聲也. 命命數也.

○此節 言今人無胎教 而其子不肖.

번역

요즘의 잉태한 이들이 꼭 이상한 음식을 먹으며 입을 즐겁게 하고, 꼭 서늘한 방에 있으면서 몸을 게으르게 하고, 한가하게 있으면서 낙도 없이 사람으로 하여금 황당한 우스갯소리를 하게 하고 그것을 비웃는다니, 시작부터 집안사람을 속이고, 종래에는 오래 누워서 계속 잠만 자면서, 집안 사람을 속이기 때문에 그 기름을 다 하지 못하게 되고, 오래 누워서 늘 자기 때문에 영위(營衛)가 정체되어 그 섭생이 어그러지고 보충하는 것이 늦추어진다. 바로 그러한 이유로 그 병을 기르며, 그 출산을 어렵게 하며,

그 자식을 갖추어지지 못하게 하여서 그 집안을 무너뜨리고 난 연후에 운명에다가 원망을 돌린다.['閒[한]'은 음(音)이 '閑[한]'이다. '樂[락]'은 음(音)이 '洛[락]'이다. '養[양]'은 거성(去聲)이다.3 '誆[광]'은 [俱曠]反이다.]

'諧語'는 '황당한 우스갯소리'를 말한다. '誆[속일 광]'은 '속이는 일[欺瞞]'이다. '盡'은 '그 말을 다하는 것'이고 피가 도는 것[血行]이 '榮[영]'이고 기가 도는 것[氣行]이 '衛[위]'인데 온몸을 한 바퀴 도는 것이다. '息[쉴 식]'은 '그치는 것[止]'이다. '攝[추스를 섭]은 임부(妊婦)가 스스로를 돌보는 것[自護]이다. '待는 다른 사람을 기다리는 임부(妊婦)를 말한다. '溢는 ''넘치는 것[益]'이다. '家'는 '집안의 명성[家聲]'을 말한다. '命'은 '명운과 운수[命數]'이다.

○ 이 절은 요즘 사람들이 태교를 하지 않아서 그 자식이 불초함을 말한 것이다.

해설

사주당은 당시에 사람들 중에 불초한 사람들이 많았는데 그 이유를 사람들이 태교를 하지 않았기 때문이라고 한 것이다. 즉 당시의 임부들이 괴

---

① 謊虛語.('謊[황]'은 '헛소리[虛語]'이다.)

3 '養'은 상성일 때 '기르다/먹이다, 즐기다, 다스리다'의 뜻이고 거성일 때 '길러지다, 공양하다'의 뜻으로 사용된다. 앞서 언급한 것처럼 여기서 '養'은 '길러지다'의 의미로 사용되었다.

이한 음식을 즐기고, 서늘한 방에서 게을리 지내고 우스갯소리나 즐기는 생활 태도를 갖기 때문에, 처음부터 집안사람을 속이고, 나중에 이르기까지 오래 누워서 계속 잠만 잔다든지 하면서 집안 사람을 속이기 때문에 뱃속의 아이가 바르게 길러지지 못하고 영양이 불충분하게 되어 병이 생기거나 출산이 어려워지는 것이고 종국에는 제대로 된 자식이 태어나지 못하게 됨으로써 그 자식이 집안을 망가뜨리는 상황에 이른 뒤에야 운명을 탓하며 자신의 잘못을 회피하려 한다는 것이다. 태교에 대한 사주당의 이러한 인식은 서구의 우생학에서 말하는 것보다 훨씬 더 구체적인 것으로 태교의 사회적 역할까지를 강조하는 내용이라 할 수 있을 것이다. 유희는 본문주에서 '閒[한]', '樂[락]', '養[양]'과 '誆[광]'의 발음에 대해 보충하였고 주석 원문에서 '諧語[해어, 우스갯말]', '誑[속일 광]', '盡', '榮[영]', '衛[위]', '息[쉴 식]', '攝[추스를 섭]', '待[기다릴 대]', '滋[넘칠 자]', '家[집안 가]', '命[운수 명]' 등의 어휘 의미를 보충하여 설명하였다. 난주(欄註)에서는 '諧語[해어]'에 대한 설명에서 사용된 말 '謊[잠꼬대 황]'에 대해서 따로 설명한 것이다. '誆[광]'의 발음으로 설명한 [俱曠]反이란 '구[俱]'의 'ㄱ'과 '광[曠]'의 'ㅘㅇ'을 합쳐서 [광]으로 발음한다는 뜻이다.

第三節

夫獸之孕也, 必遠其牡, 鳥之伏也, 必節其食, 果蠃化子, 尙有類我之聲, 是故, 禽獸之生, 皆能肖母, 人之不肖, 或不如禽獸然後, 聖人, 有怛然之心, 作爲胎敎之法也.[遠遠萬反. 伏去聲. 果亦作蜾. 蠃上聲.]

遠遠之也. 獸之雄曰牡. 鳥抱卵曰伏. 果蠃細腰蠭即蒲盧也. 純雄無子取桒虫 附之於木 空①中祝[4]之 曰類我類我. 七日而化為其子. 禽獸多知母而不知父. 故只曰肖母. 怛然傷痛貌.

○此節 言以人而 不可無胎教.

번역

무릇 짐승이 잉태를 했을 때 반드시 수컷을 멀리하며, 새가 알을 품을 때 반드시 먹는 걸 절제하며, 나나니벌이 새끼를 만들 때 나를 닮으라고 소리를 내니, 이러한 고로 새와 짐승이 새로 태어나면 모두 어미를 닮으나, 사람 가운데 사람 같지 않고 새 짐승만도 못한 이들이 있으니, 성인께서 안타까이 여기는 마음을 가지고 태교의 법을 만드신 것이다.['遠[원]'은 [遠萬]反이다. '伏[복]'은 거성(去聲)이다.[5] '果[과]'는 또한 '蜾[과]'로도 쓴다. '蠃[라]'은

① 空去聲.('空[공]'은 거성(去聲)이다.) ※ '空'은 평성일 때 형용사로 '공허하다', 거성일 때 동사로 '비다'의 뜻으로 사용되었다. 여기서는 동사 '비다'의 용법으로 '中'과 함께 '공중(空中, 하늘과 땅 사이의 빈곳)'으로 사용되었다.

---

4 명나라 약물학자 이시진(李時珍, 1518~1593)은 『본초강목(本草綱目)』에서 "長瓠, 懸瓠, 壺盧, 匏瓜, 蒲盧, 名狀不一, 其實一類各色也. (장과(長瓠), 현과(懸瓠), 호로(壺盧), 포과(匏瓜), 포로(蒲盧)는 이름은 다르지만 그 열매는 같은 종류로 색깔만 각각이다.)"라고 주석을 단 바 있는데, 이를 통해 '포로(蒲盧)'가 호로박 혹은 호리병박과 같은 종류의 박임을 알 수 있다. 여기서 '과라(蜾蠃)' 즉 나나니벌은 그 모양이 호로박처럼 생겼기 때문에 '포로(蒲盧)'로도 불렸는데 그 이유는 포로와 나나니벌의 색깔이 비슷하게 거무스름한 색이기 때문이다. '허리가 가는 벌[細腰蠭]' 이라는 명칭도 호로박 모양과 관련된 것이다.

5 '伏'은 거성일 때 '알을 품다'의 뜻으로 사용되고 입성일 때 '감추다, 숨다'의 뜻으로 사용된다. 여기서는 거성으로 '(새가) 알을 품다'의 뜻으로 사용되었다.

상성(上聲)이다.][6]

'遠'은 '그것을 멀리함'이다. 짐승의 수컷을 '牡[수컷 모]'라고 한다. 새가 알을 품는 것을 '伏[품을 복]'이라고 한다. '果蠃[과라]'는 '허리가 가는 벌[細腰蠭]' 즉 '蒲盧[포로]'이다. 수컷뿐이므로 새끼가 없어서 뽕나무벌레를 취한다. 나무에 붙어서 공중에서 주문을 외우는데 '나나니 나나니[類我類我, 나 닮아라 나 닮아라]'하고 말하면 칠일이 지나서 바뀌어 그것(나나니벌)의 새끼가 된다. 새와 짐승들은 대개 어미는 알지만 아비는 모른다. 따라서 다만 어미를 닮는다. '怛然[달연]'은 '안타까이 여기는 모양[傷痛貌]'이다.

○ 이 절은 사람으로서 태교를 하지 않으면 안 됨을 말한 것이다.

해설

사람과 달리 짐승들은 수태를 하면 암컷이 반드시 수컷을 멀리하게 되고 새가 알을 품을 때에도 먹는 것을 조심하며 심지어 나나니벌 같은 경우에는 다른 새의 자식을 자기의 자식이 되도록 하기 위해서 '나를 닮으라'는 소리를 내기 때문에 새와 짐승들은 태어나면 모두 어미를 닮게 된다. 하지만 사람의 경우는 이와 달리 제대로 갖추어지지 못하고 새나 짐승만도 못하게 태어나는 경우가 있기 때문에 옛 성인이 태교의 법을 만들어서 이

6 '蠃'는 평성일 때 '조개, 소라 류의 총칭'으로 사용되고 상성일 때 '나나니벌'을 가리키는 말로 쓰인다. '蠃'가 나나니벌을 가리킬 때는 흔히 '과라(果蠃)'의 꼴로 사용된다.

문제를 극복하고자 하였다는 것이 사주당의 판단이다. 물론 이 부분의 설명에는 오늘날의 관점에서 볼 때, 과학적이지 못한 내용이 여럿 포함되어 있지만 그 대강의 뜻은 태교를 통해 짐승만도 못한 사람이 태어나는 일을 막을 수 있다는 취지를 담은 것이므로 앞 절의 내용과 마찬가지로 태교가 가지는 사회적 효능을 강조하고자 한 것으로 이해해 볼 수 있다. 유희는 본문주에서 '遠[원]', '伏[복]', '果[과]', '蠃[라]' 등의 발음에 대해 설명하였고 '遠[멀 원]', '牡[수컷 모]', '伏[품을 복]', '果蠃[과라]', '怛然[달연]' 등의 어휘 의미에 대해 보충설명하였다. 특히 '果蠃[과라]'에 대한 설명에서는 뽕나무벌레에 기생하는 이 곤충이 자신의 알을 뽕나무벌레의 서식지에 낳아서 기르는 특성에 대해서 자세히 소개하고 있다.

右 第三章 備論胎教.

번역

앞 제3장. 태와 교를 갖추어 논한 것이다.

해설

제1장에서 '教[교, 가르침]'에 대해 이야기하고 제2장에서 '胎[태, 아이 배는 일]'에 대해서 이야기하였다면 이 제3장에서는 '태(胎, 아이 배는 일)'와 '교(教, 가르침)'를 함께 이야기한 것이다. 모두 3절로 구성되어 있으며 제1절에서는 태교를 하면 현명한 자식을 얻을 수 있기 때문에 옛 성현들이 태교에 힘썼다는 것이고 제2절은 태교를 하지 않으면 불초한 자식을 얻어서

집안과 자신을 망하게 하는 데까지 이를 수 있는데 이는 그렇게 된 후에 원망해 봐도 소용이 없다는 이야기를 담았다. 끝으로 제3장에서는 그렇기 때문에 사람으로서 반드시 태교를 해야 하는데 그렇지 않으면 짐승들만 못한 결과가 나올 수 있음을 경계하고 있다.

전체 열 장으로 구성된 〈태교신기〉의 내용 중 이 앞 세 장의 내용은 태교의 필요성과 타당성을 논리적으로 배치하여 꼼꼼히 따져서 읽는 사람으로 하여금 자연스럽게 동의할 수 있도록 구성되어 있다. 거기에 유희의 성실하고 자세한 설명으로 하여 여성들에게 자연스럽게 한문으로 구성된 원문의 내용을 학습할 수 있도록 되어 있어서 이 자체만으로 좋은 학습서의 역할을 하고 있다는 점도 큰 장점이라고 할 수 있다.

4. 第四章

태교의 방법

第一節

養胎者, 非惟自身而已也. 一家之人, 恒洞洞焉, 不敢以忿事聞, 恐其怒也, 不敢以凶事聞, 恐其懼也, 不敢以難事聞, 恐其憂也. 不敢以急事聞, 恐其驚也. 怒令子病血, 懼令子病神, 憂令子病氣, 驚令子癲癎.[養去聲. 後凡言養胎同. 洞上聲. 聞去聲. 難平聲. 癲亦作瘨.]

自身指妊婦而言也. 洞洞敬謹貌 怒則氣運而血迫 懼則氣下而神散 憂傷肺肺主氣 驚傷膽膽屬木 癲癎風木疾在小兒為驚風.

○此節 首擧 胎教之大段.

번역

태를 기르는 일은 어머니 스스로 할 뿐만이 아니라 온 집안 사람이 항상 거동을 조심하여야 할 것이니, 감히 분한 일을 듣지 않게 하니 그 성낼 것을 걱정하는 것이고, 감히 흉한 일을 듣지 않게 하니 그 두려워함을 걱정하는 것이고, 감히 난처한 일을 듣지 않게 하니 그 근심할 것을 걱정하는 것이고, 감히 급한 일을 듣지 않게 하니 그 놀랄 것을 걱정하는 것이다. 성내면 태아로 하여금 피가 병들게 하고 두려워하면 태아로 하여금 정신이 병들게 하고 근심하면 태아로 하여금 기(氣)에 병들게 하고 놀라면 자식으로 하여금 전간병이 들게 한다.['養'은 거성(去聲)이다. 뒤에서는 무릇 '養胎[양태]'와 같은 것을 말한다. '洞'은 상성(上聲)이다.[1] '聞'은 거성(去聲)이다.[2] '難'은 평성(平聲)이다.[3] '癲'은 또한 '瘨'으로도 쓴다.]

'자신(自身)'은 임부를 가리켜 이르는 말이다. '동동(洞洞)'은 '공경하고 삼가는 모양'이다. 성내면[怒] 기가 운행하여 피가 급히 돌고, 두려워하면[懼] 기가 꺾여서 정신이 흩어진다. 근심[憂]은 폐를 상하게 하는데 폐는 '기(氣)'를 주로 하고 놀람[驚]은 쓸개[膽]을 상하게 하니 쓸개는 나무에 속한다. '전간풍(癲癇風)'은 나무 속성의 질병인데 어린아이에게 걸리면 경풍(驚風)이 된다.

○ 이 절은 먼저 태교의 '대략[大段]'을 말한 것이다.

해설

제4장은 총 13절로 구성되어 있는데 전체적으로 태교의 방법에 대해 구

---

1 '洞'는 평성일 때 명사로 '마을', 거성일 때 동사로 '비다[空]'의 뜻을 나타내는 한자이다. 여기서는 거성으로 동사 '비다'의 뜻으로 사용되었다. '洞洞'은 흔히 '동동속속[洞洞屬屬]'의 4자 구성으로 사용되는데, '동동(洞洞)'은 겉과 속이 비어서 공경함에 있어서 표리(表裏)에 간격이 없는 것을 가리키고, 속속(屬屬)은 겉과 속이 이어져서 공경하고 삼가는 뜻이 간단(間斷, 끊어짐)이 없음을 가리키는 말이다.

2 '聞'은 평성일 때 동사 '들리다', 거성일 때 명사 '소문, 명성, 명망'의 뜻으로 사용된다. 여기서는 거성으로 '소문'의 뜻으로 사용되었다.

3 '難'은 평성일 때 형용사 '어렵다, 난처하다', 거성일 때 명사 '재난, 난리'의 뜻으로 사용되는데 여기서는 평성으로 '난처하다'는 뜻의 형용사 용법으로 사용되었다.

체적인 설명을 담고 있다. 그 가운데 첫 번째 절인 제1절에서는 먼저 태교의 방법에 대해 개괄적으로 설명하고 있다. 태를 기르는 일은 아이를 밴 어머니만의 일이 아니라 가족 구성원 모두가 함께 조심스럽게 행동해야 하는 일이다. 임부(姙婦)가 분한 일, 흉한 일, 난처한 일, 급한 일을 듣지 않게 함으로써 임부가 성내지 않고 두려워하지 않고 근심하지 않고 놀라지 않게 해야 하는 것이다. 임부가 화를 내면 뱃속 아기의 혈액 순환에 문제가 생길 수 있고 임부가 두려움에 휩싸이면 뱃속 아기의 정신 상태에 문제가 생길 수 있으며 임부가 지나치게 근심하면 뱃속 아기의 기(氣)가 눌릴 수 있고 임부가 심하게 놀라면 태아가 간질병에 걸릴 수 있다는 이야기는 얼핏 비과학적인 이야기일 수 있겠지만 한편 매우 당연한 이야기를 강조한 것이다. 어머니의 상태가 뱃속 아기에게 전달되는 것은 당연한 일이며 잉태되어서 처음 겪게 되는 일들이 태아의 상태를 결정하는 것 또한 당연한 일이기 때문이다. 유희는 본문주에서 '養[기르다]', '洞[비다]', '聞[소문]', '難[난처하다]' 등이 문맥에 따라 사용되는 의미를 성조와 함께 보충 설명하고 '癲[간질병]'의 이체자 '瘨'가 흔히 사용된다는 정보를 제공하고 있다. 주석 원문에서는 '자신(自身)', '동동(洞洞)', '전간풍(癲癎風)' 등의 어휘 풀이를 상세히 제공하고 임부(姙婦)의 분노, 두려움, 근심, 놀람 등의 이상 감정이 태아에게 좋지 않은 영향을 미치는 일에 대해서 그 원인을 혈액의 순환, 정신의 상태, 폐, 쓸개의 상태 등과 연관지어서 설명하고 있다. 특히 나무 속성을 지닌 쓸개에 좋지 않은 영향이 미쳤을 때 태아가 나무처럼 뻣뻣해지는 전간병에 걸리게 된다는 점을 강조해서 아이들에게서 흔히 보이는 경기(驚氣)를 태아의 뱃속 경험과 연결시켜서 설명하고 있다.

第二節

與友久處, 猶學其爲人, 況子之於母, 七情, 肖焉. 故待姙婦之道, 不可使喜怒哀樂, 或過其節, 是以, 姙婦之旁, 常有善人, 輔其起居, 怡其心志, 使可師之言, 可法之事, 不聞于耳, 然後, 惰慢邪僻之心, 無自生焉. 待姙婦.[處上聲. 樂音洛. 間音澗]

為人謂心術也. 七情喜怒哀懼愛惡欲也. 可師之言 可法之事 謂古人之嘉言善行也. 間間斷也. 末句復言待妊婦者 總名此節下十一節 倣此.

○胎教之法 他人待護為先.

번역

벗과 더불어 오래 같이 있어도 오히려 그 사람됨을 배우는데, 하물며 자식이 어머니에게서 나온 칠정을 닮는 고로 아이를 가진 어머니를 대하는 도리는 기쁨과 성냄과 슬퍼함과 즐김이 혹 그 절도에 지나치지 않도록 하는 일이니, 이러하므로 임부의 곁에 항상 착한 사람이 있어 그 기거를 돕고 그 마음을 기쁘게 해 본받을 말과 법 받을 일을 귀에 끊임없이 들려준 연후에는 게으르고 사기로운 마음이 생겨날 수가 없다. 이것이 임부를 대하는 도리이다.['處'는 상성(上聲)이다.4 '樂'은 음(音)이 '洛[락]'이다. '間'은 음(音)이 '澗[간]'이다.]

4 '處'는 상성일 때 동사 '살다, 거주하다, 정착하다, 머무르다, 결단하다, 멈추다'의 용법으로 사용되고 거성일 때 명사 '곳, 처소'의 의미로 사용되는 한자이다. 여기서는 동사로 '살다, 거주하다'의 용법으로 사용되었다.

‘사람됨[爲人]’이란 ‘마음 쓰는 일’이다. ‘칠정(七情)’은 ‘희노애구애오욕(喜怒哀懼愛惡欲, 기쁨, 성냄, 슬픔, 두려움, 사랑함, 미움, 욕심)’이다. ‘본받을 만한 말[可師之言]’과 ‘법 받을 만한 일[可法之事]’은 옛 사람들의 아름다운 말과 좋은 행동을 말한다. ‘間[사이 간]’은 ‘끊어지는 사이[間斷]’이다.

○ 태교의 법은 타인의 보살핌으로 대접받는 것을 우선으로 삼는다.

해설

이 절에서는 임부의 칠정이 태아에게 이어지기 때문에 임부의 옆에 있는 사람들은 임부가 느끼는 기쁨, 성냄, 슬픔, 즐김 등의 감정이 일정한 정도에서 지나치지 않도록 조절해 주어야 함을 강조하고 있다. 임부의 곁에서 착한 사람들이 임부의 감정 상태를 고려하여 움직이고 머물러 있을 때 도와주어야 하고 좋은 말과 좋은 이야기로 끊임없이 기쁘게 해 주어야 태아에게도 그러한 기분과 상태가 이어질 수 있다는 것이다. 태아에게 게으르고 삿된 마음이 생기지 않게 하는 데에는 비단 임부(姙婦)의 태도만이 중요한 것이 아니라 임부의 주변에서 함께 하는 사람들이 임부를 대하는 태도와도 관련이 있다. 임부를 대하는 사회 구성원들의 도리를 강조한 것이다. 유희는 본문주에서 ‘處’가 동사로서 ‘살다, 거주하다’의 의미로 사용되었음을 성조 정보와 함께 제공하고 ‘樂[락]’, ‘間[간]’ 등의 발음 정보를 추가하였다. 주석 원문에서는 ‘사람됨[爲人]’, ‘칠정(七情)’, ‘본받을 만한 말[可師之言]’, ‘법 받을 만한 일[可法之事]’, ‘間[사이 간]’ 등의 어휘가 의미하는 바에 대해 문맥적 의미를 상세히 보충 설명하고 있다.

第三節

妊娠三月, 刑象始化, 如犀角紋, 見物而變, 必事見貴人好人, 白璧孔雀華美之物, 聖賢訓戒之書, 神仙冠珮之畵, 不可見倡優朱儒猿猴之類, 戲謔爭鬪之狀, 刑罰曳縛殺害之事, 殘形惡疾之人, 虹霓震電, 日月薄蝕, 星隕彗孛, 水漲火焚, 木折屋崩, 禽獸淫泆病傷 及汚穢可惡之蟲, 姙婦目見.[娠音申. 象像通. 冠如字. 孛入聲. 可惡之惡去聲.]

醫學入門①曰 夫人之有生也. 精血日化 從有入無 中竅日生 從無入有 自然旋轉 九日一息次九又九 九二十七日 即成一月之數 凝成一粒 如露珠然乃太極動而生陽 天一生水謂之胚 此月經②閉 無潮無痛 飮食稍異平日不可觸犯 及輕率服藥 又三九二十七日 即二月數 此露珠變成赤色 如桃花瓣子 乃太極靜而生陰 地二生火 謂之脢.③ 此月腹中或動不動 猶可狐疑 若吐逆思酸 名曰惡④阻 有孕明矣. 又三九二十七日即三月數 百日間變 成男女形影 如清鼻涕⑤中 有白絨⑥相似 以成人形鼻 與雌雄二器 先就分明 其諸全體 隱然可悉 斯謂之胎 乃太極之乾道成男 坤道成女 此時胎最易動 不可犯禁忌 所謂形象始化也. 犀南方猛獸 似豕黑色三角一在頭上一在額上一在鼻上 角色明黃 往往有黑 紋如物形多由 其母相感時所目見而生也. 必使以下十一字 壽世保元⑦文貴人有爵位之人 好人有德長老也. 璧玉名圓而有空⑧ 孔雀鳥名 尾翠而長 有異彩冠 冠冕珮珮玉 謂冠珮之朝官也. 倡優即今之才人 花郎諸如即今之難長 皆所以為戲者. 猿猴二獸名 寓屬似人 人家馴之以供玩美. 謔戲語也. 曳週曳也. 縛綁縛也. 殘形如眇躄無唇之類 惡疾如狂癎痺癩之類 霓雌虹也. 震雪擊物也. 薄蝕相薄而食也. 朔而月過日下 則日蔽不見望而日月正相當則月入地

影而光沒 皆其形漸漸犯入如蟲食葉 故曰蝕. 自上而下曰隕. 春秋⑨作賈彗妖星有芒 而長尾如掃彗孛失行之星也. 漲水大至也. 焚燒之壯也. 淫淫亂也. 泆淫貌. 淫泆病傷並指禽獸而言也. 汚穢如蝸蚓之屬 可惡如蛇蝎⑩之屬.

○自正其心者 先謹目見.

번역

임신한 지 3개월 때에 형상이 생기기 시작해서 마치 코뿔소의 뿔 무늬가 보는 대로 변하는 것과 같으니 반드시 임부로 하여금 관리와 좋으신 분, 흰 벽옥이나 공작새 등의 빛나고 아들다운 것과 성현이 가르치시고 경계하신 책, 신선의 관대하고 패옥한 그림을 볼 것이며, 광대며 난장이며 원숭이류와 희롱하거나 다투는 형상이나 형벌을 받거나 이상한 것을 두르고 동여맸거나 죽이며 해롭게 하는 일, 병신과 몹쓸 병 있는 사람, 무지개와 천둥번개, 일식과 월식, 별똥별이나 혜성과 패성 등을 보는 것과 물난리와 불난리, 나무가 꺾이고 집이 무너지는 것과 새나 짐승의 흘레붙는 일과 병들고 상한 것 그리고 더럽고 꺼림칙한 벌레를 보지 못하게 해야 한다. 임부가 눈으로 보는 일이다.['娠'은 음(音)이 '申[신]'이다. '象[코끼리 상]'은 '像[형상 상]'과 통용된다. '冠'은 '字'와 같다. '孛'은 입성(入聲)이다.][5] '可惡'의

① 醫學入門李梴著.(『의학입문(醫學入門)』 이정(李梴) 지음)
② 經血侯.('經'은 피의 징후[血侯]이다.)
③ 腪音運.('腪'의 음(音)은 '運[운]'이다.)
④ 惡入聲.('惡'는 입성(入聲)이다.) ※ '惡'이 '阻'와 함께 '惡阻'로 사용되어 '입덧'의 의미로 사용될 때는, 입성이면서 [오]로 발음된다.

'惡'은 거성(去聲)이다.[6]

『의학입문(醫學入門)』에서 말하기를 "부인에게 태기가 있으면, (난자와 합쳐진) 정자[精血]는 날로 변하여 있던 것이 점차 없어지고 (자궁에) 구멍 같은 것[中竅]이 날로 생겨나 점차 나타나게 된다. 9일이 지나고 다시 9일이 지나고, 또 9일이 지나 27일이 되면 한 달의 수가 채워지는데 엉겨서 이슬방울[露珠]처럼 하나의 입자가 된다. 그리하여 이것이 '태극이 움직여 양이 생긴다[太極動而生陽]'는 것이고 '천일생수(天一生水)'의 뜻이다. 이것을 '배(胚)'라고 한다. 이 달에 월경이 끊어져 주기도 사라지고 아픈 것도 없으며, 먹는 것이 평소와 약간 달라진다. 꺼리는 일에 몸을 함부로 접촉하면 안 되고 경솔히 아무 약이나 먹으면 안 된다. 또 3*9=27일이 되면 2월 수(數)이다. 이슬방울이 복숭아꽃잎처

---

⑤ 涕鼻液.('涕'는 콧물[鼻液]이다.)

⑥ 絨絲名.('絨'은 실의 이름[絲名]이다. ※ '융(絨)'은 "솜털이 일어나게 곱게 짠 피륙이나 그러한 피륙에 쓰는 실"을 말한다. 실만을 가리킬 때는 '융사(絨絲)'라 한다.

⑦ 壽世保元明醫書名.(『수세보원(壽世保元)』은 명(明)나라 의서(醫書)의 이름이다.)

⑧ 空去聲.('空'은 거성(去聲)이다.) ※ '空'은 평성일 때 형용사 '공허하다', 거성일 때 동사 '비다'의 의미이다. 여기서는 거성으로 동사 '비다'의 의미로 사용되었다.

⑨ 公羊春秋.(『공양춘추전(公羊春秋傳』)

⑩ 蝎音歇.('蝎'의 음(音)은 '歇[헐]'이다.

---

5 '孛'은 거성으로 쓰일 때 일반적인 '별'의 뜻으로 쓰이지만 입성으로 쓰일 때는 '불길한 예언을 하는 별, 혜성' 등의 의미로 사용된다.

6 '惡'은 입성일 때 형용사 '나쁘다', 거성일 때 동사 '싫어하다, 미워하다', 평성일 때 부사 '어찌'의 뜻으로 사용된다. 입성일 때는 [악]으로 거성과 평성일 때는 [오]로 발음된다. '可惡[가오]'의 '惡'은 거성(去聲)으로 동사 '싫어하다'의 용법이므로 '可惡[가오]'는 '싫어할만한, 즉 꺼림칙한'의 뜻이다.

럼 붉은 색으로 변하는데, 이것이 '태극이 고요하여 음이 생긴다[太極靜而生陰]'는 것이고 '지이생화(地二生火)'의 뜻이다. 이것을 '운(腪)'이라고 한다. 이 달에는 뱃속에서 움직이기도 하고 움직이지 않기도 해서 아직 임신을 확신하지 못한다. 토하고 구역질이 나며 신 것이 생각나면, 이것을 오조(惡阻, 즉 입덧)라고 하는데, 잉태가 분명해진다. 또 3×9=27일이 되면 3월 수(數)인데, 백일(百日) 사이에 바뀌어 남녀의 형상이 갖추어지고 맑은 콧물 같은 것 속에 사람의 형상과 비슷한 백색실 같은 것이 생긴다. 코와 남녀의 성기가 먼저 분명해지고 전체가 은연중에 다 갖추어지는데 이를 '태(胎)'라고 한다. 이에 태극(太極)의 '건도(乾道)'가 남자를 이루고 '곤도(坤道)'가 여자를 이루니 이때에 태가 가장 쉽게 움직이므로 금기(禁忌)하는 일들을 범해서는 안 되는데 이른바 형상(形象)이 바뀌기 시작하는 것이다."고 하였다. '犀[서]'는 남방의 맹수인데 돼지와 비슷하며 검은색에 3개의 뿔이 있는데 하나는 머리 위에 있고 하나는 이마 위에 있으며 하나는 코 위에 있다. 각 색은 밝은 황색인데 간혹 검은색도 있다. 무늬[紋]가 사물의 형상과 같이 많은 이유는 그 어미가 서로 느낄 때 보는 바대로 무늬가 생기기 때문이다. '必使[필사]' 이하의 열한 자(字)는 『수세보원(壽世保元)』의 문장이다. '貴人[귀인]'은 관작의 지위에 있는 사람이고 '好人[호인]'은 덕이 있는 장로(長老)이다. '璧[벽]'은 옥의 이름이다. 둥글고 가운데 구멍이 있다. '孔雀[공작]'은 새의 이름이다. 꼬리는 비췻빛에 길다. 기이한 색깔의 관이 있어서 면류관에 패옥을 달았는데 관패를 한 조관(朝官)을 말한다. '倡優[창우]'는 오늘날의 재인(才人)이다. '花郎[화랑]'은 모두 오늘날의 '난장(難長)'과 같다.[7] 모두 연희자이다. '猿[원]'과 '猴[후]'는 두 마리 짐승의 이름으로 사람과 비슷한 무리[寓屬似人]인데 사람을 따라 다니면서 재롱을 부린다.(供玩美) '謔[학]'은 '놀리는 말[戲語]'이다. '曳[예]'는 '두루 끄는 일[週曳]'이다. '縛[박]'은 '동여매는 일[綁縛]'이다. '殘形[잔형]'은 애꾸눈[眇]이거나 앉은뱅이[躄]이거나 언청이[無脣] 같은 것이고 '惡疾[악질]'은 '미치광이, 간질병, 마비병, 지랄병[狂癎痺癲]' 등이다. '霓[예]'는 '암무지개[雌虹]'이다. '震[진]'은 '하늘에서 내린 것이 사물을 때리는 것'이다. '薄蝕[박식]'은 '(달과 해가) 서로 그 빛을 가리는 일[相薄而食]'이다. '삭[朔, 초하루]'에는 달이 해의 밑으로 지나가서 해가 덮여서 보이지 않고 '망[望, 그믐]'에는 해와 달이 서로 똑바로(일직선으로) 놓이므로 달이 땅 그림자 속에 들어가서 빛이 없어지는데 모두 그 형상이 소금씩 벌레가 잎을 먹는 것처럼 침범해 들어가므로 '蝕[식]'이라고 한다. 스스로 올라갔다가 떨어지는 것을 '隕[운]'이라고 한다. 『춘추(春秋)』에서는 '霣[운]'으로 썼다. '彗[혜]'는 '까끄라기가 있는 요성(妖星, 불길한 별)'으로 긴 꼬리가 '빗자루[掃彗]' 같다. '孛[패]'는 '길을 잃은 별'이다. '漲[창]'은 물이 크게 넘치는 것[水大至]이고 '焚[분]'은 '불이 활활 타오르는 것[燒之壯]'이다. '淫[음]'은 '음란함[淫亂]'이다. '泆[일]'은 '음탕함[淫貌]'이다. '음란하고 음탕하고 병들고 다치는[淫泆病傷] 것'은 모두 새와 짐승을 가리키는 말이다. '더럽거나[污] 더럽혀진[穢] 것'은 달팽이나 지렁이

---

7 본문에는 '朱儒(=侏儒)'로 되어 있는데 주석에서는 표제어를 '花郎'으로 하고 난장(難長)이라고 설명하고 있다. 이는 '朱儒'에 난장이라는 뜻 외에 '배우(俳優)'를 뜻이 있기 때문에 배우의 유의어인 '花郎'이 '朱儒'로 혼동되어 기록된 때문인 듯하다.

등[蝸蚓之屬]이고 '미워할 만한 것[可惡]'들은 뱀이나 전갈 같은 것들[蛇蝎之屬]이다.

○ 스스로 그 마음을 바르게 하려면 먼저 눈으로 보는 것을 삼가야 한다.

해설

이 절에서는 임부가 조심해야 할 일 중 '보는 일'과 관련한 내용을 담고 있다. 임신해서 삼 개월이 되면 태아의 형상이 갖추어지게 되니 이때부터는 임부가 보는 것들이 다 태아에 전달되기 때문에 임부는 좋은 것들만을 골라서 보고 나쁘고 흉한 것들은 피해서 보지 않도록 해야 한다는 사실을 코뿔소 뿔의 무늬가 이루어지는 과정에 비유한 뒤, 그 구체적인 항목들을 일일히 나열하고 있다. 유희는 본문주에서 '娠[신]', '可惡'의 '惡'의 발음 정보나 '象[코끼리 상]', '冠'이 통용되는 글자 등을 소개한 뒤 주석 원문에서 이 절의 내용에 대해서 매우 상세하게 주석을 추가하고 있다. 먼저 "임신한 지 삼 개월 때에 형상이 생기기 시작한다"는 원문 내용에 대한 주석에서 명(明)나라 이천(李梴)이 엮은 『의학입문(醫學入門)』(1575)의 내용을 인용하여 처음 태기가 있고 난 뒤 정혈(즉 난자와 결합한 정자)가 점차 변하여 없어지면서 자궁 안에 구멍 같은 것이 생기면서 한 달 안에 이슬 모양의 형상이 생기게 되니 이를 '배(胚)'라 하고, 다시 한 달이 지나 임신 이 개월차에는 이슬이 점차 붉은 색을 띠게 되면서 움직이는 듯 움직이지 않는 듯 미세한 움직임이 생기게 되는데 이를 '운(䏰)'이라 하며 이때부터 입덧을 하며 잉태가 분명하게 된다. 다시 한 달이 지나 임신 삼 개월째가 되면 맑은 콧물 같은 액체 속에 하얀 실 같은 모양의 사람 형체가 만들어지고 코와 남녀 성기가 갖추어져 남자와 여자의 성별이 구별되어지니 이것을 '태(胎)'라고 한다고 하여 임신 삼 개월차에 태아가 형성되는 과정을 매우 상세하게 설명해 주고 있다. 이어서 원문 속의 한자와 한자어 '犀[서]', '貴人[귀인]', '好人[호인]', '璧[벽]', '孔雀[공작]', '倡優[창우]', '花郎[화랑]', '猿[원]', '猴[후]', '謔[학]', '曳[예]', '縛[박]', '殘形[잔형]', '惡疾[악질]', '霓[예]', '震[진]', '薄蝕[박식]', '蝕[식]', '隕[운]', '彗[혜]', '孛[패]', '漲[창]', '焚[분]', '淫[음]', '泆[일]' 및 '淫泆病傷[음일병상]'과 '汚穢可惡[오예가악]' 등에 대해 상세한 어휘 설명을 덧붙였으며 '必事' 이하의 11자 즉 "見貴人好人, 白璧孔雀華美(관리와 좋으신 분, 흰 벽옥이나 공작새 등의 빛나고 아들다운 것을 보고)" 부분이 명(明)나라 공정현(龔廷賢)이 지은 『수세보원(壽世保元)』(1615)에서 가져온 것임을 밝혔다.

第四節

人心之動, 聞聲而感, 姙婦不可聞淫樂淫唱, 市井喧譁, 婦人誶罵, 及凡醉酗忿辱僾哭之聲, 勿使婢僕, 傳遠外無理之語, 惟宜有人, 誦詩說書, 不則, 彈琴瑟, 姙婦耳聞.[樂音岳. 誶音祟. 酗凡赴反. 說音雪. 不平聲.]

淫樂如巫覡迎神佛事請衆之類. 淫唱如倡優打量兒童時調之類. 古者八家同井相救助 故民居謂之井 誶詬語也. 酗醉怒也. 僾哭聲也. 遠外遠方相外之地 無理之語謂鄙俚褻談也. 詩指三百篇 及樂府 歌行誦之 取其音響也. 書指經書及先儒文字說之 取其旨義也. 彈手彈也.

○旣謹目見 耳聞次之.

번역

사람의 마음이 소리를 들으면 감동하니, 임부는 음란한 음악이나 음란한 풍류, 저자거리 사람들의 시끄럽게 떠드는 소리, 여자들의 욕하는 소리와 술주정하는 소리, 분하여 욕설하는 소리와 서러운 울음소리 등을 듣지 못하게 할 것이며, 종들로 하여금 들어와 먼 밖의 이치 없는 말을 전하지 못하게 하며 오직 마땅히 사람을 두어 시(詩)를 외우고 글을 이야기하되 그렇지 않으면 거문고나 비파를 타게 할 것이니, 이것이 임부가 귀로 듣는 일이다.['樂(음악 악)'의 음(音)은 '岳[악]'이다. '誶(욕할 수)'의 음(音)은 '祟[수]'이다. '酗[주정할 후]'는 [兄赴]反이다. '說(말씀 설)'의 음(音)은 '雪[설]'이다. '不'은 평성(平聲)이다.]

'음란한 음악[淫樂]'은 '귀신을 맞이하는 굿'이나 '중생을 청하는 불사(佛事)' 등이고 '음란한 노래[淫唱]'는 '창우(倡優, 즉 광대)'들의 '타령[打量]'이나 젊은 사람들의 시절 노래[時調] 같은 것들이다. 옛날에는 여덟 집이 한 우물에서 서로 도우며 살았기 때문에 '사람들이 거주하는 것'을 '井[마을 정]'이라고 했다. '誶[욕할 수]'는 '꾸짖는 말[詬語]'이다. '酗[주정할 후]'는 '취해서 화를 내는 것[醉怒]'이다 '倇[울 의]'는 '우는 소리[哭聲]'이다. '먼 밖[遠外]'은 '멀리 떨어져 있는 지역[遠方相外之地]'이다. '이치 없는 말[無理之語]'이란 '저속한 잡담[鄙俚褻談]'을 말한다. '詩[시]'란 『시경(詩經)』의 시(詩) 삼백편 및 악부(樂府), 가행(歌行)[8]을 가리키며 그 소리

8 가행(歌行): 중국 고전시의 한 형태로, 명나라의 서사증(徐師曾)이 『문체명변(文體明辯)』에서 "감정을 풀고 말을 길게 끌며 뒤섞여 방향이 없는 것을 '가(歌)'라 하고, 걸음

의 울림을 취해서 그것을 암송한다. '書[글 서]'란 '경서(經書) 및 선대 유학자들의 글[先儒文字]'을 가리키며 그 취지와 의미를 취해서 그것에 대해 이야기한다. '彈[연주할 탄]'은 '손으로 연주하는 것[手彈]'이다.

○ 이미 눈으로 보는 것을 삼갔으면 귀로 듣는 것이 그 다음이다.

해설

이 절에서는 임부가 조심해야 할 일 중 '듣는 일'과 관련한 내용을 담고 있다. 임부는 굿이나 법회에서 하는 음악, 시정잡배들의 시끄러운 노래, 싸우고 서러워하는 소리와 바르지 못한 소식들은 임부의 마음을 바람직하지 않게 움직이므로 이를 꺼리고 시를 외우고 글을 읽거나 음악을 들으며 마음의 평정심을 유지하게 해야 한다는 것이다. 이는 오늘날에도 태교의 기본적인 덕목으로 거론되는 것들이다. 유희는 본문주에서 '樂(음악 악)', '誶(욕할 수)', '酗[주정할 후]', '說(말씀 설)', '不(아닐 불)'의 발음 정보에 대해서 보충한 뒤, 주석원문에서는 '음란한 음악[淫樂]', '음란한 노래[淫唱]', '井[마을 정]', '誶[욕할 수]', '酗[주정할 후]', '倈[울 의]', '먼 밖[遠外]', '이치 없는 말[無理之語]', '詩[시]', '書[글 서]', '彈[연주할 탄]' 등의 어휘와 구에 대해 문맥적 의미를 보충하여 설명하고 있다. 특히 무당들이 굿할 때 연주하는 음악이나 불가의 법회할 때 연주하는 음악 등을 바람직하지 못한 음악으로

이 급하고 마구 내달려 성글어 막히지 않는 것을 '행(行)'이라고 하며, 이 두 가지를 겸하고 있는 것을 '가행(歌行)'이라 한다(放情長言 雜而無方者曰歌 步驟馳騁 疏而不滯者曰行 兼之者曰歌行)"고 정의한 것이 널리 알려져 있다.

설명하고 광대들의 타령조의 민요나 시정잡배들이 부르던 당시에 유행하는 노래[즉 시조창 따위]를 바람직하지 못한 노래로 설명하고 있어서 흥미롭다. 광대들의 타령조는 반복되는 리듬의 민요조의 노랫말들을 가리키는데 이를 '打令'이 아니라 '打量'으로 음차하고 있고 당시 시정(市井)에서 젊은 사람들이 모여서 새로운 유행을 만들어가고 있던 시조창의 노랫말 등에 대한 설명이라든지 '井[우물 정]'이 '井[마을 정]'의 의미로 사용된 이유를 옛날(주나라 때) 우물을 중심으로 여덟 가구가 모여 서로 도우며 살았기 때문이라는 연원을 달았는데 '八家同井[팔가동정]'은 주희의 『맹자집주』〈등문공 상〉에 나오는 말이다.

第五節

延醫服藥, 足以止病, 不足以美子貌, 汎室靜處, 足以安胎, 不足以良子材, 子由血成而血因心動, 其心不正, 子之成, 亦不正, 姙婦之道, 敬以存心, 毋或有害人殺物之意, 奸詐貪竊妒毁之念, 不使蘖芽於胸中, 然後, 口無妄言, 面無歉色, 若斯須忘敬, 已失之血矣, 姙婦存心.

延迎致也. 飮藥曰服. 汎洒水而掃之也. 良亦美也. 材猶質也. 血心並指母而言也. 毋禁止辭. 奸以心欺 詐以言欺也. 貪明取財 竊暗取財也. 妒心忌人毁言誣人也. 念意之發也. 蘖芽言如艸木之始萌也. 歉不足也. 斯須猶言須臾也. 失之血謂血不由其行也. 蓋人之百體 皆聽令於其心 故其心一正而耳目聰明 血氣和平施之百事 莫不須成然 素無涵養則 心不可猝正 故君子必慎之於視聽言動 無或由非禮者 所以為此心常惺惺地也.

今若不務乎主敬 而徒區區於耳目鼻口之末節 則本源已繆百體不順 故胎教之法 尤當以存心為主.

○視聽既正 然後心正.

번역

의원을 맞이하여 약을 먹으면 병은 족히 낫게 할 수 있으나, 자식의 모습은 족히 아름답게 하지 못할 것이며, 집에 물을 뿌려 깨끗하게 하고 거처를 고요히 하는 것이 족히 태아를 안정되게 할 수는 있으나, 자식의 재목을 족히 훌륭하게 할 수는 없으니, 자식은 피[血]로부터 말미암아 이루어지고, 피는 마음[心]의 움직임에 따라 움직이므로, 그 마음이 바르지 못하면 자식의 이루어짐도 또한 바르지 못하니, 임부의 도리는 '삼감[敬]'으로써 마음을 잡아 혹시라도 사람을 해치며 산 것을 죽일 마음을 먹지 말아야 하며, 간사하고 속이고 탐하며 훔치고 투기하며 훼방할 생각이 가슴에 싹트지 않게 한 이후에 입에 망령된 말이 없고, 얼굴에는 원망하는 색이 없어야 한다. 만약 잠깐이라도 '삼가는 마음[敬]'을 잊으면 이미 피가 그릇되니, 임부는 마음을 가라앉혀야 한다.

'延[이끌 연]'은 '맞이하는 것[迎致]'이다. '약을 먹는 것'을 '服[약 먹을 복]'이라고 한다. '汛[물뿌릴 신]'은 '물을 부려서 청소하는 것[洒水而掃之]'이다. '良[어질 량]'은 또한 '아름답다[美]'이다. '材[재목 재]'는 '바탕[質]'과 같다. '血[피 혈]'과 '心[마음 심]'은 둘다 어머니[母]를 가리키는 말이다. '毋[말 무]'는 금지사(禁止辭)이다. '奸[간사할 간]'은 마음으로 속이는 것이고 '詐[속일 사]'는 말로 속이는 것이다. '貪[탐할 탐]'은 눈 앞에서 재물을 취하는 것[明取財]이고 '竊[훔칠 절]'은 몰래 재물을 취하는 것[暗取財]이다. '妒[투기할 투]'는 마음으로 사람을 질투하는 것[心忌人]이고 '毁[비방할 훼]'는 말로 사람을 무고하는 것[言誣人]이다. '念[생각 념]'은 생각이 떠오르는 일이다[意之發]. '蘖芽[얼아, 즉 움싹]'는 초목의 첫 번째 싹과 같은 것을 말한다. '歉[부족할 겸]'은 '충분하지 않은 것[不足]'이다. '斯須[사수]'는 '수유(須臾)'[9]와 같은 말이다. '피가 그릇된다[失之血]'는 것은 피가 그 행할 바에 따르지 않는다는 것을 말한다. 대개 사람의 온몸은 모두 마음에서 시키는 것을 듣는다. 따라서 그 마음을 바르게 하여야 귀와 눈이 총명해지고 혈기가 화평해져서 백 가지 일을 실시하게 된다. 모름지기 그렇게 되지 않으면 바탕이 함양(涵養)되지 않는 즉 마음을 갑자기 바르게 할 수 없다. 따라서 군자는 반드시 보고 듣고 말하고 움직임을 신중하게 하여야 한다. 그렇지 않으면 혹 예가 아닌 것에서 말미암게 되므로 이 마음이 항상 얼쩡거리게[惺惺地] 된다. 지금 만약 '삼가는 마음[敬]'을 주관하는 데 힘쓰지 않고 귀, 눈, 코, 입의 끝마디마다 빈둥거리게 되면 본원(本源, 본래의 근원)이 이미 묶여서 온몸이 순조롭지 못하다. 따라서 태교의 법은 특히 마음을 신중히 하는 것을 위주로 해야 하는 것이다.

○ 보고 듣기를 바르게 하고 난 뒤에는 마음을 바르게 한다.

---

9 수유(須臾): 불교에서의 시간 단위. 원어는 '순간', '잠시', '매우 짧은 시간'을 뜻하는 산스크리트어 'muhūrta'에서 온 말로 한자어로 음역하면 '모호율다(牟呼栗多)'라고 한다. 흔히 '찰나(刹那)'와 같은 뜻으로 사용된다.

해설

이 절에서는 임부가 조심해야 할 일 중 '마음을 바루는 일'과 관련한 내용을 담고 있다. 임부는 항상 '삼가는 마음[敬]'으로 마음을 가라앉혀 피를 안정되게 하여야 자식이 바르게 이루어진다. 단순히 약으로 자식의 질병을 낫게 하고 위생(衛生)으로 자식의 삶을 낫게 할 수는 있겠으나 자식의 재목을 바람직하게 하기 위해서는 임부가 마음가짐을 조심스럽게 가져야 삶에 대한 태도가 신중하고 성실한 자식을 낳을 수 있다는 것이다. 유희는 이 절에서 따로 본문주는 다루지 않았지만 주석원문에서 '延[이끌 연]', '服[약 먹을 복]', '汛[물뿌릴 신]', '良[어질 량]', '材[재목 재]', '血[피 혈]', '心[마음 심]', '毋[말 무]', '奸[간사할 간]', '詐[속일 사]', '貪[탐할 탐]', '竊[훔칠 절]', '妒[투기할 투]', '毁[비방할 훼]', '念[생각 념]', '蘖芽[얼아, 즉 움싹]', '歉[부족할 겸]', '斯須[사수]'에 대한 문맥적 의미와 용법을 보충 설명하였는데 특히 이 절의 핵심 내용이라 할 수 있는 '피가 그릇된다[失之血]'와 '삼가는 마음[敬]'에 대해서 상세히 설명하고 있다.

第六節

姙婦言語之道, 忿無厲聲, 怒無惡言, 語無搖手, 笑無見矧, 與人不戲言, 不親詈婢僕, 不親叱鷄狗, 勿誑人, 勿毁人, 無耳語, 言無根, 勿傳, 非當事, 勿多言, 姙婦言語.

直言[10]曰言. 論難[11]曰語, 厲猛也. 惡言不順之言也. 搖手如抵掌揶揄[12]之類 矧齒本也. 不親者 使人代之叱詈聲也. 誑人謂詐語 毁人謂誣語也. 言無根猶曰無稽之言也. 當事凡謀事成務皆是也.

○心正 則言正.

번역

임부의 말하는 도리는 분해도 모진 소리를 하지 말며, 성나도 나쁜 말을 하지 말며, 말할 때 손짓을 말며, 웃을 때 잇몸을 보이지 말며, 사람들과 더불어 희롱하는 말을 하지 말며, 부리는 종들을 몸소 꾸짖지 아니할 것이며, 닭이나 개 등을 몸소 꾸짖지 아니할 것이며, 사람을 속이지 말며, 사람을 훼손치 말며, 귓속말을 하지 말며, 근거가 없는 말은 전하지 말며, 직접 관련된 일이 아니면 말을 많이 하지 말 것이니, 이것이 임부의 말하는 도리이다.

바른말이 '言[언]'이고 논란이 되는 말이 '語[어]'이다. '厲[려]'는 '사납다[猛]'이다. '악언(惡言)'은 '순하지 않은 말'이다. '요수(搖手, 손을 흔듦)'는 '손뼉 치며 비웃고 조롱하는[抵掌揶揄] 따위'와 같다. '矧[잇몸 신]'은 '이의 밑바닥[齒本]'이다. '몸소 하지 말라는 것은[不親者]' 남을 대신 시켜서 꾸짖으라는 것이다. '사람을 속인다[誑人]'는 것은 '말을 꾸며낸다[詐語]'는

---

10 직언(直言): 옳고 그른 것에 대하여 자신(自身)이 생각하는 바를 거리낌없이 말함. 또는 그러한 말.

11 논난(論難): '논란'의 원래 말. 이러쿵저러쿵 시비를 걸거나 비난함. 또는 그러한 말.

12 야유(揶揄): 남을 빈정거리며 놀리는 일. 또는 그런 말.

말이다. '사람을 훼손한다[毁人]'는 것은 '없는 말을 꾸며내는 것[誣語]'을 말한다. '근거 없는 말[言無根]'은 '터무니없는 말[無稽之言]'과 같다. '직접 관련된 일[當事]'이란 무릇 '일을 계획해서 성사시키는 것[謀事成務]'이 모두 이것이다.

○ 마음을 바루고 나면 말을 바르게 한다.

해설

이 절에서는 임부가 조심해야 할 일 중 '말하는 도리'와 관련한 내용을 담고 있다. 모진말, 욕설, 꾸짖는 말, 희롱하는 말, 거짓말, 귓속말, 사실 무근의 말, 자신과 무관한 말 등 임부가 피해야 하는 다양한 말을 지적한 것이다. 유희에 이 글에서 '言[바른말 언]', '語[논란할 어]', '厲[사나울 려]', '악언(惡言)', '요수(搖手, 손을 흔듦)', '矧[잇몸 신]' 등의 어휘 의미와 '몸소 하지 말라[不親者]', '사람을 속인다[誑人]', '사람을 훼손한다[毁人]', '근거 없는 말[言無根]', '직접 관련된 일[當事]' 등의 구절이 갖는 문맥적 의미를 상세히 설명해 주고 있다.

第七節

居養不謹, 胎之保危哉, 姙婦既姙, 夫婦不同寢, 衣無太溫, 食無太飽, 不多睡臥, 須時時行步, 不坐寒冷, 不坐穢處, 勿聞惡臭, 勿登高厠, 夜不出門, 風雨不出, 不適山野, 勿窺井塚, 勿入古祠, 勿升高臨深, 勿涉險, 勿擧重, 勿勞力過傷, 勿妄用鍼灸, 勿妄服湯藥, 常宜淸心靜處, 溫和適中, 頭身口目, 端正若一. 姙婦居養.

居自居養受養也. 衣無太溫以下十七字 勿涉險以下二十一字 並醫學入門文 勿登高厠四字醫學正傳問[13] 適中適天時之中也.

○外養則 居處為先.

번역

임부가 거처를 정해서 보살핌 받는 일에 조심하지 않으면 태를 보전하기가 위태롭다. 임부가 이미 아이를 가졌거든 부부가 함께 잠자리에 들지 말며, 옷을 지나치게 따뜻하게 입지 말며, 음식을 너무 배불리 먹지 말며, 너무 오래 누워 잠자지 말며, 모름지기 때때로 산책을 하며, 한랭한 곳에 앉지 말며, 더러운 곳에 앉지 말며, 악취를 맡지 말며, 높은 평상에 오르지 말며, 밤에는 외출하지 말며, 바람 불고 비오는 날에는 나가지 말며, 산과 들에 나가지 말며, 우물이나 무덤을 엿보지 말며, 옛사당에 들어가지 말며, 험한 데 오르거나 깊은 곳에 가지 말며, 험한 곳을 건너지 말며, 무거운 것을 들지 말며, 노력을 과히 해 상하지 말며, 침이나 뜸을 함부로 사용하지 말며, 탕약을 함부로 복용하지 말며, 항상 마땅히 마음을 맑게 하고 고요하게 거처하여 온화하고 알맞게 하며 머리와 몸가짐과 입과 눈을 하나같이 단정하게 해야 하니, 이것이 임부가 거처를 정해서 보살핌 받아야

13 여기서 '問'은 '文'의 잘못인 듯하다. 아마도 『태교신기』(1938)이 출간되는 과정에 이 부분의 집자(集字)가 잘못된 것이 아닌가 싶다. 번역에서는 원문에 있는 그대로의 뜻을 살려서 '질문'으로 번역하였지만 맥락적 의미는 『의학정전(醫學正傳)』(1515)에서 가져온 문장이라는 뜻이다.

하는 일이다.

'居[살 거]'는 '거처를 정하는 일[自居]'이고 '養[기를 양]'은 '보살핌 받는 일[受養]'이다. '衣無太溫' 이하의 열여섯 자(字)와 '勿涉險' 이하의 스물한 자(字)는 둘다 『의학입문(醫學入門)』에 있는 문장이다. '勿登高厠' 네 자(字)는 『의학정전(醫學正傳)』의 질문이다. '適中[적중]'은 '날씨에 알맞게 하는 일[適天時之中]'이다.

○ 외부의 보살핌을 받으려면 거처를 우선해야 한다.

해설

이 절에서는 임부가 조심해야 할 일 중 '거처를 정해서 보살핌 받아야 하는 일'과 관련한 내용을 담고 있다. 이 절의 핵심 내용은 의식주를 포함한 임부의 모든 행동들이 주변의 보살핌으로 이루어지며 이를 바르게 하지 않으면 태(胎)를 유지하기 어렵다는 것이다. 유희는 여기서 '居[살 거]', '養[기를 양]', '適中[적중]' 등의 어휘 의미를 보충 설명한 뒤, 원문의 '衣無太溫, 食無太飽, 不多睡臥, 須時時行步(옷을 지나치게 따뜻하게 입지 말며, 음식을 너무 배불리 먹지 말며, 너무 오래 누워 잠자지 말며, 모름지기 때때로 산책을 하며)'과 '勿涉險, 勿擧重, 勿勞力過傷, 勿妄用鍼灸, 勿妄服湯藥(험한 데 오르거나 깊은 곳에 가지 말며, 험한 곳을 건너지 말며, 무거운 것을 들지 말며, 노력을 과히 해 상하지 말며, 침이나 뜸을 함부로 사용하지 말며, 탕약을 함부로 복용하지 말며)'까지의 내용은 『의학입문(醫學入門)』(이천(李梴), 1575)에서 가져온 것이며 '勿登高厠[높은 평상에 오르지 말며]'은 명(明)나라 우단(虞摶)이 지은 종합 의학책 『의학정전(醫學正傳)』(1515)에서 가져온 것임을 밝혀 설명하고 있다.

第八節

妊婦苟無聽事之人, 擇爲其可者而已, 不親蠶功, 不登織機, 縫事, 必謹, 無使鍼傷手, 饌事必謹, 無使器墜破, 水漿寒冷, 不親手, 勿用利刀, 無刀割生物, 割必方正. 妊婦事爲.

聽任之也. 可者謂無妨之事也. 不蠶惡其殺生也. 不織惡其掀體也. 鍼傷手則身驚 器墜破則心驚. 親手猶言着手也. 利刀銛刃之刀也. 生物謂雞雀魚蟹之類 方正指凡肉菜餠餈而言也.

○居養 亦不得 全無事爲.

번역

임부가 구태여 맡길 사람이 없다고 하더라도, 그 할 만한 일을 가려서 할 따름이니, 몸소 누에치지 아니하며, 베틀에 오르지 아니하며, 바느질을 반드시 삼가서 바늘이 손을 상하지 않도록 하며, 반찬 만드는 일을 반드시 삼가서 그릇이 떨어져 깨지지 않도록 하며, 물과 국물이 차가운 것은 직접 손대지 말 것이며, 날카로운 칼을 쓰지 말며, 살아있는 것을 칼로 자르지 말며, 자를 때에는 반드시 반듯하게 잘라야 한다. 이것이 임부의 할 일이다.

'聽[받아들일 청]'은 '그 일을 맡다[任之]'이다. '할 만한 일[可者]'란 '(해도) 무방한 일'을 말한다. '누에치지 말라[不蠶]'는 살생을 꺼리는 일이다. '베 짜지 말라[不織]'는 몸을 높은 곳에 두는 것을 꺼리는 일이다. '바늘에 손이 상하면[鍼傷手]' 몸이 놀라고, '그릇이 땅에 떨어지면[器墜破]' 마음이 놀란다. '親手[친수]'는 '직접 손 대는 일[着手]'이다. '날카로운 칼[利刀]'은 '날이 예리한 칼'이다. '살아있는 것[生物]'이란 '닭, 참새, 물고기, 게' 등이다. '반듯하게[方正]'는 무릇 고기나 채소, 떡, 인절미 등을 가리켜 이르는 말이다.

○ 거처를 정해서 보살핌 받고 나서는 다시 할 일이 아닌 것을 절대 해서는 안 된다.

해설

이 절에서는 임부가 조심해야 할 일 중 '(해야 하는) 할 일'과 관련한 내용을 담고 있다. 사실 이 절의 내용의 핵심은 임부는 모든 일을 '하지 않도록' 보호받아야 하며 굳이 해야 한다면 간단하고 바른 일만 가려서 해야 한다는 것이다. 유희는 이 글에 대해서 '聽[받아들일 청]', '할 만한 일[可者]', '누에치지 말라[不蠶]', '베 짜지 말라[不織]', '바늘에 손이 상하면[鍼傷手]', '그릇이 땅에 떨어지면[器墜破]', '親手[친수]', '날카로운 칼[利刀]', '살아있는 것[生物]', '반듯하게[方正]' 등의 어휘 및 구절 의미를 보충하여 설명하고 있다.

第九節

姙婦端坐, 無側載, 無恃壁, 無箕, 無踞, 無邊堂, 坐不取高物, 立不取在地, 取左不以右手, 取右不以左手, 不肩顧, 彌月, 不洗頭, 姙婦坐動.

側載身任一邊也. 恃依也. 箕展足踞垂足也. 邊堂于堂之邊也. 肩顧謂顧而轉肩也. 彌月猶言滿朔也. 動指坐不取以下而言也.

○事為不可常 故次之以坐.

번역

임부는 단정히 앉아서 (몸이) 옆으로 기울지 않게 하며, 벽에 기대지 말며, 두 다리를 뻗고 앉지 말며, 무릎을 세워 쪼그리고 앉지 말며, 마루 끝에 앉지 말며, 앉아서 높은 곳의 물건을 잡으려 하지 말고, 서서 땅 위에 있는 것을 집으려 하지 말고, 왼편의 물건을 오른손으로 집거나, 오른편의 물건을 왼손으로 집지 말며, 어깨 너머로 돌아보지 말고, 만삭이 되거든 머리 감지 말아야 하니, 이것이 임부가 앉아서 움직이는 일이다.

'側載[측재]'는 '몸을 한쪽으로 맡기는 일'이다. '恃[모실 시]'는 '기대는 일[依]'이다. '箕[다리 뻗고 앉을 기]'는 '발을 펴는 것[展足]', '踞[웅크릴 거]'는 '발을 내미는 것[垂足]'이다. '邊堂[변당]'은 '집의 한쪽 구석'이다. '肩顧[견고]'는 '돌아보기 위해 어깨를 돌리는 것'을 말한다. '彌月[미월]'은 '가득찬 달, 즉 해산달[滿朔]'이다. '動[움직일 동]'은 '坐不取(앉아서 … 잡지 말고)' 이하의 내용을 말한다.

○ 일을 평상시처럼 하지 말아야 하므로 앉는 것을 그 다음에 두었다.

해설

이 절에서는 임부가 조심해야 할 일 중 '(일하지 않고) 앉는 일'과 관련한 내용을 담고 있다. 임부는 일상의 일에서 늘 조심하고 보호받아야 하므로 되도록 한 자리에 조용히, 바르게 앉아 있어야 하고 앉아서도 움직임에 늘 일정한 법도가 있어야 하며 만삭이 되면 허리를 굽혀 머리 감는 일조차 하지 말아야 한다는 것이다. 유희의 주석에서는 '側載[측재]', '侍[모실 시]', '箕[다리 뻗고 앉을 기]', '踞[웅크릴 거]', '邊堂[변당]', '肩顧[견고]', '彌月[미월]', '動[움직일 동]' 등의 어휘 의미 및 문맥 의미를 보충 설명하고 있다. 여기서 '侍[모실 시]'는 이 한자가 '待[기댈 대]'와 통용된다는 점에서 '기대다'의 의미로 사용된 것으로 이해해야 한다.

第十節

姙婦或立或行, 無任一足, 無倚柱, 無履危, 不由仄逕, 升必立, 降必坐, 勿急趨, 勿躍過. 姙婦行立.

履踐也. 升必立不坐升階也. 降必坐不立降階也. 過指溝渠而言也.

○ 人不可以常坐 故次之以行.

번역

임부가 혹 서거나 혹 걸을 때 한쪽 발에만 힘주지 말며, 기둥을 의지하지 말며, 위태로운 데를 밟지 말며, 기울어진 길은 다니지 말며, 오를 때에는 반드시 일어선 다음에 오르며, 내려갈 때에는 반드시 앉은 다음에 내려가며, 급히 내달리지 말며, 건너 뛰지 말아야 한다. 이것이 임부의 걷고 서는 일이다.

> '履[밟을 리]'는 '걷는 것[踐]'이다. '升必立[오를 때 반드시 서라]'는 '앉은 채 계단을 오르지 말라'는 것이고 '降必坐[내릴 때 반드시 앉으라]'는 '선 채 계단을 내려가지 말라'는 것이다. '過[지날 과]'는 '해자와 도랑[溝渠]'을 가리켜 말하는 것이다.

○ 사람이 항상 앉아 있을 수 없기 때문에 걷는 것을 그 다음에 두었다.

해설

이 절에서는 임부가 조심해야 할 일 중 '걷는 일'과 관련한 내용을 담고 있다. 임부는 되도록 모든 일에서 보호받아야 하고 앉아서 일상을 삼가며 지내야 하지만 항상 앉아 있을 수만은 없기 때문에 걷는 일에 대해서도 언급한 것인데 임부의 걸음걸이는 당연히 조심스러워야 하며 좌우 혹은 앞뒤의 어느 한쪽으로 기울어지지 않아야 하며 달리거나 건너 뛰지 않아야 한다. 유희의 주석원문에서는 '履[밟을 리]', '升必立[오를 때 반드시 서라]', '降必坐[내릴 때 반드시 앉으라]', '過[지날 과]' 등이 지니는 어휘 의미와 문맥 의미를 보충 설명하고 있다.

第十一節

姙婦寢臥之道, 寢無伏, 臥毋尸, 身毋曲, 毋當隙, 毋露臥, 大寒大暑, 毋晝寢, 毋飽食而寢, 彌月則積衣支旁而半夜左臥半夜右臥, 以爲度. 姙婦寢臥.

尸仰臥. 曲屈臥也. 隙戶穴也. 露無庇也. 積襞積也. 支拄旁脇也. 度常法也.

○行立之久 必有寢臥.

번역

임부의 자고 눕는 도리는 잘 때 엎드리지 말며, 누울 때 천장을 바라보고(시체처럼) 눕지 말며, 몸을 굽히지 말며, 문틈 쪽으로 눕지 말며, 한데서 눕지 말며, 한추위와 한더위에 낮잠 자지 말며, 배불리 먹고 자지 말며, 만삭이면 옷을 쌓아 옆을 고이고 밤의 절반은 좌측으로 눕고 나머지 반은 우측으로 누워 이로써 법을 삼아야 한다. 이것이 임부의 자고 눕는 일이다.

'尸[시체처럼 누울 시]'는 '하늘을 보고 눕는 것'이다. '曲[굽을 곡]'은 '몸을 구부려서 눕는 것'이다. '隙[틈 극]'는 '창호문의 구멍[戶穴]'이다. '露[드러날 로]'는 '지붕이 없는 것'이다. '積[쌓을 적]'은 '접은 옷을 쌓아놓은 것[襞積]'이다. '支[지탱할지]'는 '옆구리를 떠받치는 일[拄旁脇]'이다. '度[법도 도]'는 '일상의 법칙[常法]'이다.

○ 서서 오래 걸은 뒤에는 반드시 침대에 누워 있어야 한다.

해설

이 절에서는 임부가 조심해야 할 일 중 '눕는 일'과 관련한 내용을 담고 있다. 임부는 되도록 일에서 벗어나 앉아서 시간을 보내야 하지만 부득이 서서 걸음을 걷는 일을 오래 하게 되면 반드시 침대에 누워서 휴식을 취해야 한다. 누워서 휴식을 취하거나 잠을 잘 때에도 태아에 무리가 가지 않도록 엎드리거나 바로 눕는 것을 피하고 측면으로 눕되 몸을 바르게 하고 좌우로 번갈아 가면서 누워야 하고 만삭이 되면 옷을 쌓아 태아가 뱃속에서 한쪽으로 치우치지 않도록 받쳐 가며 누워야 한다. 주석 원문에서는 '尸[시체처럼 누울 시]', '曲[굽을 곡]', '隙[틈 극]', '露[드러날 로]', '積[쌓을 적]', '支[지탱할지]', '度[법도 도]' 등의 어휘 의미가 보충되어 있다.

第十二節

姙婦飮食之道, 果實, 形不正不食, 蟲蝕不食, 腐壞不食, 瓜蓏生菜不食, 飮食寒冷不食, 食饐而餲, 魚餒而肉敗不食, 色惡不食, 臭惡不食, 失飪不食, 不時不食, 肉雖多, 不使勝食氣. 服酒, 散百脈, 驢馬肉無鱗魚, 難産, 麥芽葫蒜, 消胎, 莧菜蕎麥薏苡, 墮胎, 薯蕷旋葍桃實, 不宜子, 狗肉, 子無聲, 兎肉, 子缺脣, 螃蟹, 子橫生, 羊肝, 子多戹, 鷄肉及卵, 合糯米, 子病白蟲, 鴨肉及卵, 子倒生, 雀肉, 子淫, 薑芽, 子多指, 鮎魚, 子疳蝕, 山羊肉, 子多病, 菌蕈, 子驚而夭. 桂皮乾薑, 勿以爲和, 獐肉馬刀, 勿以爲臛, 牛膝鬼箭, 勿以爲茹, 欲子端正, 食鯉魚, 欲子多智有力, 食牛腎與麥, 欲子聰明, 食黑蟲, 當産, 食蝦與紫菜. 姙婦飮食.

蟲蝕腐壞亦指果實而言也. 蓏諸瓜總名 生菜如萵苣菘葉之類 飮水漿也. 食飯也. 食饐以下三十五字 論語文 饐飯傷熱溼也. 餲味變也. 魚爛曰餒 肉腐曰敗 色惡臭惡 味亦將變也. 飪烹調生熟之節也. 不時 五穀未成 果實未熟之類 服酒以下十六条 皆禁忌之由也. 服酒散百脉五字 得效方文 驢馬以下至子驚而夭見醫學入門 而本文無 蕎麥二字 及薯蕷以下九字 無鱗魚黃熲鰻鱺之屬 葫蒜大蒜也. 莧有六種 此言菜指人莧也. 蕎麥木麥也. 薏苡草實名 穀薄者可作穀食. 薯蕷山藥也. 旋葍艸名 蔓生花似牽牛 而紅色根似薯蕷 而細甘脆 可蒸食糯粘稻也. 白蟲寸白蟲也. 雀黃雀也. 多指莊子 所謂駢拇枝指也. 鮎魚無鱗 有涎背青黑 生江湖中 首有香氣疳蝕口中惡瘡也. 地生曰菌 木生曰蕈 皆溼氣所成也. 驚驚風也. 桂皮桂木皮也. 乾薑乾白之薑也. 和如尙書若作和羹(羹)之和 言以桂薑為粉調和餠餈也. 馬刀蚌名 偏長如斬 馬刀生沙水中臛肉羹(羹)也. 牛膝艸名 葉似酸漿節如牛節 故得名 鬼箭木名 叢生身有四忍如箭之羽 故名曰鬼箭羽 其葉可作菜食茹食菜也. 乾薑 馬刀 散氣獐肉 桂皮 牛膝 鬼箭 皆墮胎 故不食 欲子端正以下十八字 壽世保元文 腎臟名麥大麥也. 黑蟲生海中即海蔘也. 當產猶言臨(臨)產也. 蝦乾蝦也. 紫菜即海藿也.

○寢起必食 食最重 故在後.

번역

임부의 먹고 마시는 법도는 과일의 모양이 바르지 않으면 먹지 않으며, 벌레 먹은 것도 먹지 않으며, 썩어 문드러진 것도 먹지 않으며, 오이류의 열매나 날것 푸성귀를 먹지 않으며, 음식이 차가우면 먹지 않으며, 음식이 쉬거나 변한 것, 생선 상한 것과 고기 썩은 것도 먹지 않으며, 빛깔이 나쁜 것도 먹지 않으며, 냄새가 고약한 것도 먹지 않으며, 잘못 익힌 것을 먹지 않으며, 때 없이 먹지 않으며, 고기가 비록 많더라도 밥보다 많이 먹지 않아야 한다. 술을 마시면 백맥(百脈)이 흩어지고, 당나귀나 말고기, 비늘 없는 물고기를 먹으면 난산이 되며, 엿기름과 마늘은 태를 삭히고, 쇠비름, 메밀, 율무는 태를 떨어뜨리고, 참마와 메와 복숭아는 자식에게 마땅치 않으며, 개고기는 아기가 소리를 내지 못하게 하고, 토끼고기는 아기가 언청이가 되게 하고, 게는 아기가 옆으로 나오게 하고, 양의 간은 아기가 병치레를 많이 하게 하고, 닭고기와 달걀을 찹쌀과 함께 먹으면 아기에게 촌백충이 생기고, 오리고기와 오리알은 아기가 거꾸로 나오게 하고, 참새고기는 아기를 어지럽히고 생강싹은 아기에게 다지(指指, 즉 여섯번째 손가락)가 생기게 하고, 메기는 감창이 잘 나고, 산양고기는 병이 많게 하며, 버섯은 경풍이 일어나게 해 요절하게 한다. 계피와 마른생강으로 양념하지 말며, 노루고기와 말조개로 국을 끓이지 말며, 쇠무릎이나 귀전으로 나물을 무치지 말아야 한다. 아이가 단정하기를 바란다면 잉어고기를 먹으며, 아이가 슬기롭고 기운이 세기를 바란다면 소의 콩팥과 보리를 먹으며, 아이가 총명하기를 바란다면 해삼을 먹으며, 해산에 이르러서는 새우와 미역을 먹는다. 이것이 임부의 먹고 마시는 일에 관한 법도이다.

'벌레먹은 것[蟲蝕]'과 '썩어 문드러진 것[腐壞]'도 역시 과실(果實)을 가리키는 말이다. '蓏[열매 라]'는 모든 오이[諸瓜] 종류의 총칭[總名]이다. '생채(生菜)'는 상추[萵苣]나 배춧잎[菘葉] 따위와 같다. '飮[마실 것 음]'은 물[水]과 음료수[漿]이고 '食[밥 식]'은 '먹을 것[飯]'이다. '食饐'이하 서른다섯 자(字)는 『논어(論語)』의 문장이다. '饐[쉴 의]'는 밥이 더위와 습기로 상한 것[飯傷熱溼]이다. '餲[쉴 애]'는 '맛이 변한 것[味變]'이다. 물고기가 문드러진 것[魚爛]이 '餒[썩을 뇌]'이다. 고기가 상한 것[肉腐]이 '敗[썩을 패]'이다. 색이 나쁘고[色惡] 냄새가 나쁘면[臭惡] 맛 또한 곧 변한다. '飪[익힐 임]'은 '날것을 고루 삶아서 익히는 내용'이다 '때가 아니라[不時]'는 것은 오곡(五穀)이 이루어지지 못했고[未成] 과실이 익지 않은 따위이다. '服酒' 이하의 열여섯 개 조항은 모두 금기(禁忌)의 이유이다. '服酒散百脉'의 다섯 자(字)는 『득효방(得效方)』'의 글이다. '驢馬[려마]' 이하 '至子驚而夭'는 『의학입문(醫學入門)』을 보되 본문에는 '蕎麥[교맥, 즉 메밀]' 두 자 및 '薯蕷' 이하 아홉 자(字)가 없다.[14] '비늘 없는 물고기[無鱗魚]'는 자가사리[黃頰], 장어[鰻鱺] 등이다. '葫蒜[호산]'은 마늘[大蒜]이나. '莧[비름 현]'에는 여섯 가지 종류가 있는데 여기서 말하는 '菜'는 '人莧[인현, 즉 쇠비름]'을 가리킨다.[15] '蕎麥[교맥]'은 메밀[木麥]이다. '薏苡[의이](즉 율무)'는 풀의 열매 이름이다. 알곡이 얇은데 알곡으로 밥을 지어 먹을 수 있다. '薯蕷[서여](즉 마, 참마)'는 산의 약초[山藥]이다. '旋葍[선복](즉 메)'는 풀 이름이다. 덩굴에서 피는 꽃은 나팔꽃[牽牛]과 비슷하고 붉은색 뿌리

---

14 즉 '蕎麥[교맥, 즉 '메밀']' 두 자(字)와 '薯蕷旋葍桃實, 不宜子[서여선복도실 불의자. 즉 '참마와 메와 복숭아는 자식에게 마땅치 않으며']'의 아홉 자(字)는 『의학입문(醫學入門)』의 원문에는 없고 사주당이 따로 써 넣은 지식이라는 것이다.

15 '莧[비름 현]'은 '비름'으로 흔히 나물로 무쳐 먹기 때문에 '莧菜'라고 하면 '비름나물'로 이해하기 쉽지만 '莧菜'는 비름과 다른 '쇠비름'을 말하며 이 역시 나물로 무쳐 먹기 때문에 '쇠비름나물'이라고도 한다. 문헌에 따라서는 '쇠비듬', '쇠비듬나물'로도 쓴다. '비름나물'은 임신에 영향을 미치지 않기 때문에 임신시에도 먹을 수 있는 나물이지만 '쇠비름나물'은 자궁 수축에 영향을 미치기 때문에 순산용으로 활용되기는 하지만 임신 초기에는 특히 주의해야 하는 음식이다.

는 참마[薯蕷]와 비슷한데 가늘고 달고 연하다. 찰벼[糯粘稻]를(와 함께) 쪄서 먹을 수 있다. '白蟲(백충)'은 촌충[寸白蟲][16]이다. '雀[참새 작]'은 참새[黃雀]이다. '多指[다지]'는 『장자(莊子)』의 이른바 '변무지지[駢拇枝指]'[17]이다. '메기[鮎魚]'는 비늘이 없고 검푸른 등에 끈끈한 점액이 있는데 강과 호수에서 살며 머리에 향기가 있다. '감식[疳蝕, 즉 감창]'은 입 안에 나는 나쁜 부스럼[惡瘡]이也. 땅에서 나는 것을 '균[菌, 버섯 균]'이라 하고 나무에서 나는 것을 '담[蕈, 버섯 담]'이라고 한다. 모두 습기(溼氣)로 만들어진 것이다. '驚[놀랄 경]'은 '경풍(驚風)'이다. '계피(桂皮)'는 계수나무 껍질[桂木皮]이다. '말린생강[乾薑]'은 희게 말린 생강[乾白之薑]이다. '和[화할 화]'는 『상서(商書)』(즉 『서경(書經)』)에서의 '和羹(羹)[화갱]'[18]의 '和'와 같다. 계피와 생강을 가루로 만들어서 떡[餠餈]에 묻힌 것을 말한다.

---

16 寸白蟲(촌백충): 촌충(寸蟲). 사람의 뱃속에서 기생(寄生)하는 아홉 가지의 기생충(寄生蟲) 즉 구충(九蟲)의 하나. 주로 낭충(囊蟲)이 있는 돼지고기나 쇠고기를 익히지 않고 먹을 때 전염된다. 성충(成蟲)은 소장(小腸) 안에 기생하면서 영양분을 흡수하여 죽음에 이르게까지 한다. 대변 볼 때 백색의 촌충(寸蟲) 마디가 배출되기 때문에 이러한 이름이 붙여졌다. 『고금의통(古今醫統)』〈충후유구(蟲候有九)〉에서 "寸白蟲, 長一寸, 子孫繁生, 長至四五尺, 亦能殺人.(촌충은 길이가 1촌(즉 3.33cm)이고, 자손을 매우 많이 번식하며, 길이가 4~5척(1.2m~1.5m)에 이르기도 하니, 또한 사람을 죽일 수 있다.)"라고 하였다.

17 『장자(莊子)』〈외편_변무(外篇_駢拇)〉 제팔(第八) "駢拇枝指, 出乎性哉! 而侈於德. 附贅縣疣, 出乎形哉! 而侈於性.(변무(駢拇, 엄지와 검지가 붙은 손가락)와 지지(枝指, 엄지에 덧붙은 여섯 번째 손가락)는 본성으로 타고나는 것이지만 덕(德)에서 보면 군더더기이다. 몸에 붙은 사마귀나 달린 혹은 타고난 이후에 형태가 덧붙은 것이지만 본성에서 보면 군더더기이다.)". '지지(枝指)'는 '기지'로 발음이 변하였다.

18 화갱(和羹): 여러 가지 양념을 하여 간을 맞춘 국. 『상서(商書)』 즉 『서경(書經)』의 〈열명편(說命篇)〉 "爾惟訓于朕志 若作酒醴 爾惟麴糵 若作和羹 爾惟鹽梅(그대는 짐의 뜻에 훈계하되, 만일 술을 만들 때는 그대가 바로 누룩이 되고, 만일 국에 간을 맞출 때는 그대가 바로 소금에 저린 매실[鹽梅]이 되어주시오)"라는 고사에서 나오는 말이다.

'마도[馬刀, 말조개]'는 조개의 이름이다. '참마도(斬馬刀)'[19]처럼 납작하고 긴데 모래가 있는 물 속에 산다. '臛[고깃국 학]'은 고깃국[肉羹(羹)]이다. '우슬(牛膝, 소무릎)'은 풀의 이름이다. 잎은 꽈리[酸漿][20]와 비슷한데 소 관절[牛節] 같은 마디가 있어서 이름을 얻었다. '귀전(鬼箭, 화살나무)'은 나무이름이다. 총생(叢生, 뭉쳐나기)의 가지[身]에 화살의 깃과 같은 네 개의 날이 있어서 이름을 '귀전우(鬼箭羽, 화살나무)'라고 한다. 그 잎으로 나물을 만들어서 밥 먹을 때 나물반찬으로 먹을 수 있다. '말린생강[乾薑]', '말조개[馬刀]'는 기(氣)을 흩트리고 '노루고기[獐肉], 계피(桂皮), 쇠무릎[牛膝], 화살나무[鬼箭]'는 모두 태(胎)를 떨어뜨리므로 먹지 않는다. '欲子端正' 이하의 열여덟 자(字)는 『수세보원(壽世保元)』의 문장이다. '腎[콩팥 신]'은 장기(臟器)의 이름이다. '麥[보리 맥]'은 보리[大麥]이다. '黑蟲[흑충]'은 바다 가운데서 사는데 즉 해삼(海蔘)이다. '當産[당산]'은 '해산이 임박하다[臨(臨)産]'라는 말과 같다. '蝦[새우 하]'는 '말린새우[乾蝦]'이다. '紫菜[자채]'는 즉 미역[海藿]이다.

○ 자고 일어나면 반드시 먹어야 한다. 먹는 일이 가장 중요하기 때문에 나중에 두었다.

19 참마도(斬馬刀): 말을 베기 위해 만들어진 납작하고 긴 도검. 기록에 따라서는 '말의 다리'를 베는 데 사용했다고도 한다.

20 산장(酸漿): 꽈리. 가지과에 속하는 여러해살이풀. 『향약집성방(鄉藥集成方)』에는 향명(鄉名)이 '叱科阿里[ㅅ과아리]'라고 되어 있어서 '꽈리'의 이전형인 'ㅺ리'로 읽힌다.

해설

이 절에서는 임부가 조심해야 할 일 중 '먹는 일'과 관련한 내용을 담고 있다. 임부는 자고 일어나면 반드시 먹어야 하는데, 임부의 할 일 중에서 '먹는 일'이 가장 중요하기 때문에 임부가 해야 하는 여러 가지 일 중에서 가장 마지막에 두어 상세하게 설명하고 있는 것이다. 어찌 보면 『태교신기』의 내용 중 이 부분의 섭식(攝食)에 대한 내용이 가장 중요한 부분이라 할 수 있을 것이다. 임부는 모양이 바르지 않은 과일이나 벌레 먹은 과일, 썩어 떨어진 과일을 먹지 않아야 하며 박과의 열매나 날것으로 된 푸성귀, 찬 음식, 쉰 음식, 상한 생선, 썩은 고기, 빛깔이나 색깔이 나쁜 고기, 덜 익은 고기를 먹지 말아야 하며 고기를 때 없이 먹거나 밥보다 많이 먹지 않아야 한다. 이 부분의 내용은 『논어(論語)』에서 가져온 것이다. 또한 먹지 말아야 하는 음식 중에는 태아에 나쁜 영향을 미치기 때문에 조심해야 하는 것들이 많은데 이는 대개 『득효방(得效方)』, 『의학입문(醫學入門)』, 『수세보원(壽世保元)』 등의 종합 의학서에서 가져온 것들이다. 한편 태아에게 안 좋은 영향을 미치는 음식만 있는 것은 아니며 반대로 태아에 좋은 영향을 미치는 음식도 있으며 해산 뒤에는 새우와 미역을 통해 산모의 불균형해진 영양 상태를 보충해야 하는 점도 잊지 않고 있다. 유희는 주석 원문에서 '벌레먹은 것[蟲蝕]', '썩어 문드러진 것[腐壞]', '蓏[열매 라]', '생채(生菜)', '飮[마실 것 음]', '食[밥 식]', '饐[쉴 의]', '餲[쉴 애]', '餒[썩을 뇌]', '敗[썩을 패]', '飪[익힐 임]', '때가 아니라[不時]', '비늘 없는 물고기[無鱗魚]', '葫蒜[호산]', '莧[비름 현]', '菜[나물 채]', '蕎麥[교맥]', '薏苡[의이](즉 율무), '薯蕷[서여](즉 마, 참마)', '旋葍[선복](즉 메)', '白蟲[백충]', '雀[참새 작]', '多指[다지]', '메기[鮎魚]', '감식[疳蝕, 즉 감창]', '균[菌, 버섯 균]', '담[蕈, 버섯 담]', '驚[놀랄

경]', '계피(桂皮)', '말린생강[乾薑]', '和[화할 화]', '마도[馬刀, 말조개]', '臛[고깃국 학]', '우슬(牛膝, 소무릎)', '귀전(鬼箭, 화살나무)', '腎[콩팥 신]', '麥[보리 맥]', '黑蟲[흑충]', '當産[당산]', '蝦[새우 하]', '紫菜[자채]' 등의 단어와 어구에 대해서 설명을 덧붙이고 '服酒' 이하의 『득효방(得效方)』과 『의학입문(醫學入門)』에서 가져온 열여섯 조항들이 모두 금기의 이유라든지 '말린생강[乾薑]', '말조개[馬刀]'는 기(氣)을 흩트리고 '노루고기[獐肉], 계피(桂皮), 쇠무릎[牛膝], 화살나무[鬼箭]'는 모두 태(胎)를 떨어뜨리므로 먹지 않는다는 보충 설명을 추가하였다.

第十三節

姙婦當産, 飮食充如也, 徐徐行頻頻也, 無接褋人, 子師必擇. 痛無扭身, 偃臥則易産. 姙婦當産.

充如言常實也. 頻頻少休復行也. 子師若今之乳母也. 內則曰擇於諸母與可者必求其寬裕慈惠溫良恭敬愼而寡言者使為子師. 扭絞轉也. 偃臥倚物仰面而臥也.

○胎教止於産 故以産終焉.

번역

임부가 해산을 대할 때는, 음식을 충분히 먹어 든든하게 하고, 천천히 다니기를 자주 해야 한다. 임부가 해산에 임박하면 잡인을 만나지 말며, '자식의 스승[子師]'을 반드시 가려 뽑아야 한다. 아파도 몸을 비틀지 말며,

뒤로 비스듬히 누워야 해산하기가 쉽다. 이것이 임부가 해산을 대하는 일이다.

'充[가득할 충]'은 '항상 든든함[常實]'과 같은 말이다. '頻頻[빈빈]'은 '조금씩 쉬었다가 다시 가는 모양'을 나타내는 말이다. '자식의 스승[子師: 아이 돌볼 사람]'이란 오늘날의 '유모(乳母)'와 같다. 〈내칙(內則)〉에서 말하기를 "모든 어머니와 함께 옳은 사람을 가리되, 반드시 너그럽고 넉넉하며, 자애롭고 은혜로우며, 온화하고 어질며, 공손하고 삼가며, 조심스럽고 말이 없는 이를 구하여 그로 하여금 자식의 스승을 삼는다" 하였다. '扭[비틀어 묶을 뉴]'는 "새끼 꼬듯 몸을 비트는 일[絞轉]"이다. '偃臥[언와]'는 "사물에 기대어 얼굴을 위로 우러러 눕는 것"이다.

○ 태교는 아이를 낳고 나면 그치므로 해산으로 끝이 난다.

해설

이 절에서는 임부가 조심해야 할 일에 대한 설명을 마치고 해산을 대하게 되었을 때의 태도에 대해 말하고 있다. 해산할 즈음에는 영양을 보충하고 천천히 걸어 다니면서 건강에 신경을 써야 한다. 해산에 임박해서는 불필요한 사람을 만나지 말고 좋은 유모를 골라 두어야 하며 아이를 낳을 때 비록 아프더라도 몸을 비틀어서는 안 되고 뒤로 비스듬히 누워서 해산을 해야 한다는 등 비교적 해산을 당하는 산모의 태도에 대해서 구체적인 설명을 덧붙이고 있다. 이는 모두 사주당 자신의 경험을 바탕에 둔 것이기 때문에 이러한 구체성이 담보된 것으로 이해된다. 유희의 주석원문에서는 '充[가득할 충]', '頻頻[빈빈]', '자식의 스승[子師: 아이 돌볼 사람]', '扭[비틀어 묶을 뉴]', '偃臥[언와]' 등의 단어에 대해서 보충 설명을 하고 있는데 특히 '자식의 스승[子師: 아이 돌볼 사람]' 즉 유모(乳母)에 대해서는 〈내칙(內則)〉의 글을 인용하여 "너그럽고 넉넉하며, 자애롭고 은혜로우며, 온화하고 어질며, 공손하고 삼가며, 조심스럽고 말이 없는 이"를 선택해서 자식을 돌보며 가르쳐 줄 스승으로 삼아야 함을 강조하였다.

第十四節

腹子之母, 血脈牽連, 呼吸隨動, 其所喜怒, 爲子之性情, 其所視聽, 爲子之氣候, 其所飮食, 爲子之肌膚, 爲母者曷不謹哉.

腹猶言懷也. 候節候也. 以言氣之往來也.

○總結 上文 十三節.

번역

아이를 밴 어머니는 (아이와) 혈맥으로 이어져 있어서, (어머니의) 숨 쉬고 내뱉음에 따라 (아이도) 움직이므로 그(어머니의) 기뻐하고 성내는 바가 아이의 성품과 감정이 되고, 그(어머니의) 보고 듣는 바가 아이의 기질(氣質)[21]

21 기질(氣質): 기운과 체질을 아울러 이르는 말. 여기서 '기(氣)'는 "바탕이 되는 체질"의 의미로 '아이의 바탕(혹은 체질)'을 비유적으로 이르는 말이다.

과 물후(物候)[22]가 되며, 그(어머니의) 먹고 마시는 바가 아이의 살과 피부가 되니, 어머니 된 자가 어찌 경계하지 않겠는가.

> '腹[아이 밸 복]'이란 '품다[懷]'와 같은 말이다. '候[후]'는 '절후(節候)'이다.[23] 말함으로써 기(氣)가 오고 가는 일[24]이다.

○ 위 글 13절을 종합해서 끝맺음.

해설

이 절은 제4장의 1절부터 12절까지 나열된 임부가 조심해야 할 일들을 종합하여 끝맺는 절이다. 뱃속 아이와 어머니가 혈맥으로 이어져 있기 때문에 어머니의 숨 쉬고 내뱉음, 기뻐하고 성냄, 보고 듣는 바, 먹고 마시는 바가 다 아이의 움직임, 성품과 감정, 기질과 상태, 살과 피부를 이루는 것을 고려한다면 어머니 된 자로서 태교의 깨달음을 얻지 않을 수 없을 것이라는 점을 강조하고 있다. 유희의 주석 원문에서는 '腹[아이 밸 복]'과 '候[후]'에 대해서 보충 설명하고 있다.

---

22 여기서 '候'는 "철이나 기후에 따라 변화하는 만물의 상태"를 가리키는 '물후(物候)'의 뜻으로 '아이의 상태'를 비유하여 가리키는 말로 사용되었다.

23 날짜를 나타내는 기본 단위는 1후(候)는 5일(五日), 1기(氣)는 10일(十日), 1절(節)은 15일(十五日), 1월(一月)은 30일(三十日), 열두 달을 1기(一朞)라 한다. 그러므로 흔히 날짜를 나타낼 때 '절후'니 '절기'니 '기후'니 하고 말하는 것인데 여기서는 날짜의 흐름에 따라 아이의 기질과 상태가 달라짐을 나타내는 말로 사용되었다.

24 태중에 있는 아이의 기질과 상태의 변화가 어머니의 말하는 일에 따라 달라짐을 '기(氣)가 오고 가는 일'에 비유하여 이르는 말이다.

右 第四章 胎教之法

번역

앞 제4장. 태교의 방법

해설

제4장에서는 어머니가 태교하는 방법으로서 임신한 뒤에 아이를 낳기까지 조심해야 하는 일들에 대해 자세히 다루고 있다. 총결까지 모두 14개의 절로 되어 있으며 각각 제1설(태교의 대략, 제2절(태교는 다른 사람의 보살핌에 의해 이루어짐), 제3절(보는 일), 제4절(듣는 일), 제5절(마음을 바르게 하는 일), 제6절(말을 바르게 하는 일), 제7절(거처를 정하여 보살핌 받는 일), 제8절(하지 말아야 할 일과 해야 할 일), 제9절(앉아 있는 일), 제10절(서서 돌아다니는 일), 제11절(눕거나 자는 일), 제12절(먹는 일), 제13절(태교를 마치고 해산할 때의 일), 제14절(1절~13절까지를 총괄하여 끝맺음)로 이루어졌다. 이 가운데 특히 가장 중요한 부분은 제12절 임부가 자고 일어나서 먹는 일에 대해 매우 상세하고 구체적으로 사례를 들고 있다. 유희의 주석 역시 12장에 많은 내용이 집중되어 있다.

5. 第五章

태교에 대한 잡론

第一節

不知胎教, 不足以爲人母, 必也正心乎, 正心有術, 謹其見聞, 謹其坐立, 謹其寢食, 無襍焉則可矣. 無襍之功, 裕能正心, 猶在謹之而已.

術路也. 襍謂不一也. 裕優也. 蓋言無襍則 優足以正心 其功之大如此 猶不過謹之一字.

○此節 言胎教之要.

번역

태교를 알지 못하면 어머니가 될 자격이 부족한 것이다. 반드시 마음을 바르게 가질 것이니, 마음을 바로 함에 방법이 있어서 그 보고 듣는 것을 조심하며, 그 앉고 서는 것을 조심하며, 그 자고 먹는 것을 조심하되 잡스러움이 없으면 좋다. 잡스러움을 없이한 공이 넉넉하면 능히 마음을 바로 할 수 있는데, 오직 '조심하는 일'에 있을 뿐이다.

'術'은 '길[路]'이다. '襍[섞일 잡]'은 '하나가 아님[不一]'을 말한다. '裕[넉넉할 유]'는 '넉넉하다[優]'이다. 대개 잡스러움이 없으면 바른 마음으로 넉

녁하고 그 공(功)의 큼이 그와 같으니 오직 '조심한다[勤]'는 한 단어를 넘지 않는다고 말하는 것이다.

○ 이 절은 태교의 중요함을 말한 것이다.

해설

이 절에서는 어머니가 될 사람에게 태교가 중요함을 강조하는 내용을 담고 있다. 앞장에서 상세히 언급한 어머니가 될 사람의 마음가짐과 행동(보고 듣고, 앉고 서고, 자고 먹는 일)을 잡스러이 하지 말고 조심스럽게 해야 한다는 것이다. 유희의 주석에서는 '術[방법 술]', '襍[섞일 잡]', '裕[넉넉할 유]' 등의 어휘를 풀이한 후, 잡스러움 없는 바른 마음으로 공을 넉넉하게 하는 일에는 '조심한다[勤, 삼갈 근]'는 것만한 것이 없다는 사주당의 말을 한번 더 강조하였다.

第二節

寧憚十月之勞, 以不肖其子而自爲小人之母乎, 曷不强十月之功, 以賢其子而自爲君子之母乎. 此二者, 胎教之所由立也, 古之聖人, 亦豈大異於人者. 去取槩斯二者而已矣, 大學曰, 心誠求之, 雖不中, 不遠矣, 未有學養子而后, 嫁者也.

寧猶豈也. 憚患之也. 強勉強也. 功猶言工夫也. 去取猶言取舍也. 大學舊禮記篇名 今為別書. 誠實也. 言若以實心求之庶幾得其道也.

○此節 難之而使自求.

번역

어찌 열 달의 수고를 꺼려서 그 자식을 못나게 하고 스스로 소인의 어머니가 되겠는가? 어찌 열 달의 공부를 힘써 행하여 그 자식을 어질게 하고 스스로 군자의 어머니가 되지 않겠는가? 이 두 가지는 태교가 반드시 필요한 까닭이니, 옛 성인이 또한 어찌 보통 사람과 크게 다르시리오. 오직 이 두 가지에서 취하시고 버릴 따름이시니, 〈대학(大學)〉에서 말하기를, "마음으로 진실하게 구하면 비록 맞지 않더라도 멀지는 않을 것이니, 자식을 기르는 법을 배운 이후에 결혼하지는 않는다" 하였다.

> '寧[어찌 녕]'은 '豈[어찌 기]'와 같다. '憚[꺼릴 탄]'은 '그것을 걱정하다[患之]'이다. '強[억지로 강]'은 '억지로 시킴[勉強]'이다. '功[힘쓸 공]'은 '힘써 함[工夫]'을 말한다. '去取[거취]'는 '취하고 버림[取舍]'을 말한다. 〈대학(大學)〉은 옛 『예기(禮記)』의 편명(篇名)이다. 오늘날은 따로 책이 되었다. '誠[진실로 성]'은 '진실로[實]'이다. 진실한 마음으로 구하면 거의 그 도를 얻을 수 있다는 말이다.

○ 이 절은 태교가 어렵더라도 스스로 찾도록 해야 한다는 것이다.

해설

이 절은 태교가 비록 어렵지만 못난 자식, 즉 불초한 자식을 얻어 소인의 어머니가 될 것인가 어진 이를 자식으로 두어 군자의 어머니가 될 것인가를 선택하는 일이니 태교를 하지 않을 이유가 없음을 강조한 것이다. 유희의 주석원문에서는 '寧[어찌 녕]', '憚[꺼릴 탄]', '強[억지로 강]', '功[힘쓸 공]', '去取[거취]', '誠[진실로 성]' 등의 한자 및 어휘 주석을 덧붙인 뒤, 사주당이 인용한 〈대학(大學)〉이 본래 옛 『예기(禮記)』의 편명(篇名)이었는데 따로 책이 되었다는 점을 보충 설명하였다.

第三節

爲母而不養胎者, 未聞胎敎也. 聞而不行者, 畫也. 天下之物, 成於强, 隳於畫, 豈有强而不成之物也, 豈有畫而不隳之物也. 强之, 斯成矣, 下愚無難事矣, 畫之, 斯隳矣, 上智無易事矣. 爲母者可不務胎敎乎. 詩曰借曰未知, 亦旣抱子.

畫猶論語今女畫之畫自限不進也. 物亦事也. 隳毁也. 務用力也. 詩大雅抑之篇 借假也. 亦假使曰汝未有知識 汝旣長大而抱子宜有知也.

○此節 承上言求則得之.

번역

어머니가 되고도 태를 기르지 않는 자는 태교에 대해 듣지 못함이고, 듣고도 행하지 않는 이는 스스로 포기하여 행하지 않는 것이다. 천하의 모든 일이 힘써 행하면 이룰 수 있고, 자포자기하여 무너지나니, 어찌 힘써 행해도 이루지 못하는 것이 있으며, 어찌 스스로 포기함에 그릇되지 않는 것이 있으리오. 힘써 하면 이루니, 어리석고 못난 사람도 어려운 일이 없고, 포기하면 그릇되니, 훌륭하고 슬기로운 사람도 쉬운 일이 없다. 어머니가 되려는 사람이 어찌 태교에 힘쓰지 않을 수 있겠는가. 『시경』에서 말하기를, "설령 아는 게 없다 할지라도 이미 자식을 안았잖니"라고 했다.

'畫[획]'은 『논어(論語)』 '今女畫(지금 너를 금긋다)'의 '畫[그을 획]'이어서 '스스로 한계를 긋고 나아가지 않는 것[自限不進]'이다.[1] '物[일 물]'은 '일[事]'이기도 하다. '隳[무너뜨릴 휴]'는 '무너지는 것[毁]'이다. '務[힘쓸 무]'는 '힘 쓰는 것[用力]'이다. 『시경(詩經)』〈대아_억지편(大雅_抑之篇)〉[2]이다. '借[빌 차]'는 '빌리는 것[假]'이다. 또한 설령 네가 아는 것이 없다고 하더라도 네가 이미 크게 자라서 자식을 안았으니 마땅히 아는 것이 있다는 것이다.

○ 이 절은 위의 말에 이어서 구하면 얻을 수 있음을 말한 것이다.

해설

이 절에서는 태교를 하지 않는 이유가 태교의 필요성을 듣지 못했기 때문

1 『논어(論語)』〈옹야편〉 10장: 冉求曰: 非不說子之道, 力不足也. 子曰: 力不足者, 中道而廢, 今女畫.(염구가 말했다. 저는 선생님의 도를 좋아하지 않는 것이 아닙니다. 힘이 달릴 뿐입니다. 공자께서 말씀하셨다. 참으로 힘이 달리는 자는 중도라도 그만둘 수밖에 없다. 지금 너는 스스로 한계를 긋고 있는 것이다.)

2 『시경(詩經)』〈대아_억지편(大雅_抑之篇)〉 "於乎小子! 未知臧否. 匪手攜之, 言示之事, 匪面命之, 言提其耳. 借曰未知, 亦旣抱子."(아이고 얘야! 좋고 나쁜 것을 알지 못하는구나. 손 잡아 이끌었을 뿐 아니라 일로써 보여주고, 면전에서 명했을 뿐 아니라 귀를 잡고 말했다. 설령 아는 게 없다 할지라도 이미 자식을 안았잖니.)

이며 필요를 인식했다면 포기하지 말고 힘써 구하면 반드시 이룰 수 있음을 주장하였다. 어리석은 사람이라도힘써 구하면 태교의 묘를 반드시 얻을 수 있으며 훌륭하고 슬기로운 사람이라도 태교를 포기하면 후손이 그릇되는 것을 막기가 어렵다는 것이다. 아울러 『시경』의 구절을 인용하여 이미 아이를 잉태하였으니 태교를 하는 데는 어려울 일이 없음을 강조하였다. 유희의 주석원문에서는 '畫[획]', '物[일 물]', '隳[무너뜨릴 휴]', '務[힘쓸 무]', '借[빌 차]' 등의 어휘 설명과 인용된 『시경(詩經)』의 구절이 『시경(詩經)』〈대아_억지편(大雅_抑之篇)〉의 글이라는 점을 보충하고 그 의미를 부연하였다.

右 第五章 以下 襍論胎教 ○此章 反覆勸人 使行胎教.

번역

앞 제5장. 이하는 태교에 대한 잡론이다. ○이 장은 사람에게 태교를 행하게 함을 반복해서 권하는 것이다.

해설

제5장에서는 앞서 제4장에서 논의하였던 태교의 필요성을 다시 한번 반복하고 태교가 반드시 행해져야 함을 주장하였다. 한편 제4장의 논의가 〈태교신기〉의 핵심적 내용이었던만큼 제5장을 포함하여 그 이하에서는 태교와 관련하여 어느 정도는 4장까지의 내용이 반복되면서 다양하고 잡다한 이야기를 추가적으로 담고 있다.

6. 第六章

태교를 행하지 않는 손해에 대해 말함

第一節

養胎不謹, 豈惟子之不才哉, 其形也不全, 疾也孔多, 又從而墮胎難産, 雖生而短折, 誠由於胎之失養. 其敢曰我不知也, 書曰天作孼, 猶可違, 自作孼, 不可逭.

形不全謂殘缺不成形也. 疾病孔甚也. 短折撗夭也. 誠信也. 我不知猶言非我之罪也. 書商書太甲之篇 孼災違避逭逃也. 言天降災禍 猶可修德而避之身 既失德而致之 則又安所逃乎.

번역

태를 기르는 일에서 조심하지 않으면, 어찌 자식의 재주 없음에 그치리오. 그 형태가 또한 온전하지 못할 것이며, 병이 심히 많을 것이며, 또한 태가 떨어지거나 난산일 수도 있으며, 비록 나아도 일찍 죽으니, 진실로 태의 기름을 잃었기 때문인데 어찌 감히 나는 알지 못한다고 할 수 있겠는가? 『서경(書經)』에서 말하기를, "하늘이 지은 재앙은 오히려 피할 수 있으려니와 스스로 지은 재앙은 도망칠 수 없다" 하였다.

‘형태가 온전하지 못하다[形不全]’는 것은 ‘손상되고 누락되어서 형태가 (온전하게) 이루어지지 않았다[殘缺不成形]’는 것이다. ‘疾[병 질]’은 ‘병이 매우 심하다[病孔甚]’는 것이다. ‘短折[단절]’은 ‘젊은 나이에 죽는 일[橫夭]’이다. ‘誠[진실로 성]’은 ‘진실로[信]’이다. ‘我不知(나는 모른다)’는 ‘나의 죄가 아니다[非我之罪]’라고 말하는 것과 같다. 『서경(書經)』 즉 『상서(商書)』〈태갑지편(太甲之篇)〉의 ‘재앙을 피해 갈 수는 있지만 도망칠 수는 없다[孽災違避逭逃]’는 것은 ‘하늘이 내린 재앙은 덕을 닦음으로서 몸이 피해갈 수 있지만 이미 덕을 잃은 뒤 그 일이 닥치면 어찌 도망칠 곳이 있겠는가’ 하는 것이다.

右 第六章 ○此章 極言 不行胎教之害

번역

앞 제6장. ○이 장은 태교를 행하지 않는 손해에 대해 극단적으로 말한 것이다.

해설

이 장에서는 태교를 행하지 않게 되면 자식이 재주가 없을 뿐만 아니라 겉모습도 온전하지 못할 것이고 병치레도 잦을 것이며 또 애초에 낙태를 하거나 난산을 하게 되며 설혹 태어난다 하더라도 오래 살지 못하게 될 터인데 태교를 왜 하지 않겠는가를 반문하며 태교를 포기하는 일이 결국 스스로 재앙을 초래하는 일임을 『서경(書經)』의 구절을 인용하여 주장하고 있다. 유희의 주석에서는 '형태가 온전하지 못하다[形不全]', '疾[병 질]', '短折[단절]', '誠[진실로 성]', '我不知(나는 모른다)' 등의 어휘와 구절의 의미를 상세히 설명한 뒤, 『서경(書經)』 즉 『상서(商書)』〈태갑지편(太甲之篇)〉의 내용을 정확히 인용한 뒤, 그 문맥적 의미를 짚어 추가로 설명하고 있다.

7. 第七章

사람들이 귀신에게 아첨하고 꺼리는 일에 구애받는 것을 경계함으로써 태에 이익이 있게 함

第一節

今之娠子之家, 致瞽人巫女, 符呪祈禳, 又作佛事, 舍施僧尼, 殊不知邪僻之念作 而逆氣應之, 逆氣成象, 而罔攸吉也.

致致之也. 瞽則書符誦呪巫則祈福禳災佛事發願功果之類 舍施者舍己財而施之佛也. 男曰僧女曰尼 三者之術皆不見其實效 而猶且惑之所謂邪僻之念也. 作起也. 逆氣者 理之所舛而氣不由其順也. 罔無之甚也. 攸所也.

○此節 戒惑邪術.

번역

요즘 임신한 사람의 집에서 소경과 무당을 집으로 불러들여 부적이며 진언을 하고 빌며 푸닥거리를 하며 부처를 섬겨 중(비구승)과 비구니에게 시주하니, 참으로 알지 못한다, 삿되고 편벽한 생각이 나면 거스르는 기운이 이에 응하게 되는데, 거스르는 기운이 형상을 이룸에 길한 바가 있을 수 없음을.

'致[부를 치]'는 '그를 불러들이는 것[致之]'이다. '瞽[소경 고]'는 즉 부적을 쓰고 주문을 외며, '巫[무당 무]'는 즉 기복(祈福, 복 빌기), 양재(禳災, 푸닥거리 하기), 불사(佛事, 부처에게 빌기), 발원공과(發願功果, 성공을 빌기) 등을 한다. '舍施[사시]'는 '자기 재산을 버리고 부처에게 보시하는 일'이다. '男[남]'는 '僧[남자중 승]'이라고 하고 '女[녀]'는 '니尼[여자중 니]'라고 한다. (소경, 무당, 승려) 셋의 술법은 그 실질적인 효과를 볼 수 없지만 또한 사람을 이른바 삿되고 편벽한 생각으로 혹하게 한다. '作[일으킬 작]'은 '일으키는 것[起]'이다. '逆氣[역기]'는 '리(理)'의 어그러진 바, '기(氣)'의 그 순리에서 말미암지 않은 것이다. '罔[없을 망]'은 '생길 수 없는 일[無之甚]'이다. '攸[바 유]'는 '所[바 소]'이다.

○ 이 절은 미혹하는 사술을 경계한 것이다.

해설

이 절은 이사주당이 〈태교신기〉를 작성하던 당시의 사회 풍토 중 특히 임신한 사람의 집에서 (아마도 아들을 얻기 위하여) 소경과 무당을 불러들여 굿을 하거나 부처를 섬겨서 승려와 비구니에게 시주하는 일이 적지 않음을 지적하고 이러한 생각들이 태교에 바람직하지 않음을 지적한 것이다. 유희의 주석원문에서는 '致[부를 치]', '瞽[소경]', '巫[무당]', '舍施[사시]', '僧[남자중 승]', '尼[여자중 니]', '作[일으킬 작]', '逆氣[역기]', '罔[없을 망]', '攸[바 유]'에 대해서 어휘 풀이를 하였는데 특히 소경은 주로 부적을 쓰고 주문을 외우며, 무당은 주로 구복(求福)이나, 푸닥거리, 불사(佛事), 발복(發福)의 행사를 주도함을 보충 설명하고 있다.

第二節

性妒之人, 忌衆妾有子, 或一室兩姙婦, 姒娣之間, 亦未相容, 持心如此, 豈有生子而才且壽者, 吾心之天也. 心善而天命善, 天命善而及于孫子, 詩曰豈弟君子, 求福不回.

性指氣質之性 爾雅長婦謂稚婦為娣婦 娣婦謂長婦為姒婦 持心猶言處心也. 吾指姙婦而言也. 吾心之天 猶言吾之心天也. 吾之心本受於天命而天命既善 故心善則理順 理順則和氣應之 而生子才且壽也. 詩大雅 旱麓之篇 豈弟樂易也. 回邪也. 言君子之所以求福乃無邪回也. 一有邪回之心 則福不可求矣.

○此節 戒存邪心.

번역

성품이 질투가 많은 이는 여러 첩에게 자식이 있음을 꺼리고, 혹 한 방에 임부가 둘이 있으면 동서지간이라도 또한 서로 용납하지 못하니, 마음가짐이 이렇다면 어찌 태어난 아이가 재주가 있으면서 오래 사는 이가 있겠는가? 내 마음이 하늘이라, 마음이 착하면 하늘에서 내리는 것도 착하고 하늘에서 내림이 착하면 손자자식에게 미치는 법이니, 『시경』에서 말하기를 "마음이 즐겁고 편안한[豈弟] 군자는 복을 구할 때 돌아서 가지 않는다."고 했다.

'성(性)'은 기질(氣質)의 성(性)을 가리킨다. 『이아(爾雅)』에서 '맏동서[長婦]'는 '어린동서[稚婦]'라 하고 '아랫동서[娣婦]'라고도 하며 '아랫동서[娣

婦]'는 '맏동서[長婦]'라고도 하며 '손윗동서[姒婦]'라고도 한다고 하였다. '마음을 가짐[持心]'은 '마음가짐[處心]'과 같은 말이다. '吾[나 오]'는 '임부(妊婦)'를 가리켜 이르는 말이다. '내 마음의 하늘[吾心之天]'은 '내 마음이 하늘이라[吾之心天]'는 것과 같은 말이다.

○ 이 절은 삿된 마음이 있는 것을 경계한 것이다.

해설

이 절에서는 임신한 사람이 마음에 질투나 불화와 같은 삿된 감정을 품어서는 안 된다는 점을 지적한 것이다. 임부가 착한 마음을 가져야 그 착한 마음에 대한 혜택이 아들을 넘어 손자에게까지 미치게 되는바 『시경』에서 말하는 군자는 복을 구할 일이 있으면 거리낌없이 행동으로 옮긴다는 내용을 인용하고 있다. 유희의 주석원문에서는 '성(性)', '아랫동서[娣婦]', '손윗동서[姒婦]', '마음을 가짐[持心]', '吾[나 오]', '내 마음의 하늘[吾心之天]' 등의 단어와 구절에 대해서 보충 설명하고 있다.

右 第七章 ○此章 戒人之 以媚神拘忌 爲有益於胎

번역

앞 제7장. ○이 장은 사람들이 귀신에게 아첨하고 꺼리는 일에 구애받는 것을 경계함으로써 태에 이익이 있게 한 것이다.

해설

제7장의 제1절은 임부가 주술적인 일에 현혹되어서는 안 됨을 강조한 것이고 제2절은 다른 사람들에게 삿된 마음을 갖지 말고 착한 마음을 가져야 태아에게 좋은 영향이 미친다는 점을 강조한 것이다. 결과적으로 임부의 마음가짐이 바르고 건전할 때 태아도 바르고 건전하게 태어날 수 있음을 강조한 것이라 할 수 있다.

8. 第八章

잡다하게 인용해서 태교의 이치를 증명하고 제2장의 뜻을 거듭 밝힘

第一節

醫人有言曰, 母得寒兒俱寒, 母得熱兒俱熱, 知此理也, 子之在母, 猶瓜之在蔓. 潤燥生熟, 乃其根之灌若不灌也, 吾未見母身不攝而胎能養, 胎不得養而子能才且壽者也.

醫人朱丹溪也. 母得寒以下十二字 出格致餘論寒熱俱指病證而言也. 蔓謂瓜之蔓也. 潤燥生熟指瓜而言也. 灌以水注地也. 若猶言與也. 養謂養之之道.

○此節 言養胎之所當然.

번역

의원이 한 말에 따르면, 어머니가 찬병을 얻으면 아이도 함께 차가워지고, 어머니가 열병을 얻으면 아이도 함께 덥게 되니, 이와 같은 이치를 알아야 한다. 아이가 어머니에게 있는 것이 오이가 그 넝쿨에 달려 있는 것과 같아서 젖고 마르고 설고 익음이 그 뿌리의 물 대주고 물 대주지 못함에 달려 있다. 나는 일찍이 어머니의 몸이 조섭(調攝)되지 못했는데 태가 능히 길러지는 일을 본 적이 없고, 태가 길러지지 못했는데 아이가 능히 재주가 있고 오래 사는 일을 본 적이 없다.

'의원[醫人]'이란 주단계(朱丹溪)[1]이다. '毋得寒[어머니가 찬병을 얻으면]' 이하의 열두 자는 『격치여론(格致餘論)』[2]에서 나왔는데 '찬병[寒]'과 '열병[熱]'은 둘다 병의 증세를 가리켜 이르는 말이다. '넝쿨[蔓]'은 오이 넝쿨을 말한다. '潤燥生熟[윤조생숙, 젖고 마르고 설고 익는]' 것은 오이를 가리켜 이르는 말이다. '灌[물 댈 관]'은 물을 땅에 대는 것이다. '若[이에 약]'은 '그리고[與]'와 같은 뜻이다. '養[기를 양]'은 "그것(아이)을 기르는 방도(方道)"를 말한다.

---

1 주단계(朱丹溪, 1281~1358). 원대(元代)의 이름 난 의학자이다. 자(字)는 언수(彦修) 또는 단계(丹溪)이고 본명은 진형(震亨)인데 '주단계'로 더 유명하다. 무주(婺州) 의오[義烏: 지금의 절강성(浙江省) 의오(義烏)] 사람이다. 어릴 적부터 사서오경(四書五經)과 정주리학(程朱理學)을 배우다 30세 후에야 비로소 의학을 배우기 시작하였다. 그는 강소(江蘇), 절강(浙江), 안휘성(安徽省) 각지를 두루 돌아다니면서 이름 난 의사들을 찾아보았으며, 나중에 나지제(羅知悌)에게 의학을 배웠는데 『내경(內經)』 등 옛 의학책을 모조리 파고들었다. 학술에 있어서 유완소(劉完素), 이고(李杲) 등의 영향을 크게 받았으며, 또 유완소의 화열(火熱) 학설에 대하여 한 걸음 더 발전시키고 '양(陽)은 늘 남아돌고 음(陰)은 노상 모자란다'는 이론을 내세웠다. 『격치여론(格致餘論)』(1347) 등을 지었다.

2 『격치여론(格致餘論)』: 원(元)나라 주단계(朱丹溪) 즉 주진형(朱震亨)이 1347년에 지은 한의학 이론에 관한 책. 1권이다. 모두 41편의 논문이 실려 있는데 '양(陽)은 늘 남아돌고 음(陰)은 노상 모자란다'는 한의학 이론을 강조하였다. 질병을 치료하는 법칙에 있어서 '자음강화법(滋陰降火法)' 및 '화혈소혈(和血疏血)', '도담행체법(導痰行滯法)' 등을 주장하였다. 임상에서 '몸의 형체와 빛깔 살펴보기', '맥 짚어 보기'와 '증상 물어 보기'를 강조하였는데, 특히 '맥 짚어 보기'를 중시하였다. 자서(自序)에 말하기를 "옛 사람은 의학을 우리 유학(儒學)의 격물치지(格物致知)와 한가지로 여겼다"고 하며, 『격치여론(格致餘論)』을 책 이름으로 삼았다.

○ 이 절은 태아를 잘 길러야 하는 마땅한 이유를 말한 것이다.

해설

이 절에서는 의원의 말을 인용하여 어머니가 얻는 병에 따라 태아의 건강이 영향을 받는 것을 오이가 넝쿨에 달려 있어서 넝쿨의 영양 상태에 따라 실함의 정도가 달라지는 일과 비유하여 설명하고 있다. 임부의 건강이 좋지 않은데 태아의 상태가 좋을 수 없고 태아 때부터 건강상태가 좋지 않았는데 건강하게 오래 살기란 쉽지 않은 일이다. 유희의 주석원문에서는 '의원[醫人]', '찬병[寒]', '열병[熱]', '넝쿨[蔓]', '潤燥生熟[윤조생숙, 젖고 마르고 설고 익는]', '灌[물 댈 관]', '若[이에 약]', '養[기를 양]' 등의 어휘와 구절에 대해서 보충 설명하였다. 무엇보다 이 주석에서는 이사주당의 글에서 언급한 의원이 원나라 때의 명의 주단계(朱丹溪)이며 언급한 '毋得寒兒俱寒, 毋得熱兒俱熱, 知此理也(어머니가 찬병을 얻으면 아이도 함께 차가워지고, 어머니가 열병을 얻으면 아이도 함께 덥게 되니, 이와 같은 이치를 알아야 한다.)' 부분의 내용이 주단계가 지은 한의학 이론서 『격치여론(格致餘論)』에서 인용된 것임을 상세하게 설명하였다.

第二節

孿子面貌必同, 良由胎之養同也. 一邦之人, 習尙相近, 養胎之食物, 爲敎也. 一代之人, 稟格相近, 養胎之見聞, 爲敎也, 此三者, 胎敎之所由見也. 君子旣見胎敎之如是其皦, 而猶不行焉, 吾未之知也.

孿雙生也. 戰國策曰孿子之相似唯其母知之. 良信也. 邦邑也. 習尚謂習俗之所尚 如晉魏儉嗇燕趙悲慨是也. 食物妊娠所食之物 為教言自然之效有如胎教也. 一代一時也. 稟格謂所稟之氣格 如西漢重厚 東晉淸虛是也. 見聞妊婦之所見所聞也. 所由見言始徵於此三者也. 皦明白貌. 曰未之知者恠之也.

○此節 言養胎之所已然 又歎其不行.

번역

쌍둥이의 얼굴이 반드시 같은 것은 진실로 태의 기름이 같기 때문이다. 같은 고을 사람의 버릇과 숭상함이 서로 가까운 것은 태를 기를 때 먹은 음식이 가르침 삼았기 때문이며, 같은 시대 사람의 기품과 골격이 서로 비슷한 것은 태를 기를 때 보고 들은 것이 가르침 삼았기 때문이다. 이 세 가지는 태교의 첫 징후가 드러난 바이다. 군자가 이미 태교를 해야 할 까닭이 이렇듯 명백함을 보고도 오히려 행하지 않으니, 나는 그 이유를 알지 못하겠다.

'孿[쌍둥이 련]'은 쌍둥이이다. 『전국책(戰國策)』에서는 "쌍둥이의 비슷함은 오직 그 어머니만 (구별하여) 안다"고 하였다. '良[진실로 량]'은 '진실[信]'이다. '邦[나라 방]'은 '고을[邑]'이다. '習尙[습상]'은 '세속의 관습[習俗]에서 숭상하는 바'를 말한다. 진(晉)나라 위(魏)나라의 '儉嗇[검색, 근검하고 인색함]'이나 연(燕)나라 조(趙)나라의 '悲慨[비개, 슬퍼하고 개탄함]'와 같은 것이 그것이다. '食物[식물, 먹을 것]'은 '임신(妊娠)해서 먹게 되는 음식물'이다. '為教[위교, 가르침 삼다]'라 함은 '저절로 그렇게 되는 효과가 태교와 같음에 있음'을 말한다. '一代[일대]'는 '한 시대[一時]'이다. '稟格[품격]'은 '기운과 골격의 타고난 바'를 말한다. 서한(西漢)의 '重厚[중후, 점잖고 너그러움]'나 동진(東晉)의 '淸虛[청허, 깨끗하고 담백함]' 같은 것이 그것이다. '見聞[견문]'은 '임부(妊婦)의 보고 들은 바'이다. '所由見[말미암아 드러난 바]'이란 이 세 가지에서의 첫 징후[始徵]을 말한다. '皦[옥석 흴 교]'는 명백한 모양이다. '未之知[그것을 알지 못하겠다]'는 '그것이 이상하다'는 말이다.

○ 이 절은 태아를 잘 길러온 까닭을[所已然]을 말하고 또 태교를 행하지 않는 것에 대해 한탄한 것이다.

해설

이 절에서는 태교의 효과가 '쌍둥이의 얼굴이 같은 것', '같은 고을 사람의 버릇과 숭상함이 서로 가까운 것', '같은 시대 사람의 기품과 골격이 서로 비슷한 것'만 봐도 알 수 있는데 사람들이 왜 태교를 행하지 않는지를 안타깝게 여기는 내용을 담고 있다. 유희의 주석원문에서는 '孿[쌍둥이 련]', '良[진실로 량]', '邦[나라 방]', '習尙[습상]', '食物[식물, 먹을 것]', '爲教[위교, 가르침 삼다]', '一代[일대]', '稟格[품격]', '見聞[견문]', '所由見[말미암아 드러난 바]', '皦[옥석 흴 교]', '未之知[그것을 알지 못하겠다]' 등의 단어와 어구에 대해서 설명하고 특히 '稟格[품격]'에 데헤 서한(西漢) 사람들의 '중후(重厚)함'이나 동진(東晉) 사람들의 '청허(淸虛)함' 같은 것을 예로 들어 설명하였다.

右 第八章 ○此章 雜引以證 胎教之理 申明 第二章之意

번역

앞 제8장. ○이 장은 잡다하게 인용해서 태교의 이치를 증명하고 제2장의 뜻을 거듭 밝혔다.

해설

제8장에서는 앞서 제2장에서 언급한 태교에 힘써야 한다는 주장을 강조하여 다양한 인용과 비유를 통해 태교의 바른 이치를 증명해 보이고자 하였다. 제1절에서는 원나라 때의 명의인 주단계가 편찬한 한의학 이론서 『격치여론』 속 내용을 인용하고 임부와 태아의 관계를 넝쿨에 달린 오이에 비유함으로써 태교의 중요함을 강조하였고 제2절에서는 쌍둥이의 유사함, 같은 지역 사람들의 유사함, 같은 시대 사람들의 유사함을 비교하여 볼 때 태교의 중요함이 분명하다는 말로 태교의 중요성을 강조하였다.

9. 第九章

실제의 좋은 글 한 편을 들어 옛 사람이 이미 행한 일을 인용함

胎之不教, 其惟周之末, 廢也. 昔者, 胎教之道, 書之玉版, 藏之金櫃, 置之宗廟, 以爲後世戒. 故太任娠文王, 目不視邪色, 耳不聽淫聲, 口不出敖言, 生文王而明聖, 太任教之以一而識百, 卒爲周宗, 邑姜妊成王於身 立而不跛, 坐而不蹉, 獨處而不踞, 雖怒而不詈, 胎教之謂也.

按內則 妻將生子 及月辰居側室 夫使人日再問之 作而自問之 妻不敢見 使姆衣服而待 是知春秋之時 猶有胎教餘意也. 又按孟子母曰 吾問古有胎教 今適有之 而欺之不信也. 是知戰國之世 已無胎教也. 道法也. 所謂玉版金櫃之書 今略見大戴禮保傳篇中 太任娠文王一下三十九字 列女傳文 太任文王母任姓摯國女也. 敖言不孫之言也. 教一識百生知之至也. 卒終也. 祭法有祖有宗 而周人以九月宗祀 文王於明堂故曰宗邑 姜成王母姜姓太公女也. 妊成王以下二十八字 亦大戴禮文 跛蹇蹉跌 皆喻其傾偏不正之貌.

번역

태교를 가르치지 않게 된 것은 오직 주나라 말기이니 이때 없어졌다. 옛날에는 태교의 도리를 옥판에 새기고 금궤에 넣어서 종묘(宗廟)에 두어서 후세에 경계를 삼았다. 따라서 태임(太任, 주 문왕의 어머니)이 문왕(文王)을 가졌을 때 눈으로는 삿된 빛을 보지 않았으며, 귀로는 음란한 소리를 듣지 않았으며, 입으로는 오만한 말을 내뱉지 않았는데 문왕을 낳으니 밝고 성스럽거늘, 태임이 가르침에 한 가지를 가르치면 백가지를 알더니 마침내 주나라를 중흥시킨 왕이 되었으며, 읍강(邑姜, 주나라 성왕의 어머니)이 성왕(成王)을 몸에 임신했을 때 서서는 한쪽 다리에만 기대어 서지 않고, 앉아서는 몸이 뒤뚱거리지 않게 앉았으며, 혼자 있을 때에도 자세를 거만하게 취하지 않고, 비록 성이 나더라도 꾸지람을 하지 않았다 하니, 이것이 태교를 말하는 것이다.

생각해 보면, 〈내칙(內則)〉[1]에는 아내가 자식을 낳고자 하면 해산달[月辰]에는 측실(側室)[2]에 거하되, 무릇 사람을 보내 매일 두 번씩 묻되 일을 만들어서 직접 물으면 아내는 감히 만나지 않으며 유모에게 의복을 갖추어 기다리게 하니 이것을 통해 춘추시대에는 태교(胎教)에 남은 뜻[餘意]이 있었음을 알 수 있다. 또 생각해 보면 맹자의 모친이 말하기를 "내가 묻노니, 예전에는 태교(胎教)가 있었는데 지금은 그것이 있다 하더라도 거짓이므로 믿을 수 없다."고 하였다. 이것은 전국(戰國) 시대에는 이미 태교(胎教)가 없었다는 것을 말한다. '道[길 도]'는 '법도(法道)'이다. 이른바 지금 요약해서 보인 '옥판(玉版), 금궤(金櫃)의 글[書]'은 『대대예(大戴禮)』〈보전편(保傳篇)〉 중에 있다. '太任娠文王' 이하 39자(字) 『열녀전(列女傳)』의 글이다. '太任'은 문왕의 모친[文王母]이다. 임씨성[任姓]

---

1 즉 『예기(禮記)』〈내칙(內則)〉편이다.

2 측실(側室) 즉 곁방이다. 임부(임부)가 임신한 동안 남편과의 관계를 피해 거처하는 별도의 방이다.

이 왕비[國女]를 독점했다. '敖[불손할 오]'는 '불손한 말'을 말한다. '하나를 가르치면 백 가지를 안다[教一識百]'는 것은 태어나면서 아는 경지[生知之至]이다. '卒[마침내 졸]'은 '마침내[終]'이다. 제사지내는 법[祭法]에는 '祖[제사 조]'가 있고 '宗[제사 종]'[3]이 있는데 주(周)나라 사람들은 9월에 문왕(文王)을 명당(明堂)에 모시고 종사(宗祀)를 치르므로 '宗[제사 종]'이라 한다. '邑姜[읍강]'은 성왕의 모후(母后)로 강태공[姜姓太公]의 딸이다. '妊成王' 이하의 스물여덟 자(字)도 『대대예(大戴禮)』의 글이다. '跛[절 파]'는 '저는 일[蹇]'이고 '蹉[넘어질 차]'는 '넘어지는 일[跌]'이다. 모두 한쪽으로 기울어져서 바르지 못한 모양을 비유하는 말이다.

右 第九章 ○此章 引古人已行之事 以實一篇之旨.

번역

앞 제9장. ○이 장은 실제의 좋은 글 한 편을 들어 옛 사람이 이미 행한 일을 인용하였다.

해설

『태교신기』의 내용상 마지막 장에 해당하는 제9장에서는 주나라 문왕의

---

3 '조(祖)'와 '종(宗)'의 차이는 전자는 나라의 시조, 후자는 나라의 중흥조를 나타내는 것으로 구별된다. 시조 이후의 왕은 '祖[조]'는 '공(功)이 있는 왕', '宗[종]'은 '덕(德)이 있는 왕'에게 붙이는 것이 일반적이다.

어머니 태임의 태교를 설명한 『열녀전』의 내용과 주나라 성왕의 어머니 읍강의 태교를 설명한 『대대예』의 내용을 인용하여 태교가 과거(주나라까지)에는 행해졌다가 그 이후에 없어졌다고 보았다. 이것은 사주당이 주나라 때의 태교를 자신이 생각하는 태교의 전범으로 생각하고 있었음을 밝힌 것인데 한편 그렇기 때문에 이사주당이 『태교신기』를 직접 쓰게 된 동기이기도 하다. 유희는 주석원문에서 먼저 춘추시대에 완성된 『예기(禮記)』〈내칙(內則)〉편을 인용하여 이때까지만 해도 태교의 개념이 남겨져 있었으나 맹자모(孟子母)가 살던 전국시대만 하더라도 태교의 존재에 대해 믿지 못하게 되었다는 점을 강조하였다. 이어서 이사주당의 글 중에서 『열녀전』에서 인용된 '太任娠文王(태임이 문왕을 임신하고)' 이하의 내용과 『대대예』에서 가져온 '(읍강(邑姜)이) 妊成王(성왕을 임신하고' 이하의 내용을 통해 태교가 주나라 말기인 춘추 시대 이전, 특히 주나라 초기인 문왕과 성왕 때에는 매우 적극적으로 남겨져 있었음을 설명하였다. 그 뒤 이사주당의 글에 쓰인 '道[길 도]', '太任[태임]', '敖[불손할 오], '태어나면서 아는 경지[生知之至]', '卒[마침내 졸], '祖[할애비제사 조]'가 있고 '宗[으뜸제사 종]', '邑姜[읍강]', '跛[절 파]', '蹉[넘어질 차]' 등의 단어와 어구의 설명을 덧붙였다.

10. 第十章

태교의 근본을 미루어 말함

胎教曰 素成 爲子孫 婚妻嫁女, 必擇孝悌, 世世有行義者, 君子之教 莫先於素成, 而其責, 乃在於婦人, 故賢者擇之, 不肖子教之, 所以爲子孫慮也, 苟不達聖人道者, 其孰能與之.

胎教 賈氏新書篇名 成縈成以下十九字是其文 而亦本大戴禮 縈成縈有所成指胎教也. 世世指彼家先世也. 責職任也. 賢不肖皆指婦人而言也. 擇娶賢婦人 所以任胎教 而若不得賢者 則又當教之 使行胎教 故此書之不得不作蓋以是也.

번역

〈태교(胎教)〉에서 말하기를, "'바탕 이룸[素性]'은 자손을 위하되 처를 들이는 일과 딸을 시집보냄에 반드시 효성스럽고 공손한 사람과 대대로 의로운 사람을 가려서 택한다"고 하니, 군자의 가르침에 '바탕 이룸'보다 앞서는 것이 없거늘, 그 책임이 부인에게 있으므로 어진 사람을 가려서 택하되, 부족한 사람을 가르치는 것은 자손을 위해서 염려하는 바이니, 진실로 성인의 도리를 알지 못하면 그 누가 능히 참여하겠는가.

〈태교(胎教)〉는 『가씨신서(賈氏新書)』의 편명(篇名)이다. '縈成[소성]' 이하의 열아홉 자(字)가 그 문장을 이루는데 또한 본래 『대대예(大戴禮)』의 글이다. '바탕 이룸[縈成]'은 '바탕이 이루어지는 바에 있음'인데 '태교(胎教)'를 가리킨다. '世世(세세)'란 그 집안의 앞선 세대를 가리킨다. '責[책임 책]'은 '직임(職任, 맡은 바의 임무)'이다. '어진 사람[賢]'과 '부족한 사람[不肖]'은 모두 부인(婦人)을 가리켜서 말하는 것이다. 현명한 부인을 가려 얻어서 태교(胎教)를 맡기며 만약 현명한 사람을 얻지 못하면 또한 그를 가르쳐서 태교(胎教)를 행하게 한다. 고로 이 책에서 얻지 못하고 다 쓰지 못한 부분은 이로서 덮는다.

右 第十章 推言 胎教之本 ○此章 乃責丈夫 使婦人因 而極贊之

번역

앞 제10장, 태교의 근본을 미루어 말한 것이다. ○이 장은 따라서 남편[丈夫]이 책임을 지고 부인으로 하여금 태교를 하도록 하되 그렇게 하는 일을 극찬한 것이다.

해설

제10장은 태교의 근본을 한나라 때의 문인인 가의(賈誼)가 지은 『가씨신서(賈氏新書)』 즉 『가의신서(賈誼新書)』의 권십(卷十) 〈태교(胎教)〉편의 내용을 들어 비유적으로 언급하고 있다. 『태교신기』의 마지막 장인 이 장에서는 '바탕 이룸[素性, 즉 수태(胎)]'에 있어서, 장부(즉 남편)가 책임을 지고 아내로 하여금 태교를 행하도록 하는 일을 극찬한 것인데, 아내가 태교의 가르침을 택하는 일이야말로 성인의 도리를 아는 데에서 시작한다는 내용을 담고 있다. 자손을 위해 어진 사람을 가려서 택하고 부족한 사

람을 가르치는 것인데 이를 위해서는 태교만한 가르침은 없는 것이다. 유희의 주석원문에서는 "素成 爲子孫 婚妻嫁女, 必擇孝悌, 世世有行義者('바탕 이룸[素性]'은 자손을 위하되 처를 들이는 일과 딸을 시집보냄에 반드시 효성스럽고 공손한 사람과 대대로 의로운 사람을 가려서 택한다)"의 부분이 『가의신서(賈誼新書)』〈태교(胎教)〉편에서 가져온 것인데 본래 『대대예(大戴禮)』에 있는 글이었음을 설명하였다. 이어서 '바탕 이룸[縶成]', '世世(세세)', '責[책임책]', '어진 사람[賢]', '부족한 사람[不肖]' 등의 어휘가 의미하는 바를 보충설명하였는데 특히 여기서 부인의 됨됨이가 어질든 부족하든 반드시 태교를 행하도록 해야 함을 강조하였다.

〈胎教新記章句大全(태교신기장구대전)〉

〈태교신기 글의 전문〉

Ⅳ.

〈附錄〉

1. 墓誌銘 並序 - 申綽

師朱堂李氏全州人. 故木川縣監柳公諱漢奎之配. 春秋八十三. 廿載太歲辛巳九月己巳二十二日. 終漢南之西陂寓廬. 遺令以先妣手簡一軸, 木川公性理答問一軸, 自寫擊蒙要訣一通 藏諸綠中. 粤三月丁卯. 葬龍仁之觀青洞鐺峯下. 遷木川公柩合窆. 子儆後改名僖既穎. 追撰遺徽. 以來請銘曰 夫人之姓 系出 太支敬寧君 裶 十一代孫 考昌植 祖咸溥 皆未顯妣晉州姜氏佐郎德彦女 英廟己未十二月五日酉時生夫人于清州西面池洞村第. 夫人幼循整女紅. 既而希心古烈. 乃取小學家禮及女四書. (借)績燈誦習. 逾年成一家語. 柳公序所云不減內訓女範者也. 繼治毛詩尚書論語孟子中庸大學等書 綜理微密 辨解透晤 李宗丈夫莫之先也. 在室為父不肉不緜. 服佩古制(訓). 動遵禮訓. 流馥下邑. 聲稱彌遠. 湖右先輩. 莫不歎賞. 時柳公喪其偶. 無意復娶. 聞夫人自笄年通經史行能殊異. 喜曰是必能善事吾母. 委禽馬(焉). 夫人入門. 尊姑年老眼昏. 多激惱. 承歡左右. 有順無違. 舅黨諸人曰新婦不知勞不知怒. 然素性嚴恪. 根禮博識. 人不可媟. 故諸娣閥閱世族. 小姑家貴富. 且皆年長以下倍. 特相敬重. 如見大賓. 柳公以伉儷之重. 兼道義之交. 談討奧秘. 吟詠性情. 胥為知己. 平生言議. 憲考亭. 以為氣質不離本然之性. 體人心不在道心之外. 援據的確. 恨古之胎教不行於今. 本經傳參岐黃. 旁搜奇逸. 著書三編. 是為胎教新記. 樹聖善之寶坊. 啓未來之華胃. 善世開物之心. 達乎卷面. 窮居陋巷. 朝夕之不暇(日+段)謀. 而恐欲不行於己. 固辭割俸之餽. 痛絕懷橘之養. 鮮潔自修. 孚於邇遠. 來往商婆 不貳其價 曰媽內豈欺我哉. 別貯贏資. 歲計而餘. 贖還山下祭田. 封修遠墓崩頹. 預具後日祀用. 凡百幹擧. 多力所不逮. 嘗為親家經紀立後. 比晩年嗣又絕. 族人遽瘞三世廟主. 夫人痛絕于心曰餘生未亡. 忍見親廟之毁. 是亦喪之類也. 為之服素 週大釐以后 仍抱貞疾. 而坐臥寄怡. 不出墳典. 李都正昌顯姜洗馬必孝. 嘗紹人轉達. 質厥文疑. 李上舍勉訥李山林亮淵. 升堂而拜. 自幸親炙. 其為有識所重如此. 始夫人晝哭. 牽率弱子. 女寄寓龍仁. 生人所須. 求輒無有. 然諸子女不以饑困廢業. 終能娶成立於義訓之中. 儆既聰明博考. 多羽翼經史之功. 女長適秉節郎李守默. 次進士李在寧. 次朴胤變. 幷著婦德. 東海母儀. 知有自焉. 木川公系歷. 前夫人所生在右壙之誌. 銘曰 懿夫人古女士. 括儒圃恢道揆. 垂物軌激芬蘤. 斂華采超氛滓. 延津合光炁紫. 鎧之麓兆靈址. 俾高塵石以記.

承政院 右承旨 石泉處士 申綽 撰

번역

IV.
부록

사주당 이씨부인 묘지명 병서 - 신작

사주당 이씨는 전주 사람으로 고(故) 목천현감 유한규의 배필이다. 83세로 순조 21년 태세 신사년 구월 기사일(1821년 9월 22일)에 한남(漢南) 서파(西陂) 살던 집에서 돌아가셨는데 어머니의 편시 한 축(軸), 목천공과 성리를 논한 글 한 축, 손수 베껴 쓰신 〈격몽요결〉 한 권을 무덤에 넣어 달라고 유언하셨다. 그리하여 다음해 3월 정묘일에 용인의 관청동(觀青洞) 당봉(鐺峯) 아래에 장사지내고 목천공의 관을 옮겨 합장하였다.

아들 경(儆, 나중에 儆로 개명함)이 삼년상을 마치고 어머니의 생전 행적을 정리하여 가지고 와서 묘지명을 청하여 말하기를 사주당의 출신은 태종의 서자인 경녕군 비(裶)의 11대 손이며 아버지는 이창식이고 할아버지는 이함단인데 세상에 이름을 날리지는 못했다.(어머니는 진주 강씨로 좌랑을 지낸 강덕언의 딸로서 영조 기미년(1739) 12월 5일 유시에 부인(사주당)을 청주 서면 지동촌 집에서 낳았다.) 부인은 어려서 영리하고 단정하였으며 이미 길쌈과 바느질, 예절 등 여홍(女紅)을 다 익히고 이윽고 옛 열녀들을 바라는 마음에서 이에 『소학』, 『가례』 및 『여사례』를 가져다가 길쌈하는 틈틈이 외우고 익히어 해를 거듭함에 일가를 이루었다는 말을 들었다. 유공(유한규)이 말한 바 "『내훈(內訓)』과 『여범(女範)』에 뒤떨어지지 않는다"는 것이 이것이다. 또 계속해서 『모시』와 『상서』와 『논어』, 『맹자』, 『중용』, 『대학』 등 서적을 닦음에 이치를 세세하고 정밀하게 종합하였으며 논리를 세워 분변하고 해석하고 깨침에 있어 집안의 장부들도 앞서는 자가 없었다.

친정에 있을 때 (돌아가신)아버지를 위하여 고기도 먹지 않고 솜옷도 입지 않고 옷을 입고 차는 장식을 옛법대로 하고 행동거지를 예(禮)의 가르침대로 따르니 그 덕의 향기로 마을 아랫것들까지 감화케 하였으며 명성과 칭찬이 먼곳까지 가득하니 호우(湖右, 즉 충청도)의 선비들이 감탄하고 칭찬하지 않는 이가 없었다. 바로 이때에 유공이 짝을 잃어 다시 장가갈 뜻이 없었으나 부인이 15세에 이미 경사에 능통하고 행동과 태도가 보통 사람과 다르다는 말을 듣고 기꺼워하여 가로되 이는 반드시 능히 내 어머니를 잘 모실 것이라 하여 결혼하였다. 부인이 가문에 들어와 보니 시어머니가 나이가 많아 눈이 흐리어 성내고 짜증내는 일이 많았지만 곁에서 기쁘게 받들어 모심에 추호도 소홀함이 없었다. 시가의 모든 사람들이 말하기를

"신부는 힘든 줄도 모르고 성낼 줄도 모른다"

하였다. 하지만 본디 타고난 성품이 엄격하고 조심스럽고 예에 밝고 박식하여 사람들이 가히 얕보지 못하였다. 그러므로 문벌(門閥) 집안의 뭇 동서들은 물론 나이가 두 배나 많고 부귀한 집안에 시집간 시누이들도 특별히 공경하고 귀중하게 여기기를 마치 큰손님을 보는 것 같았다. 유공(유한규)이 짝을 귀중하게 여기고 아울러 도의로서 사귀었으며 심오한 이치를

토론하고 성정(性情)을 같이 시로 읊조려 예부터 사귀던 벗처럼 지내었다.

평생 말하고 토론하던 것이 주자(朱子)를 본받아 기질이 본연의 성(性)을 벗어나지 아니하고 인심(人心)이 도심(道心)의 밖에 있지 않다고 주장하니 근거가 정확하였다. 옛날의 태교가 지금에 전해지지 않음을 한탄하여 경전에 근본하고 의서(醫書)를 참고하며 곁으로 희귀한 책을 수집하여 책을 지어 세 번 편집하니 이것이 〈태교신기〉이다.

성스럽고 선한 성품을 만들어 앞으로 훌륭한 후손을 낳을 수 있는 길을 열었으며, 세상을 잘 되게 하고 사물의 이치를 밝히려는 마음이 책 겉표지에까지 드러나더라.

누항(陋巷)에 궁거(窮居)하여 아침저녁으로 끼니를 구별하지 못했지만 원망과 욕심을 자신에게 행하지 아니하고 봉록을 떼어 주는 것을 굳이 사양하고 남의 집 물건으로 봉양하는 일을 절대하지 아니하였다. 스스로 수련을 깨끗이 하여 멀고 가까운 곳의 사람들에게 믿음을 받아 내왕하며 장사하는 할미가 그 값을 둘로 하지 아니하고 가로되

"마님 앞에 어찌 제가 속일 수 있겠습니까?"

하였다.

남는 재물을 별도로 저축하였는데 일년을 먹고 살고 남은 돈으로 산소 밑의 전답을 다시 찾고 먼 조상의 허물어진 묘를 봉분을 쌓아서 수리하였고 후일에 쓸 제사용품을 미리 갖추어 두었다.

모든 주관하는 일들이 다 힘이 들었지만 못해낼 것은 없었다. 일찍이 친가를 위하여 집안을 다스려 뒷일을 다 세워 놓았는데 만년에 이르러 후

사가 끊어져 집안사람들이 삼대 동안 신주에게 제대로 제사도 지내지 아니하였고 신주를 당에 묻어 버렸다. 부인이 마음이 아프고 끊어지는 것 같아

> "살아 남아 아직 죽지 못했네. 친정의 사당이 헐리는 것을 차마 보게 되었으니 이 또한 상을 당한 것과 같다"

하고는 소복을 입고 늙은 어른들을 두루 돌아 뵌 후에 고질병을 앓았다. 앉고 눕는 일와 마음씀씀이가 경전에서 벗어나지 않더라.

도정(道正)[1] 이창현과 세마(洗馬)[2] 이필효가 일찍이 사람을 통해 문의(文疑, 공부하다가 궁금한 것)를 묻고자 알려 왔다. 또한 상사(上舍) 이면눌과 산림(山林) 이양연이 마루에 올라와 절하고 직접 가르침 받는 것을 영광으로 여겼으니 식견 있는 사람들의 알아주는 일이 이와 같았다. 처음으로 남편의 상(喪)을 마치고 어린아이들을 거느리고 용인에서 살았다. 사람이 사는 데에 필요한 것들을 구할 수 없었지만 모든 자녀들이 굶주리고 곤란하다고 하여 학업을 중단하지 않았으니 마침내 시집가고 장가가서 의로운 가르침 가운데에서 훌륭한 가정을 이룰 수 있었다.

아들 경은 이미 총명한데다 학식이 풍부하여 경사를 많이 연구하였고, 장녀는 병절랑 이수목에게 시집갔고, 둘째딸은 진사 이재녕에게 시집갔고, 셋째딸은 박윤섭에게 시집갔는데 모두 부덕이 뛰어났으니 동쪽 바다

---

1 도정(道正): 조선시대 정삼품 벼슬.

2 세마(洗馬): 조선시대 정구품 벼슬.

어머니들의 모범이 그 어디에서부터 시작되었는지를 알 수 있더라. 목천공의 집안 내력과 전부인의 소생(所生)이 우측 묘광(墓壙)의 묘지(墓誌)에 있다.

명(銘)에 가로되

> “아름답다! 부인이시여! 훌륭하신 여선비로다. 유학을 연구하여 마음의 헤아림을 크게 하여 사람의 법도를 세워 아름다운 행적일 보이고 좋은 기운만 모으고 재앙을 없이하여 수명을 늘리고 재능을 발휘케 하시다. 당산 기슭의 신령한 터를 점쳐 가지런히 봉분[塵]을 높이고 비석으로 기록한다.”

고 하였다.

승정원 우승지 석천처사(石泉處士) 신작이 지었다.

2. 跋1-儆(柳僖)

母氏在室 習經讀 我外王考曰 觀古名儒母 無無文者 吾且聽汝 及歸我家 裒取前哲起居飮食諸節曁醫書孕婦禁忌 末附經傳可教儒子句語 解以諺文 成一册子 為勿忘之工 我先君子手題卷目曰教子輯要 旣育不肖等四男女 册子遂如得魚之荃 二十有餘歲 復出四姊箱中 母氏歎曰 此書要以自省 初非以貽後 旣偶存 到爾手 定不毁棄 夫養蒙聖功 自三日咳名以下 備見傳記無庸吾叕添 獨腹中一敎 古有其事 今無其文 已累前年 巾幗家 曷從自覺而行之 宜生才不逮古昔 無從氣化尤也 吾自恨女子無以致讀書 益叕恐負先人意 嘗試之胎教凡四度 果爾曹形氣無大盭 此書傳于家 豈不亦有助 於是削去末附 只取養胎節目 反覆發明 務庸世迷 命之曰新記 以補少儀內則舊闕也 篇完後一年 不肖節章句釋音義 適于母氏劬勞日斷筆 亦異哉 謹語一語尾之曰 嗚呼 觀此書 然後知儆為自賊者爾 人但有善性 猶君子責使其充況氣質未始不粹乎 此書即儆厥初受也 為教十月如是其摯 儆在孩提 不無少異 及孤以還 狼狽焉顚覆焉 一至今日焉 今日鹵莽 豈由我父母 迺由儆自賊者 晦盡我父母勤勞 使世人譏生子不肖 何我父母誣也 此此書不可不傳庶觀者憫我父母菑無穫也 純廟元年辛酉三月二十七日癸卯不肖儆謹識.

번역

유경(柳儆, 즉 유희)

어머니께서는 어렸을 때부터 경전을 두루 읽고 많이 익히셨다. 나의 외할아버지는 이렇게 말씀하셨다.

"옛날 유명한 선비의 어머니들을 보면 글 못하는 사람이 없었는데, 내가 장차 너도 그렇게 될 것을 듣겠구나."

우리 집에 시집오셔서는, 전철[1]의 일상행동, 음식에 관한 모든 절차와 의술서에 적힌 임신부의 금기사항을 모두 모으고 끝부분에 경전 가운데 어린애들에게 가르칠 만한 어구를 붙인 후, 언문(諺文)으로 쉽게 풀어서 한 권의 책으로 만들어서,[2] '물망(勿忘)'의 공부[3]에 쓰려고 하셨다.

나의 아버지께서도 손수 책머리에 『교자집요』[4]라고 쓰셨다. 이미 불초자 등 우리 사남매를 다 기르신 뒤에는, 이 책자는 마침내 물고기를 잡은 뒤의 통발[5]과 같이 더 이상 필요치 않은 것이 되었다. 이제 이십여 년의 세월이 흐른 뒤에 (이 책자가) 누이인 넷째의 책 상자 속에서 다시 나오자, 어

1 전철(前哲): 사람에 밝고 인격이 뛰어난 옛 사람.

2 일반적으로 사주당의 〈태교신기〉는 한문본만 있는 것으로 알려져 있다. 여기에 유희가 한문 원문을 〈태교신기장구대전〉이라 하고 언해를 덧붙여서 이 부분을 〈태교신기장구언해〉라 하여 하나의 책으로 묶은 것으로 알려져 왔는데 이 구절을 보면 본래 사주당이 직접 언해한 언해본도 함께 있었음을 알 수 있다. 왜 사주당의 언해본을 두고 유희가 따로 언해를 하였는지는 분명하지 않지만 1975년에 알려진 유기선 소장본의 필사본 〈틱교신긔언히〉의 존재는 바로 이 사주당 이씨의 언해본의 실체를 말해 주는 것이라 할 수 있다.

3 '물망(勿忘)'의 공부: 마음속에 늘 잊지 않고 의리를 쌓는 것을 의미한다. 《맹자》〈공손추 상〉에서 호연지기(浩然之氣)에 대해 설명하면서 "반드시 호연지기를 기르는 데 종사하되, 효과를 미리 기대하지 말아서 마음에 잊지도 말며 억지로 조장하지도 말아야 한다.[必有事焉而勿正, 心勿忘, 勿助長也.]"라고 한 데서 온 말이다.

4 교자집요(教子輯要): 자녀들을 가르치기 위하여 필요한 요점만을 모아 놓은 책.

5 물고기를 잡은 뒤의 통발: 목적을 이룬 뒤 더이상 필요하지 않게 된 물건을 의미한다. 《장자(莊子)》〈외물(外物)〉에 "물고기를 얻은 다음에는 통발을 잊어버리고, 토끼를 얻은 다음에는 올무를 잊어버린다.[得魚而忘筌 得兔而忘蹄]"라고 한 고사에서 유래한 말이다.

머니께서 이렇게 탄식하셨다.

> "이 책은 스스로 반성하고자 한 것이지, 애당초 후대에 남기려고 한 것이 아니다. 그런데 우연히 보존되어 너희 손에 이르렀으니, 반드시 훼손되게 하거나 버리지 않도록 해야 한다. 무릇 아기를 잘 기르는 성스러운 공적은, '아기가 태어난 지 삼일 뒤 이름을 짓는다' 이하부터는[6] 옛날부터 전해 내려오는 기록들에 잘 갖추어져 있으므로 나의 말을 더할 필요가 없다. 유독 뱃속의 아이를 가르치는 것 한 가지는, 옛날에도 그런 일이 있었는데 지금은 그에 대한 글이 없어진 지 이미 수천 년이 되었으니, 아녀자들이[7] 어떻게 스스로 깨달아 실행할 수 있겠는가. 의당 인재를 길러내는 것이 옛날에 미치지 못하니, 단지 정기가 변한 탓만은 아니다.

나는 여자로 태어나 글을 많이 읽지 못함을 매우 한스럽게 여겨왔다. 더욱이 선인들의 뜻에 미치지 못함을 두려워하기도 하였다. 일찍이 네 번이나 태교를 시험해 보았는데, 과연 너희들의 형기(形氣)[8]가 크게 잘못되지 않았다.

6 원문의 '咳名'은 '孩名'으로 보아서, '아이의 이름을 짓는다'는 뜻으로 보아야 할 것 같다는 오보라 선생의 제언이 있었다. 맥락상 타당하다고 보아 이를 따른다.

7 건괵(巾幗): 부인의 머리장식의 일종. 뜻이 점차 변하여 부인이나 부인들의 사회를 일컫는 말이 됨.

8 형기(形氣): 형체와 기운. 즉 겉으로 드러나 보이는 모습과 내적 기운을 아울러 이르는 말.

집안에 이 글을 전하니 어찌 또한 도움이 있지 않겠느냐? 책 끝에 붙였던 것[9]은 빼어 버렸다. 다만 태아를 기르는 절목[10]만 되풀이해서 밝혀 드러내어, 세상의 미혹을 깨우쳐 주고자 하였다.

책의 이름을 〈新記〉[11]라 붙여, 〈소의(少儀)〉와 〈내칙(內則)〉에 옛날에 빠져 있던 부분을 보완하였다."

책이 완성된 지 1년 뒤에 이제 못난 내가 그 책의 장(章)·절(節)·구(句)에 주석(註釋)과 음의(音義)를 덧붙이게 되었다.

마침 어머니께서 나를 낳아주신 날[12]에 붓을 놓게 되었으니, 참으로 기이한 일이로구나! 삼가 다음과 같이 한마디 말을 끝에 쓴다.

아! 이 책을 살핀 뒤에야 나는 내가 스스로를 해치는 자[13]일 뿐임을 알았다. 사람에게 단지 선한 본성만 있어도 군자가 오히려 그 선함을 확충하도

---

9 책 끝에 덧붙여 두었던 내용은 '경전 가운데 어린애들에게 가르칠 만한 어구(經傳可教儒子句語)'를 말하는데 아마도 그 첫 구절은 '아기가 태어난 지 삼일 뒤 이름을 짓는다(三日咳名)'이었던 듯하다.

10 절목(節目): 조목(條目). 정해놓은 법률이나 규정 따위의 낱낱의 조항이나 항목.

11 신기(新記): 종래에 없었던 새로운 기록.

12 나를 낳아주신 날: 원문의 구로일(劬勞日)은 '부모가 자신을 낳아준 날'을 뜻한다. 《시경》〈소아(小雅) 육아(蓼莪)〉 편의 "슬프다 우리 부모, 나를 낳아 기르느라 고생하셨네.[哀哀父母, 生我劬勞.]"라는 구절에서 온 말이다. 이 날은 1801년 3월 27일 유희의 28번째 생일이었다. 이사주당의 나이는 63세.

13 스스로를 해치는 자: 의리를 행하지 못한 자라는 의미의 겸사이다. 《맹자》〈공손추 상〉에 "사람이 이 사단(四端)을 가지고 있음은 사체(四體)를 가지고 있는 것과 같으니, 이 사단을 가지고 있으면서도 스스로 인의를 행할 수 없다고 말하는 자는 자신을 해치는 자이다.[有是四端而自謂不能者, 自賊者也]"라고 하였다.

록 독촉하는데, 하물며 기질이 모자라고 깨끗하지 못한 사람에 있어서랴.

이 책은 내가 처음으로 받은 가르침이다. 어머니께서 십 개월 동안 나를 가르쳐 주심은 그와 같이 지극하였으리라. (하지만) 나는 어려서부터 조금 다름이 없지 않았고, 아버님을 여읜 뒤로 한결같이 지금에 이르기까지 낭패하고 전복되었으니, 오늘날 거칠고 서투른 것이 어찌 우리 부모님 탓이겠는가. 내가 스스로를 해치는 자이기 때문이다. 나의 부모님이 낳고 길러주신 수고를 다 가려서, 세상 사람들로 하여금 불초한 자식을 낳았다고 비난하게 했으니, 이 얼마나 우리 부모님을 기만한 것인가.

이것이 이 책을 전하지 않아서는 안 되는 이유이다. 이 책을 보는 자들은 우리 부모님이 아무 수확이 없는 것을 불쌍히 여기기를 바란다.

순조 원년(1801) 신유(辛酉) 삼월 이십칠일 계묘일에 못난[14] 아들 경이 삼가 아뢰다.

14 불초(不肖): 초(肖)는 〈닮음〉의 뜻. 그러므로 '불초'는 부모나 스승을 닮지 않아서 미련하다 혹은 부족하다는 뜻으로 이르는 말이다. 흔히 자신을 가리키는 겸칭(謙稱)으로 쓰인다.

3. 跋2-長女

大대凡범 사람 가라침이 術슐이 만흐니 童동蒙몽으로븟허 長장成셩함에 이라기에 안흐로 賢현父부兄형의 教교導도와 밧그로 嚴엄師사友우의 有유益익함이 無무非비變변化화氣긔質질ᄒᆞ야 君군子자의 地디位위에 이라게 함이로대 至지於어 胎태教교之지方방은 周주之지大태任임이 겨오 하나 이시라 大데抵뎌 受슈胎태后후로븟허 子자息식의 知지覺각運운動동과 呼호吸흡喘텬息식과 飢긔飽포寒한暖난 等등 事사ㅣ라도 다 어미랄 따라 性셩稟품을 이루나니 그런즉 胎태中즁에 가라티난 배 엇디 可가히 一일篇편書셔ㅣ 업아리오. 是싀故고로 우리 慈자闈위ㅣ 通통經경史사하시고 採채摭척羣군書셔하사 至지於어 醫의鑑감 俗속說설이라도 바리디 아니시니 이 글이 한번 나메 天텬下하에 懷회妊임한 女녀子자ㅣ 子자息식을 生생育육하야 疲피癃륭殘잔疾질[1]을 免면하고 聰총明명叡예智지가 더하리니 어미 노릇한 줄을 비로소 알띠라. 其기 功공이 豈긔小쇼哉재아 이난 慈자闈위ㅣ 우리 四사男남女녀의 試시驗험하샤 耳이目목口구鼻비의 未미成셩함이 업사니 이가 그 効효驗험이라. 내 말이 엇디 私사私사하리오. 高고明명하신 識식見견이 실로 사람의 아지 못하난 일알 알게 하심이니 보난 者자ㅣ 맛당히 鑑감法법할띤져. 歲셰 庚경午오 秋추七칠月월 旣긔望망[2]에 不불肖초 長쟝女녀난 謹근跋발하노라.

1　疲피癃륭殘잔疾질: 노쇠하고 지치고 다치고 병든 사람을 가리키는 말.

2　旣긔望망: 음력 16일. '망월(望月, 15일)'을 지났다는 뜻에서 음력 16일을 가리키는 말이다.

번역

큰딸

무릇 사람을 가르침에 방법이 많으니 아무것도 모르는 어린 시절[童蒙]로부터 장성함에 이르기까지 안으로는 부형(父兄, 아버지와 맏형)의 가르침과 밖으로 엄한 스승과 벗[嚴師友]의 유익함이 기질을 바꾸어 줌으로써 군자의 지위에 이르게 함이로되 태교(胎教)의 방법에 있어서는 주나라의 태임(太任)이 겨우 한 분 계실 뿐이다. 대저 수태 후로부터 자식의 지각, 운동과 호흡, 천식과 기포, 한난 등의 일이라도 다 어머니를 따라 성품을 이루니 그런 즉 태중에서 가르치는 바에 대해 어찌 가히 한편의 책이 없겠는가. 이런 까닭에 우리 어머님께서 경과 사를 통독하시고 책을 고르고 가려 모아서 의서와 속설에 이르기까지 버리지 않으시니 이 글이 한번 세상에 나매 천하에 회임한 여자가 자식을 생육하여 노쇠하고 지치고 다치고 병들기를 면하고 총명예지가 더할 것이니 어머니 노릇한 줄을 비로소 알 것이다. 그 공(功)이 어찌 적겠는가. 이는 어머님께서 우리 4남매에 시험하셔서 이목구비가 갖추어지지 않음이 없으니 이것이 그 효험이다. 내 말이 어찌 사적인 것이겠는가. 고명하신 식견이 실로 사람들이 알지 못하는 일을 알게 해 주심이니 보는 사람이 마땅히 감법(鑑法)할진저. 1810년 음력 7월 16일에 불초 장녀가 삼가 발을 쓴다.

4. 跋3-小女

차권인즉 우리 자위[1]의 지으신 베라. 희라 우리 자위ㅣ 자유로 직임방적 지가에 박통경사하더시니[2] 다시 대도에 뜻을 두샤 이기성정의 학을 넓이 시고 방외의 서[3]랄 구티 아니시며 음영을 더욱 조화 아니시니 크게 시속에 다름이 계신디라. 지어저술은 불과 고인의 조박[4]이라 하샤 또한 유의티 아니시대 특별이 이랄 써 두오심은 다만 몸소 시험하신 바로 자부[5]랄 보이랴신 일이시나 이제 보건대 나 갓한 불초ㅣ 잇우나 셰상에 뉘ㅣ 태교로써 밋부다 하리오. 비록 그르나 또한 그럿티 아님이 잇으니 불초 등 몃 남매가 임의 무사장성하야 조요악질자[6]ㅣ 없고 지어 사제[7] 경은 유포로붓허 출류[8]한 재싱[9]이 잇고 불초 심형제도 역시 구가[10]에 득죄랄 면히니 엇지 우리 자위ㅣ 태에 삼가신 은덕이 아닌 줄 알니오. 가히 한하옴은 불초 등

---

1 자위(慈闈): 예전에 '어머니'를 높여 이르던 말.

2 自幼 織紝紡績 博通經史(자유 직임방적 박통경사): 어릴 때부터 길쌈을 하시고 경사(經史)의 책을 널리 통독하시더니.

3 방외(方外)의 서(書): 사도(斯道, 즉 유교의 도)를 좇지 않는 책이라 뜻으로 유교(儒敎)에서 도가(道家)와 불가(佛家)의 책을 일컫는 말.

4 至於著述不過古人之糟粕(지어저술불과고인지조박): (직접) 저술하신 것들까지 옛 사람을 헛되이 베낀 것에 불과하다고 함.

5 자부(子婦): 며느리.

6 早夭惡疾者(조요악질자): 일찍 죽거나 나쁜 병에 걸린 사람.

7 師弟(사제): 예전에 '아우'를 대접하여 이르던 말.

8 出類(출류): 무리에서 뛰어남. 또는 그런 사람.

9 才性(재성): 타고난 재능.

10 舅家(구가): 시아버지의 집, 즉 '시댁'을 높여 이르던 말.

도 수품[11]인즉 거의 하등은 면할너니 자라옴으로 본질[12]을 강려[13]티 못하야 맛참내 파기랄 면티 못하니 비부비부[14] ㅣ로다. 세경오계추초길[15]에 불초소녀[16]난 근발하노라.

번역

작은딸

이 책은, 우리 어머님께서 지으신 것이다. 아아, 우리 어머님이 어릴 적부터 길쌈[織紝紡績]을 하시면서 경과 사를 널리 통독하시더니 다시 큰 학문에 뜻을 두셔서 이(理)와 기(氣), 성(性)과 정(情)의 학문을 넓히시고 방외(方外)의 책을 구하지 않으시며 시를 읊고 외우는 일[吟詠]을 특히 좋아하지 않으시니 시속(時俗)[17]과 크게 다름이 있으셨다. 저술(著述)하신 것들까지도 옛 사람을 헛되이 따라한 것에 불과하다고 하시며 또한 유의치 않으셨음에도 특별히 이 책을 써 두신 것은 다만 몸소 시험하신 바를 며느리에게 보이리라 하신 일이시나 이제 보니 나 같은 부족한 이가 있으니 세상에 누가 태교로써 믿음직하다 하겠는가. 비록 그러하나 또한 그렇지 않

11 受稟(수품): 타고난 품성을 물려 받음.
12 本質(본질): 타고난 자질(資質).
13 强勵(강려): 굳게 힘씀.
14 悲夫悲夫(비부비부): 슬프고 슬프다.
15 歲庚午季秋初吉(세경오추초초길): 경오년(1809) 늦가을(음력 9월) (음력)초하루. ※ 경오(庚午)는 1809년, 계추(季秋)는 음력 9월, 초길(初吉)은 음력 초하루를 이르는 말.
16 不肖小女(불초소녀): 부족한 작은딸.
17 시속(時俗): 그 시대의 풍속이나 유행.

음이 있으니 부족한 나 등 몇 남매가 이미 무사(無事)히 장성(長成)하여 일찍 죽거나 나쁜 병에 걸린 사람이 없고 아우인 경(敬)에 이르면 유포로부터 출류한 재성이 있고 부족한 사람의 삼형제[18]도 역시 구가에 득죄를 면하니 어찌 우리 어머님이 태에 삼가신 은덕이 아닌 줄 알겠는가. 가히 한스러운 것은 부족한 나 등도 품성을 물려 받았으니[受稟] 거의 하등(下等)은 면할 것이나 자라면서 타고난 자질(資質)을 강려하지 못하여 마침내 파기를 면하지 못하니 슬프고 슬프다. 경오년(1810) 음력 9월 초하루에 불초 작은딸이 삼가 발을 쓴다.

18 사주당의 차녀 유ㅇㅇ(본명은 알 수 없음)의 세 아들을 가리키는 말.

5. 跋4-權相圭

○ 圭嘗慕方便子先生柳公 經術文章之盛 而意其謂胚胎鐘毓之有不凡也 日柳君近永賚其高王妣李淑人所著『胎教新記』徠示予屬 以卷尾之語 李氏乃方便子之大夫人也 予盥讀訖斂衽敬 歎曰有是哉 宜是母而有是子也 竊觀其書 首言性命賦受之 原氣質善惡之由 次言夫婦居室之道 妊娠日用之節 引經訓以實之 參醫方以證之 或引物而取譬 或憫俗而存戒 理義昭晳 文章典雅 使天下之為父母者 曉然知胎教之不可不謹 而方便翁又註以釋之諺以解之 雖愚夫愚婦 未或難悟儘 所謂憂之也深故 其言之也切 慮之也遠故其說之也詳者也 昔朱夫子之編 小學也 以太任胎教為首 而列女傳妊子之方次之 聖賢教人端本清源之 意蓋如是也 書本於小學首篇之旨 而言之詳且切 有如焉 垂世立教 孰有先於此者乎 向使早進王國印于書舘頒示為天下教 則豈不生育得多少後英 而寥寥數百載藏弆于一家私篋 則雖欲無才難之歎得乎 近永甫惧家獻之 湮沒慨世教之 陵夷將刊印是書公于一世 可謂篤於孝慕 而為志亦不苟矣 世之讀者 苟能玩味 而體行之 則東邦人才之盛其庶幾乎 丙子 重陽節 永嘉[1] 權相圭 謹書.

번역

권상규

---

1 永嘉(영가): 안동(安東)의 옛 이름.

규(圭, 권상규)는 일찍이 방편자 유공(즉 유희)의 경술과 문장의 훌륭함을 사모해 왔는데 생각해 보면 배태와 양육 과정에 남다른 점이 있었다고 할 것이다. 하루는 유씨 집안의 젊은이 근영(近永)군이 아! 그의 고조할머니(高王妣) 이숙인(李淑人)이 지은 『胎教新記』을 가져와서 우리에게 보여주었다. 그리고 책의 발문을 부탁하였다. 이씨는 방편자의 어머님[大夫人]이시다. 내가 손을 씻고 옷깃을 여미고 공경히 하여 읽기를 마치고는 감탄하여 '올커니 이런 어머님이시니 이런 아들이 있는 것이지' 하였다. 그 책을 훑어보니, 먼저 타고난 본성과 운명[性命]의 근원 및 기질(본질)의 좋고 나쁨에 연유를 말하고 그 다음에 부부가 한 방에 거할 때의 도리 및 임신했을 때의 일상의 절도(節度)에 대하여 말하였다. 경전의 가르침을 인용하여 그 실제를 말하였고 의방[醫方]을 참고하여 그 증좌를 보였으며, 혹은 사물을 인용하여 비유를 취하기도 하고 혹은 세속의 일을 안타까이 여겨 경계를 삼기도 하였다. 도리(道理)와 정의(情義)가 아주 명확하고 문장이 전아(典雅)하다. 그리하여 세상의 부모된 자로서 태교를 신중히 하지 않으면 안 된다는 것을 환히 알게 하였다. 그리고 방편옹(즉 유희)가 또한 주석을 달고 언해하였다. 비록 평범한 남편, 평범한 아내라 하더라도 깨닫기를 다하기 어려운 것이 아니다. 이것이 이른바 "그것을 걱정하는 일이 깊어야 (하고자 하는) 말이 간절하고 헤아림이 멀리까지 미쳐야 (설명하는) 이야기가 상세하다"[2]는 것이다. 옛날 주희[朱熹]가 편찬한 『소학』에도, 태임

---

2 ※ "憂之也深故 其言之也切 慮之也遠故 其說之也詳."(그것을 걱정하는 일이 깊어야 (하고자 하는) 말이 간절하고 헤아림이 멀리까지 미쳐야 (설명하는) 이야기가 상세하다)는 내용은 주자(朱子)의 『중용장구(中庸章句』 서문에 나오는 말이다.

(太任)[3]의 태교를 첫머리에 말하고, 『열녀전(列女傳)』에 나오는 임신한 사람의 법도를 그 다음에 이야기했다. 성현(聖賢)이 사람들을 가르칠 때 근본을 바르게 하고 근원을 맑게 하는 뜻이 다 이와 같다. 이 책은 소학 첫 편의 취지를 근본을 두었는데 그 말(이야기)의 상세함과 절실함은 『소학』보다 더하다. 가르침을 세워 세상에 드리우니 누가 전에 이와 같이 한 일이 있겠는가. 만약에 이 책을 일찍이 나라에 바쳐 서관에서 인쇄하여 천하 사람들에게 반포하여 가르쳤다면 후대의 훌륭한 사람들이 더 많이 나올 줄 어찌 모르겠는가. 하지만 이 책은 수백 년 동안 한 집안 상자에 숨겨져 있었다. 인재를 얻기 어렵다는 탄식을 하지 않고자 하더라도 그럴 수 있겠는가? 근영(近永) 보(甫)[4]가 집안 문헌이 묻히는 것을 두려워하고 세교(世教)가 무너지는 것을 개탄하여, 장차 이 책을 간행하여 세상에 알리려 하였다. 가히 이는 부모님을 모시고 공경하는 데 돈독함이며 뜻을 삼되 소홀히 하지 않는 것이다. 세상의 읽는 이들이 참으로 열심히 생각하며, 몸으로 실천한다면 동방[東邦](우리나라)에 인재가 번성함을 바랄 수 있을 것이로다.

병자년(丙子, 1936) 중양절(重陽節, 음력 9월 9일) 안동 권씨 상규(相圭) 삼가 쓴다.

---

3 태임(太任): 태임(太妊)으로도 쓴다. 주 문왕(周文王)의 어머니로 태교(胎教)를 잘했다고 한다.하였다 한다.《小學 稽古》

4 보(甫): 자(字)나 이름 아래에 붙여 쓰던 미칭(美稱).

6. 跋5-李忠鎬

此胎教新記李氏夫人師朱堂所著書也. 人之生均受天之所賦予 而其 容貌之妍媸 才藝之智愚 有萬不齊者 抑又何哉. 小學列女傳曰婦人妊子寢處左立飮食之節 必以其道 則生子形容端正 才過人矣 古人已實驗行之. 豈可以微獨而忽之也. 師朱堂夫人生乎 仙李之華閥博通經史百家歸乎 晉柳之名門恭執內則諸訓 已是閨壺中女士旁究子育之道 以謂教之於胚胎之中 母之職也. 教之於長成之時 父師之責也 於是乎以是母生是子 即上舍南岳劉公諱儆也 始也. 姿相出類終 焉文行絕世 豈非胎教之有 以致此耶南岳公一自孤露搜出古箱中渋藏之此記感手澤之. 尙存懼懿戒之 或泯既註釋於章句且謄諺於編尾 俾僾男女各自省觀其綱領条目也 大而 天地陰陽之交泰 風雨雷霆之相剝 細而吉凶之不相襍 邪正之不相容 粲然具備 較諸向所云列女傳 尤極詳密 此婦人之實鑑也 我族弟鐘洙甫 向余道此 記之珎貴 而師朱堂玄孫近永 自東華來寓襄陽 追從甚好 云以其又恬澹文雅之 為適家人也近永甫已鈔弃南岳遺稿幾十卷 力紬而留竢鋟繡擬先此一弓刊布於遠邇要我記實于卷端使世之人一經眼則輻湊購覽佇 見西京紙貴之美譚何待讚揚特賀近永甫追孝之誠世濟不匱云爾丁丑仲春真城李忠鎬謹跋.

번역

이충호

이 『胎教新記』는 사주당(師朱堂) 이씨 부인이 지은 책이다. 사람이 태어날 때 하늘이 주신 것을 똑같이 받았는데, 용모가 아름답고 추하거나 재능이 있거나 없음이 천차만별로 다른 것은 또 어째서인가? 『소학』에 인용된 『열녀전』에 이르기를 "부인이 임신했을 때 잠자는 것, 앉고 서는 것, 음식 먹는 것을 반드시 법도대로 하면, 아이를 낳았을 때 용모가 단정하며 재주가 보통사람보다 뛰어날 것이다."라고 하였다. 옛날 사람들이 이미 실제로 증험하여 행했으니, 어찌 소홀히 할 수 있겠는가. 사주당 부인은 전주이씨 고귀한 가문에서 태어나, 경사백가[經史百家]를 통달[通達]하였다. 진주 류씨 명문가에 시집와서는 〈내칙(內則)〉의 여러 가르침을 공경히 실행하였으니, 이미 규방 안의 여사(女士)였다. 아이를 키우는 도리를 널리 연구하여, '뱃속에 있을 때 가르치는 것은 어머니의 직임이고 장성했을 때 가르치는 것은 아버지와 스승의 책임이다.'라고 여겼다. 그래서 그 어머니에 그 아들이 있으니 상사[上舍] 남악(南岳)[1] 유공(劉公), 휘(諱)는 경(儆)이다. 남악(南岳) 유공(劉公)은 태어날 때 모양이 출중[出衆]하며, 나중에 덕행은 천하에 독보[獨步]적이다(세상에 둘도 없다). 이는 태교로 얻은 결과가 아닌가. 남악공[南岳公]은 어머님이 돌아가신 뒤 상자에 깊이 감추어져 있던 이 기록을 찾아내어, 어머님의 수택(흔적)이 아직도 남아 있는 것에 감동하고, 훌륭한 가르침이 혹시라도 없어질까 두려워하여 이미 장구를 나누어 주석을 달았고, 또 책 끝에 언해로 옮겨 적어 남녀들이 각각 스스로 살펴보게 하였다.

그 강령과 조목은 큰 범주에서는 천지와 음양이 화합[交泰]하고, 풍우(風

---

1 상사(上舍)는 '진사(進士)'의 별칭으로 뒤늦게나마 지방 향시에 급제한 유희를 가리키는 말이고 '남악(南岳)'은 유희의 호이다. 유희는 이 외에도 '서파(西陂), 방편자(方便子), 관청농부(觀靑農夫) 등'의 호를 더 가지고 있었다.

雨, 바람 비)와 뇌정(雷霆, 천둥 번개)가 서로 깎아낸다는 것과 작은 범주에서는 길흉[吉凶]은 서로 섞이지 않으며, 사[邪]와 정[正]은 서로 용납하지 않는다는 것이 이 책에는 이런 내용들을 모든 명확히 구비되어 있다. 『열녀전』보다 아주 상세하다. 이는 여자들의 진정한 본보기이다. 나의 족제[族弟] 동생 종수(鐘洙) 보(甫)가 나한테 이 기록의 중요성을 이야기해 주었다. 사주당(師朱堂)의 현손[玄孫] 근영[近永]이 동화[東華]로부터 양양(襄陽)에 와서 동화로부터 양양와서 살면서 매우 사이좋게 지낸다고 하니, 그(유근영)가 또 담박하고 기품있는 그(류씨) 집안 사람이기 때문이다. 근영(近永) 보(甫)가 이미 남악유고 기십권을 베껴서 정리해 두었지만, 재력이 부족하여 간행을 보류해 두고, 우선 이 책(태교신기) 한 권을 간행하여 멀고 가까운 곳에 배포하려 하였다. 그러면서 내가 책 끝에 사실을 기록하여 세상 사람들로 하여금 한번 보게 만들고자 하였다. 그리되면 사람들이 몰려들어 책을 사서 보아서 장차 서경의 종잇값이 귀해지는 미담[2]을 보게 될 것이니, 어찌 찬양할 필요가 있겠는가? 다만 근영(近永) 보(甫)가 선조에게 효를 다하는 정성이 대대로 이어져 다하지 않음을 칭찬할 뿐이로다.

정축년(丁丑, 1937) 중추절(仲春, 음력 8월 15일) 진성 이씨(真城 李) 충호(忠鎬) 삼가 발을 쓴다.

2 서경의 종잇값이 귀해지는 미담: 『태교신기』의 명성이 높아질 것이라는 의미이다. 여기서 서경은 낙양을 가리킨다. 즉 원문의 '西京紙貴'는 원래 '洛陽紙價貴'에서 온 말로, 진(晉)나라 좌사(左思)가 10년 동안 구상하여 〈삼도부(三都賦)〉를 지었는데, 황보밀(皇甫密)이 서문을 써서 〈삼도부〉를 칭찬하자, 부자와 귀족들이 〈삼도부〉를 서로 다투어 베끼는 바람에 낙양의 종잇값이 일시에 폭등했다는 고사(《晉書 卷92 文苑傳 左思》)에서 온 말이다.

7. 跋6-權斗植

夫婦一家之天地也 造端贊育 蓋有道焉 古者有胎教之法以是也 後世知道者鮮 既或不謹於居室 且其娠育也 一聽於氣化之自爾而不小 致力於已 所當為人品之生顧安得不衰替矣乎 惟師朱堂李淑人 生璿源禮法之門 早承家學 洊有所造適柳氏 而配賢君子得行 其所學克盡婦道 及其妊四子女 輒皆教於未生 一如列女傳所云 而胤子西陂先生以鴻才明智 卒能邃於文學為世名儒此其為胎教之驗也 淑人嘗因其平日踐歷者著為一書 名曰胎教新記 見其引喻該博 節目詳備 實有前人所未發 苟非仁淑明睿徹人 理而贊天化者其能與於此哉 蓋古女士之能文章者 或無德可稱 而有德者又無文可傳若淑人者卓乎其 無與儔者歟 西陂翁嘗解釋 是書使人曉然易知 其述先徽為後慮者至矣至久在巾 苟識者恨之 玄孫近永甫慨然發慮圖 所以鋟梓而壽傳 請余一言識其尾 既懇辞不獲則乃斂衽而言曰不亦善乎 祖先之文 孰非可重 而是書之有閥於世教尤(?)非尋常咳唾之比也 世之巾幗家能以淑人為法 則足以致一家之位育而不患 夫生才之不逮古昔也 是編之行豈非吾東方之一大倖歟於乎 休哉 丁丑春分節永嘉權斗植謹識.

번역

권두식

부부는 한 집안에서 하늘과 땅이다. 만물을 생기게 하고 길러내는 것에 도리가 있으니, 옛날에 태교의 법을 둔 것은 이 때문이다. 후세에 그것을 아는 사람이 매우 드물다. 이미 혹 부부 생활에 삼가지 않고, 또 임신하여기를 때 한결같이 기화[1]가 자연스럽게 하는 대로 내맡겨 두고는 자신이 마땅히 해야할 일에 조금도 힘쓰지 않는다면, 타고나는 인품이 어찌 쇠약하지 않겠는가? 생각해 보면, 사주당[師朱堂] 이씨는 왕가 혈통[2]의 예법있는 가문에서 태어나 일찍이 집안에 전하여 오는 학문을 받아 깊은 조예가 있었다. 이씨는 아들 류씨 집안에 시집와서 어진 군자의 배필이 되어 그 배운 것을 실행하고 부녀자의 도리를 지켰다. 그는 엄격하고 근신하며 공손히 여자의 도리를 지켰다. 그는 자녀 4명을 임신했을 때에는 『열녀전(列女傳)』에서 말한 것처럼 아이가 태어나기 전부터 태교하였다. 그래서 맏아들 서파(西陂) 선생은 재능 뛰어나고 아주 총명했다. 마침내 그가 학문에 재능이 뛰어나 세상의 명유(名儒)가 되었으니, 이는 태교의 결과이다. 이씨는 평소에 실행한 일을 책으로 썼으며 〈태교신기〉라고 이름을 붙였다. 그 인용과 비유가 해박하고 절목이 아주 자세한 것을 보건대, 실로 이전 사람들이 밝혀내지 못한 것이 있으니, 어질고 총명하여 사람의 이치를 꿰뚫고 하늘의 조화를 돕는 자가 아니라면, 어찌 여기에 참여할 수 있겠는가?(어찌 이렇게 할 수 있겠는가?) 대개 옛날의 여사(女士) 중에, 문장은 잘 짓는데 혹 일컬을 만한 덕이 없는 경우도 있고, 덕은 있는데 전할 만한 문장을 쓰지 않은 경우도 있었다. 그러니 이숙인의 경우는 탁월하여 견줄 자가 없도다. 서파옹(西陂翁-유희)이 일찍이 이 책을 해석하여 사람들로 하여금 환히 쉽게 알게 하였으니, 선조의 아름다운 덕을 기술하여 훗날을

1 기화(氣化): 음양의 기가 만물을 화생(化生)시킴을 이르는 말이다. 《이정유서(二程遺書)》 권5에 "만물의 비롯함은 모두 기화이다.[萬物之始, 皆氣化.]"라고 하였다.

2 왕가 혈통: 선원(璿源)은 왕실 가문을 뜻하는 말로, 사주당 이씨가 본관이 전주이기 때문에 이렇게 말한 것이다.

생각한 것이 지극하구나. 이 책은 오랫동안 작은 상자에서 보관하였다. 식자[識者]가 안타까워 하였다. 현손[玄孫] 근영(近永) 보(甫)가 매우 감격하여 고민하다가 판각 인쇄하여 후세에 후세에 전하려고 도모하면서 나에게 책 뒤에 간단하게 한 마디 말을 덧붙이도록 부탁하였다. 나는 간곡하게 사양하였지만 끝내 거절할 수 없어서 옷깃을 여미고 이렇게 말한다.

참으로 훌륭하지 않은가. 조상의 글이 어느 것인들 귀중하지 않겠는가마는, 이 책은 세교(世教)에 관계되니 더욱이 평범한 선조의 유문(遺文)에 비할 것이 아니다. 세상의 부인되는 이들이 숙인으로 전범(典範)을 삼을 수 있다면, 충분히 일가의 위육(位育)[3]을 이루어서, 인재를 길러내는 것이 옛날에 미치지 못함을 근심하지 않게 될 것이다. 이 책이 널리 전해지는 것이 어찌 우리 동방의 일대 행운이 아니겠는가? 아, 아름답도다!

정축년(丁丑, 1937) 춘분절(春分節) 안동 권씨 두식(斗植) 삼가 지음

3 위육(位育): 만민이 그 생활에 만족하고 만물이 충분히 육성됨.

8. 跋7-玄孫 近永(柳近永)

此胎教新記 吾高玉妣淑人 完山李氏 師朱堂之所著書也 其弥重奇異 而可嘉惠寶鑑類於此書者幾希於古今諸書也 自古立言垂軌以男子言之 非人人所能也 而況於婦人乎 聖王之經義 傳旨蓋其生后成人之戒也 而此書宗旨 乃在於生民 厥初之受也. 彼璇璣織錦之詞 玉樓少年之篇 才則才矣[1] 過於哀傷 久於貞靜之德矣 而此篇則詞章之反覆排列 簡重正肅 可以補戴記之久闕也 自任姒[2]之後 履此胎教之法者 千古無幾 而蓋是淑人 踐履之實記也 嗚呼 淑人一生所著不為不多 而於易簀之日[3]命之曰 女書不緊於世也 皆可煨之 獨此一書則當傳之于家 使兒女輩鑑考焉 所以此書之猶存於今日者也. 噫 淑人之謦咳[4]永秘一書僅存 而凡我孱孫輩零替無狀 使此書終未免世遠湮沒之歎 故不肖 昕夕痛恨 幾殫緜力而付之剞劂附以墓誌一篇 用作家傳之懿訓云爾. 歲丙子 至月 念五日 不肖 玄孫 近永 泣血謹識.

---

1 '옥루소년(玉樓少年)'에서의 '玉樓'는 고형顧敻의 「玉樓春·拂水雙飛來去燕」을 정체로 하고 쌍조56자, 전후 각단 4구3측운을 쓰는 사패명(詞牌名)인 '玉樓春'을 가리킨다. 특히 여기서 '옥루소년지편(玉樓少年之篇)'이라 한 것은 구양수(歐陽脩)가 젊은 시절에 지은 '玉樓春' 연작을 가리키는 듯하다.

2 임사(任姒): 주 문왕(周文王)의 어머니인 태임(太任)과 주 무왕(周武王)의 어머니인 태사(太姒)를 아울러 이르는 말. 둘다 현모(賢母)의 상징으로 사용되었다.

3 역책지일(易簀之日): 『예기(禮記)』〈단궁편(檀弓篇)〉에 나오는 고사(故事)로, 증자(曾子)가 죽을 때를 당하여 대자리를 바꾸었다는 데에서 유래하였으며 '학식과 덕망이 높은 사람의 죽음'을 비유하여 이르는 말이다.

4 경해(謦欬): '윗사람의 기침소리나 말씀'이라는 뜻으로 '인기척으로 내는 헛기침'이나 '윗사람의 가르침'을 비유적으로 이르는 말. '윗사람을 만나 뵘'의 뜻도 가지고 있다. 여기서는 '사주당 이씨의 높은 가르침'을 가리키는 말로 사용되었다.

번역

현손 근영(유근영)

이 『태교신기(胎教新記)』는 나의 고조할머니 이숙인 완산 이씨 사주당의 저서이다. 이 책은 내용이 귀중하고 신기하여 은혜로운 보감(寶鑑)이 될 만하니 이와 비슷한 책은 고금[古今]에 없었다. 예로부터 훌륭한 글을 써서 모범을 남기는 일은, 남자로 말하더라도 사람마다 누구나 할 수 있는 것은 아니다. 하물며 부인에 있어서랴? 성왕[聖王]의 경전의 뜻은 대개 태어나서 사람이 된 이후의 법도이지만, 이 책의 종지(宗旨)는 사람이 태어나면서 처음 부여받는 것에 있다. 저 선기직금(璇璣織錦)의 글[5]과 옥루소년(玉樓少年)의 시편[6]은 재주는 훌륭하지만, 애상(哀傷)이 지나치고 정숙한

---

5 선기직금(璇璣織錦): 회문직금(廻文織錦) 혹은 회문시(回文詩)라고도 하는 시체의 일종으로, 아내가 남편을 그리워하는 내용의 시문이다. 전진(前晉) 소백옥(蘇伯玉)의 처가 지은 〈반중시(盤中詩)〉가 그 효시이며, 전진(前秦) 두도(竇滔)의 아내 소씨(蘇氏)가 지은 〈회문선도시(廻文旋圖詩)〉가 유명하다. 《晉書 卷96 列女傳 竇滔妻蘇氏》에 따르면, 전진(前陳)의 부견 밑에서 진주자사(秦州刺史)를 지내던 두도가 사막 지방으로 유배되면서 애첩인 조양대(趙陽臺)를 데려 가고 본처인 소혜는 혼자 남겨 두었다. 훗날 소혜가 남편을 그리워하며 비단에 회문시(回文詩)를 짜 넣어 남편에게 보냈는데 두도가 이 시를 읽고 감동하여 조양대를 내보내고 소혜를 맞아들였다고 한다. 이 시는 가로 29자와 세로 29자로 지어져 모두 841자로 이루어져 있는데 상하, 좌우 어느 쪽으로 읽어도 모두 훌륭한 문장이 되고, 후대의 분석에 따르면 모두 7,958수의 시를 이룬다고 하는데 여기서 유래하여 회문직금 혹은 직금회문은 소혜의 회문시와 같이 구성이 절묘하고 문사(文詞)가 아름다운 문장을 비유하는 고사로 사용된다. 유근영은 회문시 부류가 아름답기는 하지만 애상(哀傷)이 지나치다고 보았다.

6 옥루소년(玉樓少年)의 시편: 옥루소년은 당나라 시인 이하(李賀)를 가리킨다. 이하는 27세의 나이로 요절했는데, 옥황상제가 천상에 있는 백옥루(白玉樓)의 기문을 지으러 올라오라고 명령한 꿈을 꾼 뒤에 죽었다고 한다. 이하는 「대제곡(大堤曲)」, 「소소소묘(蘇小小墓)」 등 여성 화자가 등장하는 시들을 많이 지었다. 유근영은 여성화자가 나오

아녀자의 덕이 부족하다. 그러나 이 책(태교신기)은 문장을 반복하여 배열한 것이 간단하면서 장중하고 올바르면서 엄숙하여, 『예기(禮記)』에 오랫동안 빠져있던 것을 보완할 수 있다. 태임(太任)과 태사(太姒) 이후로 이 태교의 법을 실천한 사람은 천고에 거의 없으니, 아마도 이 책은 이숙인이 실천한 것을 실제로 기록한 것이리라. 아아 숙인 이씨는 평생 쓴 책이 많지 않다고 할 수 없으나 그가 대자리를 바꾸는 날에 명하여 '여자들의 글[女書]'은 세상에 긴요하지 않으니 다 불에 태워 재로 만들되, 이 책만은 집안에 전하여 아녀자(兒女子)들의 모범으로 삼으라 하셨다. 그런 이유로 이 책은 오늘까지 보존되었다. 아아 숙인 이씨의 말씀은 길이 없어지고 이 책 한 권만이 겨우 남았는데, 우리 잔약한 후손들이 쇠락하여 보잘것없어, 마침내 이 책이 세월이 오래될수록 매몰되어 버릴 것이라는 우려를 면치 못하게 하였다. 그래서 불초(不肖)는 아침저녁으로 통한(痛恨)해 하였으니, 미약한 힘을 거의 다 쏟아 간행하고 묘지명 한 편을 덧붙여서, 집안 대대로 전하는 아름다운 가훈으로 삼고자 할 따름이다.

병자년(丙子, 1936) 동짓달[至月] 25일[念五日] 불초(不肖) 현손(玄孫) 근영(近永) 피눈물을 흘리며 삼가 씀.

는 이러한 시들이 시어는 아름다우나 정숙한 여인의 덕은 부족하다고 보았다.

Ⅴ.

〈胎教新記章句諺解〉

柳僖

女녀範범〈明명節절婦부劉류氏시의지은글〉에갈아대녯어진녀편내아기잇음에胎태教교할줄을반다시삼갓다하니이제모든글에상고하매[1]그法법을傳젼한대업스나제뜻으로求구하여도대컨[2]或혹可가히알띠라내일즉[3]두셔너娠신育육〈아기배여낫한말[4]〉에시험한바로긔록하여한編편을만다러쎠모단딸을뵈나니敢감히쳔자로이[5]스사로著져述슐〈글짓단말이라〉하여

1 상고(相考)하다. 서로 견주어 고찰하다

2 '대저(大抵)'와 같은 말. 대개. 대강

3 일찍. 일찍이.

4 '아기 배어 낳다'는 말. '娠育'의 의미이다. '낫한'은 '나탄(〉낳단)'을 과분석해서 표기에 반영한 것이다.

5 '천자로이'는 '제 마음대로 해서 조금도 꺼림이 없이'의 뜻. 여기서 '천자'는 한자어 '擅恣[천자]'인데, 흔히 형용사 '천자하다'(제 마음대로 하여 조금도 꺼림이 없다)의 어기로 사용되었다.

사람의눈에자랑홈이아니나그러나오히려可가히內내則측〈禮례記긔녯글일홈〉의빠지옴을갓촐디라그럼으로일홈하여갈아대胎태教교新신記긔라하노라

번역

태교신기 언해('태교'는 배 안에서 가르치는 것이다)

〈여범〉(명나라 절조 있는 부인 류씨가 지은 글)[6]에 이르기를 옛날 현명한 여인은 아기를 가지면 반드시 태교하기를 조심하여 행하였다 하니, 이제 여러 책들을 조사해 봐도 그 법을 전하는 것이 없으나 스스로 (태교의 방법을) 찾아봐도 대강은 가히 알 것이다. 내가 일찍이 두서너 명의 신육('아기 배어 낳다'라는 말)에 시험해 본 바로 기록하여 한 편의 책을 만들어 여러 딸들에게 보이니 감히 제멋대로 스스로 저술(글을 짓는다는 말이다)하여 사람들 눈앞에 자랑하는 것은 아니나, 그러나 오히려 가히 〈내칙〉(『예기』 옛글 이름)[7]에서 빠진 것을 갖춘 것이다. 그러므로 이름지어 이르기를 〈태교신기(胎教新記, 태교의 새 기록)〉라 한다.

---

6 명나라 강녕 유씨(江寧劉氏)가 지은 책. 음양의 이치에 따라 남자와 여자의 근본과 도리를 설명한 뒤 가정에서 여성의 역할을 강조하면서 이에 따라 여성교육의 중요성을 역설하였다.

7 오경 중 하나인 '예기禮記'의 49편 중 한 편. 예기는 예절에 대한 내용을 집대성한 책으로, 〈內則〉은 여자들이 가정 안에서 지켜야 할 법도나 규칙에 대해 설명하고 있다.

1. 제일장

第一節

人인生생之지性셩은 本본於어天텬하고 氣긔質질은 成셩於어父부母모하나니 氣긔質질이 偏편勝승이면 馴순至지于우蔽폐性셩이라 父부母모ㅣ 生싱育육에 其기不불謹근諸져아

人인生생의 셩품은 하날에 근본하고 氣긔質질〈긔품생김이라〉은 父부母모에게 이랏나니[1] 氣긔質질이 편벽되어 이긔면[2] 졈졈 셩품을 가리아매[3] 니란난디라[4] 父부母모ㅣ 나흐며 기람에 그 삼가지 아니랴

번역

사람의 성품은 하늘에 근본을 두고 기질(기품의 생김새이다)은 부모에게서 생기는 법이니, 기질이 한쪽으로 승하면 점점 성품을 가리는 데 이르는 법이다. 부모가 낳고 기르는 일에 그 (어찌) 조심하지 않겠는가.

---

1 일다(생기다, 발생하다) +-앗- +-나니 → 생겨 있는 법이니. 생기는데.

2 이긔다〉이기다(勝). 승(勝)하다. 현대 한국어에서도 '이기다'는 타동사로 사용되지만 중세 국어에서는 형용사로도 쓰였는데, 이때는 '(어떤 특성이) 한쪽으로 두드러지다'라는 뜻으로 쓴다. 현대 국어에서는 '승하다'에만 그 용법이 남겨져 있다.

3 가리-[蔽]+-암(동명사형)+애 → 가림에. 가리므로. 가리기 때문에.

4 니르-[到]+-안-(〈-앗-)(완료)+-ᄂᆞ-+-ㄴ & 디(〈ᄃᆞ + 이-)+-라 → 이르는 것이다.

第二節

父부ㅣ生싱之지와 母모ㅣ 育육之지와 師사ㅣ 教교之지ㅣ 一일也야ㅣ라 善선醫의者쟈난 治치於어未미病병하고 善션敎효者쟈난 敎효於어未미生생하나니 故고로 師사教교十십年년이 未미若약母모十십月월之지育육이오 母모育육十십月월이 未미若약父부一일日일之지生생이니라

아비ㅣ 나흠과 어미ㅣ 기람과 스승이 가라팀이 한가지라 의술을 잘하난 者쟈난 病병 드디 아냐[5] 다사리고 가라티기 잘하난 者쟈난 나지 아냐 가라티난 故고로 스승의 열해 가라팀이 어믜 열달기람〈배여 열~~열다~~라[6]〉만 갓디 못하고 어믜 열달 기람이 아븨[7] 하라 나흠〈배던 때랄 니람이라〉반 갓디 못하니라

번역

아버지가 낳는 것[8]과 어머니가 기르는 것,[9] 스승이 가르치는 것이 같은 것이다. 의술을 잘하는 이는 병 들지 않았을 때 (병을) 다스리고, 가르치기를 잘하는 이는 태어나지 않았을 때 (아이를) 가르치는 까닭에 스승의 십 년을 가르치는 일이 어머니의 열 달 기르는 것(배어서 열달이다)만 못하고 어머니의 (배어서) 열 달을 기르는 것이 아버지의 하루 낳는 것〈아이 배던 때

5 아니ᄒᆞ + -아/어 〉 아니ᄒᆞ야 〉 아냐, 아녀 → '않아(서)'로 이해.
6 원문에 취소선이 그어져 있는데, 줄을 긋고 간지를 덧대 오자를 수정한 것으로 보인다.
7 아버지를 의미하는 옛말 '아비'에 조사 "ᄋᆡ/의"가 붙어서 나타나는 형태.
8 아버지의 몸에서 처음 생기는 것을 말한다.
9 어머니의 뱃속에서 10달간 길러지는 것을 말한다.

를 말하는 것이다〉만 같지 못한 법이다.

第三節

夫부告교諸져父부母무하고 聽텽諸져媒매氏씨하고 命명諸져使사者쟈하야 六륙禮례備비以이後후에 爲위夫부婦부ㅣ어든 日일以이恭공敬경相상接졉하고 無무或혹以이褻셜狎압相상加가하야 屋옥宇우之지下하와 床상席셕之지上상에 猶유有유未미出츌口구之지言언焉언하며 非비內내寢침이어든 不불敢감入입處쳐하고 身신有유疾질病병이든 不불敢감入입寢침하고 陰음陽양이 不불調됴 天텬氣긔失실常상이어든 不불敢감宴연息식하야 使사虛허慾욕으로 不불萌맹于우心심하며 邪샤氣긔로 不불設셜于우禮례하야 以이生생其기子자者쟈난 父부之지道도也야이니 詩싀曰왈相상在재爾이室실 혼대도 尙샹不불愧괴于우屋옥漏누ㅣ니 無무曰왈不불顯현하라 莫막予여云운覯구이라 하니 神신之지格격思사ㅣ 不불可가度탁思사이라 하니라

무릇 父부母모에게 告고하고 즁매에게 맛디고[10] 使사者쟈〈혼례의 말 통하난 사람〉에게 命명하야 여삿 禮례 〈납채와 문명과 납길과 납징과 청긔와 친영이라〉[11] 가잔 後후에 夫부婦부ㅣ 되거든 날노 恭공敬경으

---

10 맛디다: '맡기다'의 옛말.

11 육례: 전통사회에서 행하던 혼인절차의 여섯 가지 의식(儀式). 곧, 납채(納采)·문명(問名)·납길(納吉)·납징(納徵)·청기(請期)·친영(親迎)을 말한다.

로써 서로 대졉하고 或혹 샹되며[12] 닉살[13]함으로쎠 서로 더으디 못하야 집웅 아래와 평상 돗우헤서[14]〈둘이만 잇을 적이란 말〉 오히려 입에 내디 못할 말이 잇으며 안방이 아니어든 드러 잇디 아니하고 몸에 病병이 잇거든 드러 자디 아니하고 몸에 삼과 뵈〈거상과 즁복이란 말〉[15] 잇거든 드러 자디 아니하고 陰음陽양이 고로디 아니코 하날 긔운이 예사롭디 아니커든 편히 쉬디 아니하야 하여금 헷욕심이 마암에 나디 아니하고 샤긔[16]엣 긔운이 몸에 붓디 아니케 하야쎠 그 자식을 낫난 者 쟈난 아비의 도리니 詩시〈넷 노래랄 공자게셔 빠시니라〉에 갈아대 네 방의 잇음을 보아도 오히려 집구셕이 붓그럽디 아닐띠니 갈이대[17] 나타나디 아냐[18] 날 보나니 없다 말나 귀신의 옴을 가히 혜아리디 못한다〈가만한 즁도 귀신이 삷인단 말이라〉 하니라

번역

무릇 부모에게 고하고 중매에게 맡기고 사자(혼례의 말을 전달하는 사람)에게 명하여 육례(납채와 문명과 납길과 납징과 청기와 친영이다)를 갖춘 후에 부부가 되거든 날마다 공경해서 서로 대접하고 혹시라도 상스럽고 익살스러운 말을 더하지 말며 지붕 아래와 평상 위에 단둘이서만 있을 때에도

12 상되다: 말이나 행동에 예의가 없어 보기에 천하다. 상스럽다.
13 익살: 남을 웃기려고 일부러 하는 행동이나 말.
14 돗자리 위에서
15 삼과 베, 상복을 의미함.
16 邪氣: 간사한 기운
17 갈아대, 가로되
18 않는다 하여.

오히려 입에 내지 못할 말이 있으며 아내가 거처하는 안방이 아니면 감히 머물지 않으며 몸에 질병이 있으면 들어가 잠자리를 같이 하지 않으며 상복을 입었을 때는 아내의 방에 들어가지 않고 음양이 고르지 않고 날씨가 예사롭지 않거든 편히 쉬지 않도록 함으로써 헛된 욕구가 마음에 생기지 않게 하며 삿된 기운이 몸에 붙지 않게 하여 그 자식을 낳는 것이 아버지의 도리이니 『시경』(옛 노래를 공자께서 뽑은 것이다)에서 말하기를 "네가 방에 있는 것을 보아도 오히려 집구석자리[19]가 부끄럽지 않을 것이니 나타나지 않아도 나를 보는 사람이 없다 하지 마라. 귀신이 오는 것을 가히 헤아리지 못한 것이다"(가만히 있는 중에도 귀신이 살펴본다는 말이다.) 한다.

第四節

受슈夫부之지姓셩하야 以이還환之지夫부하되 十십月월不불敢감有유其기身신 하야 非비禮례勿물視시 하며 非비禮례勿물聽청 하며 非비禮례勿물言언하며 非비禮례勿물動동 하며 非비禮례勿물思사 하야 使사心심知지百백體체로 皆개由유順순正정 하야 以이育육其기子자者자는 母모之지道도也야니 女여傳전에 왈 婦부人인姙임子자에 寢침不불側측하며 坐좌不불偏편하며 立입不불蹕필하며 不불食식邪사味미하며 割할不부正정不불食식하며 席석不부正정不불坐좌하며 目목不불視시邪사色색하며 耳

19 '집안의 서북쪽 구석자리', 즉 '예전에 천신을 담은 신주단지 모셔 두던 곳'을 가리키는 말이다.

이不불聽청淫음聲성하며 夜야則즉令령瞽고로 誦송詩시道도正정事사하니 如여此차則즉生생子자에 形형容용이 端단正정하고 才재過과人인矣의라 하니라.

디아븨 姓셩〈자식을 나람이라〉을 바다써 디아뵈게 도라보낼새[20] 열달을 敢감히 그 몸을 임의로 못하여 禮례 아니어든 보디 말며 禮례 아니어든 듯디 말며 禮례 아니어든 니라디[21] 말며 禮례 아니어든 움직이지 말며 禮례 아니어든 생각디 말아 하여곰 마암과 지각과 백가지 몸으로 다 順순하고 바라게 하야써 그 자식을 기라난 者쟈난 어미의 도리니 女녀傳젼〈漢한劉류向향의 지은 列렬女녀傳젼이라〉에 갈아대 婦부人인이 자식 배매 잠자기를 기우로 아니하며 안끼랄 한편으로 아니하며 서기랄 츼드대디[22] 아니하며 샤긔로온 맛알 먹디 아니며 버힌[23] 것이 바라디 아니커든 먹디 아니며 돗치 바라디 아니커든 안띠 아니며 눈에 샤긔로온 빗흘 보디 아니며 귀에 음난한 소래랄 듯디 아니며 밤이면 쇼경[24]으로 하여곰 詩시〈공자 빼신 녯 노래라〉를 외오며 바란 일을 니라니 어렷탓 하면 자식을 나흐매 얼골[25]이 端단正정하고 재죄[26] 남에게 디나

---

20 도라보낼새: 돌려보내므로. '도라보내다'는 '돌려보내다'의 옛말이다.

21 니라디: 이르지. 말하지.

22 츼드대디: 한쪽으로 기울여 발을 디디지. '츼다'는 '치우치다(균형을 잃고 한쪽으로 쏠리다)', '드대다'는 '디디다/딛다'의 옛말이다.

23 버히다: '베다'의 옛말.

24 소경, 맹인

25 얼골: 겉모습. 외모. 형체. 중세 국어에서 '겉모습'이나 '형체'를 나타내던 '얼골'이 "머리 앞면의 전체적 윤곽이나 생김새"를 나타내는 말로 사용된 것은 18세기 이후의 일이다.

26 재죄: 재주가. '재주'는 '才操[재조]'에서 온 말로, 본래 '무엇을 다루는 타고난 능력'이라는 뜻에서 '어떤 일에 대처하는 방도나 꾀'로 의미가 바뀐 단어이다. '재주(를) 부리다',

다[27] 하니라

번역

남편의 성(姓)(자식을 말하는 것이다)을 받아서 남편에게 돌려보내므로 열 달을 감히 그 몸을 함부로 못하니, 예가 아니면 보지 말며 예가 아니면 듣지 말며 예가 아니면 말하지 말며 예가 아니면 움직이지 말며 예가 아니면 생각지도 말도록 해서 마음과 지각과 온몸으로 모두 순하고 바르게 함으로써 그 자식을 기르는 것은 어머니의 도리이니 『여전(女傳)』(한나라 유향이 지은 『열녀전(列女傳)』이다)에서 말하기를 부인이 자식을 배면 잠 잘 때 기울여 자지 않으며 앉을 때 한쪽으로 앉지 않으며 설 때 발을 한쪽으로 기울여 디디지 않으며 삿된 음식을 먹지 않으며 자른 것이 바르지 않으면 먹지 않으며 돗자리가 바르지 않으면 앉지 않으며 눈으로 삿된 빛을 보지 않으며 귀로 음란한 소리를 듣지 않으며 밤에는 소경으로 하여금 『시경』(공자가 뽑은 옛 노래이다)을 외우게 하며 바른 일을 이야기하게 하니 이런 식으로 하면 자식을 낳아도 외모가 단정하고 재능이 남보다 뛰어나다고 한다.

'재주(를) 넘다'와 같은 용법을 통해 '마술'이나 '공중제비' 등의 특이한 재능을 가리키는 말로도 사용되었다.

27 '지나다'(어떤 한도나 정도가 벗어나거나 넘다)의 옛말, 여기서는 '낫다', '뛰어나다'의 뜻으로 쓰였다.

第五節

子자長장羈기丱관에 擇택就취賢현師사이어든 師사教교以이身신하고 不불教교以이口구하야 使사之지觀관感감而이化화者자는 師사之지道도也야니 學학記기에 曰왈 善선教교者자는 使사人인繼계其기志지라 하니라.

자식이 자라 가래샹토[28]하매 어진 스승을 갈히여 나아가거든 스승이 몸으로써 가라티고 입으로써 가라티디 아니하야 하여곰 보아 감동하야 化화케 하난 者쟈난 스승의 도리니 學학記긔〈禮례記긔의 글 일홈이라〉에 갈아대 잘 가라티난 者쟈난 사람으로 하여곰 그 뜻을 닛게 한다 하니라

번역

자식이 자라서 쌍상투를 하면 훌륭한 스승을 선택하여 나아가야 하니 스승이 몸으로써 가르치고 입으로써 가르치지 아니해서 보도록 함으로써 감동하여 본받게 하는 것이 스승의 도리이니 〈학기편〉(『예기』의 편명이다)에서 말하기를 잘 가르치는 이는 사람으로 하여금 그 뜻을 이어가게 한다고 하였다.

28 '쌍상투'의 옛말. 대개 15~20세의 남자가 관례를 치를 때 머리를 양갈래로 묶어서 틀어올린 것을 가리킨다. 한자로는 '丱[상투 관]' 혹은 '雙髻[쌍계]'를 쓰며 이런 머리 묶음이 뿔처럼 보인다 하여 '총각(總角)'이라고 하기 때문에 '총각머리'라는 말도 통용된다. 다만 오늘날에는 이러한 어원의식을 잃고 '총각(總角)'이 '결혼 전 상투를 틀지 않은 사람'을 가리키게 되면서 상투를 틀기 전의 남자의 땋은 머리를 '총각머리'라고 하게 되었다.

第六節

是시故고로 氣긔血혈이 凝응滯체하야 知지覺각이 不불粹슈난 父부之지過과也야ㅣ오 形형質질이 寖침陋누하야 才재能내ㅣ不불給급은 母모之지過과也야ㅣ니 夫부然연後후에 責책之지師사하나니 師사之지不불敎교ㅣ 非비師사之지過과也야ㅣ니라

이런 故고로 긔운과 피가 매치여 知지覺각이 맑디 못함은 아븨 허물이오 형상 생김이 더러워 재죄 넉넉디 못함은 어믜 허믈이니 그런 後후에 스승에게 책망하나니[29] 스승의 가라티디 못함이 스승의 허물이 아니니라

번역

이런 이유로 기와 혈(血)이 맺혀서 지각(知覺)이 맑지 못한 것은 아버지의 허물이고, 겉모습의 생김새가 못생기고 재능이 부족한 것은 어머니의 허물이다. 그리한 뒤에야 스승을 책망하는 법이니, 스승이 가르치지 못하는 것은 스승의 허물이 아닌 것이다.

右우난 第제一일章장

29 '책망하나니'의 '나'의 기능은 원칙법. '곶 됴코 여름 하ᄂᆞ니'에서의 'ᄂᆞ'는 형용사 뒤에 붙어서 앞의 일이 원칙적으로 그러하다는 뜻을 나타내는 말.

2. 제이장

第一節

夫부木목胎태乎호秋츄ㅣ라 雖수蕃번廡무ㅣ나 猶유有유挺뎡直직之지性셩이오金금胎태乎호春츈이라 雖슈勍경利리나 猶유有유流류合함之지性셩이니 胎태也야者쟈난 性셩之지本본也야ㅣ라 一일成셩其기形형而이敎교之지者쟈난 末말也야ㅣ니라

무릇 남기 가을에 胎태하난디라〈비로소 생기단 말이라〉 비록 덧거츠러도[1] 오히려 곳게[2] 빼긋난 셩품이 잇고 쇠가 봄에 胎태하난디라 비록 굿셰고 날카나 오히려 흘너 엉긔난 셩품이 잇으니 胎태난 셩품의 근본이라 그 형상을 한번 닐운대 가라티난 者쟈난 밀째[3]니라

번역

무릇 나무는 가을에 배태(胚胎)하는 법이라(비로소 생긴다는 말이다) 비록 무성하더라도 오히려 곧게 뻗어나는 성질이 있고 쇠는 봄에 배태하는 법

---

1 '덤거르츠다(아주 심하고 수북하게 울창하다)'의 뜻.

2 곧게. 중세국어는 ㄷ,ㅅ을 받침에 모두 사용. 하지만 16~17c 근대국어는 ㄷ,ㅅ을 ㅅ으로 통일함. 이는 7종성법에 해당(종성 받침에는 ㄱㄴㄹㅁㅂㅅㅇ 7글자만 사용) 따라서 종성 ㄷ대신 ㅅ이 사용되었음.

3 '말째(末-)'의 오류로 보임. '말(末)+째'는 '끝 번째' 혹은 '마지막'의 의미.

이라 비록 굳세고 날카롭더라도 오히려 흘러 엉기는 성품이 있으니, 태(胎)가 성품의 근본이며 그 형상을 한번 이루면 가르치는 것은 맨 마지막 순서이다.

第二節

胎태於어南남方방에 其기口구ㅣ閎굉하나니 南(남)方방之지人인은 寬관而이好호仁인이오 胎태於어北북方방에 其기鼻비ㅣ魁괴하나니 北북方방之지人인은 倔굴强강而이好호義의라 氣긔質질之지德덕也야ㅣ니 感감而이得득乎호十십月월之지養양이라 故고로君군子자ㅣ 必필愼신之지為위胎태니라

南남方방에셔 배면 그 입이 너르나니[4] 南남方방 사람은 너그러워 어딜믈 죠하하고[5] 北북方방에셔 배면 그 코이[6] 놉흐나니[7] 北북方방사람은 굿셰여 의긔랄[8] 죠하하난지라 氣긔質질의 德덕이니 열 달 기라난대 감동하야 어든 故고로 君군子자ㅣ[9] 반다시 삼감[10]을 胎태에 하나니라

---

4 '공간이 두루 다 넓다.' 라는 뜻
5 좋다의 원형은 둏다. 됴타 → 죠타(죻다) → 좋다
6 그 코가. 중세국어는 주격조사가 'ㅣ','이','ø '만 존재했음.
7 '놉'+'으나니'. 역유기음화 현상.
8 ·의 소실 때문에 ᄅᆞᆯ이 랄로 변하게 됨.
9 군자+주격조사 'ㅣ'
10 삼가다의 명사형.

번역

남방(南方)에서 (아이를) 배면 그 입이 너르니 남방 사람은 너그럽고 어진 것을 좋아하고 북방(北方)에서 (아이를) 배면 그 코가 높은 법이니 북방 사람은 굳세고 의기(義氣)를 좋아하는 것이다. (이는) 기질의 덕이니 열 달을 (어머니의 뱃속에서) 기르는데 감응을 받아 얻는 까닭에 군자는 반드시 '삼가는 태도'를 배태(胚胎)할 때 하는 것이다.

右우난 第뎨二이章쟝

3. 제삼장

第一節

故고者쟈聖셩王왕이 有유胎태教교之지法법하사 懷회之지三삼月월[1]에 出츌居거別별宮궁하야 目목不불衺샤視시하며 耳이不불妄망聽텽하며 音음聲셩滋자味미알 以이禮례節절之지하더소니 非비愛애也야ㅣ라 欲욕其기教교之지豫예也야ㅣ라 生생子자而이 不불肖쵸其기祖조랄 比비之지不불孝효ㅣ라 故고로 君군子자ㅣ 欲욕其기教교之지豫예也야ㅣ니 詩시曰왈 孝효子자不불匱궤하야 永영錫셕爾이類류ㅣ라하니라

넷 聖셩王왕이 胎태教교의 法법이 잇으샤 배연디 셰달에 別별宮궁에 〈딴집이란 말〉 나가 잇어 눈에 빗기 보디[2] 말며 귀에 망녕되이 듯지 말며[3] 풍류 소래와 맛난 맛알 禮례로써 존졀하옴[4]이 사랑홈이〈밴 아기를 사랑한단[5] 말이라〉 아니라 가라티기를 미리코자[6] 함이라 자식 나하 그 한아비[7]랄 닮디 못하면 不불孝효와 갓다 하난 故고로 君군子자ㅣ 가라팀

1 잉태했음을 알기 시작할 때.
2 안 좋은 일을 보지 말라는 뜻. 혹은 어떤 일을 안 좋은 태도로 바라보지 말라는 뜻.
3 안 좋은 말을 듣지 말라는 뜻. 혹은 어떤 일을 안 좋은 태도로 듣지 말라는 뜻.
4 존절하다: 존절(撙▽節)하다. 알맞게 절제하다.
5 사랑하다: 思量ᄒᆞ다. 여기서는 '생각한다'는 뜻.
6 머추나니: 멈추니.
7 한아비〉하나비〉하라비〉할아비. 여기서는 '조상(祖上)'의 뜻.

을 미리 코져 하나니 詩시에 갈아대 孝효子자ㅣ 모자라디 아냐 기리 네 類류ㅣ랄 주신다〈孝효子자의 아달이 또 孝효子자ㅣ 난단 말이라〉 하니라

번역

옛날의 성왕들은 태교의 법이 있어서, 임신한 지 삼 개월이 되면 임부를 별궁에 나가 거처하면서 눈으로는 흘겨보지 아니하고, 귀로는 망령되이 듣지 아니하며, 풍류 소리와 맛있는 음식이라도 예로써 절제하였는데, 이는 밴 아이를 사랑함이 아니라 미리 가르치고자 하는 것이다. 자식을 낳아서 그 자식이 조상을 닮지 못하면 불효와 같다고 하는 까닭에 군자는 미리 가르치고자 하는 것이니 『시경』에 이르기를 "효도하는 아들은 부족하지 않으니 길이 너와 같은 종류를 주신다〈효자의 아들에게서 또 효자가 난다는 말이다〉" 한다.

第二節

今금之지姙임者쟈난 必필食식恠괴味미하야 以이悅열口구하고 必필處쳐凉량室실하야 以이泰태體톄하며 閒한居거無무樂락이어든 使사人인諧해語어 而이笑쇼之지하며 始시則즉誑광家가人인하고 終종則즉久구臥외(와)恒항眠면하나니 誑광家가人인일새 不불得득盡진其기養양이오 久구臥와恒항眠면일새 榮영衛위停명息식하니 其기攝섬之지也야ㅣ 悖패코待대之지也야ㅣ 慢만이라惟유然연故고로 滋자其기病병而이難난其기産산하며 不불肖초其기子자而이墜추其기家가한 然연後후에 歸귀怨원於어命

명也야하나니라

이제의 아기 배나니난[8] 반다시 괴이한[9] 맛알 먹어써 입을 깃그고[10] 반다시 서늘한 데 잇서써 몸을 편케 하며 한가히 잇어 심심하면 사람으로 하여곰 니여기[11]하야 우스며 비로슴엔[12] 집안을 속이고〈아기 뱀을 긔임이라[13]〉 마참엔 오래 눕고 샹해[14] 잠자니 집안을 속이매 그 기라난 도리랄 다 못하고 오래 눕고 샹해 잠자매 榮영衛위〈사람의 몸에 도난 혈긔라〉 머추나니[15] 그 죠셥하기랄 그릇하고 남이 대졉하기랄 게얼이[16] 하난디라 오직 그런 故고로 그 病병을 더으고 그 해산을 어렵게 하며 그 자식을 갓디 아냐 디게 하고[17] 그 家가門문을 떠러틘 그런 後후에 팔자의 원망을 홋호[18] 하나니라

번역

요즘의 아이를 밴 자는 반드시 맛이 괴이한 것을 먹음으로써 입을 즐겁게 하고, 반드시 서늘한 곳에 머물러 있음으로써 몸을 편안하게 하고, 한가

---

8 배나니난: 배는 이는.
9 특이한, 신기한
10 기쁘게 하고
11 니여기~니야기: 이야기의 옛말.
12 시작할 때. 비롯하다의 옛말. '비롯다' → 동명사가 되어 '비로슴'
13 기임이다: 꺼리는 것이다.
14 샹해: 상(常)해. 늘.
15 머추나니: 멈추니.
16 게얼이: 게을리.
17 갖추어지지 않게 하여 (질이) 낮아지게 하고.
18 홋호: 홀로. '홑+오' 즉 '호토'에 대한 오분석 표기이다.

하게 있어서 심심하면 사람으로 하여금 우스운 이야기를 하게 하여 낄낄거린다. 처음에는 집안을 속이고(아이 밴 사실을 꺼리기 때문이다) 끝내는 오래 눕고 늘 잠을 자니, 집안을 속이기 때문에 (태를) 기르는 도리를 다하지 못하고, 오래 눕고 늘 잠자니 영기[19]와 위기[20]〈몸에 도는 피와 기운〉이 멈추니 그 몸조리하기를 잘못하고 다른 사람 대접하기를 게을리 하는 것이다. 오직 그러한 까닭에 (태아에게) 병이 더해지고 그 해산을 어렵게 하며, 그 자식이 못 갖추어 부족하게 하고 그 가문의 떨어뜨린 그런 뒤에야 팔자의 원망을 자신에게 하는 것이다.

第三節

夫부獸슈之지孕잉也야에 必필遠원其기牡모하고 鳥됴之지伏부也야에 必필節졀其기食식하고 果과贏라ㅣ 化화子지(자)에 尚샹有유類류ㅣ 我아之지聲셩하나니 是시故고로 禽금獸수之지生생이 皆개能능肖초母모호대 人인之지不불肖초ㅣ 或혹不불如여禽금獸슈ㄴ니 然연後후에 聖셩人인이 有유怛달然연之지心심하샤 作작爲위胎태教교之지法법也야ㅣ시니라

---

19 영기(營氣): 한의학 용어. 혈관 속을 운행하는 정기로서 음식물에 의해 생성되며, 경맥을 통해 인체의 모든 부분에 영양을 공급한다. 영기는 전신에 혈액과 영양을 공급할 뿐만 아니라 혈로 화생된다. 그러므로 생리적인 관점에서 보면 혈액의 작용을 뜻한다.

20 위기(衛氣): 위기는 음식물로부터 화생되며, 양기로서 혈맥의 외부로 순행하는데, 안으로는 장부(臟腑)에 이르고, 밖으로는 피부살결에까지 이르지 않는 곳이 없다. 안으로는 장부를 영양하고 밖으로는 땀구멍을 조절하고 피부를 따뜻하게 하며, 사기(邪氣)의 침입을 방어하는 등의 작용을 한다.

무릇 즘생이 삿기 배매 반다시 그 숫컷을 멀이하고 새ㅣ 알을 안으매 반다시 그 먹기랄 존절하고 나나리 삿기랄 맨들매 오히려 날 닮으란 소래 잇나니[21] 이런 故고로 새 즘생의 생김이 다 능히 어미랄 닮으되 사람의 갓디 아니니난[22] 或혹 새 즘생만도 못한 그런 後후에 聖셩人인이 불샹히 녀기신 마암이 잇으야 胎태教교의 法법을 맨드시니라

번역

무릇 짐승은 새끼를 배면 반드시 그 수컷을 멀리하고, 새는 알을 안을 때 반드시 그 먹기를 조절하고, 나나니벌[23]은 새끼를 만드는 데는 오히려 나를 닮으라는 소리를 내는 법이니, 이런 때문에 새나 짐승의 생김이 모두 어미를 닮는데,[24] 혹 세상사람 중에 사람 갖추어지지 않은 이가 나는 것은 혹 새나 짐승만도 못하니, 그런 연후에 성인이 불쌍히 여기신 마음이 있어서 태교의 법을 만드신 것이다.

右우난 第뎨三심章쟝

21 나나니벌이 새끼를 배었을 때 자신의 새끼들에게 소리를 내어 같은 종을 일깨워 주는 일.

22 갓디 아니니난: 갖추어지지 않은 이는.

23 나나니벌: 허리가 가는 벌. 즉 나나니벌인데 모두 수컷만 있어서 새끼가 없으면 뽕나무벌레를 잡아다가 나무에 붙여 놓고 공중에서 빌며 말하기를 "나 닮아라(我類/나나니) 나 닮아라(我類/나나니)"하기를 7일하면 그 새끼로 변화가 된다는 뜻에서 이름이 나왔다는 민간어원설이 널리 알려져 있다. 실제로는 뽕나무벌레의 유충에 기생해서 생식하는 벌이다.

24 짐승들은 대부분 어미는 알지만 아비는 모르므로 모두 '어미를 닮는다'고 하였다.

4. 제사장

第一節

養양胎태者쟈ㅣ非비惟유自자身신而이已이也야이라一일家가之지人인이 恒항洞동洞동焉언하야 不불敢감以이忿분事사聞문하나니恐공其기怒노也야ㅣ오不불敢감以이凶흉事사聞문하나恐공其기懼구也야ㅣ오不불敢감以이難난事사聞문하나니 恐공其기憂우也야ㅣ오不불敢감以이急급事사聞눈하나니恐공其기驚경也야ㅣ라怒노ㅣ令령子자病병血혈하고懼구ㅣ令령子자病병神신하고憂우ㅣ令령子자病병氣긔하고驚경ㅣ令령子자癲뎐癎간하나니

胎태랄 기라난 者쟈ㅣ[1] 몸 스사로 할 뿐이 아니라 왼 집안 사람이 샹해 동동〈조심하난 거동〉하야[2] 敢감히 忿분한 일로써 들이지[3] 못ᄒᆞᄂᆞ니 그 셩내일가저흠이오 감히 匈흉한 일노써 들이디 못하나 그 두릴가 저흠이오 감히 난쳐한 일로써 들니디 못하나니 그 근심할가 저흠이오 敢감히 急급한 일로써 들이디 못하나니 그 놀낼가 저흠이라 셩내이면 자식으로 하여곰 피가 病병들고 두리면 자식으로 하여곰 정신이 病들고 근

---

1 재: 자(者)가. 사람이.

2 동동ᄒᆞ야: 동동(洞洞)하여. 공경하여. 중국어 '동동(洞洞)'은 '공경하는 모양'을 나타내는 의태어이다.

3 들이디: 듣게 하지. 들-(듣-)+-이-(사동접미사)+-디(연결어미)

심하면 자식으로 하여곰 긔운이 병들고 놀내면 자식으로 하여곰 간질〈바람병〉하나니라[4]

번역

태를 기르는 사람이 몸을 스스로 조심할 뿐 아니라 한집안 사람이 다 항상 공경해서 감히 이상한 일을 듣지 못하게 하니 그것을 두려워할까 걱정하는 까닭이고 감히 흉한 일을 듣지 못하게 하니 그것을 두려워할까 꺼리는 것이고 감히 어려운 일을 듣지 못하게 하니 그것을 근심할까 염려하는 것이고 감히 급한 일을 듣지 못하게 하니 그것에 놀랄까 염려하는 까닭이다. 의심하면 자식의 기운을 병들게 하고 두려워하면 자식의 정신을 병들게 하고 근심하면 자식의 피를 병들게 하고 놀라면 자식의 간을 병들게 하는 법이니 이와 같으므로 임부(妊婦)가 어찌 삼가지 않을 것인가.

---

4 유기선 소장본 한글 필사본에는 "ᄐᆡᄅᆞᆯ 기르ᄂᆞᆫ 재 몸을 스ᄉᆞ로 ᄒᆞᆯ 분 아니라 ᄒᆞᆫ 집안 사ᄅᆞᆷ이 다 샹히 동동〈조심ᄒᆞᄂᆞᆫ 거동〉ᄒᆞ야 감히 괴이ᄒᆞᆫ 일노ᄡᅧ 들니디 못 ᄒᆞᄂᆞ니 그 두릴가 저허ᄒᆞ미오 감히 흉ᄒᆞᆫ 일노ᄡᅧ 들니디 못 ᄒᆞᄂᆞ니 그 두릴가 저흠이오 감히 어려운 일노ᄡᅧ 들니디 못 ᄒᆞᄂᆞ니 그 근심ᄒᆞᆯ가 저흠이오 감히 급ᄒᆞᆫ 일노ᄡᅧ 들니니 못 ᄒᆞᄂᆞ니 그 놀날가 저흠이오 의심ᄒᆞ면 ᄌᆞ식으로 ᄒᆞ여곰 긔운이 병들고 두리면 ᄌᆞ식으로 ᄒᆞ여곰 정신이 병들고 근심ᄒᆞ면 ᄌᆞ식으로 ᄒᆞ여곰 피 병들고 놀나면 ᄌᆞ식으로 ᄒᆞ여곰 간병이 드ᄂᆞ니 이 ᄀᆞᆺᄒᆞ매 임뷔 엇디 삼가지 아니ᄒᆞ리오"로 되어 있어서 이 부분의 내용이 다르게 반영되어 있다. 그 정확한 이유는 알 수 없다.

第二節

與여友우ㅣ久구處처ㅣ라도猶유學학其기爲위人인커든況황子자之지於어母모에七칠情경이肖쵸焉언이라故고로待대姙임婦부之지道도난不불可가使사喜희怒노哀애樂락으로或혹過과其기節졀이니是시以이로姙임婦부之지旁방에常샹有유善션人인이輔보其기起긔居거하고怡이其기心심志지하며使사可가師사之지言언과可가法법之지事사로不불間간于우耳이한然연後후에아惰타慢만邪샤僻벽之지心심이無무自자生생焉언하나니라

벗으로 더부러 오래 잇어도 오히려 그 爲위人인〈마암가딤이라〉을 배호거든 하믈며 자식이 어믜게 난 七칠情경〈깃금과 셩냄과 셜홈과 두림과 사랑함과 뮈움과 욕심괘 일온 七칠情경이라〉을 닮난 故고로 姙임婦부〈아기 밴 지어미〉 대졉하난 도리난 하여곰 깃금과 셩냄과 셜움과 즐김이 惑혹 그 마듸에 디나게 못 할띠니 이럼으로 姙임婦부의 겻헤 샹해 착한 사람이 잇어 그 거동을 돕고 그 마암을 깃그며 하여곰 본바들 말과 法법 밧을 일로 귀에 끗디 아닌 고로 그린 後후에아 게으르며 샤긔로온 마암이 부터 날 때 업나니라 姙임婦부 대졉함이니라

번역

벗과 함께 오래 있기만 해도 그 사람됨〈마음가짐이라〉을 배우는데 하물며 자식은 그 어미에게서 칠정〈기쁨과 성냄과 서러움과 두려움과 사랑과 미움과 욕심이 이른바 칠정이다〉이 닮는 까닭에 임부〈아기 밴 지어미〉를 대접하는 도리는 기쁨과 성냄과 서러움과 즐김으로 하여금 혹 그 마디(?)에 지나치게 하지 못할 것이니 이러므로 임부의 곁에 늘 착한 사람이 있

어 그 거동을 돕고 그 마음을 기쁘게 하며 본받을 말과 법받을 일로 귀에 그치지 안헤 한 후에야 게으르며 삿된 마음이 붙어 날 때가 없다. 임부 대접함이다.

第三節

姙임娠신三삼月월에刑형象샹이始시化화하야如여犀셔角각紋문이見견物물而이變변이니必필使사見견貴귀人인好호人인과白백璧벽孔공雀쟉華화美미之지物물과聖셩賢현訓훈戒계之지書셔와神신仙션冠관珮패之지畵화ㅣ오不불可가見견倡챵優우侏주儒유猿원猴후之지類류와戲의謔학爭쟁鬭투之지狀상과刑형罰벌曳예縛박殺살害해之지事사와殘잔形형惡악疾질之지人인과虹홍霓예震진電뎐과日일月월薄박蝕식과星셩隕운彗혜孛발과水수漲창火화焚분과木목折졀屋옥崩붕과禽금獸슈淫음泆일病병傷상과及급汚오穢예可가惡오之지蟲충姙임婦부目목見견이라

아기 배연디 세달에 形형象샹이 비로소 되야 犀셔角각〈들쇠뿔이니 띄하난 것〉윗 문의의 보난 것대로 變변함 갓하니 반다시 하여곰 貴귀人인〈벼살 놉한 사람〉이며好호人인〈모양 엄젼한 사람〉이며 흰璧벽〈옥일홈이라〉이며 孔공雀쟉〈이샹이 빗 고은 새〉이며 빗나고 아람다운 것과 聖셩賢현의 가라티고 경계하신 글과 神신仙션이며 관대하고 패옥한 그림을 볼거시고 광대며 난쟝이며 원승의 類류와 희롱하며 다토난 형상과 刑형罰벌이며 두루며 동히며 죽이며 害해롭게 하난 일과 병신이며 못쓸병 잇난 사람과 무디개와 별악과 번개와 日일月월蝕식과 별

이 떠러디며 彗혜셩 孛발셩과〈彗혜셩 孛발셩은 다 재앙의 별〉 물이 넘티며 불이 븟흠과 남기 부러디며 집이 문허딤과 새 즘생의 음난하며 病들고 傷샹한 것과 밋 더럽고 아쳐로온 버레랄 보디 못할디니라 姙임婦부의 눈으로 봄이라

번역

아기 밴 지 석 달에 형상이 비로소 이루어져 서각(들소뿔이며 띠 만드는 것)의 무늬에서 보는 것대로 변하는 것 같으니 반드시 귀인〈벼슬 높한 사람〉이며 호인〈모양 엄전한 사람〉이며 흰 벽옥〈옥 이름이라〉이며 공작〈매우 색이 고운 새〉이며 빗나고 아름다운 것과 성현이 가르치고 경계하신 글과 신선이며 관대하고 패옥한 그림을 볼 것이고, 광대며 난장이며 원숭이류와 희롱하며 다투는 형상과 형벌하는 일과 병신이며 몹쓸병 있는 사람과 무지개와 벼락과 번개와 일월식(日月蝕)과 별이 떨어지며 혜성, 발성과〈혜성, 발성은 다 재앙의 별〉 물이 넘치며 불이 붙음과 나무가 부러지며 집이 무너짐과 새, 짐승의 음란하며 병들고 상한 것과 및 지저분하고 안타까운 벌레를 보지 못할 것이다. 임부의 눈으로 보는 것이다.

第四節

人인心심之지動동이聞문聲셩而이感감하나니姙임婦부ㅣ不불可가聞문淫음樂악淫음唱챵과市시井졍喧훤譁화와婦부人인誶쉬罵마와及급凡범醉취酗후忿분辱욕傢에哭곡之지聲셩이오勿물使사婢비僕복으로入입傳젼遠

원外외無무理리之지語어하고惟유宜의有유人인이誦숑詩시說설書셔ㅣ어니不부則즉彈탄琴금瑟슬이리라姙임婦부耳이聞문이라

사람의 마암을 움작임이 소래를 드르면 감동하나니 姙임婦부ㅣ 굿풍류며 잡노래와 져재 숫두어림과 녀편내 잔걱정과 밋 대컨 술쥬정이며 忿분한辱욕질이며 셜운 우람 소래랄 듣디 못할 것이오 죵들로 하여곰 드러와 먼 밧긔 딱 업슬 말을 젼티 못하게 하고 오직 맛당이 사람이 잇셔 귀글을 외오고 녜 책을 말하거나 아닌 則즉 거문고나 瑟슬〈거문고 갓고 스물다섯 줄이라〉이나 탈 띠니라 姙임婦부의 귀로 드름이라

번역

사람의 마음 움직임이 소리를 들으면 감동하니 임부가 풍물굿과 잡노래와 시장통의 수군거림과 여편네들의 잔걱정과 및 무릇 술주정이며 분한 욕질이며 서러운 울음 소리를 듣지 못할 것이고 종들로 하여금 들어와서 먼 바깥의 딱 없을 말을 전하지 못하게 하고 오직 마땅히 사람이 있어서 글귀를 외우고 옛날 책을 말하거나 아닌 즉 거문고나 슬(瑟)〈거문고 같고 스물다섯 줄이다〉이나 탈 것이다. 임부(姙婦)의 귀로 듣는 것이다.

第五節

延연醫의服복藥약이足죡以이止지病병이로대不불足죡以이美미子자貌모ㅣ오汎신室실靜졍處처ㅣ足죡以이安안胎태로대不불足죡以이良량子자材재니子자由유血혈成셩而이血혈因인心심動동일새其기心심이不불正

졍이면子자之지成셩이亦역不블正졍하나니姙임婦부之지道도난敬경以이存존心심하야毋무或혹有유害해人인殺살物물之지意의하며奸간詐사貪탐竊졀妒투毀훼之염을不블使사蘖얼芽아於어胸흉中중인然연後후에아口구無무妄망言언이며面면無무歉겸色색이니若약斯사須규忘망敬경이면已이失실之지血혈矣의니리姙임婦부存존心심이라

의원을 마자 藥약 먹음이 病병을 足족히 써 고치되 자식의 모양을 足족히 써 아람답게 못하며 집을 쓰셜고 고요히 잇음이 胎태랄 足족히 써 평안케 호대 자식의 직목을 足족히 써 어딜게 못하나니 자식이 피로 말미암아 닐우고 피 마암을 因인하야 움작일새 그 마암이 바라디 못하면 자식의 일옴이 또한 바라디 못하나니 姙임婦부의 도리난 공경으로 써 마암을 안초아 或혹 사람을 해티말며 산 것을 죽일 뜻을 두띠 말며 奸간詐사하며 탐하며 도적딜하며 새옴하며 훼방할 생각으로 하여곰 가삼 속에 삭 뵈디 못하게 한 그린 後후에아 입에 망녕된 말이 없고 얼골에 줄잇긴 빗히 없나니 만일 잠깐 공경을 이즈면 임의 피가 그랏되나니라 姙임婦부와 마암 안촘이라

번역

의원을 맞아 약을 먹음이 병을 충분히 고치되 자식의 모양을 충분히 아름답게 못하고 집을 쓰설고 고요히 있는 것이 태를 충분히 평안케 하되 자식의 재목을 충분히 써서 어질게 못하니 자식의 피로 말미암아 이루고 피 마음에 따라서 움직이니 그 마음을 버리지 못하면 자식의 이름이 또한 바르지 못하니 임부의 도리는 공경으로서 마음을 앉혀서 혹 사람을 해하지 말고 산 것을 죽일 뜻을 두지 말며 간사하며 탐내며 도적질하며 시샘 부

리며 훼방놓을 생각으로 하여금 가슴 속에서 싹을 보이지 못하게 한 그런 뒤에야 입에 망녕된 말이 없고 얼굴에 부족한 빛이 없으니 만일 잠깐 공경을 잊으면 이미 피가 그릇된다. 임부의 마음 가라앉힘이다.

第六節

姙임婦부言언語어之지道도난忿분無무厲려聲셩하며怒노無무惡악言언하며語어無무搖요手슈하며 笑소無무見현矧신하며與여人인不불戲희言언하며 不불親친詈이婢비僕복하며不불親친叱즐雞계狗구하여勿물誑광人인하며勿물毀훼人인하며無무耳이語어하며言어無무根근이어든勿물傳젼하며非비當당事사ㅣ어든勿물多다言언이니라姙임婦부言언語어라

姙임婦부의 말하는 도리는 忿분하여도 모딘 소래랄 말며 셩나도 못쓸 말을 말며 말할 제 손즛을 말며 우슬 제 니모옴을 뵈디 말며 사람으로 더부러 희롱읫 말을 아니하며 몸소 죵을 꾸딧디 아니하여 몸소 닭게랄 꾸딧디 아니하며 사람을 속이디 말며 사람을 훼방티 말며 귀엣말을 말며 말이 뿔희 업거든〈난 데가 분명티 아닌 말〉 傳젼티 말며 일을 當당티 아냣거든 말을 많이 말띠니 姙임婦부의 말함이라

번역

임부의 말하는 도리는 분해도 모진 소리를 말며 성 나도 몹쓸 말을 말며 말할 때 손짓을 말고 웃을 때 잇몸을 보이지 말며 사람과 함께 농지꺼리 말을 아니하며 몸소 종을 꾸짖지 않으며 몸소 닭개를 꾸짖지 않으며 사람

을 속이지 말며 사람을 훼방하지 말며 귀엣말을 말며 말이 뿌리가 없거든 〈난 데가 분명하지 않다는 말〉 전하지 말며 일을 당하지 않았거든 말을 많이 하지 말 것이니 임부의 말하는 일이다.

第七節

居거養양不불謹근이면胎태之지保보ㅣ危위哉재라姙임婦부ㅣ旣긔姙임에夫부婦부ㅣ不불同동寢침하며衣의無무太태溫온하며食식無무太태飽포하며不불多다睡슈臥와하고須슈時시時시行행步보하며不불坐좌寒한冷랭하며不불坐좌穢예處쳐하며勿물聞문惡악臭추하며勿물登등高고厠치하며夜야不불出츌門문하며風풍雨우不불出츌하며不불適뎍山산野야하며勿물窺규井정塚총하며勿물入입古고祠사하며勿물升승高고臨림深심하며勿물涉섭險험하며 勿물擧거重즁하며勿물勞로力력過과傷상하며勿물妄망用용鍼침灸구하며勿물妄망服복湯탕藥약이오 常상宜의淸청心심靜졍處쳐하야溫온和화ㅣ適뎍中즁하며頭두身신口구目목이端단正졍若약一일이니라姙임婦부居거養양이라

거쳐와 길니임을 삼가디 아니하면 胎태의 보젼키 위태한디라 姙임婦부ㅣ 임의 아기 배매 夫부婦부ㅣ 한가디로 자지 아니며 옷을 너모 덥게 말며 먹기랄 너모 부르게 말며 잠과 눕기를 만히 아냐부의 때때로 거름 거르며 찬 데 안띠 아니하며 더러온 대 안띠 아니며 못쓸 내를 맛디 말며 놉흔 뒷간에 오르디 말며 밤에 문에 나디 아니며 바람비에 나가디 아니며 뫼와 들에 가디 아니며 우물과 고춍을 엿보디 말며 녯 사당에

들디 말며 높은 데 오라고 깊흔 데 臨림하디 말며 險험한 데 지나가디 말며 무거온 것 들디 말며 슈고하며 힘써셔 過과히 傷상토록 말며 鍼침과 뜸을 망영되이 쓰디 말며 藥약을 망영되이 먹띠 말것이오 샹해 맛당히 마암을 밝히고 고요히 잇어 다삽고 화긔로움이 알마초 하며 머리와 몸과 입과 눈이 端단正정함이 한갈갓티 할띠니라 姙임婦부의 거쳐와 길니임이라

번역

거처와 길러워지는 일을 삼가지 않으면 태를 보전하기가 위태롭다. 임부가 이미 아기를 배니 부부가 함께 자지 않으며 옷을 너무 덥게 하지 않으며 음식을 너무 배부르게 하지 않으며 잠과 눕기를 많이 하지 말며 무릇 때때로 걸음 걸으며 찬 데 앉지 않으며 더러운 데 앉지 말며 나쁜 냄새를 맡지 말며 옛 사당에 들지 말며 높은 데 오르고 깊은 데 임하지 말며 험한 데 지나가지 말며 무거운 것 들지 말며 수고하고 힘써서 심하게 상하도록 하지 말며 침과 뜸을 헛되이 쓰지 말며 약을 함부로 먹지 말 것이고, 늘 마땅히 마음을 맑게 하고 고요히 있어서 따듯하고 화기로움이 알맞게 하며 머리와 몸과 입과 눈이 단정하기가 한결같이 할 것이다. 임부의 거처와 기르는 일이다.

第八節

姙임婦부ㅣ 苟구無무聽텽事사之지人인이어든擇택爲위其기可가者쟈而

이㠯이오不불親친蠶잠功공하며不불登등織즉機긔하며縫봉事사랄必필謹근하야無무使사鍼침傷상手슈하며饌찬事사를必필謹근하야無무使사器긔墜추破파하며水슈醬장寒한冷랭을不불親친手수하며勿물用용利리刀도하며無무刀도割활生생物물하며割활必필方방正졍이니라姙임婦부事사爲위라

姙임婦부ㅣ 구틔여 일 맛기리 업것은 그 할만한 거랄 갈해여 할 뿐이오 몸소 누에 치디 아니하며 뵈틀에 오라디 아니하며 바나딜을 반다시 삼가 하여곰 바날이 손을 傷샹에 말며 반빗을 반다시 삼가 하여곰 그랏이 닷텨 깨여디게 말며 물과 국물 찬 것을 손에 다히디 아니며 드난 칼을 쓰디 말며 산 것을 칼로 버히디 말며 버히기랄 반다시 모바로 할띠니라 姙임婦부의 일함이라

번역

임부가 구태여 일을 맡길 사람이 없거든 그 할만한 것을 가리여 할 뿐이고 몸소 누에 치지 말며 베틀에 오르지 말며 바느질을 반드시 삼가서 임부로 하여금 바늘이 손을 상하게 말며 주방을 삼가서 임부로 하여금 그렇게 다쳐서 깨어지게 말며 물과 국물 찬 것을 손에 대지 않으며 잘 드는 칼을 쓰지 말며 산 것을 칼로 베지 말며 베기는 반드시 모를 바르게 할 것이다. 임부의 일하는 것이다.

第九節

姙임婦부ㅣ端단坐좌하야無무側측載재하며無무時시壁벽하며無무箕긔하며無무踞거하며無무邊변堂당하며坐좌不불取츄高고物물하며立립不불取츄在재地디하며取츄左자不불以이右유手슈하며取츄右우不불以이左자手슈하며不불肩견顧고하며彌미月월이어든不불洗셰頭두ㅣ니라姙임婦부坐좌動동이라

姙임婦부ㅣ 단정이 안자 기우로 몸 싯디 말며 바람벽 징게디 말며 벗텨 안띠 말며 거러 안띠 말며 마루 기삶에 말며 안자 놉흔 것 나리오디 말며셔셔 따흿 것 집디 말며 왼편의 집기랄 올흔손으로써 아니며 올흔편의 집기를 왼손으로 써 아니며 엇개로 도라보디 아니며 달 차〈아기 배여 여러 달이란 말〉거든 머리 감띠 말띠니라 姙임婦부의 안자며 ?덕임이라

번역

임부가 단정히 앉아 기울여서 몸을 씻지 말며 벽에 기대지 말며 뻗쳐 앉지 말고 걸터앉지 말고 마루 기슭에 (있지) 말며 앉아서 높은 것 내리지 말며 서서 땅엣 것을 짚지 말며 왼편을 집을 때 오른손으로 쓰지 아니하며 오른편을 집을 때는 왼손을 쓰지 않으며 어깨로 돌아보지 않으며 해산달이 차〈아기 배어 여러 달이라는 말〉거든 머리감지 말 것이다. 임부의 앉으며 ?덕임이다.

第十節

姙임婦부ㅣ或혹立립或혹行행無무任일[5]一일足독하며無무倚의柱쥬하며無무履리危위하며不불由유仄측逕경하며升승必필立립하며降강必필坐좌하며 勿물急급趨추하며勿물躍약過과ㅣ니라姙임婦부行행立립이라

姙임婦부ㅣ 혹 서며 혹 단니되 외발의 힘쓰디 말며 기동을 의디하디 말며 위태한 데 드대디 말며 기우렁 길로 말매암지 아니며 오랄 제 반다시 셔셔 하며 나릴 제 반다시 안자 하며 急급히 닷디 말며 뛰여 건너디 말띠니라 姙임婦부의 다니며 셤이라

번역

임부가 혹 서며 혹 다니되 외발에 힘쓰지 말며 기둥을 의지하지 말며 위태한 데 디디지 말며 기운 길로 말미암지 않으며 오를 때 반드시 서서 하며 내릴 때는 반드시 앉아서 하며 급히 달리지 말며 뛰어 건너지 말 것이다. 임부의 다니며 서는 일이다.

第十一節

姙임婦부寢침臥와之지道도난寢침無무伏복하며 臥와毋무尸시하며身신

5 '임'의 잘못인 듯.

毋무曲곡하며毋무當당隙극하며毋무露로卧와하며大대寒한大대暑서에毋무晝쥬寢침하며毋무飽포食식而이寢침하고彌미月월則즉積젹衣의支지旁방而이半반夜야左자卧와半반夜야右우卧와하야以이爲위度도ㅣ라니姙임婦부寢침卧와ㅣ라

姙임婦부의 자며 눕난 도리난 잘 쩨 업듸이디 말며 눕기랄 송장톄로 말며 몸을 곱티디 말며 문틈을 당하디 말며 한듸 눕디 말며 한 치위와 한더휘에 낫잠 말며 배불니 먹고 자디 말고 달 차거든 옷을 싸하 엽흘 괴오고 반밤은 외오 눕고 반밤은 올히 누어써 법을 삼을띠니라 姙임婦부의 자며 눕기라

번역

임부의 자며 눕는 도리는 잘 때 업드리지 말며 눕기를 송장처럼 하지 말며 몸을 고부라뜨리지 말며 문틈에 있지 말며 한데 누워있지 말며 심한 추위와 심한 더위에 낮잠을 자지 말며 배불리 먹고 자지 말며 해산달이 차거든 옷을 쌓아서 옆을 괴고 반밤은 왼쪽으로 눕고 반밤은 바르게 누움으로써 법을 삼을 것이다. 임부의 자며 눕는 일이다.

第十二節

姙임婦부飮음食식之지道도난果과實실에形형不불正정不불食식하며蟲츙蝕식不불食식하며腐부壞괴不불食식하며瓜과蓏라生생菜채랄不불食식하며飮음食식에寒한冷랭不불食식하며食사饐에而이餲에와魚어餒뢰而

이肉육敗패랄不불食식하며色색惡악不불食식하며臭츄惡악不불食식하며失실飪임不불食식하며不불時시不불食식하며肉육雖슈多다ㅣ니不불使사勝승食사氣긔니라服복酒쥬ㅣ면散산百백脈맥이오驢노馬마肉육無무鱗린魚어는難난産산하고麥맥芽아葫호蒜숸은消쇼胎태하고莧현菜채蕎교麥맥薏의苡이는墮타胎태하고薯셔蕷여旋션蔔복桃도實실은不불宜의子자하고狗구肉육은子자無무聲셩하고兎토肉육은子자缺결脣슌하고螃방蟹해는子자橫횡生생하고羊양肝간은子자多다戹액하고鷄계肉육及급卵란이合합糯나米미면子자病병白백蟲츙하고鴨압肉육及급卵란은子자倒도生생하고雀작肉육은子자淫음하고薑강芽아는子자多다指지하고鮎魚어는子자疳감蝕식하고山산羊양肉육은子자多다病병하고菌균蕈심은子자驚경而이夭요ㅣ니라桂계皮피乾건薑강을勿물以이爲위和화하며獐장肉육馬마刀도랄勿물以이爲위臛확하며牛우膝슬鬼귀箭젼을勿물以이爲위茹여하고欲욕子자端단正졍이어든食식鯉리魚어하며欲욕子자多다智지有유力력이어든食식牛우腎신與여麥맥하며欲욕子자聰춍明명이어든食식黑흑蟲츙하며當당産산이어든食식蝦하與여紫자菜채ㅣ니라姙임婦부飮음食식이라

姙임婦부의 음식하는 도리는 실과가 형샹이 바르지 아냐도 먹디 아니며 버레 먹어도 먹디 아니며 석어 떠러뎌도 먹디 아니며 선물과 상칰[6]랄 먹디 아니며 飮음食식이 차도 먹디 아니며 밥이 물킈고 쉰 이와 생선이 물고 뭇고기 석으니랄 먹디 아니며 빗그른 것을 먹디 아니며 내

6 상칰: 생채(生菜). 여기서는 '생야채(生野菜)'의 뜻.

암새 그 글 것을 먹디 아니며 끌힘이 그르거든 먹디 아니며 때 아닌 것을 먹디 아니며 고기 비록 많으나 하여곰 밥 긔운을 이긔디 아닐 띠니라. 술을 먹으면 일백가지 혈맥이 풀이이고 나귀며 말고기와 비늘 업슨 물고기는 해산이 어렵고 엿기룸과 마날은 胎태랄 삭히고 비름과 모밀과 율무는 胎태랄 떠르트리고 마와 메와 복셩이 난 자식에 맛당티 아니코 개고기는 자식이 쇄 못하고 톳기 고기는 자식이 에청이고 방게는 자식이 가라나오고 羊양의 肝간은 자식이 우환 만코 닭고기며 및 알을 찰쌀에 어우루면 자식이 촌백츙이 들고 올히 고기며 및 알을 자식이 것구루 나오고 참새고기는 자식이 음난하고 새양엄은 자식이 륙가락이오 머여기는 자식이 감창 먹고 山산羊양의 고기는 자식이 병 만코 버섯은 자식이 경풍하고 쉬 죽난이라 桂계皮피〈약재 일홈〉와 乾간薑강〈새양 마라니〉으로써 양염하디 말며 노로고기와 말밋죠개로써 지딤하디 말며 쇠무룹〈나물 일홈〉과 회닙〈나모순〉으로써 나물하디 말고 자식이 端단正정코뎌커든 鯉리魚어〈물고기 일홈〉랄 먹으며 자식이 슬긔 만코 힘 잇고뎌커든 쇠콩팟과 보리랄 먹으며 자식이 聽총明명코뎌커든 뮈랄 먹으며 해산을 當당하거든 샤요와 다못 마육을 먹을띠니라 姙임婦부의 飮음食식이라

번역

임부가 먹고 마시는 도리는 과일이 모양이 바르지 않아도 먹지 않으며 벌레 먹어도 먹지 않으며 썩어 떨어져도 먹지 않으며 날것과 생야채를 먹지 않으며 음식이 차도 먹지 않으며 밥이 물러지고 쉰 것과 생선이 무르고 물고기가 썩은 것을 먹지 않으며 색깔이 변한 것을 먹지 않으며 냄새가

나쁜 것을 먹지 않으며 끓이기를 잘못하였거든 먹지 않으며 철에 맞지 않은 것을 먹지 않으며 고기가 비록 많지만 밥 기운을 넘기지 않아야 한다. 술을 먹으면 일백 가지 혈맥이 풀리고 나귀며 말고기와 비늘 없는 물고기는 해산이 어렵고 엿기름과 마늘은 태를 삭히고 비름과 모밀과 율무는 태를 떨어뜨리고 마와 메와 복숭아는 자식이 알맞지 않고 개고기는 자식이 소리를 못 내고 토끼고기는 자식이 언청이가 되고 방게는 자식이 옆으로 나오고 양의 간은 자식이 병이 많고 닭고기와 달걀을 찹쌀에 어우르면 자식이 촌백충이 들고 오리의 고기 및 알은 자식이 거꾸로 나오고 참새고기는 자식이 음란하고 생강싹은 자식이 육손가락이 나오고 메기는 자식이 감창 먹고 산양의 고기는 자식이 병이 많고 버섯은 자식이 경풍들어 쉬이 죽는다. 계피〈약재 이름〉, 건강〈생강 마른 것〉으로 양념하지 말며 노루고기와 말조개로 지짐을 하지 말며 쇠무릅〈나물 이름〉과 횟잎〈나무순〉으로 나물하지 말고 자식이 단정코자 하거든 잉어〈물고기 이름〉를 먹으며 자식이 슬기 많고 힘 있고자 하면 쇠콩팥과 보리를 먹으며 자식이 총명하게 하려면 뮈를 먹고 해산 때가 되면 새우와 미역을 먹을지니라. 임부의 먹고 마심이다.

第十三節

姙임婦부ㅣ當당産산에飮음食식充츙如여也야하며徐셔徐셔行행頻빈頻빈也야하고無무接졉褋잡人인하며子자師사必필擇택에痛통無무扭뉴身신하며偃언臥와에則즉易이産산이니라姙임婦부當당産산이라

姙임婦부ㅣ 해산을 當당하매 飮음食식을 든든히 하며 텬텬이 단니기랄 자조하고 잡사람을 붓티디 말며 자식 보아 주리랄 반다시 갈해고 앏아도 몸을 뷔트디 말며 쟛밧음히 누으면 해산하기 쉬오니라 姙임婦부에 해산 當당함이라

번역

임부가 해산 때에 이르러 먹고 마시는 일을 충실히 하고 천천히 다니기를 자주하고 잡인(雜人)과 함께 하지 말며 자식 보아줄 사람을 반드시 가리고 아파도 몸을 비틀지 말며 잦바듬하게 누으면 해산하기 쉽다. 임부의 해산 때에 이름이다.

第十四節

腹복子자之지母모난血혈脈맥이牽견連연하고呼호吸흡이隨슈動동하야其기所소喜희怒노ㅣ爲위子자之지性셩情졍하며其기所수視시텽이爲위子자之지氣긔候후하며其기所소飮음食식이爲위子자之지肌긔膚부하나니爲위母모者쟈ㅣ曷갈不불謹근哉재리오

자식 밴 어미난 血혈脈맥이 부터 니이고 숨쉼에 딸아 굼덕여 그 깃그며 셩내는 배 자식의 셩품이 되며 그 보며 듯는 배 자식의 긔운이 되며 그 마시며 먹난 배 자식의 살이 되나니 어미 된 이가 엇디 삼가디 아니리오

번역

자식 밴 어미는 혈맥이 붙어 이어지고 숨쉼에 따라 움직이며 그 기뻐하며 성 내는 바가 자식의 성품이 되며 그 보며 듣는 바가 자식의 기운이 되며 그 마시며 먹는 바가 자식의 살이 되니 어미 된 이가 어찌 삼가지 않겠는가.

右우난 제사장

5. 제오장

第一節

不불知지胎태教교ㅣ면不불足以이為위人인母모ㅣ니必필也야正정心심乎혼뎌正정心심이有유術슐하니謹근其기見견聞문하며謹근其기坐좌立립하며謹근其기寢침식食호대無무襍집焉언則즉可기矣의니無무襍잡之지功공이裕유能능正정心심이로대猶유在재謹근之지而이已이니라

胎대教교랄 아디 못하면 사람의 어미 足뚁히 새되디 못하리니 반다시 마암을 바랄띤뎌 마암바람이 길이 잇으니 그 보며 드람을 삼가며 그 안자며 섬을 삼가며 그 자며 먹음을 삼가되 雜잡됨이 업으면 무던할띠니 雜잡됨 업은 功공이 넉넉히 能능히 마암을 바라리로대 오히려 삼감에 잇을 뿐이니라

번역

태교를 알지 못하면 사람의 어미가 충분히 새롭게 되지 못할 것이니 반드시 마음에 바랄 것이다. 마음의 바라는 일에 길이 있으니 그 보며 듣는 일을 삼가며 그 앉으며 서는 일을 삼가며 그 자며 먹는 일을 삼가되 잡됨이 없으면 무던할 것이니 잡됨이 없는 공(功)은 넉넉히 마음에 바라게 할 것이로되 그저 삼가는 일에 있을 뿐이다.

녕寧탄憚십十월月지之노勞하야以이不불肖초其기子자而이自자為위小쇼人인之지母모乎호아曷갈不불強강十십月월之지功공하야以이賢현其기子자而이自자為위君군子자之지母모乎호아此차二이者자胎태教교之지所소由유立립也야ㅣ니古고之지聖셩人인이亦역豈긔大대異이於어人인者쟈ㅣ시리오去거取취於어斯사二이者쟈而이已이矣의시니大대學학에曰왈心심誠셩求구之지면雖슈不불中즁이나不불遠원矣의니未미有유學학養양子자而이后후에嫁가者자也야ㅣ라하니라

엇띠 열 달 슈고랄 꺼려써 그 자식을 갓디 아냐 디게 하고 스사로 小쇼人인〈좀사람이란 말〉의 어미 되랴 어이 열 달 공부랄 강잉하야써 그 자식을 어딜게 하고 스사로 君군子자〈큰사람이란 말〉의 어미 되디 아니랴 이 두 가지난 胎태教교에 말매암아 션 배니 녯 聖셩人인이 또한 엇디 사람에 하다란 者쟈시리오 이 두 가지에서 去거取츄〈한 가지 버리고 만 가지 잡단 말〉할 뿐이시니 大대學학〈경셔 일홈〉에 갈아대 마암으로 진실히 求구하면 비록 맛디 아냐도 멀든 아니하니 자식 기람을 배혼 后에 셔방맛난 者쟈ㅣ 잇디 아니타 하니라

번역

어찌 열두 달 수고를 꺼려서 그 자식을 갖추어지지 않은 채 떼게 하고 스스로 소인〈좀스러운 사람이란 말〉의 어미가 되겠는가. 어찌 열 달 공부를 억지로 해서 그 자식을 어질게 하고 스스로 군자〈큰사람이란 말〉의 어미가 되지 않겠는가. 이 두 가지는 태교에 따라서 드러난 바이니 옛 성인이

또한 어찌 많이 (다른) 것이시겠는가. 이 두 가지에서 버리고 취할 뿐이시니 『대학』〈경서 이름〉에 가로되 "마음으로 진실로 구하면 비록 맡지 않아도 멀지는 않을 것이니 자식 기르는 일을 배운 후에 남편을 맞는 이가 있지 않다"고 한다.

第三節

為위母모而이不불養양胎태者쟈난未미聞문胎教교也야ㅣ니聞문而이不불行행者쟈난畫핵也야ㅣ라天텬下하之지物물이成셩於어強하며隳휴於어畫핵하나니豈긔有유強강而이不불成셩之지物물也야ㅣ며豈긔有유畫핵而이不불隳휴之지物물也야ㅣ리오強강之지면斯사成셩矣의라下하愚우ㅣ無무難난事사矣의오畫핵之지면斯사隳휴矣의니上상智지ㅣ無무易이事사矣의라為위母모者쟈ㅣ可가不불務무胎태教교乎호아詩시曰借챠曰왈未미知지나亦역旣긔抱포子자ㅣ라하다

어미되고 태교랄 기라디 아닛나니난 胎태敎교랄 듯디 못함이오 듯고 行행티 아닛나니난 말녀함이라 天텬下하의 것이 강잉함에 이루고 말녀함에 그릇되나니 엇디 강잉코 못 이루난 것이 잇으며 엇디 말여 하고 아니 그릇되난 것이 잇으리오 강잉하면 이루나니 말자 미련도 어련운 일이 업고 말녀 하면 그릇되나니 웃듬 슬긔도 쉬운 일이 업난디라 어미되니 가 胎태敎교랄 힘쓰디 아니랴 詩시에 갈아대 아디 못한다 하려 한들 임의 자식을 안앗다 하니라

번역

어미가 되고 태교를 기르지 아니하는 사람은 태교를 듣지 못한 것이고, 듣고 행하지 않는 이는 말려(하지 않으려) 하는 것이다. 천하의 것이 억지로 하려고 함에 이루고 하지 않으려 함에 그릇되니 어찌 억지로 하려고 해서 못 이루는 것이 있으며 어찌 하지 않으려 하고 그릇되지 않는 것이 있겠는가. 억지로 이루고자 하면 이루나니 '말자 미련'도 어려운 일이 없고 하지 않으려고 하면 그릇되니 '으뜸 슬기'도 쉬운 일이 없다. 어미 된 이가 태교를 힘쓰지 않겠는가. 『시경』에서 말하기를 "알지 못한다 하려 한들 이미 자식을 안았다"고 한다.

右우난 第뎨五오章쟝

6. 제육장

養양胎태不불謹근이豈긔惟유子자之지不불才재哉재리오其기形형也야不불全젼하며疾질也야孔공多다하고又우從죵而이墮타胎태難난產산하며雖슈生생而이短단折졀하나니誠셩由유於어胎태之지失실養양이라其기敢감曰왈我아不불知지也야ㅣ리오書셔曰왈天텬作작孼얼은猶유可가違위어니와自자作쟉孼얼은不불可가逭환이라하니라

胎태 기름을 삼가디 아님이 엇지 자식의 재조업슬 뿐이리오 그 형상이 온젼티 못하며 병이 심히 만코 또 조차 胎태도 떠러디며 해산도 어려우며 비록 나하도 쉬 죽나니 진실로 胎태 기람을 그릇함에 말매암은 디라 그 감히 갈아대 내 몰나라 하랴 書셔〈옛 글을 공자게셔 빠시니라〉에 갈아대 하날이 지은 재앙은 오히려 可가히 피하려니와 스사로 지은 재앙은 可가히 도망티 못한다 하니라

번역

태(胎)에서 기르는 일을 삼가지 않음이 어찌 자식의 재주 없음일 뿐이겠는가. 그 형상이 온전하지 못하며 병이 심히 많고 또 따라서 태(胎)도 떨어지며 해산도 어려우며 비록 낳아도 쉽게 죽으니 참으로 태(胎)의 기름을 잘못함에 따르는 것이다. 그 감히 말하기를 "나 몰라라"하겠는가. 『서경』〈옛 글을 공자께서 뽑으신 것이다〉에 말하기를 "하늘이 지은 재앙은 피할 수 있겠지만 스스로 지은 재앙은 도망할 수 없다"고 한 것이다.

右우난 第뎨六육章쟝

7. 제칠장

第一節

今금之지姙임子자之지家가에致치瞽고人인巫무女녀符부呪주祈긔禳양하고又우作작佛불事사하야舍샤施시僧승尼니하나니殊슈不불知지邪샤僻벽之지念념이作작而이逆역氣긔應응之지하고逆역氣긔成셩象샹에而이罔망攸유吉길也야ㅣ니라

이제의 자식 밴 집에서 쇼경과 무당을 불너 부작이며 진언이며 빌며 푸리하고 또 부텨에게 일하야 듕과 승년을 시조하나니 샤긔엣 생각이 나면 거슌 긔운이 응하고 거슨 긔운이 형상을 일움에 吉길한배 업난 줄을〈사람의 마암이 슌치 아니면 일도 그대로 잘 되지 아닌난단 말이라〉 자못 아디 못하나니라

번역

요즘의 자식 밴 집에서 소경과 무당을 불러 푸닥거리하고 진언이며 빌며 굿을 하고 또 부처에게 일해서(불사를 해서) 중과 여승에게 시주하니 삿된 생각이 나면 거스르는 기인이 응하고 거슨 기운이 형상을 이루기에 길한 바가 없는 것을〈사람의 마음이 순조롭지 않으면 일도 그대로 잘 되지 않는다는 말이다〉 자못 알지 못한다.

第二節

性셩妒투之지人인은忌긔衆즁妾쳡有유子자하고或혹一일室실兩량姙임婦부ㅣ면姒사娣뎨之지間간에도亦역未미相상容용하나니持지心심如여此차ㅣ오豈긔有유生생子자而이才재且챠壽슈者쟈ㅣ리오吾오心심之지天텬也야ㅣ라心심善션而이天텬命명善션하고天텬命명善션而이及급于우孫손子자하나니詩시曰왈豈개弟뎨君군子자ㅣ여求구福복不불回회라하니라

성품이 새옴바란 사람은 여르 妾쳡의 자식 잇음을 꺼리고 或 한 방의 두 姙임婦부ㅣ면 姒사娣뎨〈여편네 맛동서랄 姒사라 하고 아랫동셔랄 娣뎨라 하나니라〉 사이에 또한 서로 용납디 못하나니 마암가딤이 이렂코 엇디 사식나하 새조 잇고 또 오래 살 者쟈ㅣ 잇으리오 내 마암이 하날이라 마암이 착하면 하날 주심도 착하고 하날 주심이 착하면 손자 자식에게 밋나니 詩에 갈아대 豈개弟뎨〈슌편한 모양〉한 君군子자ㅣ여 福복을 求구함에 샤회[1]랄 아닛난다 하니라

번역

성품이 샘바른 사람은 여러 첩의 자식이 있는 것을 꺼리고 혹 한 방에 임부가 둘이면 윗동서 아랫동서 사이에도 서로 용납하지 못하니 마음가짐이 이러하고서 어떻게 자식 낳아 재주 있고 또 오래 살 이가 있겠는가.

1 샤회: 사회(私回). "자기(自己) 멋대로 하는 바르지 못한 행동(行動)." 『시경』 원문의 '回[돌 회]'를 '제멋대로 하는 바르지 못한 행동'을 나타내는 말인 '사회'로 번역한 것. 현대역에서는 '제멋대로 하는 일'로 번역하였다.

내 마음이 하늘이라 마음이 착하면 하늘이 주시는 것도 착하고 하늘이 주시는 것이 착하면 손자 자식에게 미치는 법이니 『시경』에서 말하기를 “순하고 편한[豈弟] 군자는 복을 구할 때 제 마음대로 하지 않는다.”[2]고 한 것이다.

右우난 第뎨七칠章쟝

2 한문 원문에서 인용된 『시경』의 해당 구절 “豈弟君子 求福不回!”에 대한 직접적인 번역에서는 “마음이 즐겁고 편안한 군자는 복을 구할 때 돌아서 가지 않는다”처럼 직역에 가깝게 번역했지만 언해문은 이 당시의 의미로 재해석된 구절이라는 의미에서 “순하고 편한 군자는 복을 구함에 제 멋대로 하지 않는다”처럼 현대역하여 그 의미상에 부분적인 차이가 있음을 보였다.

8. 제팔장

第一節

毉의人인이有유言언曰왈母모得득寒한兒아俱구寒한하며母모得득熱열兒아俱구熱열이라하니知지此차理리也야ㅣ댄子자之지在재母모난猶유瓜과之지在재蔓만이라潤윤燥조生생熟슉이乃내其기根근之지灌관若약不불灌관也야ㅣ니吾오未미見견母모身신不불攝셥而이胎태能능養양하며胎태不불得득養양而이子자能능才재且차壽수者쟈也야케라

의원 사람이 말이 잇어 갈아대 어미 찬 병을 엇으면 아해도 차디고 어미 더훈 병을 엇으면 아해도 더훕다 하였으니 이런 묘리랄 알면 자식이 어미에게 잇음은 외 너출에 잇음 같한디라 부르며 말으며 설며 익음이 이에 그 뿔희의 물 젓음과 다뭇 물젓디 못함이니 어믜 몸이 됴셥못하고도 胎태能능히 길니이며 胎태 길니임을 엇디 못하고도 자식이 能능히 재조 잇고 또 오래 산 者쟈랄 내 보디 못하게라

번역

의원이 말이 있어 가로되, 어미가 찬 병을 얻으면 아이도 차지고 어미가 더운 병을 얻으면 아이도 덥다 하였으니 이런 묘리를 알면 자식이 어미에게 있는 일은 오이가 넝쿨에 있는 것과 같은지라. (물에) 불며 마르며 설익으며 익는 일이 이에 그 뿌리의 물에 젖음과 함께 물에 젖지 못하는

것이니 어미의 몸이 조섭하지 못하고도 태(胎)가 잘 길러지며 태(胎) 길러짐을 얻지 못하고도 자식이 능히 재주 있고 또 오래 산 이를 내가 알지 못하겠다.

第二節

孿산子자面면貌모必필同동은良양由유胎태之지養양이同동也야ㅣ오一일邦방之지人인習습尙상相상近근은養양胎태之지食식物물為위教교也야ㅣ오一일代대之지人인禀품格격相상近근은養양胎태之지見견聞문為위教교也야ㅣ니此차三삼者쟈난胎태教교之지所소由유見현也야ㅣ라君군子자ㅣ旣긔見견胎태教교之지如여是시其기皦교ㅣ오而이猶유不불行행焉언하나니吾오未미之지知지也야ㅣ로라

쌍생의 얼골이 반다시 갓함은 진실로 胎태의 길니임이 갓함에 말매암음이오 한 나라 사람의 버릇과 숭상함이 서로 갓가옴은 胎태 기랄 제 먹은 것이 식이임이오 한 님군 때 사람의 긔품과 골격이 서로 갓가옴은 胎태 기랄 제 보고 드람이 식이 임이니 이 세 가지난 胎태教교의 말매암아 뵈인배라 君군子자ㅣ 임의 胎태教교의 이럿틋 밝음을 보고도 오히려 行행티 아닛나니 내 아디 못하노라

번역

쌍동이의 모습이 반드시 같은 것은 진실로 태(胎)에서 길러짐이 같음에 기인한 것이고 같은 나라 사람의 습성과 숭상하는 것이 서로 가까운 것은

태(胎)를 기를 때 먹은 것이 시킨 일이고 한 임금 때 사람의 기품과 골격이 서로 가까운 것은 태(胎)를 기를 때 보고 들은 것이 시킨 일이니 이 세 가지는 태교에 기인하여 보인 것이다. 군자가 이미 태교의 이렇듯이 분명한 것을 보고도 오히려 행하지 않는 이를 나는 알지 못한다.

右우난 第뎨八팔章쟝

9. 제구장

胎태之지不불教교난其기惟유周쥬之지末말에廢폐也야ㅣ라昔석者쟈에胎태教교之지道도랄書셔之지玉옥版판하야藏장之지金금櫃궤하야置치之지宗종廟묘하야以이為위後후世셰戒계라故고로大태任임이娠신文문王왕하샤目목不불視시邪샤色색하시며耳이不불聽텽淫음聲셩하시며口구不불出출敖오言언이러시니生생文문王왕而이明명聖셩하시늘大태任임이教교之지하샤대以이一일而이識식百백이러시니卒졸為위周쥬宗종하시고邑읍姜강이妊임成셩王왕於어身신하샤立립而이不불跛파하시며坐좌而이不불蹉차하시며獨독處쳐而이不불踞거하시며雖슈怒노而이不불詈리하더시니胎태教교之지謂위也야ㅣ러라

胎태의 가라티디 아님은 그 오직 周쥬나라 끗헤 바림이라 녯덕에 胎태教교의 도리랄 玉옥 널쪽에 써서 金금櫃궤에 녛허 宗종廟묘〈나라 사당〉에 두어써 훗사람의 경계랄 삼은 故고로 太태任임〈쥬나라 시조 문왕의 어마님 셩이 任임氏시〉이 文문王왕을 배샤 눈에 샤긔로온 빗흘 보지 아니시며 귀에 음난한 소래를 듯디 아니시며 입에 오만한 말을 내디 아니터시니 文문王왕을 나하매 밝고 聖셩〈聖셩은 모라난 일이 업습이라〉하샤늘 大태任임이 가라티샤대 하나흐로쎠 일백을 아더시니 마참내 周쥬나라 웃듬 님군이 되시고 邑읍姜강〈문왕의 안해오 셩왕의 어마님 셩이 姜강氏시〉이 成셩王왕을 몸에 배샤 서기를 츼드대디 아니시며 안끼랄기우로 아니시며 혼자 잇슬제 거러안디 이니시며 비록 셩나도 꾸디럼을 아니러시니 胎태教교의 일홈이러라

번역

태(胎)를 가르치지 않게 된 일은 그 오직 주나라 말기에 버린 것이다. 옛날에는 태교의 도리를 옥판에 써서 금궤에 넣어 종묘〈나라의 사당〉에 두어서 훗사람의 경계를 삼았기 때문에 태임〈주나라 시조 문왕의 어머님 성이 임씨이다〉이 문왕을 배서서 눈에 삿된 빛을 보지 않으시며 귀에 음란한 소리를 듣지 않으시며 입에 오만한 말을 내지 않으셨는데 문왕을 낳으니 밝고 성〈성은 모르는 일이 없는 것이다〉스러우시거늘 태임이 가르치시되 하나로써 백을 아시더니 마침내 주나라의 최고 임금이 되시고 읍강〈문왕의 아내요, 성왕의 어머님 성이 강(姜)씨이다〉이 성왕을 몸에 배셔서 설 때는 기울여 디디지 않으시며 앉을 때는 기울여 앉지 않으시며 혼자 있을 때는 걸터앉지 않으시며 비록 화가 나도 꾸지람하지 않으시더니 '태교(胎教)'라고 이르신 것이다.

右우난 第뎨九구章쟝

10. 제십장

胎태教교曰왈素소成셩為위子자孫손호대婚혼妻쳐嫁가女녀에必필擇택孝효悌뎨와世셰世셰有유行행義의者쟈ㅣ라하니君군子자之지教교ㅣ莫막先션於어素소成셩이어늘而이其기責책이乃내在재於어婦부人인이라故고로賢현者쟈랄擇택之지호대不불肖쵸者쟈랄教교之지난所소以이為위子자孫손慮려也야ㅣ니苟구不불達달聖셩人인道도者쟈ㅣ면其기孰슉能능與여之지리오

胎태教교〈漢한 賈가誼의 지은 新신書셔엣 글 일흠이라〉의 갈아대 본대 일움〈이 또한 태교랄 이람이라〉은 子자孫손을 爲위하오대 안해혼인과 딸서방맛티매 반다시 효도롭고 공슌하니와 대대로 올흔 일 行행하니 잇난 者쟈랄 갈힌다 하니 君군子자의 가라팀이 본대 일움에 압섬이 업거날 그 책망이 이에 녀편내게 잇난 故고로 어딘 者쟈랄 갈해되 갓디 아닌 者쟈랄 가라팀은 써 子자孫손을 위하여 념려하난 배니 진실로聖셩人인의 도리랄 사못디 아니한 者쟈ㅣ면 그뉘 能능히 참예하리오

번역

『태교(胎教)』〈한(漢)나라 가의(賈誼)가 지은 새 책[新書]에 있는 글의 서목이다〉에서 말하기를 '이루는 것〈이 또한 태교를 이르는 것이다〉'은 "자손을 위하되 아내와의 혼인과 딸의 남편 맞이에 반드시 효성스럽고 공순한 이와 대대로 옳은 일을 행한 이가 있는 이를 선택한다"고 하니 군자의 가르침이 본래 '이루는 일'에 앞서는 것이 없거늘 그 책임이 이에 여자쪽에 있

는 까닭에 어진 이를 선택하되 갖추어지지 않은 이를 가르침으로써 자손을 위하여 염려하는 바이니 진실로 성인의 도리를 깨닫지 못한 이라면 그 누가 능히 참여하겠는가.

右우난 第뎨十십章쟝

역주편 02

ᄐᆡ교신긔언ᄒᆡ

희현당(李師朱堂)

유기선[1] 소장 한글 필사본 〈틔교신긔언히〉 해제

이 자료는 유희의 후손가에서 오래 가전되어 오던 것을 유희의 7세손인 유기선 선생이 공주사범대학 국어교육학과에 재학하던 중, 동문수학하던 강헌규 선생에게 1975년에 자료를 소개하면서 처음 알려지게 되었다. 이 자료에 대한 자세한 소개는 강헌규(1976)에서 이루어졌으므로 생략하고 이 자료에 대한 어휘 주석은 강헌규(1995)에서 꼼꼼하게 주어졌으므로 자세한 설명은 이 두 자료의 설명으로 대신하되 존경각본과의 차이가 두드러지거나 언해 과정의 잘못이라고 판단되는 부분에만 주석을 덧붙였다. 강헌규(1976)에서는 이 유기선본 필사본이 사주당의 친필로 쓴 진짜 원본 〈틔교신긔언히〉라고 보았고 존경각본 〈틔교신긔언히〉는 후대에 유희의 언해본을 수정한 것으로 보았다. 실제로 존경각본의 언해는 거의 20세기의 표기법에 가깝게 조정되어 있음을 알 수 있다. 무엇보다 신작의 묘지명에 사주당이 〈태교신기〉를 세 번 묶었다고 하였고 실제로 유희를 낳기 전 30대에 한 번, 막내딸의 상자 속에 우연히 발견한 뒤에 62세에 한 번(1800), 그 후 72세에 한 번(1810) 더 묶었음을 이 자료를 통해 알 수 있다.

---

1 유희의 7세손

유희가 28세인 1801년에 어머니의 책 〈태교신기〉에 음의와 언해를 달아 〈태교신기언해〉라 한 것을 볼 때 이때까지는 사주당의 언해가 없었던 듯한데, 아마도 사주당의 눈이 흐려지기 전, 1801~1810년 사이의 어느 시점에 이 책의 언해를 손수 만들어 두었다가 72세인 1810년에 이 책을 마지막 묶을 때 큰딸과 작은딸의 언문 발(跋)을 덧붙였던 것이 아닌가 한다. 큰딸과 작은딸의 언문 발(跋)은 존경각본에 함께 묶여 있지만 시기적으로 볼 때 이 발문들은 사주당이 72세인 1810년에 하룻밤새에 이 책을 다시 묶었다고 하는 그 시점에 쓰여진 것으로 이해되기 때문이다. 이때 사주당이 스스로 언해를 하면서 거기에 부설(附說)로 〈틱극리긔셩경귀신인심도심디결〉과 〈긔삼빅주셜〉, 〈역셜〉 등을 더하고 자신의 후기(後記)를 남기면서 '칠십의 드러', '경오'[2]와 같은 단서를 남겨 이 글이 사주당 자신이 직접 쓴 글임을 알 수 있게 하였다. 따라서 〈태교신기〉와 이사주당에 대한 이해에 이 자료는 매우 중요한 자료임에도 강헌규(1975)의 논문과 강헌규(1995)의 주석본을 제외하면 이에 대한 체계적인 소개가 없다. 본서에서는 강헌규(1975)와 강헌규(1995)의 내용과 겹치지 않는 범위에서 주석을 더하고 현대어 번역 및 풀이를 더하여 이 부분의 내용을 강조하였다.

2 경오년(庚午年), 즉 1810년을 말함.

I.

잡셜부

胎教新記 單

1. 제일장

희현당장판〈셩희텬이오 현희셩이오 희현이라[1] ᄒᆞ고 운이 업ᄉᆞ리 ᄒᆞ니라〉

1 주돈이(周敦頤)의 『통서(通書)』 제10 〈지학(志學)〉 편의 첫 구절 "聖希天 賢希聖 士希賢(성인은 하늘을 사모하고 현인은 성인을 사모하고 선비는 현인을 사모한다.)"에서 가져온 말. 희현(希賢)은 '士'의 바라는 바이므로 이사주당이 자신의 당호를 '희현당'이라 한 것은 '선비'로서의 자세를 강조하고자 한 것이었다고 할 수 있다. 뒤에서 '운이 업ᄉᆞ리 ᄒᆞ니라'라고 한 것은 이 구절의 마지막 '士希賢'에서 '운(韻)'자(字)에 해당하는 '士'를 없앤 것임을 나타낸 것으로 보이나 분명하지 않다. 현대어역에서는 "'운(韻)'자(字)를 없앤 것이다."로 번역하였다.

번역

희현당 소장판〈성인은 하늘을 사모하고 현인은 성인을 사모하고, 현인을 사모한다' 하고 '운(韻)'자(字가) 없앤 것이다.〉

ᄐᆡ교신긔언ᄒᆡ[2]

희현당〈주셕 이 이녀ᄉᆞ라 뜻〉완산니시셔

번역

태교신기 언해

희현당 〈주석: 이는 이여사(李女史)라는 뜻〉[3]완산 이씨 씀.

○ 녀범의 ᄀᆞᆯᄋᆞᄃᆡ 녯 어딘 녀ᄌᆡ ᄋᆞ기 이시ᄆᆡ ᄐᆡ교ᄒᆞᆯ줄을 반ᄃᆞ시 삼갓다 ᄒᆞ니 이제 모든 글을 샹고ᄒᆞᄆᆡ 그 법을 젼ᄒᆞᆫ ᄃᆡ 업ᄉᆞ니 제 뜻ᄋᆞ로 구ᄒᆞ여도 대컨 알디라. 내 일즉 서너번 신육〈아기 ᄇᆡ여 나ᄐᆞᆫ 말〉의 시험ᄒᆞᆫ 바록 긔록ᄒᆞ여 ᄒᆞᆫ편을 ᄆᆞᆫᄃᆞ라 ᄡᅧ 모든 ᄯᆞᆯ을 뵈ᄂᆞ니 감히 쳔ᄌᆞ로이 스ᄉᆞ로 져슐〈글 잘 짓단 말〉ᄒᆞ야 사ᄅᆞᆷ의 눈의 쟈랑ᄒᆞ미 아니나 그러ᄒᆞ나 오히려

2 이 자료에 대한 어휘 주석은 강헌규(1995)에 자세하다. 잉여적인 노력을 줄이기 위해 강헌규(1995)에 제시된 주석은 반복하지 않는다. 다만 강헌규에서는 이에 대한 현대어 역을 하지 않았으므로 언해문의 문맥에 따른 현대어 풀이를 넣고 '존경각본 〈태교신기 언해〉'와 차이가 나는 부분이나 강헌규(1995)의 어휘 풀이가 확실히 잘못되었다고 판단되는 부분에만 주석을 추가하였다.

3 이 주석은 '희현당'이 아니라 뒤에 나오는 '완산이시'에 대한 주석이다. 강헌규(1995)에서는 이 부분을 〈주셕이 이녀사라 뜻〉으로 읽고 〈註釋이 李女史란 뜻〉으로 풀이하였는데 이는 '완산이시'에 대한 '주석'으로 〈주셕 이 이녀사라 뜻'으로 읽고 〈주석(註釋). 이는 이여사라는 뜻〉으로 풀이하는 것이 자연스럽다.

가히 녜긔〈녜문 긔록ᄒᆞᆫ 글 일홈〉예 ᄲᅡ지오믈 ᄀᆞᆺ촐디라 그러므로 일홈ᄒᆞ여 ᄀᆞᆯ오ᄃᆡ ᄐᆡ교신긔라 ᄒᆞ노라

번역

〈여범〉에서 말하기를 옛날 현명한 여자가 아기가 있으며 태교하기를 반드시 조심하였다 하니, 이제 여러 책들을 조사해 봐도 그 법을 전하는 것이 없으니 스스로 (태교의 방법을) 구하여도 대강은 알 것이다. 내가 일찍이 서너 번 신육〈'아기 배어 낳다'는 말〉에 시험해 본 바로 기록하여 책 한 편을 만들어 모든 딸들에게 보이니 감히 제멋대로 스스로 저술〈글 잘 짓는다는 말〉하여 사람들 눈에 자랑하는 것은 아니나, 그러나 오히려 가히 『예기』〈예문(禮文)을 기록한 글의 이름〉에서 빠진 것을 갖춘 것이다. 그러므로 이름지어 말하기를 〈태교신기〉라 한다.

○ 인ᄉᆡᆼ의 셩품은 하ᄂᆞᆯ에 근본ᄒᆞ고 긔질〈긔품ᄉᆡᆼ김〉은 부모의게 닐ᄋᆞᄂᆞ니 긔딜이 편벽되이 이긔면[4] 졈졈 셩품을 가리오ᄆᆡ 니ᄅᆞᄂᆞᆫ디라[5] 부뫼 나호며 기르ᄆᆡ 그 삼가디 아니ᄒᆞ랴

번역

사람의 성품은 하늘에 근본을 두고 기질〈기품 생김〉은 부모에게서 이르

---

4 이기다(勝). 승(勝)하다. 형용사로 쓰일 때, '어떤 특성이 한쪽으로 두드러지다'라는 뜻으로 쓰인다.

5 니르-(이르다) + -앗- + ᄂᆞ + ㄴ & 디(〈ᄃᆞ + 이-)+ -라 → 이르러 있는지라

는 법이니, 기질이 한쪽으로 승하면 점점 성품을 가리는 데 이르는 법이다. 부모가 낳고 기름에 그 (어찌) 조심하지 않겠는가.

○ 아비 나ᄒᆞᆷ과 어미 기ᄅᆞᆷ과 스승이 ᄀᆞᄅᆞ치미 ᄒᆞᆫ가디지라 의슐을 잘ᄒᆞᄂᆞᆫ 쟈ᄂᆞᆫ 병 드디 아냐[6] 다ᄉᆞ리고 ᄀᆞᄅᆞ치기 잘ᄒᆞᄂᆞ니ᄂᆞᆫ 나디 아냐 ᄀᆞᄅᆞ치ᄂᆞᆫ 고로 스승 열 ᄒᆡ ᄀᆞᄅᆞ치미 어미 열달 기ᄅᆞᆷ 〈ᄇᆡ여 열ᄃᆞᆯ[7]〉만 ᄀᆞᆺ디 못하고 어ᄆᆡ 열ᄃᆞᆯ 기ᄅᆞᆷ이 아비[8] ᄒᆞᄅᆞ 나ᄒᆞᆷ 〈배던 ᄯᅵ〉만 ᄀᆞᆺ디 못ᄒᆞ니라

번역

아버지의 낳음[9]과 어머니의 기름[10]과 스승의 가르침은 같은 것이다. 의술을 잘하는 이는 병 들지 않았을 때 나스리고, 가르치기를 잘하는 이는 대어나지 않았을 때 가르치는 까닭에 스승의 십 년을 가르치는 일이 어머니의 열 달 기름(배어서 열달)만 같지 못하고 어머니의 (배어서) 열 달 기름이 아버지의 하루 낳음〈배던 때〉만 같지 못한 법이다.

○ 므릇 부모의게 고ᄒᆞ고 듕ᄆᆡ의게 맛디고[11] 시쟈의게 명ᄒᆞ야여ᄉᆞᆺ 녜〈납ᄎᆡ 문명 납길 납징 쳥긔 친영〉[12] ᄀᆞᄌᆞᆫ 후의 부뷔 되거든 날로 공경으로ᄡᅥ

6 아니ᄒᆞ + -아/어 〉 아니ᄒᆞ야 〉 아냐, 아녀 → '않아(서)'로 이해.
7 원문에 취소선이 그어져 있는데, 줄을 긋고 간지를 덧대 오자를 수정한 것으로 보인다.
8 아버지를 의미하는 옛말 '아비'에 조사 "ᄋᆡ/의"가 붙어서 나타나는 형태.
9 아버지의 몸에서 처음 생기는 것을 말한다.
10 어머니의 뱃속에서 10달간 길러지는 것을 말한다.
11 맛디다: '맡기다'의 옛말.
12 육례: 전통사회에서 행하던 혼인절차의 여섯 가지 의식(儀式). 곧, 납채(納采)·문명(問

서ᄅᆞ ᄃᆡ접ᄒᆞ고 혹 샹 되며[13] 닉살[14]ᄒᆞ므로뻐 서로 더으디 못하야 집 아ᄅᆡ와 평상 돗우희서[15]〈둘이 이실 적〉 오히려 입에 내디 못ᄒᆞᆯ 말이 이시며 안방이 아니어든 드러잇디 아니ᄒᆞ고 몸의 병이 잇거든 드러 ᄌᆞ디 아니ᄒᆞ고 몸의 삼뵈〈거샹 듕복〉[16] 잇거든 드러 ᄌᆞ디 아니ᄒᆞ고 음양이 고로디 아니코 하ᄂᆞᆯ 긔운이 예ᄉᆞ롭디 아니커든 편히 쉬디 아니하야 ᄒᆞ야곰 헛욕심이 ᄆᆞᄋᆞᆷ의 나디 아니ᄒᆞ고 샤긔[17]옛 긔운이 몸의 붓디 아니케 ᄒᆞ야뻐 자식을 낫ᄂᆞᆫ 쟈ᄂᆞᆫ 아비의 도리니 시〈녯 노ᄅᆡ 공자긔셔 쌔시다〉예 닐오ᄃᆡ 네 방의 이시믈 보아도 오히려 집구석이 붓그럽디 아닐디니 ᄀᆞᆯᄋᆞᄃᆡ 나타나디 아니ᄒᆞ야[18] 날 보ᄂᆞ니 업다 말나 귀신의 옴을 가히 헤아리디 못ᄒᆞᆫ다〈가만ᄒᆞᆫ 듕도 귀신이 ᄉᆞᆯ핀단 말〉 ᄒᆞ니라

번역

무릇 부모에게 고하고 중매에게 맡기고 사자에게 명하여 육례〈납채 문명 납길 납징 청기 친영〉를 갖춘 후에 부부가 되거든 날마다 공경해서 서로 대접하고 혹시라도 상스럽고 익살스러운 말을 서로 더하지 말며 집 아래와 평상 돗자리 위에〈둘이 있을 적〉 오히려 입에 내지 못할 말이 있으며

名)·납길(納吉)·납징(納徵)·청기(請期)·친영(親迎)을 말한다.

13 상되다: 말이나 행동에 예의가 없어 보기에 천하다. 상스럽다.

14 익살: 남을 웃기려고 일부러 하는 행동이나 말.

15 돗자리 위에서

16 삼과 베, 상복을 의미함.

17 邪氣: 간사한 기운

18 않는다 하여. ※ 이하의 어휘 주석은 강헌규 주석(1995)에 상세하므로 이것으로 대신한다.

안방이 아니면 들어가 있지 않으며 몸에 질병이 있으면 들어가 자지 않고 몸에 삼베〈거상 중복〉가 있거든 들어가 자지 않고 음양이 고르지 않고 날씨가 예사롭지 않거든 편히 쉬지 않도록 함으로써 헛된 욕구가 마음에 생기지 않게 하며 삿된 기운이 몸에 붙지 않게 하여 그 자식을 낳는 것이 아버지의 도리이니 『시경』〈옛 노래 공자께서 뽑으시다〉에서 말하기를 "네가 방에 있는 것을 보아도 오히려 집구석자리가 부끄럽지 않을 것이니 말하자면 나타나지 않아도 나를 보는 사람이 없다 하지 마라. 귀신이 오는 것을 가히 헤아리지 못한 것이다"(가만히 있는 중에도 귀신이 살펴본다는 말.) 한다.

○ 디아비 셩을 바다 디아비게 도라보낼ᄉᆡ 열ᄃᆞᆯ을 삼히 ㅗ 몸을 임의로 못ᄒᆞ야 녜 아니어든 보디 말며 녜 아니어든 듯디 말며 녜 아니어든 니ᄅᆞ디 말며 녜 아니어든 움즉이디 말며 녜 아니어든 ᄉᆡᆼ각하디 말아 ᄒᆞ여 곰 ᄆᆞ음과 디각과 ᄇᆡᆨ 가디 몸을 다 ᄇᆞᄅᆞ고 슌ᄒᆞ게 ᄒᆞ야 ᄌᆞ식을 기ᄅᆞᄂᆞᆫ 쟈는 어믜 도리니 녀전〈한 뉴향의 디은 널녀전〉의 ᄀᆞᆯᄋᆞᄃᆡ 부인이 ᄌᆞ식 ᄇᆡ미 ᄌᆞᆷᄌᆞ기ᄅᆞᆯ 기우로 아니ᄒᆞ며 안기ᄅᆞᆯ ᄒᆞᆫ편으로 아니ᄒᆞ며 셔기ᄅᆞᆯ 최드듸디 아니ᄒᆞ며 샤긔로온 마ᄉᆞᆯ 먹디 아니ᄒᆞ며 버힌 거시 ᄇᆞᄅᆞ디 아니커든 먹디 아니ᄒᆞ며 돗기 ᄇᆞᄅᆞ디 아니커든 안디 아니며 눈의 샤긔로온 비ᄎᆞᆯ 보디 아니며 귀에 음난ᄒᆞᆫ 소ᄅᆡᄅᆞᆯ 듯디 아니며 밤이면 쇼경으로 ᄒᆞ여곰 시ᄅᆞᆯ외오며 ᄇᆞᄅᆞᆫ 일을 니ᄅᆞᄂᆞ니 이ᄀᆞᆺ티ᄒᆞ면 ᄌᆞ식을 나ᄒᆞᄆᆡ 얼골이 단정ᄒᆞ고 ᄌᆡ죄 사ᄅᆞᆷ의게 디나다 ᄒᆞ니라

번역

지아비의 성(姓)을 받아서 지아비에게 돌려보내는 까닭에 열 달을 감히 그 몸을 함부로 못하여, 예가 아니면 보지 말며 예가 아니면 듣지 말며 예가 아니면 말하지 말며 예가 아니면 움직이지 말며 예가 아니면 생각지도 말도록 해서 마음과 지각과 백 가지 몸을 다 바르고 순하게 하여, 그 자식을 기르는 것은 어머니의 도리이니 『여전(女傳)』(한나라 유향이 지은 『열녀전(列女傳)』)에서 말하기를 부인이 자식을 배면 잠 잘 때 기울여 자지 않으며 앉을 때 한쪽으로 앉지 않으며 설 때 발을 한쪽으로 기울여 디디지 않으며 삿된 음식을 먹지 않으며 자른 것이 바르지 않으면 먹지 않으며 돗자리가 바르지 않으면 앉지 않으며 눈으로 삿된 빛을 보지 않으며 귀로 음란한 소리를 듣지 않으며 밤에는 소경으로 하여금 시를 외우게 하며 바른 일을 이야기하니 이처럼 하면 자식을 낳아도 겉모습이 단정하고 재주가 남보다 뛰어나다고 한다.

○ ᄌᆞ식이 ᄌᆞ라 가ᄅᆡ상토ᄒᆞᄆᆡ 어딘 스승을 ᄀᆞᆯ희여 나아가거든 스승이 몸으로ᄡᅥ ᄀᆞᄅᆞ쳐 ᄒᆞ여곰 보아 감동ᄒᆞ야 화ᄒᆞ게 ᄒᆞᄂᆞᆫ 쟈ᄂᆞᆫ 스승의 도리니 ᄒᆞᆨ긔〈녜긔 편 편 일홈〉에 ᄀᆞᆯ오ᄃᆡ 잘 ᄀᆞᄅᆞ치ᄂᆞᆫ 쟈ᄂᆞᆫ 사ᄅᆞᆷ으로 ᄒᆞ여곰 그 ᄯᅳᆺ을 닛게 ᄒᆞᆫ다 ᄒᆞ니라

번역

자식이 자라서 쌍상투를 하면 어진 스승을 선택하여 나아가는데 스승이 몸으로 가르쳐서 보게 함으로써 감동하여 교화하게 하는 것이 스승의 도리이니 〈학기〉(『예기』 편의 편명)에서 말하기를 잘 가르치는 이는 사람으로

하여금 그 뜻을 잇게 한다고 하였다.

○ 이런 고로 긔운과 피 ᄆᆡ치여 디각이 ᄆᆞᆰ디 못ᄒᆞᆷ은 아븨 허믈이오 형상 삼기미 더러워 ᄌᆡ죄 넉넉디 못ᄒᆞ믄 어믜 허물이니 그런 후의 스승의게 ᄎᆡᆨ망ᄒᆞᄂᆞ니 스승의 ᄀᆞᄅᆞ치디 못ᄒᆞ미 스승의 허물이 아니니라

번역

이런 이유로 기운과 피가 맺히어 지각(知覺)이 맑지 못한 것은 아버지의 허물이고, 겉모습의 생김새가 못생기고 재주가 부족한 것은 어머니의 허물이니 그런 후에 스승에게 책망하는 법이니, 스승이 가르치지 못하는 것은 스승의 허물이 아닌 것이다.

○ 우는 뎨일쟝

2. 제이장

○ 므릇 남기 ᄀᆞ을의 삼기ᄂᆞᆫ디라 비록 덥거츠러도 오히려 곳게 ᄲᅦ긋ᄂᆞᆫ 셩품이 잇고 쇠 봄의 삼기ᄂᆞᆫ디라 비록 굿세고 날ᄏᆞ오나 오히려 흘너 엉긔ᄂᆞᆫ 셩품이 이시니 삼기ᄂᆞᆫ 거ᄉᆞᆫ 셩품의 근본이라 그 형상을 ᄒᆞᆫ 번 닐운ᄃᆡ ᄀᆞᄅᆞ치ᄂᆞᆫ 쟈ᄂᆞᆫ 말재니라

번역

무릇 나무는 가을에 생기는지라 비록 무성하더라도 오히려 곧게 뻗어나는 성질이 있고 쇠는 봄에 생기는지라 비록 굳세고 날카롭지만 오히려 흘러 엉기는 성질이 있으니, 생기는 것은 성질의 근본이다. 그 형상을 한번 이루면 가르치는 것은 맨 마지막이다.

○ 남방의셔 ᄇᆡ면 그 입이 너르ᄂᆞ니 남방 사ᄅᆞᆷ은 너그러워 어딜믈 죠하ᄒᆞ고 북방의셔 ᄇᆡ면 그 코히 놉흐ᄂᆞ니 북방의 사ᄅᆞᆷ은 굿세여 의긔ᄅᆞᆯ 죠하ᄒᆞᄂᆞᆫ디라 긔딜의 덕이니 열 ᄃᆞᆯ 기르ᄂᆞᆫᄃᆡ 감동ᄒᆞ여 어든 고로 군ᄌᆡ 반ᄃᆞ시 삼가믈 ᄐᆡ예 ᄒᆞᄂᆞ니라

번역

남방(南方)에서 (아이를) 배면 그 입이 너른 법이니 남방 사람은 너그러워서 어진 것을 좋아하고 북방(北方)에서 (아이를) 배면 그 코가 높은 법이니 북방 사람은 굳세고 의기(義氣)를 좋아하는 것이다. (이는) 기질의 덕이니

열 달을 기르는 데 감응을 얻는 까닭에 군자는 반드시 '삼감'을 배태(胚胎) 할 때 하는 것이다.

○ 우는 뎨이쟝

3. 제삼장

○ 녯 셩왕이 ᄐᆡ교의 법이 이스샤 ᄇᆡ연 디 셕 ᄃᆞᆯ의 별궁의〈ᄯᆞᆫ집〉 나가 이셔 눈의 빗기 보디 아니ᄒᆞ며 귀예 망녕되이 듯디 아니며 풍뉴소ᄅᆡ와 맛ᄂᆞᆫ 맛ᄉᆞᆯ 녜로ᄡᅥ 존졀ᄒᆞ오미 ᄉᆞ랑〈ᄋᆞ기ᄅᆞᆯ ᄉᆞ랑ᄒᆞ단 말〉ᄒᆞ미 아니라 ᄀᆞᄅᆞ치기ᄅᆞᆯ 미리코져 ᄒᆞ미라 ᄌᆞ식 나하 그 조샹을 ᄃᆞᆷ디 못ᄒᆞ면 블효와 ᄀᆞᆺ다 ᄒᆞᄂᆞᆫ 고로 군ᄌᆡ ᄀᆞᄅᆞ치믈 미리코져 ᄒᆞᄂᆞ니 시예 ᄀᆞᆯ오ᄃᆡ 효ᄌᆡ 모ᄌᆞ라디 아니ᄒᆞ야 기리 네 뉴ᄅᆞᆯ 주신다〈효ᄌᆞ의 아ᄃᆞᆯ이 ᄯᅩ 효ᄌᆡ 난다 말〉 ᄒᆞ니라

번역

옛날 성왕(聖王)이 태교의 법이 있으셔서, 임신한 지 삼 개월에 별궁에〈딴집〉 나가 있서 눈으로 흘겨보지 아니하며, 귀로는 망령되이 듣지 아니하며, 풍류 소리와 맛있는 맛을 예로써 절제함이, 사랑〈아기를 사랑한다는 말〉함이 아니라 가르치기를 미리하고자 하는 것이다. 자식을 낳아서 그 자식이 조상을 닮지 못하면 불효와 같다고 하는 까닭에 군자는 미리 가르치고자 하는 것이니 『시경』에 이르기를 "효자가 부족하지 않으니 길이 너의 종류를 주신다〈효자의 아들이 또 효자가 난다는 말〉" 한다.

○ 이제 ᄋᆞ기 ᄇᆡ엿ᄂᆞ니 반ᄃᆞ시 괴이ᄒᆞᆫ 맛ᄉᆞᆯ 먹어 ᄡᅥ 그 입을 깃기코 반ᄃᆞ시 서늘ᄒᆞᆫ ᄃᆡ 이셔 ᄡᅥ 몸을 편히 ᄒᆞ며 한가ᄒᆞ게 이셔 놀니 업거든 사ᄅᆞᆷ으로 ᄒᆞ여곰 회히말ᄒᆞ며 우스며 비로소ᄂᆞᆫ 집안 사ᄅᆞᆷ을 긔이고 ᄆᆞᄎᆞᆷ앤 오래 눕고 샹히 ᄌᆞᆷᄌᆞ니 집사ᄅᆞᆷ을 속이니 그 기ᄅᆞᄂᆞᆫ 도리ᄅᆞᆯ 다 못ᄒᆞ고 오래 눕

고 샹히 즘ᄌᆞ니 영위〈ᄉᆞᄅᆞᆷ의 몸의 도ᄂᆞᆫ 혈긔〉 멈추ᄂᆞ니 그 죠셥ᄒᆞ기ᄅᆞᆯ 그ᄅᆞᆺᄒᆞ고 ᄂᆞᆷ이 ᄃᆡ졉ᄒᆞ기ᄅᆞᆯ 게얼니 ᄒᆞᄂᆞᆫ디라 오딕 그런 고로 그 병을 더으고 그 나키ᄅᆞᆯ 어렵게 ᄒᆞ며 그 ᄌᆞ식을 ᄀᆞᆺ디 아니ᄒᆞ게 ᄒᆞ고 그 가문을 써르친 그린 후의 명을 원망ᄒᆞ기예 도라가ᄂᆞ니라

번역

요즘의 아이를 밴 이는 반드시 맛이 괴이한 것을 먹음으로써 입을 즐겁게 하고, 반드시 서늘한 곳에 있음으로써 몸을 편안하게 하고, 한가하게 있어서 놀 것이 없으면 사람으로 하여금 우스운 이야기를 하게 하며 웃으며 처음에는 집안 사람을 속이고 나중에는 오래 눕고 늘 잠자니, 집안 사람을 속이니 그 기르는 도리를 다하지 못하고, 오래 눕고 늘 잠자니 영위〈사람의 몸에 도는 혈기〉가 멈추니 그 몸조리하기를 잘못하고 다른 사람이 대접하기를 게을리 하는 것이다. 오직 그러한 까닭에 그 병을 더하고 그 해산을 어렵게 하며, 그 자식이 갖추어지지 않게 하고 그 가문의 떨어뜨린 그런 후에야 운명을 원망하는 데 돌아가는 것이다.

○ 므릇 즘싱이 삿기 ᄇᆡᄆᆡ 반ᄃᆞ시 그 수ᄅᆞᆯ 멀니ᄒᆞ고 새 알흘 안으ᄆᆡ 반ᄃᆞ시 그 먹기ᄅᆞᆯ 존절ᄒᆞ고 나나리 삿기ᄅᆞᆯ ᄆᆞᆫᄃᆞᆯᄆᆡ 오히려 날 ᄃᆞᆯ므란 소ᄅᆡ 잇ᄂᆞ니 이런 고로 새 즘싱의 삼기미 다 능히 어미ᄅᆞᆯ ᄃᆞᆯ므되 사ᄅᆞᆷ의 ᄀᆞᆺ디 아니니ᄂᆞᆫ 혹 새 즘싱만도 못ᄒᆞᆫ 그런 후의 셩인이 슬피 너기신 ᄆᆞ음을 두샤 ᄐᆡ교의 법을 ᄆᆞᆫᄃᆞ시니라

번역

무릇 짐승이 새끼를 배면 반드시 그 수컷을 멀리하고, 새가 알을 안으면 반드시 그 먹기를 조절하고, 나나니벌이 새끼를 만들면 오히려 나를 닮으라는 소리를 내는 법이니, 이런 때문에 새나 짐승의 생김이 다 어미를 닮을 수 있는데, 사람의 갖추어지지 않은 이는 혹 새, 짐승만도 못한, 그런 후에 성인이 불쌍히 여기신 마음을 두셔서 태교의 법을 만드신 것이다.

ㅇ 우는 뎨삼쟝

4. 제사장

ㅇ ᄐᆡ를 기르ᄂᆞᆫ 재[1] 몸을 스ᄉᆞ로 ᄒᆞᆯ 분 아니라 ᄒᆞᆫ 집안 사ᄅᆞᆷ이 다 샹ᄒᆡ 동동〈조심ᄒᆞᄂᆞᆫ 거동〉ᄒᆞ야[2] 감히 괴이ᄒᆞᆫ 일노뻐 들니디[3] 못 ᄒᆞᄂᆞ니 그 두릴가 저허ᄒᆞ미오 감히 흉ᄒᆞᆫ 일노뻐 들니디 못 ᄒᆞᄂᆞ니 그 두릴가 저흠이오 감히 어려운 일노뻐 들니디 못 ᄒᆞᄂᆞ니 그 근심ᄒᆞᆯ가 저흠이오 감히 급ᄒᆞᆫ 일노뻐 들니니 못 ᄒᆞᄂᆞ니 그 놀날가 저흠이오 의심ᄒᆞ면 ᄌᆞ식으로 ᄒᆞ여곰 긔운이 병들고 두리면 ᄌᆞ식으로 ᄒᆞ여곰 정신이 병들고 근심ᄒᆞ면 ᄌᆞ식으로 ᄒᆞ여곰 피 병들고 놀나면 ᄌᆞ식으로 ᄒᆞ여곰 간병이 드ᄂᆞ니 이 ᄀᆞᆽᄒᆞ매 임뷔 엇디 삼가지 아니ᄒᆞ리오

번역

태를 기르는 사람이 몸을 스스로 조심할 뿐 아니라 한 집안 사람이 다 항상 공경해서 감히 이상한 일을 듣지 못하게 하니 그것을 두려워할까 걱정하는 까닭이고 감히 흉한 일을 듣지 못하게 하니 그것을 두려워할까 꺼리는 것이고 감히 어려운 일을 듣지 못하게 하니 그것을 근심할까 염려하는 것이고 감히 급한 일을 듣지 못하게 하니 그것에 놀랄까 염려하는 까닭이다. 의심하면 자식의 기운을 병들게 하고 두려워하면 자식의 정신을 병

---

1 재: 자(者)가. 사람이.
2 동동ᄒᆞ야: 동동(洞洞)하여. 공경하여. 중국어 '동동(洞洞)'은 '공경하는 모양'을 나타내는 의태어이다.
3 들니디: 듣게 하지. 들-(듣-)+-니-(←-리-, 사동접미사)+-디(연결어미)

들게 하고 근심하면 자식의 피가 병들게 하고 놀라면 자식의 간이 병들게 하는 법이니 이와 같으므로 임부(妊婦)가 어찌 삼가지 않을 것인가.

○ 벗으로 더브러 오래 이셔도 오히려 그 사ᄅᆞᆷ되오믈 ᄇᆡ호거든 ᄒᆞ믈며 ᄌᆞ식이 그 어미게 일곱정이 ᄃᆞᆷᄂᆞ디라〈깃김과 셩냄과 셜움과 두림과 ᄉᆞ랑ᄒᆞᆷ과 뮈움과 욕심〉 고로 임뷔 ᄃᆡ졉ᄒᆞᄂᆞᆫ 도리ᄂᆞᆫ ᄒᆞ여곰 깃김과 셩냄과 셜움과 즐기미 혹 그 ᄆᆞᄋᆞᆷ의 디나게 못 ᄒᆞᆯ디니 이러므로 임부의 겻희 샹히 착ᄒᆞᆫ ᄉᆞᄅᆞᆷ이 이셔 그 거동을 돕고 그 ᄆᆞᄋᆞᆷ을 깃그며 ᄒᆞ여곰 본바들 말과 법바들 일노 귀예 긋디 아닌 그린 후의아 게어르며 샤긔로운 ᄆᆞᄋᆞᆷ이 부터 날 ᄣᆡ 업ᄂᆞ니라 임부 ᄃᆡ졉ᄒᆞ미니라

번역

벗과 함께 오래 있기만 해도 그 사람됨〈마음가짐이라〉을 배우는데 하물며 자식은 그 어미에게서 칠정〈기쁨과 성냄과 서러움과 두려움과 사랑과 미움과 욕심이 이른바 칠정이다〉이 닮는 까닭에 임부〈아기 밴 지어미〉를 대접하는 도리는 기쁨과 성냄과 서러움과 즐김으로 하여금 혹 그 마디(?)에 지나치게 하지 못할 것이니 이러므로 임부의 곁에 늘 착한 사람이 있어 그 거동을 돕고 그 마음을 기쁘게 하며 본받을 말과 법받을 일로 귀에 그치지 안케 한 후에야 게으르며 삿된 마음이 붙어 날 때가 없다. 임부 대접함이다.

○ ᄋᆞ기 ᄇᆡ연디 석 ᄃᆞᆯ의 형샹이 비로소 되야 셔각〈믈쇠쌜씌 ᄒᆞᄂᆞᆫ 것〉의 문의예 보ᄂᆞᆫ 것ᄃᆡ로 변ᄒᆞᆷ ᄀᆞᆺᄒᆞ니 반ᄃᆞ시 ᄒᆞ여곰 귀인이며 호인이며 ᄇᆡᆨ벽이며 공쟉이며 빗나고 아ᄅᆞᆷ다운 것과 셩현의 ᄀᆞᄅᆞ치신 글과 신션이며 관

듸ᄒᆞ고 픽옥ᄒᆞᆫ 그림을 볼거시오 광대며 난쟝이며 원승의 뉴와 희롱ᄒᆞ며 ᄃᆞ토ᄂᆞᆫ 형상과 형벌이며 두루며 동히며 죽이며 해ᄒᆞᄂᆞᆫ 일과 형상 병든 것과 사오나온 병 잇ᄂᆞᆫ 사ᄅᆞᆷ과 무디게와 별악과 번개와 ᄂᆞᆯ과ᄃᆞᆯ 박식ᄒᆞᆷ과 별이 ᄲᅥ러디며 혜셩 발셩〈혜성 발셩 ᄌᆡ앙의 별〉과 믈이 넘티며 볼이 부틈과 남기 브러지며 집이 문허딤과 새 즘ᄉᆡᆼ의 음난ᄒᆞ며 별들고 샹ᄒᆞᆫ 것과 밋더럽고 아쳐로온 버레ᄅᆞᆯ 보디 못ᄒᆞᆯ디니라 임부 눈으로 보미라

번역

아기 밴 지 석 달에 형상이 비로소 이루어져 서각(들소뿔이며 띠 만드는 것)의 무늬에서 보는 것대로 변하는 것 같으니 반드시 귀인〈벼슬 높한 사람〉이며 호인〈모양 엄전한 사람〉이며 흰 벽옥〈옥 이름이라〉이며 공작〈매우 색이 고운 새〉이며 빛나고 아름다운 것과 성현이 가르치고 경계하신 글과 신선이며 관대하고 패옥한 그림을 볼 것이고, 광대며 난장이며 원숭이 류와 희롱하며 다투는 형상과 형벌하는 일과 병신이며 몹쓸병 있는 사람과 무지개와 벼락과 번개와 일월식(日月蝕)과 별이 떨어지며 혜성, 발성과 〈혜성, 발성은 다 재앙의 별〉 물이 넘치며 불이 붙음과 나무가 부러지며 집이 무너짐과 새, 짐승의 음란하며 병들고 상한 것과 및 지저분하고 안타까운 벌레를 보지 못할 것이다. 임부의 눈으로 보는 것이다.

○ 사ᄅᆞᆷ의 ᄆᆞᄋᆞᆷ을 움즉이며 소ᄅᆡᄅᆞᆯ 드ᄅᆞ면 감동ᄒᆞᄂᆞ니 임뷔 굿풍뉴와 잡노ᄅᆡ와 져ᄌᆡ 숫두어림과 녀편ᄂᆡ ᄌᆞ걱정과 및 술쥬정이며 분ᄒᆞᆫ 욕딜이며 셜운 우름 소ᄅᆡᄅᆞᆯ 듣지 못ᄒᆞᆯ 거시오 죵들노 ᄒᆞ여곰 드러와 먼 밧긔 샹업ᄉᆞᆫ 말과 젼티 못ᄒᆞ게 ᄒᆞ고 오딕 맛당이 사ᄅᆞᆷ이 이셔 글귀ᄅᆞᆯ 외오고 글

을 니르고 아닌 즉 거문고와 비파나 탈디니라 임부의 귀로 드르미니라

번역

사람의 마음 움직임이 소리를 들으면 감동하니 임부가 풍물굿과 잡노래와 시장통의 수군거림과 여편네들의 잔걱정과 및 무릇 술주정이며 분한 욕질이며 서러운 울음 소리를 듣지 못할 것이고 종들로 하여금 들어와서 먼 바깥의 딱 없을 말을 전하지 못하게 하고 오직 마땅히 사람이 있어서 글귀를 외우고 옛날 책을 말하거나 아닌 즉 거문고나 슬(瑟)〈거문고 같고 스물다섯 줄이다〉이나 탈 것이다. 임부(姙婦)의 귀로 듣는 것이다.

○ 의원을 마자 약 먹으미 병을 죡히 고치되 ᄌᆞ식의 모양을 죡히 아ᄅᆞᆷ답게 못ᄒᆞ며 집을 ᄡᅳ설고 고요히 이시미 ᄐᆡ를 죡히 ᄡᅧ 평안케 ᄒᆞ되 ᄌᆞ식의 ᄌᆡ목을 죡히 ᄡᅧ 어딜게 못ᄒᆞᄂᆞ니 ᄌᆞ식이 피로 ᄆᆞᆯᄆᆡᄋᆞᆷ아닐우고 피 ᄆᆞᄋᆞᆷ을 인ᄒᆞ야 움즉일ᄉᆡ 그 ᄆᆞᄋᆞᆷ을 ᄇᆞᄅᆞ디 못ᄒᆞ면 ᄌᆞ식의 닐옴이 ᄯᅩᄒᆞᆫ ᄇᆞᄅᆞ디 못ᄒᆞᄂᆞ니 임부의 도리ᄂᆞᆫ 공경으로 ᄡᅧ ᄆᆞᄋᆞᆷ을 안초아 혹 사ᄅᆞᆷ을 해티 말[4]며 산 거ᄉᆞᆯ 죽일 ᄠᅳᆮ을 두디 말며 간사ᄒᆞ며 탐남ᄒᆞ며[5①] 도적딜ᄒᆞ며 새

---

① ?ᄌᆞ라ᄂᆞᆫ 거ᄉᆞᆯ ??디 말며. ※ 강헌규 주석본(1995)에서는 이 부분을 'ᄌᆞ라ᄂᆞᆫ 거ᄉᆞᆯ ᄡᅥᆨ디 말며'로 보고 '산거ᄉᆞᆯ 죽일 ᄠᅳᆮ을 두디 말며'의 다음에 보충한 것으로 보았으나 이는 이 〈난주〉의 아래에 있는 '탐남ᄒᆞ며'에 대한 주석으로 보아야 하며 대략 '모ᄌᆞ라ᄂᆞᆫ 거ᄉᆞᆯ 탐내디 말며'로 보는 것이 타당할 것이다.

---

4 '말'을 삽입했다가 지움.

5 탐남ᄒᆞ며: 탐람(貪婪)하며. '貪婪[탐람]'은 "재물이나 음식을 탐냄" 또는 "(정도 이상으로) 몹시 욕심을 냄"의 뜻으로 사용되는 말이다.

옴ᄒᆞ며 훼방ᄒᆞᆯ ᄉᆡᆼ각으로 ᄒᆞ여곰 가ᄉᆞᆷ 속의 싹 뵈디 못ᄒᆞ게 ᄒᆞᆫ 그린 후의야 입의 망녕된 말이 업고 얼골의 줄잇긴 빗치 업ᄂᆞ니 만일 잠간 공경을 니즈면 임의 피가 그ᄅᆞᆺ되ᄂᆞ니라 임부의 ᄆᆞᄋᆞᆷ 안초미라

번역

의원을 맞아 약을 먹음이 병을 충분히 고치되 자식의 모양을 충분히 아름답게 못하고 집을 쓰설고 고요히 있는 것이 태를 충분히 평안케 하되 자식의 재목을 충분히 써서 어질게 못하니 자식의 피로 말미암아 이루고 피 마음에 따라서 움직이니 그 마음을 버리지 못하면 자식의 이름이 또한 바르지 못하니 임부의 도리는 공경으로서 마음을 앉혀서 혹 사람을 해하지 말고 산 것을 죽일 뜻을 두지 말며 간사하며 탐내며 도적질하며 시샘 부리며 훼방놓을 생각으로 하여금 가슴 속에서 싹을 보이지 못하게 한 그런 뒤에야 입에 망녕된 말이 없고 얼굴에 부족한 빛이 없으니 만일 잠깐 공경을 잊으면 이미 피가 그릇된다. 임부의 마음 가라앉힘이다.

○ 임부의 말ᄒᆞᄂᆞᆫ 도리ᄂᆞᆫ 분ᄒᆞ여도 모진 소ᄅᆡ를 말며 셩나도 사오나온 말을 말며 말ᄒᆞᆯ 제 손즛슬 말며 우슬 제 니모옴을 뵈디 말며 사ᄅᆞᆷ으로 더부러 희롱읫 말을 아니ᄒᆞ며 몸소 죵을 쑤딧디 아니ᄒᆞ며 몸소 ᄃᆞᆰ개를 쑤딧디 아니ᄒᆞ며 사ᄅᆞᆷ을 속이디 아니ᄒᆞ며 사ᄅᆞᆷ을 훼방타 말며 귀엣말을 말며 말이 샐희〈근본 업슨 말〉 업거든 젼티 말며 일을 당치 아냣거든 말ᄒᆞᆯ 만히 말디니라 임부의 말ᄒᆞ미라

번역

임부의 말하는 도리는 분해도 모진 소리를 말며 성나도 몹쓸 말을 말며 말할 때 손짓을 말고 웃을 때 잇몸을 보이지 말며 사람과 함께 농지꺼리 말을 아니하며 몸소 종을 꾸짖지 않으며 몸소 닭개를 꾸짖지 않으며 사람을 속이지 말며 사람을 훼방하지 말며 귀엣말을 말며 말이 뿌리가 없거든 〈난 데가 분명하지 않다는 말〉 전하지 말며 일을 당하지 않았거든 말을 많이 하지 말 것이니 임부의 말하는 일이다.

○ 거쳐와 길니임을 삼가디 아니ᄒᆞ면 틔의 보젼키 위틔ᄒᆞᆫ디라 임뷔 임의 ᄋᆞ기 ᄇᆡᄆᆡ 부뷔 ᄒᆞ가디로 ᄌᆞ디 아니ᄒᆞ며 옷슬 너모 덥게 말며 음식을 너모 ᄇᆡ부르게 말며 ᄌᆞᆷ과 눕기ᄅᆞᆯ 만히 말며 모름즉이 ᄶᅢᄶᅢ로 거름거르며 ᄎᆞᆫ ᄃᆡ 안디 아니ᄒᆞ며 더러온 ᄃᆡ 안디 말며 사오나온 내ᄅᆞᆯ 맛디 말며 놉흔 뒤간의 오ᄅᆞ디 말며 밤의 문의 나디 말며 ᄇᆞᄅᆞᆷ비예 나가디 말며 우믈과 고춍을 엿보디 말며 녯 ᄉᆞ당의 드디 말며 놉흔 ᄃᆡ 오ᄅᆞ고 깁흔 ᄃᆡ 임ᄒᆞ디 말며 험ᄒᆞᆫ ᄃᆡ 디나가디 말며 무거온 것 드디 말며 슈고ᄒᆞ고 힘ᄡᅥ 과히 샹ᄐᆞ록 말며 침과 뜸딜을 망녕되이 쓰디 말며 약을 망녕되이 먹디 말거시오 샹ᄒᆡ 맛당이 ᄆᆞ음을 ᄆᆞᆰ히고 고요히 이셔 다ᄉᆞ고 화ᄒᆞ미 알마초 ᄒᆞ며 머리와 몸과 입과 눈이 단정ᄒᆞ이 ᄒᆞᆫᄀᆞᆯᄀᆞᆺ치 ᄒᆞᆯ디니라 임부의 거쳐와 길니미라

번역

거처와 길러워지는 일을 삼가지 않으면 태를 보전하기가 위태롭다. 임부가 이미 아기를 배니 부부가 함께 자지 않으며 옷을 너무 덥게 하지 않으

며 음식을 너무 배부르게 하지 않으며 잠과 눕기를 많이 하지 말며 무릇 때때로 걸음 걸으며 찬 데 앉지 않으며 더러운 데 앉지 말며 나쁜 냄새를 맡지 말며 옛 사당에 들지 말며 높은 데 오르고 깊은 데 임하지 말며 험한 데 지나가지 말며 무거운 것 들지 말며 수고하고 힘써서 심하게 상하도록 하지 말며 침과 뜸을 헛되이 쓰지 말며 약을 함부로 먹지 말 것이고, 늘 마땅히 마음을 맑게 하고 고요히 있어서 따듯하고 화기로움이 알맞게 하며 머리와 몸과 입과 눈이 단정하기가 한결같이 할 것이다. 임부의 거처와 기르는 일이다.

○ 임뷔 구ᄐᆞ여 일 맛디리 업거든 그 ᄒᆞᆯ만ᄒᆞᆫ 거ᄉᆞᆯ ᄀᆞᆯ희여 ᄒᆞᆯ븐이오 몸소 누에 티디 말며① 뵈틀의 오ᄅᆞ디 말녀 바ᄂᆞ딜을 반ᄃᆞ시 심가 ᄒᆞ여곰 비ᄂᆞᆯ이 손을 샹케 말며 반빗츨 삼가 ᄒᆞ여곰 그ᄅᆞ시 다쳐 쌔여디게 말며 믈과 국을 ᄎᆞᆫ거슬 손의 달호디 말며 드ᄂᆞᆫ 칼을 쓰디 말며 산거ᄉᆞᆯ 칼노 비히디 말며 버히기ᄅᆞᆯ 반ᄃᆞ시 모ᄇᆞ로 ᄒᆞᆯ디니라 임부의 일ᄒᆞ미라

번역

임부가 구태여 일을 맡길 사람이 없거든 그 할 만한 것을 가리여 할 뿐이고 몸소 누에 치지 말며 베틀에 오르지 말며 바느질을 반드시 삼가서 임부로 하여금 바늘이 손을 상하게 말며 주방을 삼가서 임부로 하여금 그릇을 다쳐서 깨어지게 말며 물과 국물 찬 것을 손에 대지 않으며 잘 드는 칼을 쓰지 말며 산 것을 칼로 베지 말며 베기는 반드시 모를 바르게 할 것이다. 임부의 일하는 것이다.

○ 임뷔 단정이 안ᄌᆞ 기우로 몸 싯디 말며 바ᄅᆞᆷ벽의 징게디 말며 벗쳐 안디 말며 거러 안디 말며 마루 기ᄉᆞᆰ의 말며 안ᄌᆞ 놉흔 것 ᄂᆞ리오디 말며 셔셔 ᄯᅡ희 것 집디 말며 왼편 것 가디기를 올흔 손으로 ᄡᅥ 아니며 올흔 편의 가디기를 왼손으로 ᄡᅥ 아니며 엇게로 도라보디 아니며 ᄃᆞᆯ ᄎᆞ거든 ᄆᆞ리감디 말디니라 임부의 안ᄌᆞ며 움ᄌᆞᆨ이미라

번역

임부가 단정히 앉아 기울여서 몸을 씻지 말며 벽에 기대지 말며 뻗쳐 앉지 말고 걸터앉지 말고 마루 기슭에 (있지) 말며 앉아서 높은 것 내리지 말며 서서 땅엣 것을 짚지 말며 왼편을 집을 때 오른손으로 쓰지 아니하며 오른편을 집을 때는 왼손을 쓰지 않으며 어깨로 돌아보지 않으며 해산달이 차〈아기 배어 여러 달이라는 말〉거든 머리 감지 말 것이다. 임부의 앉으며 움직이는 일이다.

○ 임뷔 혹 셔며 혹 ᄃᆞ니되 외ᄇᆞᆯ의 힘ᄡᅳ디 말며 기동을 의디ᄒᆞ디 말며 위ᄐᆡᄒᆞᆫ ᄃᆡ 드듸디 말며 기운 길노 ᄆᆞᆯᄆᆡᄋᆞᆷ디 말며 오ᄅᆞᆯ 제 반ᄃᆞ시 셔셔 ᄒᆞ며 ᄂᆞ릴 제 반ᄃᆞ시 안ᄌᆞ ᄒᆞ며 급히 ᄃᆞᆺ디 말며 ᄢᅱ여 건네디 말디니라 임부의 ᄃᆞ니며 셔미라

번역

임부가 혹 서며 혹 다니되 외발에 힘쓰지 말며 기둥을 의지하지 말며 위태한 데 디디지 말며 기운 길로 말미암지 않으며 오를 때 반드시 서서 하며 내릴 때는 반드시 앉아서 하며 급히 달리지 말며 뛰어 건너지 말 것이

다. 임부의 다니며 서는 일이다.

○ 임부의 ᄌᆞ며 눕ᄂᆞᆫ 도리ᄂᆞᆫ ᄌᆞᆯ 제 업듸디 말며 눕기ᄅᆞᆯ 죽은 사ᄅᆞᆷ쳐로 말며 몸을 곱히디 말며 문틈을 당ᄒᆞ야 말며 한ᄃᆡ 누엇디 말며 한 치위와 한 더위에 낫ᄌᆞᆷ 말며 ᄇᆡ블니 먹고 ᄌᆞ디 말며 ᄃᆞᆯ ᄎᆞ 가거든 옷을 ᄲᅡ하 녑흘 괴오고 반밤은 외오 눕고 반밤은 올히 누어 ᄡᅥ 법을 삼을디니라 임부의 ᄌᆞ며 눕기라

번역

임부의 자며 눕는 도리는 잘 때 엎드리지 말며 눕기를 송장처럼 하지 말며 몸을 고부라뜨리지 말며 문틈에 있지 말며 한데 누워 있지 말며 심한 추위와 심한 더위에 낮잠을 자지 말며 배불리 먹고 자지 말며 해산달이 차거든 옷을 쌓아서 옆을 괴고 반밤은 왼쪽으로 눕고 반밤은 바르게 누움으로써 법을 삼을 것이다. 임부의 자며 눕는 일이다.

○ 임부의 음식ᄒᆞᄂᆞᆫ 도리ᄂᆞᆫ 실과가 형상이 ᄇᆞᄅᆞ디 아냐도 먹디 아니며 버레 먹어도 먹디 아니며 ᄡᅥᆨ어 ᄡᅥ러딘 것 먹지 아니며 선물과 상치ᄅᆞᆯ 먹디 아니며 음식이 ᄎᆞ도 먹디 아니며 밥의 믈킈고 쉬니와 믈고기 문 것과 뭇고기 석은 거ᄉᆞᆯ 먹디 아니며 빗치 그르거든 먹디 아니며 내옴ᄉᆡ 그르거든 먹디 아니며 ᄉᆞᆯ히믈 그ᄅᆺᄒᆞ엿거든 먹디 아니며 ᄣᅢ 아닌 거ᄉᆞᆯ 먹디 아니며 고기 비록 만ᄒᆞ나 ᄒᆞ여곰 밥 긔운을 이긔게 말디니라 술을 먹으면 일ᄇᆡᆨ 가디 ᄆᆡᆨ이 풀니이고 나귀와 ᄆᆞᆯ고기와 비늘 업ᄉᆞᆫ 믈고기ᄂᆞᆫ ᄒᆡ산이 어렵고 엿기ᄅᆞᆷ과 마ᄂᆞᆯ은 틔ᄅᆞᆯ 삭이고 비름과 모밀과 율무ᄂᆞᆫ 틔ᄅᆞᆯ ᄡᅥ르치

고 마와 메와 복셩은 ᄌᆞ식의 맛당치 아니코 개고기ᄂᆞᆫ ᄌᆞ식이 소ᄅᆡ 못ᄒᆞ고 톳기고기ᄂᆞᆫ ᄌᆞ식이 어쳥이 되고 방게ᄂᆞᆫ ᄌᆞ식이 ᄀᆞᄅᆞ 나오고 양의 간은 ᄌᆞ식이 병 만코 ᄃᆞᆰ의 고기와 밋 알홀 출ᄡᆞᆯ의 어우르면 ᄌᆞ식이 촌ᄇᆡᆨ츙이 들고 올히 고기며 밋 알은 ᄌᆞ식이 것구로 나고 ᄎᆞᆷ새고기ᄂᆞᆫ ᄌᆞ식이 음난ᄒᆞ고 ᄉᆡ양빡은 ᄌᆞ식이 손가ᄅᆞᆨ이 만코 메어기ᄂᆞᆫ ᄌᆞ식이 감창 먹고 산양의 고기ᄂᆞᆫ ᄌᆞ식이 병만코 버ᄉᆞᆺ슨 ᄌᆞ식이 경풍ᄒᆞ고 일즉 죽ᄂᆞ니라 계피〈약ᄌᆡ 일홈〉건강〈ᄆᆞ른 ᄉᆡᆼ강〉으로 ᄡᅧ 냑념ᄒᆞ디 말며 노로고기와 ᄆᆞᆯ죠개로ᄡᅧ 디딤ᄒᆞ디 말며 쇄무릅〈나믈 일홈〉과 회닙〈나모슌〉흐로 ᄡᅧ 나믈ᄒᆞ디 말고 ᄌᆞ식 단졍ᄒᆞ고쟈 ᄒᆞ거든 리어ᄅᆞᆯ 먹으며 ᄌᆞ식이 슬긔 만코 힘 잇고쟈 ᄒᆞ거든 쇠콩ᄑᆞᆺ과 보리ᄅᆞᆯ 먹으며 ᄌᆞ식이 총명코자커든 뷔ᄅᆞᆯ 먹고 나키ᄅᆞᆯ 당ᄒᆞ거든 새요와 머육을 먹을디니라 임부 음식이라.

번역

임부가 먹고 마시는 도리는 과일이 모양이 바르지 않아도 먹지 않으며 벌레 먹어도 먹지 않으며 썩어 떨어져도 먹지 않으며 날것과 생야채를 먹지 않으며 음식이 차도 먹지 않으며 밥이 물러지고 쉰 것과 생선이 무르고 물고기가 썩은 것을 먹지 않으며 색깔이 변한 것을 먹지 않으며 냄새가 나쁜 것을 먹지 않으며 끓이기를 잘못하였거든 먹지 않으며 철에 맞지 않은 것을 먹지 않으며 고기가 비록 많지만 밥 기운을 넘기지 않아야 한다. 술을 먹으면 일백 가지 혈맥이 풀리고 나뉘며 말고기와 비늘 없는 물고기는 해산이 어렵고 엿기름과 마늘은 태를 삭히고 비름과 메밀과 율무는 태를 떨어뜨리고 마와 메와 복숭아는 자식이 알맞지 않고 개고기는 자식이 소리를 못 내고 토끼고기는 자식이 언청이가 되고 방게는 자식이 옆으로 나오고 양의 간은 자식이 병이 많고 닭고기와 달걀을 찹쌀에 어우르면 자식이 촌백충이 들고 오리의 고기 및 알은 자식이 거꾸로 나오고 참새고기는 자식이 음란하고 생강싹은 자식이 육손가락이 나오고 메기는 자식이 감창 먹고 산양의 고기는 자식이 병이 많고 버섯은 자식이 경풍들어 쉬이 죽는다. 계피〈약재 이름〉, 건강〈생강 마른 것〉으로 양념하지 말며 노루고기와 말조개로 지짐을 하지 말며 쇠무릅〈나물 이름〉과 횟잎〈나무순〉으로 나물하지 말고 자식이 단정코자 하거든 잉어〈물고기 이름〉를 먹으며 자식이 슬기 많고 힘 있고자 하면 쇠콩팥과 보리를 먹으며 자식이 총명하게 하려면 뛰를 먹고 해산 때가 되면 새우와 미역을 먹을지니라. 임부의 먹고 마심이다.

○ 임뷔 나키 당ᄒᆞ야 음식을 츙실이 ᄒᆞ며 쳔쳔이 ᄃᆞ니기ᄅᆞᆯ ᄌᆞ조ᄒᆞ고 잡사ᄅᆞᆷ을 부치디 말며 ᄌᆞ식 보아 주리ᄅᆞᆯ 반ᄃᆞ시 ᄀᆞᆯ히고 압하도 몸을 뷔트디 말며 쟛ᄇᆞ누으면 나흠이 쉬오니라 임부의 ᄒᆡ산 당ᄒᆞ미라

번역

임부가 해산 때에 이르러 먹고 마시는 일을 충실히 하고 천천히 다니기를 자주하고 잡인(雜人)과 함께 하지 말며 자식 보아줄 사람을 반드시 가리고 아파도 몸을 비틀지 말며 잣바듬하게 누우면 해산하기 쉽다. 임부의 해산 때에 이름이다.

○ ᄌᆞ식 ᄇᆡᆫ 어미ᄂᆞᆫ 혈ᄆᆡᆨ이 부터니이고 숨쉬기와 움ᄌᆞᆨ이며 그 깃브고 셩내ᄂᆞᆫ 배 ᄌᆞ식의 셩품이 되며 그 보며 듯ᄂᆞᆫ 배 ᄌᆞ식의 긔운이 되며 그 마시

며 먹ᄂᆞᆫ 배 ᄌᆞ식의 ᄉᆞᆯ이 되ᄂᆞ니 어미 되니 엇디 삼가디 아니리오

임쳔 오시② ᄀᆞᆯ오ᄃᆡ 사ᄅᆞᆷ이 나ᄆᆡ ᄀᆡ운을 아비게 바들 ᄣᆡ예 엇디 혹 ᄆᆞᆰ고 혹 호리여 ᄀᆞᆺ디 아니ᄒᆞ리오 몸을 어미게 닐울 ᄣᆡ예 혹 아ᄅᆞᆷ답고 혹 사오나오미 ᄀᆞᆺ디 아니ᄒᆞ다 ᄒᆞ니라[6]

번역

자식 밴 어미는 혈맥이 붙어 이어지고 숨쉼에 따라 움직이며 그 기뻐하며 성 내는 바가 자식의 성품이 되며 그 보며 듣는 바가 자식의 기운이 되며 그 마시며 먹는 바가 자식의 살이 되니 어미 된 이가 어찌 삼가지 않겠는가.

임천 오씨가 말하기를 "사람이 나매 기운을 아비에게서 받을 때 어찌 혹 맑고 혹 흐리어 같지 않겠는가. 몸을 어미에게서 일으킬 때는 혹 아름답고 혹 나쁜 것이 같지 않다" 한다.

○ 우ᄂᆞᆫ 뎨ᄉᆞ쟝

---

① ᄌᆞ가가 버레ᄅᆞᆯ 저허ᄒᆞ미라(당신이 벌레를 꺼려함이라). ※ 강헌규 주석본(1995)에서는 이에 대해서 'ᄌᆞ가'는 "자기의 높임말, 當身"의 뜻이라고 보충 설명하였는데 덧보태자면 'ᄌᆞ가'는 중세국어의 2인칭 존칭대명사 '자갸[自家]'의 후대형으로 여기서는 '자신'의 의미라기보다는 '당신'의 의미로 이해해야 한다.

② 원나라 ᄒᆞᆨ쟈(원나라 학자)

6 이 부분은 사주당 이씨가 작성한 한문본 원문과 유희의 언해 부분에는 없고 유기선 씨 소장의 필사본에만 있다. 이 역시 이 글이 이사주당이 직접 쓴 글이라는 한 증거가 된다.

5. 제오장

○ ᄐᆡ교ᄅᆞᆯ 아디 못ᄒᆞ면 죡히 ᄡᅥ 사ᄅᆞᆷ의 어미되디 못ᄒᆞ리니 반ᄃᆞ시 ᄆᆞᄋᆞᆷ을 ᄇᆞᄅᆞᆯ딘뎌 ᄆᆞᄋᆞᆷ ᄇᆞᄅᆞ미 길이 이시니 그 보며 드ᄅᆞ믈 삼가며 그 안ᄌᆞ며 셔믈 삼가며 그 ᄌᆞ며 먹으믈 삼가되 잡되미 업ᄉᆞ면 무던ᄒᆞᆯ디니 잡되미 업ᄉᆞᆫ 공이 넉넉히 능히 ᄆᆞᄋᆞᆷ을 ᄇᆞᄅᆞ리로ᄃᆡ 오히려 삼가믜 이실 분이니라

번역

태교를 알지 못하면 사람의 어미가 충분히 새롭게 되지 못할 것이니 반드시 마음에 바랄 것이다. 마음의 바라는 일에 길이 있으니 그 보며 듣는 일을 삼가며 그 앉으며 서는 일을 삼가며 그 자며 먹는 일을 삼가되 잡됨이 없으면 무던할 것이니 잡됨이 없는 공(功)은 넉넉히 마음에 바라게 할 것이로되 그저 삼가는 일에 있을 뿐이다.

○ 엇디 열 ᄃᆞᆯ 쇼고ᄅᆞᆯ 써려 ᄡᅥ 그 ᄌᆞ식을 ᄀᆞ디 아냐 디게 ᄒᆞ고 스ᄉᆞ로 쇼인〈좀사ᄅᆞᆷ〉의 어미되랴 엇디 열 ᄃᆞᆯ 공부ᄅᆞᆯ 강잉ᄒᆞ야 ᄡᅥ 그 ᄌᆞ식을 어딜게 ᄒᆞ고 ᄡᅥ 군ᄌᆞ〈큰사ᄅᆞᆷ〉의 어미 되디 아니랴 이 두 가디ᄂᆞᆫ ᄐᆡ교의 ᄆᆞᆯᄆᆡ음아 션 배니 넷 셩인이 엇디 ᄯᅩᄒᆞᆫ 하 다ᄅᆞᆫ 재시리오 이 두 가디에셔 거츄ᄒᆞᆯ 분이시니 대ᄒᆞᆨ〈경셔 일홈〉의 ᄀᆞᆯᄋᆞᄃᆡ ᄆᆞᄋᆞᆷ으로 딘실노 구ᄒᆞ면 비롯 맛디 아냐도 머든 아니ᄒᆞ리니 ᄌᆞ식 기로믄 ᄇᆡ혼 후의 셔방 마ᄌᆞᆫ 재 잇디 아니타 ᄒᆞ니라

번역

어찌 열두 달 수고를 꺼려서 그 자식을 갖추어지지 않은 채 떼게 하고 스스로 소인〈좀스러운 사람이란 말〉의 어미가 되겠는가. 어찌 열 달 공부를 억지로 해서 그 자식을 어질게 하고 스스로 군자〈큰사람이란 말〉의 어미가 되지 않겠는가. 이 두 가지는 태교에 따라서 드러난 바이니 옛 성인이 또한 어찌 많이 (다른) 것이시겠는가. 이 두 가지에서 버리고 취할 뿐이시니 『대학』〈경서 이름〉에 가로되 "마음으로 진실로 구하면 비록 맏지 않아도 멀지는 않을 것이니 자식 기르는 일을 배운 후에 남편을 맞는이가 있지 않다"고 한다.

○ 어미되고 ᄐᆡ교ᄅᆞᆯ 아니ᄂᆞ니ᄂᆞᆫ ᄐᆡ교ᄅᆞᆯ ᄃᆞᆺ디 못ᄒᆞ미오 ᄃᆞᆺ고 ᄒᆡᆼ치 아니ᄒᆞᄂᆞ니ᄂᆞᆫ 말녀ᄒᆞ미라 텬하의 거시 강잉ᄒᆞᆷ의 닐우고 말녀ᄒᆞᆷ의 그ᄅᆞᆺ되ᄂᆞ니 엇디 강잉ᄒᆞ고 못 닐오ᄂᆞᆫ 것이시며 말녀ᄒᆞ고 아니 그ᄅᆞᆺ되ᄂᆞᆫ 것이시리오 강잉ᄒᆞ면 닐우ᄂᆞ니 말ᄌᆞ 어리니도 어려온 일이 업고 말녀 ᄒᆞ면 그ᄅᆞᆺ되ᄂᆞ니 ᄋᆞᆺ듬 어디니도 쉬온 일이 업ᄂᆞᆫ디라 어미되엿ᄂᆞ니 ᄐᆡ교ᄅᆞᆯ 힘쓰디 아니ᄒᆞ랴 시예 닐오ᄃᆡ 아디 못ᄒᆞᆫ다 ᄒᆞ여도 임의 ᄌᆞ식을 안앗다 ᄒᆞ니라

번역

어미가 되고 태교를 기르지 아니하는 사람은 태교를 듣지 못한 것이고, 듣고 행하지 않는 이는 말려(하지 않으려) 하는 것이다. 천하의 것이 억지로 하려고 함에 이루고 하지 않으려 함에 그릇되니 어찌 억지로 하려고 해서 못 이루는 것이 있으며 어찌 하지 않으려 하고 그릇되지 않는 것이 있겠는가. 억지로 이루고자 하면 이루나니 '말자 미련'도 어려운 일이 없

고 하지 않으려고 하면 그릇되니 '으뜸 슬기'도 쉬운 일이 없다. 어미 된 이가 태교를 힘쓰지 않겠는가. 『시경』에서 말하기를 "알지 못한다 하려 한들 이미 자식을 안았다"고 한다.

○ 우는 뎨오쟝

6. 제육장

○ ᄐᆡ기롬을 삼가디 아니ᄒᆞ미 엇디 ᄌᆞ식이 ᄌᆡ조 업ᄉᆞᆯ ᄲᅳᆫ이리오 그 형상이 온젼치 못ᄒᆞ며 병이 심히 만코 ᄯᅩ조차 ᄐᆡ도 ᄯᅥ러디며 나키도 어려오며 비록 나ᄒᆞ도 수이 죽ᄂᆞ니 딘실노 ᄐᆡ기롬을 그ᄅᆞᆺ홈의 ᄆᆞᆯᄆᆡᄋᆞᆷ은디라 그 감히 ᄀᆞᆯᄋᆞᄃᆡ 내 몰내랴 ᄒᆞ랴 셔〈녯 글을 공ᄌᆞ긔셔 ᄲᆡᆫ시다〉의 ᄀᆞᆯᄋᆞᄃᆡ 하늘이 디은 ᄌᆡ앙은 오히려 가히 피ᄒᆞ려니와 스ᄉᆞ로 디은 ᄌᆡ앙은 가히 도망치 못ᄒᆞᆫ다 ᄒᆞ니라

번역

태(胎)에서 기르는 일을 삼가지 않음이 어찌 자식의 재주 없음일 뿐이겠는가. 그 형상이 온전하지 못하며 병이 심히 많고 또 따라서 태(胎)도 떨어지며 해산도 어려우며 비록 낳아도 쉽게 죽으니 참으로 태(胎)의 기름을 잘못함에 따르는 것이다. 그 감히 말하기를 "나 몰라라"하겠는가. 『서경』〈옛 글을 공자께서 뽑으신 것이다〉에 말하기를 "하늘이 지은 재앙은 피할 수 있겠지만 스스로 지은 재앙은 도망할 수 없다"고 한 것이다.

○ 우ᄂᆞᆫ 뎨뉵쟝

7. 제칠장

○ 이제 ᄌᆞ식 ᄇᆡᆫ 집의셔 쇼경과 무당을 불너 부작이며 딘언이며 빌며 풀이ᄒᆞ고 ᄯᅩ 부쳐의게 일ᄒᆞ여 듕과 승의게 시듀ᄒᆞᄂᆞ니 샤긔옛 ᄉᆡᆼ각이 나면 거ᄉᆞᆫ 긔운이 웅ᄒᆞ고 거ᄉᆞᆫ 긔운이 형상을 닐우ᄆᆡ 길ᄒᆞᆫ 길ᄒᆞᆫ 배 업ᄉᆞᆫ 줄을 ᄌᆞ못 아디 못ᄒᆞᄂᆞ니라

번역

요즘의 자식 밴 집에서 소경과 무당을 불러 푸닥거리하고 진언이며 빌며 굿을 하고 또 부처에게 일해서(불사를 해서) 중과 여승에게 시주하니 삿된 생각이 나면 거스르는 기인이 응하고 거슨 기운이 형상을 이루기에 길한 바가 없는 것을〈사람의 마음이 순조롭지 않으면 일도 그대로 잘 되지 않는다는 말이다〉 자못 알지 못한다.

○ 셩품이 새옴ᄇᆞᄅᆞᆫ 사ᄅᆞᆷ은 여러 쳡의 ᄌᆞ식이 이시믈 ᄭᅥ리고 혹 ᄒᆞᆫ 방의 두 임뷔〈이시면〉 ᄉᆞ뎨〈ᄆᆞᆺ동셔를 ᄉᆞ라 ᄒᆞ고 아ᄅᆡ 동셔를 뎨라 ᄒᆞ다〉 ᄉᆞ이도 ᄯᅩᄒᆞᆫ 서ᄅᆞ 용납디 못ᄒᆞᄂᆞ니 ᄆᆞᄋᆞᆷ 가디미 이러코 엇디 ᄌᆞ식 나하 ᄌᆡ조 잇고 ᄯᅩ 사ᄂᆞᆫ 재 이시리요 내 ᄆᆞᄋᆞᆷ이 하ᄂᆞᆯ이라 ᄆᆞᄋᆞᆷ이 어딜면 하ᄂᆞᆯ도 어디리 주시고 하ᄂᆞᆯ 주시미 어딜면 손ᄌᆞ ᄌᆞ식의게 밋ᄂᆞ니 시예 ᄀᆞᆯ오ᄃᆡ 개뎨〈순편ᄒᆞᆫ 모양〉ᄒᆞᆫ 군ᄌᆞ여 복을 구ᄒᆞᄆᆡ 샤회치 아니ᄒᆞ다 ᄒᆞ니라

번역

성품이 샘바른 사람은 여러 첩의 자식이 있는 것을 꺼리고 혹 한 방에 임부가 둘이면 윗동사 아랫동서 사이에도 서로 용납하지 못하니 마음가짐이 이렇고서 어떻게 자식 낳아 재주 있고 또 오래 살 이가 있겠는가. 내 마음이 하늘이라 마음이 착하면 하늘이 주시는 것도 착하고 하늘이 주시는 것이 착하면 손자 자식에게 미치는 법이니 『시경』에서 말하기를 "순하고 편한[豈弟] 군자는 복을 구할 때 제 마음대로 하지 않는다."고 한 것이다.

ㅇ 우는 뎨칠쟝

8. 제팔장

○ 의원 사ᄅᆞᆷ이 이셔 ᄀᆞᆯᄋᆞᄃᆡ 어미 리딜병 들면 ᄌᆞ식도 리딜ᄒᆞ고 어미 학딜병 들면 ᄌᆞ식도 학딜ᄒᆞᆫ다 ᄒᆞ니 이런 묘리ᄅᆞᆯ 알면 ᄌᆞ식이 어믜게 이시미 외너출의 이심 ᄀᆞᆺᄐᆞᆫ디라 블으며 ᄆᆞᆯ으며 설며 닉으미 어에 그 ᄲᅳᆯ희예 믈젓음과 다뭇 믈젓디 못ᄒᆞ미니 어믜 몸이 됴셥 못ᄒᆞ고 ᄐᆡ 능히 길니이며 ᄐᆡ 길니이믈 엇디 못ᄒᆞ고 ᄌᆞ식이 능히 ᄌᆡ조 잇고 ᄯᅩ산① 쟈ᄅᆞᆯ 보디 못게라

번역

의원이 말이 있어 가로되, 어미가 찬 병을 얻으면 아이도 차지고 어미가 더운 병을 얻으면 아이도 덥다 하였으니 이런 묘리를 알면 자식이 어미에게 있는 일은 오이가 넝쿨에 있는 것과 같은지라. (물에) 불며 마르며 설익으며 익는 일이 이에 그 뿌리의 물에 젖음과 함께 물에 젖지 못하는 것이니 어미의 몸이 조섭하지 못하고도 태(胎)가 잘 길러지며 태(胎) 길러짐을 얻지 못하고도 자식이 능히 재주 있고 또 오래 산 이를 내가 알지 못하겠다.

○ ᄲᅡᆼ싱 얼골이 반ᄃᆞ시 ᄀᆞᆺᄒᆞ믄 딘실노 ᄐᆡ에 길니임임이 ᄀᆞᆺᄒᆞᄆᆡ ᄆᆞᆯᄆᆡᄋᆞᆷ으미오 ᄒᆞᆫ 고을 사ᄅᆞᆷ 슝샹과 닉으미 서ᄅᆞ 갓가오믄 ᄐᆡ 기ᄅᆞᆯ 제 먹은 거시 ᄀᆞᄅᆞ치미 된 것이오 ᄒᆞᆫᄃᆡ예 사ᄅᆞᆷ의 긔품과 골격이 서ᄅᆞ 갓가오믄 ᄐᆡ 기

---

① 오ᄅᆡ(오래). ※ ‘산 쟈ᄅᆞᆯ’ 앞에 추가된 것으로 보아 본래 ‘오ᄅᆡ 산 쟈ᄅᆞᆯ’에 대한 필사 오류에 대한 수정으로 보인다.

ᄅᆞᆯ 제 보고 듯ᄂᆞᆫ 거시 ᄀᆞᄅᆞ치미 되미니 이 세 가디ᄂᆞᆫ ᄐᆡ교의 ᄆᆞᆯᄆᆡᄋᆞᆷ아 뵈인 배라 군ᄌᆞ 임의 ᄐᆡ교의 이러ᄐᆞᆺ ᄇᆞᆯ그믈 보고도 오히려 ᄒᆡᆼ치 아니ᄒᆞᄂᆞ니 내 아디 못ᄒᆞ노라

번역

쌍동이의 모습이 반드시 같은 것은 진실로 태(胎)에서 길러짐이 같음에 기인한 것이고 같은 나라 사람의 습성과 숭상하는 것이 서로 가까운 것은 태(胎)를 기를 때 먹은 것이 시킨 일이고 한 임금 때 사람의 기품과 골격이 서로 가까운 것은 태(胎)를 기를 때 보고 들은 것이 시킨 일이니 이 세 가지는 태교에 기인하여 보인 것이다. 군자가 이미 태교의 이렇듯이 분명한 것을 보고도 오히려 행하지 않는 이를 나는 알지 못한다.

○ 우ᄒᆞᆫ 뎨팔쟝

9. 제구장

○ ᄐᆡ예 ᄀᆞᄅᆞ치지 아니ᄒᆞ믄 그 오ᄃᆡᆨ 쥬나라 ᄉᆞᆺᄒᆡ ᄇᆞ리미라 녜적의 ᄐᆡ교의 도리ᄅᆞᆯ 옥널쪽의 ᄡᅧ 금궤에 너허 종묘의〈나라 ᄉᆞ당〉 두어 ᄡᅧ 훗사ᄅᆞᆷ의게 경계ᄅᆞᆯ 삼은 고로 ᄐᆞ임〈문왕 어마님 셩이 임시〉이 문왕을 ᄇᆡ샤 눈의 샤긔로운 빗츨 보디 아니시며 귀예 음난ᄒᆞᆫ 소ᄅᆡᄅᆞᆯ 듯디 아니시며 입의 오만ᄒᆞᆫ 말을 내디 아니ᄒᆞ더시니 문왕을 나흐시ᄆᆡ ᄇᆞᆰ고 어디르샤 ᄐᆡ임이 ᄀᆞᄅᆞ치샤ᄃᆡ ᄒᆞ나흐로ᄡᅧ ᄇᆡᆨ을 아더시니 ᄆᆞᄎᆞᆷ내 쥬나라 웃듬 님군이 되시고 읍강이〈무왕 안해 셩왕 어마님 셩이 강시라〉 셩왕을 ᄇᆡ샤 셔기ᄅᆞᆯ 츼드듸디 아니시며 안기ᄅᆞᆯ 기우로 아니시며 혼자 이실 제 거러안지 아니시며 비록 셩나도 ᄭᅮ디럼을 아니터시니 태교의 니ᄅᆞᆷ이러라

번역

태(胎)를 가르치지 않게 된 일은 그 오직 주나라 말기에 버린 것이다. 옛날에는 태교의 도리를 옥판에 써서 금궤에 넣어 종묘〈나라의 사당〉에 두어서 훗사람의 경계를 삼았기 때문에 태임〈주나라 시조 문왕의 어머님 성이 임씨이다〉이 문왕을 배셔서 눈에 삿된 빛을 보지 않으시며 귀에 음란한 소리를 듣지 않으시며 입에 오만한 말을 내지 않으셨는데 문왕을 낳으니 밝고 성〈성은 모르는 일이 없는 것이다〉스러우시거늘 태임이 가르치시되 하나로써 백을 아시더니 마침내 주나라의 최고 임금이 되시고 읍강〈문왕의 아내요, 성왕의 어머님 성이 강(姜)씨이다〉이 성왕을 몸에 배셔서 설 때는 기울여 디디지 않으시며 앉을 때는 기울여 앉지 않으시며 혼

자 있을 때는 걸터앉지 않으시며 비록 화가 나도 꾸지람하지 않으시더니 '태교(胎教)'라고 이르신 것이다.

○ 우는 뎨구쟝

10. 제십장

○ ᄐᆡ교〈한나라 가의 디은 신셔의 글 일홈〉의 ᄀᆞᆯᄋᆞᄃᆡ 본ᄃᆡ 닐옴〈이 ᄯᅩᄒᆞᆫ ᄐᆡ교ᄅᆞᆯ 니ᄅᆞᆷ〉은 ᄌᆞ손을 위ᄒᆞ오ᄃᆡ 안ᄒᆡ혼인 ᄯᆞᆯ 셔방맛치ᄆᆡ 반ᄃᆞ시 효도롭고 공슌ᄒᆞᆫ 이와 ᄃᆡᄃᆡ로 올흔 일 ᄒᆡᆼᄒᆞ니 잇ᄂᆞᆫ 쟈ᄅᆞᆯ ᄀᆞᆯ희다 ᄒᆞ니 군ᄌᆞ의 ᄀᆞᄅᆞ치미 본ᄃᆡ 닐음의 압셔미 업거ᄂᆞᆯ 그 ᄎᆡᆨ망이 부인의게 잇ᄂᆞᆫ 고로 어딘 쟈ᄅᆞᆯ ᄀᆞᆯᄒᆡ되 ᄀᆞᆺ디 아닌 쟈ᄅᆞᆯ ᄀᆞᄅᆞ치문 ᄡᅧ ᄌᆞ손을 위ᄒᆞ여 념녀ᄒᆞᄂᆞᆫ 배니 딘실노 셩인의 도리ᄅᆞᆯ ᄉᆞ믓디 아니ᄒᆞᆫ 재면 그 뉘 능히 참예ᄒᆞ리오

번역

『태교(胎敎)』〈한(漢)나라 가의(賈誼)가 지은 새 책[新書]에 있는 글의 서목이다〉에서 말하기를 '이루는 것〈이 또한 태교를 이르는 것이다〉'은 "자손을 위하되 아내와의 혼인과 딸의 남편 맞이에 반드시 효성스럽고 공순한 이와 대대로 옳은 일을 행한 이가 있는 이를 선택한다"고 하니 군자의 가르침이 본래 '이루는 일'에 앞서는 것이 없거늘 그 책임이 이에 여자쪽에 있는 까닭에 어진 이를 선택하되 갖추어지지 않은 이를 가르침으로써 자손을 위하여 염려하는 바이니 진실로 성인의 도리를 깨닫지 못한 이라면 그 누가 능히 참여하겠는가.

○ 우ᄂᆞᆫ 뎨십쟝

정ᄌᆡ[1] ᄀᆞᆯᄋᆞ샤ᄃᆡ 비록 ᄇᆡ여셔 ᄀᆞᄅᆞ침과 다뭇 보부의 ᄀᆞᄅᆞ침이라도 이제 샹셔와 향당의 ᄀᆞᄅᆞ치미 예셔 낫다 ᄒᆞ시니라 손녀ᄂᆞᆫ 혹 벗기거든 대문의 녀허 벗겨라 관셔[2]의ᄂᆞᆫ 업ᄂᆞ니라

번역

정자(程子)가 말씀하시기를 "비록 배어서 가르치는 일과 함께 보부상의 가르침이라도 학교와 향교에서 가르치는 것이 이보다 낫다"고 하셨다. 손녀는 혹시 베끼려거든 한문 본문을 넣어서 베껴라. 보고 있는 책에는 없다.

1 이하의 내용은 〈부셜〉과 함께 존경각본 〈태교신기〉나 석판본 〈태교신기〉에는 없는 내용이다. 이사주당이 직접 언해하였거나 한글로 쓴 글이 남겨진 사례로 보아야 할 것이다.

2 여기서 '관셔'는 '관서(觀書)'가 아닌가 한다. '관서(觀書)'는 흔히 '소리내지 않고 읽음, 묵독'의 의미로 사용되지만 '책을 보다' 혹은 '보고 있는 책'의 의미로도 사용된다. 이를 통해서도 태교신기에는 한문본이 포함되어 유희가 주석과 언해를 달아둔 판본의 필사본과 사주당이 직접 언해하여 필사로 전해지는 두 가지 필사본이 있었음을 알 수 있다.

II. 부셜

1. 〈ᄐᆡ극리긔셩졍귀신인심도심디결〉

○ 무극이 ᄐᆡ극이라 ᄐᆡ극이 음ᄌᆞᆨ여 양을 나코 고요ᄒᆞ야 음을 나흐니 음양젼의 몬져도 리오 움ᄌᆞᆨ여 오ᄒᆡᆼ을 나흐니 긔운이라 만물의 업ᄉᆞᆫ 고 리 업ᄉᆞ니 조화의 흔젹을 ᄀᆞᆯᄋᆞ되 귀신이라 니ᄅᆞ서 셔인 거시 신이오 드르셔 도라간 거시 귀라 리와 긔운은 ᄒᆞ나히로ᄃᆡ 둘이 이오 둘이로ᄃᆡ ᄒᆞ나히라 여자의 아ᄂᆞᆫ 일노 비컨ᄃᆡ 기름과 믈 ᄀᆞᆺᄐᆞ여 섯기디 아니코 난호려 ᄒᆞ여도 ᄂᆡ와 불 ᄀᆞᆺᄐᆞ여 ᄯᅥ나디 못ᄒᆞ니 ᄒᆞ나히 둘인 고로 섯기디 아니하고 둘이 하나인 고로 ᄯᅥ나디 못ᄒᆞ다 하ᄂᆞᆯ이 명ᄒᆞ야 사ᄅᆞᆷ의게 브쳐 내시니 곧 셩이라[1] 인과 의와 녜와 디요 감동ᄒᆞ야 움ᄌᆞᆨ이면 졍이니 측은 슈오 ᄉᆞ양 시비요 ᄆᆞᄋᆞᆷ은 셩졍을 모도 통ᄒᆞᆯ 재라 졍ᄒᆞᆫ거시 업서 허령ᄒᆞ다가 일을 응ᄒᆞᆯ 즈음의 셩명의 ᄇᆞᄅᆞᆫ 거ᄉᆞ로 나면 어딘 도의 ᄆᆞᄋᆞᆷ이오 문져 이목구비 욕심의 ᄀᆞ리

오면 그ᄅᆞᆫ 사ᄅᆞᆷ의 ᄆᆞ음이니라 뜻이란 디ᄌᆞᄂᆞᆫ 속의 잇ᄂᆞᆫ 거시오 뜻이란 의ᄌᆞ난 일의 향ᄒᆞ여 나ᄂᆞᆫ ᄌᆞ히오 셩이란 셩자ᄂᆞᆫ 졍셩셩ᄌᆞ니 젼일ᄒᆞ고 딘실ᄒᆞ야 망녕되지 아닌 뜻이요 인ᄌᆞᄂᆞᆫ② 텬디 ᄉᆡᆼ물디심이니 도언힝인을 보아도 가히 알 거시니라

번역

무극(無極)이 태극(太極)이다. 태극이 움직여 양을 낳고 움직임을 멈추어서 음을 낳으니 음양(陰陽) 전(前)의 먼저도 '이(理)'요, 움직여 오행(五行)을 낳으니 기운(氣運)이라. 만물에 없는 까닭에 '이(理)'가 없으니 조화(造化)의 흔적을 말한 것이 귀신(鬼神)이다. 일어나서 서게 한 것[起立]이 신(神)이고 들어가서 돌아간 것[入歸]이 귀(鬼)이다. 이(理)와 기운(氣運)은 하나이되 둘이고 둘이되 하나이다. 여자가 아는 일로 비유하자면 기름과 물 같아서 섞이지 않고 나누려 하여도 내와 불 같아서 떠나지 못하니 하나가 둘인 까닭에 섞이지 않고 둘이 하나인 까닭에 떠나지 못한다. 하늘이 명하여 사람에게 붙여 내셨으니 곧 성(性)이라서 인(仁), 의(義), 예(禮), 지(知)가 그것이다. 감동하여 움직이면 정(情)이니 측은(惻隱), 사양(辭讓), 수오(羞惡), 시비(是非)이 그것이다. 마음[心]은 성(性)과 정(情)을 모두 아우르는 것이다. 정한 것이 없어 허령(虛靈)하다가 일을 응(應)할 즈음에 성명(性命)의 바른 것으로 나면 어진 도의 마음이고 먼저 이목구비 욕심에 가리우면 그른 사람의 마음이다. 뜻 지(知)자는 속에 있는 것이고 뜻 의(意)자는 일이 향하여 나는 것이고 성(誠)이란 성(誠)자는 정성(精誠) 성(誠)자이니 전일(全一)하고 진실하여 망녕되지 않는다는 뜻이고 인(仁)자는 천지 생물지심

(天地生物之心)이니 도언행인(蹈言行仁)[1]을 보아도 가히 알 것이다.

① 곳 명이요 사ᄅᆞᆷ이 하ᄂᆞᆯ긔 바드니.(곧 운명이다. 사람이 하늘로부터 받은 것이다.) ※ 이 부분은 글의 왼쪽 난(欄)에 주(注)를 단 것이다. '성(性)'에 대한 보충이다.

② 어딜. ※ 이 부분은 글의 아래쪽 난(欄)에 주(注)를 단 것이다. '인(仁)'에 대한 보충이다.

1 도언행인(蹈言行仁): 자신의 말을 실천하고 어진 행실을 한다는 말.

2. 〈긔삼ᄇᆡᆨ주셜〉

○ 하ᄂᆞᆯ몸의 둥군 쥬회 삼ᄇᆡᆨ뉵십오도 ᄯᅩ ᄒᆞᆫ 도ᄅᆞᆯ 네희 난혼 ᄒᆞᆫ ᄆᆡ이니 하ᄂᆞᆯ의 힝홈미 ᄲᆞᆯ나 ᄒᆞ로 삼ᄇᆡᆨ뉵십오도 ᄉᆞ분도디일 돌고 ᄯᅩ ᄒᆞᆫ 도ᄅᆞᆯ 더 돌고 날의 힝ᄒᆞ믄 잠간 더듸여 삼ᄇᆡᆨ뉵십 ᄒᆞᆫ 도 너희 난혼 ᄒᆞ나흘 도니 하ᄂᆞᆯ몸과 ᄀᆞᆺ치 도ᄂᆞᆫ디라 하ᄂᆞᆯ은 내 몸의셔 ᄒᆞᆫ 도ᄅᆞᆯ 더 도ᄂᆞᆫ 고로 ᄒᆞ루 ᄒᆞᆫ 도식 나ᄆᆞ셔 삼ᄇᆡᆨ뉵십오일 ᄒᆞ로 네희 난훈 ᄒᆞ나흘 돌면 날과 하ᄂᆞᆯ이 만나니 곳 ᄒᆞᆫ ᄒᆡ 쉬라 ᄃᆞᆯ고 ᄒᆡ 만난 수와 스물네 졀긔ᄅᆞᆯ 혜면 그러치 못ᄒᆞ미 잇ᄂᆞᆫ 고로 삼ᄇᆡᆨ뉵십은 ᄒᆞᆫ ᄒᆡ 덧덧ᄒᆞᆫ 수로 혜고 ᄃᆞᆯ의 힝ᄒᆞ믄 더욱 더듸여 하ᄂᆞᆯ의 못 밋ᄎᆞ미 십삼도요 ᄯᅩ ᄒᆞᆫ 도ᄅᆞᆯ 열아홉의 난훈 닐곱 ᄆᆡ 이ᄅᆞᆯ 못 밋ᄎᆞ니 날의 못 밋ᄎᆞ든 십이도 ᄯᅩ ᄒᆞᆫ 도 열아홉의 난흔 닐곱 ᄆᆡ이니 삼ᄇᆡᆨ뉵십오도 ᄉᆞ분도디 일의 십삼도 십구분도디 일곱을 덜면 ᄌᆞᆨ호되 ᄒᆞᆫ 도 열아홉의 난훈 닐곱ᄆᆡ이라 산법의 ᄡᅥ러디ᄃᆡ 아니 ᄒᆞᄂᆞᆫ 고로 통분법을 ᄆᆞᆫᄃᆞ라 ᄒᆞᆫ 도ᄅᆞᆯ 열아홉을 ᄆᆞᆫ들고 열두도ᄅᆞᆯ 다 열아홉식 ᄆᆞᆫᄃᆞ라 열아홉의셔 난호션 닐곱을 너코 ᄒᆞᆯᄂᆞᆯ 네희 난호션 네흘 승ᄒᆞ면 구ᄇᆡᆨᄉᆞ십이니 이 ᄒᆞᄅᆞ 쉬도 ᄒᆞᄅᆞ 날도ᄂᆞᆫ 수 삼복뉵십오도ᄅᆞᆯ 이 수와 ᄀᆞᆺ치 ᄆᆞᆫ들녀 ᄒᆞᄆᆡ 삼ᄇᆡᆨ뉵십오ᄅᆞᆯ 이 수와 ᄀᆞᆺ치 ᄆᆞᆫ들며 ᄒᆞ매 삼ᄇᆡᆨ뉵십오ᄅᆞᆯ 〈여기서 내용이 잘림〉[1]

1 이 뒷부분의 내용은 강헌규 주석(1995)에 원문이 온전하게 실려 있지 못하다. 특히 이에 대한 주석편에서 〈긔삼ᄇᆡᆨ주셜〉에 대한 주석이 전개되다가 중간에 원문이 잘리고 갑자기 '試官'에 대한 주석 및 해설에 대한 내용으로 덮여 있는 것을 볼 때, 편집 과정에 유희의 과시문(科試文)에 대한 주석 내용을 작성하던 것과 뒤섞인 듯하다. 지금은 이 필사본의 원본을 확인할 수 없어서 이 뒷부분의 내용이 어떻게 전개되었는지 정확히 알기 어렵다.

번역

〈기삼백주설(朞三百註說)〉[2]

하늘몸[天體]의 둥근 주회(周回)가 365도(삼백육십오도) 또 한 도(度)를 넷으로 나눈 한 매이니[3] 하늘의 행함이 빨라서 하루 삼백육십오도 사분도지일을 돌고 또 한 도를 더 돌고 날의 행함은 잠깐 더디어 삼백육십 한 도를 넷으로 나눈 하나를 도니 하늘몸[天體]와 같이 도는지라. 하늘은 내 몸에서 한 도를 더 도는 까닭에 하루 한 도씩 남아서 삼백육십오일 하루 넷에 나눈 하나를 돌면 해와 하늘이 만나니 곧 한 해 수이다. 달과 해가 만나는 수와 스물네 절기를 헤아리면 그렇지 못함이 있는 까닭에 삼백육십은 한 해 덧덧한 수로 세고 달의 행함은 더욱 더디어 하늘에 못 미침이 십삼도요 또 한 도를 열아홉으로 나눈 일곱 매가 이를 못 미치니 날에 못 미치던 십이도가 또 한 도 열아홉에 나눈 일곱 매이니 삼백육십오도 사분도지일의 십삼도 십구분도지 일곱을 덜면 즉하되(?) 한 도 열아홉에 나눈 일곱 매이

---

2 '朞三百註'의 '朞三百'은 『서경』〈요전(堯傳)〉에 나오는 '朞三百有六旬有六日 以閏月定四時成歲 云云(일년은 삼백육십육일이다. 윤월로 사시를 정해서 1년을 이룬다…)'의 앞글자로, '朞三百註'는 이에 대해 『서경집전(書經集傳)』에서 주희(朱熹)의 설명을 바탕으로 채침(蔡沈)이 주석한 역법에 대한 설명을 가리킨다. 이 글은 '朞三百註'를 읽고 이에 대해 자신의 의견을 쓴 것인데, 김민수(1972)에서는 유희의 전기에서 유희가 9세 되던 1781년에 아버지에게 書典 朞三百註를 보고 朞三百文 一篇을 지어 올렸다는 내용에 따라 이 글이 유희의 소작이라고 보았지만 강헌규(1995)에서는 이를 이사주당의 소작으로 보았다.

3 '天體至圓周圍三百六十五度 四分度之一'에 대한 번역이다. 이 번역은 이사주당에 의해 이루어진 것으로 보인다. 천동설의 입장에서 천체(天體)가 365.25도로 되어 있음을 말하는 것이다. '朞三百註'는 태양의 주기로 달의 주기인 365.36과 10,89일의 차이를 어떻게 설명할 것인가에 대한 내용을 담고 있는데 대략 19태양년과 235삭망월의 길이가 거의 일치한다는 경험치를 바탕으로 19년 7윤법을 만든 것이다. 사주당이 인용한 '朞三百註'의 내용은 바로 이러한 내용을 담고 있는 것이다.

다. 산법에 떨어지지 아니하는 까닭에 통분법을 만들어 한 도를 열아홉을 만들고 열두 도를 다 열아홉씩 만들어 열아홉에서 나누었던 일곱을 넣고 하루를 넷으로 나누었던 넷을 곱하면 구백사십이니 이 하루 쉬도 하루 날 도는 수 삼백육십오도를 이 수와 같이 만들려 함에 삼백육십오를 이 수와 같이 만들며 하매 삼백육십오를 〈여기서 내용이 잘림〉

3. 〈역셜〉

ㅇ 쥬역은 알 길이 업ᄉᆞ니 ᄌᆞ정ᄌᆡ ᄀᆞᆯᄋᆞ샤ᄃᆡ “리 이신 후 샹이 잇고 샹이 이신 후 지 잇다 ᄒᆞ시니 그 말ᄉᆞᆷ은 올흐되 셩인은 샹을 보시고 리ᄅᆞᆯ 아ᄅᆞ시고 수가디 통ᄒᆞ시ᄃᆡ 이런 듕인은 슬겁디 못ᄒᆞ야 니ᄂᆞᆫ 근본이오 샹은 형용이오 수ᄂᆞᆫ 말이로ᄃᆡ 말노 더듬어 근본을 궁구ᄒᆞᆯ 밧업ᄉᆞ니 건괘예 ᄀᆞᆯᄋᆞᄃᆡ 초구ᄂᆞᆫ ᄌᆞᆷ뇽이니 물용이라 하니 수로 혜여 초구ᄅᆞᆯ 만나야 쓰고 못 쓰고 의논이니 샹이 비록 이신들 리ᄅᆞᆯ 엇디 혜아려아 ᄃᆡ가 만낫다 ᄒᆞ리오 천견의 아ᄂᆞᆫ ᄇᆡ 못 되니 ᄀᆞᄅᆞ치리 업ᄉᆞ니 한이로라

쥬역ᄋᆞᆯ 다 졈으로 다혀시ᄃᆡ ᄌᆞ정ᄌᆡ 전혀 도로 의논ᄒᆞ신고로 이 말ᄉᆞᆷ이시니라

번역

주역은 알 길이 없는데, 정자께서 말씀하시기를 “‘理’가 있은 후에 ‘象’이 있고 ‘象’이 있은 후에 ‘知’가 있다” 하시니[1] 그 말씀은 옳되 성인(聖人)은 ‘象’을 보시고 ‘理’를 아시고 ‘數’까지 통하시되 이런 중인(衆人)은 슬기롭지 못하여 ‘理’는 근본이고 ‘象’은 형용이고 ‘數’는 말이로되 말로 더듬어서 근본을 궁구할 수밖에 없으니 건괘(乾卦)에 가로되 “초구(初九)는 잠룡(潛

---

1 정자(程子)가 『주역 역설강령(周易易說綱領)』에서 이야기한 “有理而後 有象 有象而後 有數 易因象以知數.(원리[理]가 있은 뒤에 형상[象]이 있고 형상이 있고 난 뒤에 운수[數]가 있으니 변화[易]란 형상[象]에 따름으로써 운수[數]를 알게 되는 것이다”라는 구절에서 가져온 말이다.

龍)이니 쓰지 말라"고[2] 하니 수(數)로 헤아려 초구(初九)를 만나야 쓰고 못 쓰고를 의논할 수 있으니 '象'이 비록 있다 하더라도 '理'를 어떻게 생각해야 대가를 만났다 하겠는가. 천견(淺見)에 아는 바가 못 되나 가르쳐 줄 이가 없으니 한(恨)스럽다.

주역을 다들 점(占)으로 대하시는데 정자(程子)께서는 항상 도(道)로 의논하신 까닭에 이런 말을 한 것이다.

---

2 『주역(周易)』〈건괘〉 '初九, 潛龍勿用.(초구효는 물에 잠긴 용이니 쓰지 않는다)'과 『상전(象傳)』의 '潛龍勿用 陽在下(잠룡은 쓰지 않는 것은 양이 아래에 있기 때문이다)"라고 한 데서 가져온 말이다. 초구(初九)는 괘(卦)에서 맨 아랫자리의 양효(陽爻)를 가리킨다.

4. 〈결사〉

○ 무릇 셰상의 앗가온 거시 세히니 ᄒᆞ나흔 글의 도ᄌᆞ가 ᄒᆞᆫ 거ᄉᆞ로 잇서 ᄒᆞ여 황노의 ᄒᆞᆨ은 도가라 도언이라 ᄒᆞ고 오유의 ᄒᆞᆨ은 유가라 ᄒᆞ고 유되라 ᄒᆞ니 도ᄌᆞ ᄀᆞᆺ치 죠흔 ᄌᆞ를 황노의게① 앗갑고 쏘 둘은 공ᄆᆡᆼ안 둥의 일생 ᄒᆞ신 말ᄉᆞᆷ을 졔ᄌᆞ들이 다 편치 못ᄒᆞ여 만히 ᄲᅡ져실 거시니 앗갑고 세흔 부뫼 날을 ᄌᆡ조업시 나치 아녀 계시거늘 내게 일어 크게 닐우디 못ᄒᆞ고 나히 댱ᄎᆞᆺ 져문디라 뉘우츤들 엇디 미ᄎᆞ리오 가히 앗갑도다

번역

무릇 세상의 아까운 것이 셋인데 하나는 글에 '道'자(字)가 하나로 있어 하여 황노(黃老)의 학(學)은 도가(道家)라 도언(道言)이라 하고 오유의 학(學)은 유가(儒家)라 하고 유도(儒道)라 하니 도(道)자 같이 좋은 자(字)를 황노에게 아깝고 또 둘은 공자, 맹자, 안연 등의 일생 하신 말씀을 제자들이 다 편찬하지 못하여 많이 빠졌을 것이니 아깝고 셋은 부모가 나를 재주없이 낳지 않으셨거늘 내게 일어서 크게 이루지 못하고 나이가 곧 저물것이라 뉘우친들 어찌 미치리오, 가히 아깝도다.

○ 경오 오월 우환듕 ᄒᆞᄅᆞᄂᆡ ᄆᆞᆫ든니 눈은 어두어 ᄌᆞ와 줄이 아니 되고

① 아이니. ※ "황도의게 (아이니) 앗갑고"에서 빠진 부분을 보충한 것.

글ᄌᆞ 쓴게 만하 추ᄒᆞ다 칠십의 드러 셔상 글을 못 다 보고 죽게 되니 붓ᄭᅳ럽다

번역

경오년(1810) 오월 우환 중에 하루내에 만드니 눈은 어두워서 글자와 글줄이 아니되고 글자의 쓴 것이 많아서 추하다. 칠십에 들어 책장 속 글을 못 다 보고 죽게 되니 부끄럽다.

참고문헌

강명자·송병기, 1987, 「태교에 관한 문헌적 고찰-음식을 중심으로」, 『대한한방부인과학회지』 1-1, 대한한방부인과학회.

강헌규, 1976, 「昭和版 〈胎教新記〉와 筆寫本 〈틱교신긔 언히〉의 比較研究」, 公州教育大學 論文集 13-1.

姜憲圭 註釋/李師朱堂 原著, 1995, 『(註釋/影印) 胎教新記諺解』, 三光出版社.

권영철, 1972, 「『태교신기』 연구」, 『여성문제연구』 2, 효성여대 부설 한국여성문제연구소.

권호기, 1982, 「수고본태교신기」, 『서지학』 7, 한국서지학회.

김경미, 2022, 「조선시대 여성이 쓴 최초의 태교서」, 『오늘의 도서관』 11월호, 국립중앙도서관.

김관철, 1987, 「태교와 출생전 교육」, 《경인일보》 1987.1.12~14일자 기사.

김민수, 1964, 「유희의 진기」, 『도남조윤제박사 회갑기념논문집』.

김민수, 1964, 『신국어학사』, 일조각.

김병희, 2010, 「전통태교의 현대교육적 함의-『태교신기』를 중심으로-」, 『교육철학』.

김병희, 2012, 「전통태교의 특성과 교육적 위상」, 『아동교육』.

김세서리아, 2018, 「조선후기 여성 문집의 유가경전 인용 방식에 대한 여성철학적 고찰: 이사주당의 『胎教新記』와 이방허각의 『규합총서(閨閤叢書)』를 중심으로」, 『한국여성철학』 30, 한국여성철학회.

김영철, 2005, 「『태교신기』에 나타난 '존심'과 '정심'의 교육적 의미」, 『도덕교육철학』 17, 한국도덕교육학회.

김일선, 1968, 「조선시대 부녀교훈용도서」, 『이화사학연구』 3.

김정은, 1991, 「사주당의 태교례 실현과 차생활 연구」, 성신여대 석사논문.

김지선, 2012, 「明末淸初 遺民의 기억, 서사, 그리고 《女範捷錄》」, 『중국학논총』 36, 중국학연구소.

김혜숙, 1998, 「여성주의 인식론과 한국여성철학의 전망」, 『현대비평과 이론』, 한신문화사.

김희자, 1991, 「태교론」, 영남대학교 석사논문.

박성진·김선호, 1999, 「문헌에 나타난 태교의 사상의학적 고찰」, 『사상체질의학회지』 11-2, 사상체질의학회.

박숙현, 2014, 「태교는 인문학이다」(박숙현의 태교신기 특강), 북앤스토리.

박숙현, 2017, 「이사주당과 유희가 용인의 과거와 미래를 열다」, 『이사주당의 생애와 학문세계』(학술대회자료집), 이사주당기념사업회.

박용옥, 1985, 「한국에 있어서의 전통적 여성관-이사주당과 〈태교신기〉를 중심으로」, 『이화사학연구』 16.

배병철, 2005, 『다시보는 태교신기』, 성보사 부설 전통의학연수회.

사주당 원저, 최희석 편저, 2010/2020, 『(부부가 함께 읽는 태교의 고전) 태교신기』, 한국학술정보(주).

사주당 이씨 지음, 이연재 옮김, 2014, 『태교신기』, 안티쿠스.

사주당 저, 최삼섭·박찬국 역해·역주, 1991/2002, 『역주 태교신기(胎教新記)』, 성보사.

서울대학교 규장각한국학연구원, 2013, 『실용서로 읽는 조선』, 글항아리.

선우미정, 2017, 「조선시대 유교의 자녀교육론-태교와 아동교육을 중심으로-」, 『양명학』 47, 한국양명학회.

송병기·변정환, 1987, 「태교에 관한 문헌적 고찰 - 양성정(養性情) 및 우생학(優生學)을 중심으로」, 『대한한방부인과학회지』 1-1, 대한한방부인과학회.

심경호, 2009, 「사주당 이씨의 삶과 학문」, 『한국고전여성문학연구』 18, 월인.

안경식, 2000, 『한국 전통 아동교육사상』, 학지사.

여정희, 2005, 「《胎教新記》의 胎教思想 硏究」, 성균관대 유학대학원 석사논문.

유안진, 1986, 『한국의 전통교육방식』, 서울대학교출판부.

유재영 역주, 1981, 『女範』, 형설출판사.

유점숙, 1981, 「〈태교신기〉 내용고찰」, 『안동문화』 6.

윤은경, 2018, 「韓醫學的 觀點에서 본 『胎教新記』의 胎教論」, 『대한한의학원전학회지』 31-1, 대한한의학원전학회.

이강년, 1937, 「태교신기 역문」.

이경하, 2014, 「본성-양육 논쟁으로 본 『태교신기』-전통태교론 및 현대유전학과의 비교」, 『인문논총』 71-1, 서울대 인문학연구원.

이길표 외, 2000, 「태교에 관한 문헌 고찰: 태교의 발달 및 역사적 변천」, 『한국전통생활문화학회지』 3권 1호, 한국전통생활문화학회.

이길표·김정은, 2001, 「사주당의 태교관에 관한 고찰」, 『한국전통생활문화학회지』 4-1.

이남희, 2016, 「조선후기 지식인 여성의 자의식과 사유세계-이사주당(이사주당, 1739-1821)을 중심으로-」, 『원불교사상과종교문화』 68, 원광대학교 원불교사상연구원.

이만규, 1937, 「柳僖先生略傳」, 『한글』 5-4, 한글학회.

이사주당 기념사업회, 2017, 『태교신기 이사주당의 생애와 학문세계』.

이상화, 1994, 「여성학연구의 철학적 기반: 여성주의 인식론에 대한 비판적 성찰」, 『한국문화연구원논총』, 이화여대.

이수경·홍순석 역, 2011, 『태교신기』, 한국문화사.
이숙인, 2015, 「이사주당(이사주당): 경험을 지식화한 여성 실학자」, 『내일을 여는 역사』 61, 재단법인 내일을여는역사재단.
이숙인, 2017, 「삶과 앎의 문제로 본 이사주당-인물 재구성을 통한 여성사상사 서술의 시론-」, 『여성과 역사』 26, 한국여성사학회.
이원호, 1977, 『태교-태중보육의 현대적 이해』, 박영문고 157, 박영사.
이혜순, 2007, 「18세기말 19세기초 이사주당의 태교의식에서 드러나는 여성실학정신}, 조선조후기 여성지성사」, 이화여자대학교출판부.
임희규, 1983, 「한국의 전통적 태교에 관한 연구」, 『한국가정관리학회지』 1-1, 한국가정관리학회.
장서각 고문서연구실편, 2008, 『진주유씨 서파유희전서 I·II』, 한국학중앙연구원.
장재천, 2009, 「한국 전통태교의 특징과 역사적 의의」, 『한국사상과 문화』.
장정호, 2005, 「유학교육론의 관점에서 본 『태교신기』의 태교론」, 『대동문화연구』 50.
장정호, 2008, 「한중 전통 태교론 비교 연구」, 『교육사학연구』 18-1, 한국교육사학회.
정선년, 2017, 「『태교신기』를 통해 본 태교의 두 의미: 일상생활의 태교와 심신수양의 태교」, 부산교대 석사논문.
정양완, 1985, 「규범류를 통해서 본 한국여성의 전통상에 대하여」, 『한국여성의 전통상』, 민음사.
정양완, 1985, 「수고본태교신기」, 『한국여성의 전통상』, 민음사.
정양완, 2000, 「『태교신기(胎教新記)』에 대하여-배 안의 아기를 가르치는 태교에 대한 새로운 글-」, 『새국어생활』 10-3, 국립국어연구원.
정정혜, 1988, 「한국 전통 사회의 태교에 관한 고찰-『태교신기』를 중심으로」, 영남대 석사논문.
정해은, 2009, 「조선시대 태교 담론에서 바라본 이사주당의 태교론」, 『여성과 역사』 10, 한국여성사학회.
정해은, 2015, 「동아시아 태교 역사에서 『태교신기』의 위상」, 『사주당이씨와 태교』(학술대회자료집), 경기문화재단 경기학연구센터.
정해은, 2017, 「동아시아의 태교의 역사와 『태교신기』의 위상」, 『이사주당의 생애와 학문세계』(학술대회자료집), 이사주당기념사업회.
조기호, 2011, 「이사주당의 기호적응형질 고찰」, 『한국여성철학』 15, 한국여성철학회.
조혜란, 2015, 「18세기 여성의 저술활동과 사주당의 『태교신기』」, 『사주당이씨와 태교』(학술대회자료집), 경기문화재단 경기학연구센터.
진주류씨목천공파종친회, 2021, 『서파 류희와 진주류씨 목천공파』, 도서출판 비천당.
최익한, 「조선여류저작 상, 사주당 〈태교신기〉의 지위」, 《동아일보》, 1940.3.17~3.31/7.16.

~28일자 기사.
최희석 역, 2008, 『태교신기』, 한국학술정보.
최희석 역, 2020, 『태교신기-부부가 함께 읽는 태교의 고전-』(개정판), 이담북스.
하채희, 1988, 「조선시대 태교 사항과 그에 나타난 여성교육에 관한 연구-『태교신기』를 중심으로-」, 고려대 석사논문.
한제찬, 1967, 태교신기의역.

〈참고 원문〉
사주당 이씨 저, 채한조 편, 1938, 『胎教新記』(全).
申綽, 사주당이씨부인묘지명, 『石泉遺稿』 권3.
유희, 「先妣淑夫人李氏家狀」, 『文通』 文錄2(한국학중앙연구원 정리본).
장서각 고문서연구실편, 2008, 『진주유씨 서파유희전서I·II』, 한국학중앙연구원.
정인보, 『담원 정인보전집2』, 국학산고고.
정인보, 『태교신기음의서략』, 담원문록(정양완 역), 태학사.

부록

부록1:

<논문> 18세기의 태교인문학과 『태교신기(胎教新記)』

부록2:

『태교신기』 원문과 주석 원문 인용서목의 서지 및 인용 내용

부록3:

주요 인물 사전

부록1 〈논문〉

18세기의 태교인문학과 『태교신기(胎教新記)』

김양진

1. 머리말

『태교신기(胎教新記)』(1800/1938)는 생로병사의 첫 출발인 출산에 앞서 출산을 대하는 태도를 '태(胎)에 대한 가르침'의 관점에서 논의한 책이다. 본고에서는 『태교신기(胎教新記)』의 출간 사항과 본문 내용의 개관함으로써 이 책이 태교의 인문학적 측면에서 어떠한 위상을 가지고 있는지를 종합적으로 점검해 보고자 한다.

이 책은 1800년 조선 후기 진주 유씨 한규의 아내 완산 이씨 사주당(1739~1821)[1]이 62세 되던 해에 엮은 책으로, 한문 원문 21장(42엽)으로 되어 있으며, 1남3녀의 자녀를 낳으면서 겪은 태교의 경험을 바탕으로 딸들과 며느리들에게 교훈을 주기 위해 여러 경서(經書)의 내용을 참고하여 작

1 사주당 이씨는 어려서부터 『소학(小學)』·『주자가례(朱子家禮)』·『여사서(女四書)』 등을 비롯한 경서(經書)를 두루 읽고 익혀 당대에 여류문장가로서 널리 알려진 인물이다. 학식과 부덕이 뛰어나 동해모의(東海母儀)라는 칭송을 받았고, 아들 유희의 학문적 발전을 위해 몸소 시험을 통해 스승을 선택한 것으로 유명하다.

성하였다.

책이 완성되고 1년 뒤 사주당의 아들 유희는 최초 사주당이 쓴 한문 원문을 〈태교신기장구대전(胎教新記章句大全)〉이라 하고, 여기에 유희 자신이 음의(音義)를 덧붙여 언해(諺解)하여 하나로 묶고 별도의 발문을 덧붙여 두었다. 유희의 발문에 따르면 처음 사주당 이씨가 작성한 『태교신기(胎教新記)』(1800)는 음식, 의서, 임산부의 금기 등을 모아서 책으로 만든 『교자집요(教子輯要)』를 바탕으로 하여 작성한 것이다. 사주당은 이 책에서 「양태절목(養胎節目)」만 뽑고 『소학』의 「소의(少儀)」와 「내칙(內則)」의 내용을 보충한 것인데, 여기에 유희가 언해와 음의(音義)를 달아 유희의 28번째 생일날 완성하여 필사본의 상태로 가전(家傳)되어 왔다.

이 책은 이와 같이 오랫동안 유문(柳門)에서 기전되다가, 1938년에 경북 예천에서 채한조(蔡漢祚, 1890~1950)가 우승지 신작(申綽, 1760~1828)이 쓴 사주당 이씨에 대한 묘지명(1821) 일부와 정인보의 〈태교신기음의서략(胎教新記音義序略)〉을 서문으로 삼고, 〈태교신기장구대전(胎教新記章句大全)〉을 본문 삼아 싣고, 그 뒤에 신작이 쓴 묘지명 나머지 부분을 부인의 행장으로 삼아 제시한 뒤, 유희의 한문 발(跋)과 두 딸이 쓴 언한문 혼용문 발(跋), 그리고 후손인 권상규, 이충호, 권두식, 유근영이 쓴 한문 발문까지를 더하여 석판본과 목판본으로 간행하였다.

이 두 가지 판본에 유씨 집안에 전해 오던 원문의 필사본인 〈(필사본)태교신기언해〉와 1810년 5월에 사주당 이씨(72세)가 하루 만에 써서 덧붙여 두었다는 부설(附說) 〈태극이기성정귀신인심도심지결(太極理氣性情鬼神人

心道心之訣)〉과 〈기삼백주설(朞三百註說)〉,[2] 〈역설(易說)〉을 추가하여 주석을 더한 내용을 I부로 하고, 판본 소개 및 연구사를 II부로 하여 1995년 삼광출판사를 통해 출간한 것이 강헌규 선생 주석의 『(註釋影印)胎敎新記諺解(주석영인)태교신기언해)』이다.

이상의 내용을 바탕으로 『태교신기』의 관련 자료들을 작성 시기의 순서에 따라 정리해 보면 다음과 같다.

[표1] 『태교신기(胎敎新記)』 관련 자료들의 작성 시기

번호	작성연도	작성자	내용	기타
①	1800년	사주당 이씨(62세)	〈胎敎新記〉/〈胎敎新記大全〉[3]	수고본(手稿本)
②	1801년	서파 유희	〈胎敎新記音義〉	〃
③	1801년	서파 유희	〈胎敎新記諺解〉	〃
④-1	1810년	사주당 이씨(72세)	〈틱극리긔셩졍귀신인심도심디결〉	〃
④-2	1810년	사주당 이씨(72세)	〈긔삼빅주셜〉	〃
④-3	1810년	사주당 이씨(72세)	〈역셜〉	〃
⑤-ㄱ	1821년	신작	〈사주당이씨묘지명〉㉠	
⑤-ㄴ	1821년	신작	〈사주당이씨묘지명〉㉡	
⑥	1801년	서파 유희	한문 拔①	
⑦	1809년	맏딸	언문 拔①	
⑧	1809년	작은딸	언문 拔②	
⑨	1936년	權相圭	한문 발②	

2 이 부분의 내용은 원문이 온전하게 실려 있지 못하다. 내용이 전개되다가 중간에 '試官(시관)'에 대한 주석 및 해설에 대한 내용으로 덮여 있는 것을 볼 때, 편집 과정에 유희의 과시문(科試文)에 대한 주석 내용과 뒤섞인 듯하다.

3 이 책의 최초 제목은 '〈胎敎新記(태교신기)〉'이나 사주당의 삼남 유희가 〈音義(음의)〉 및 〈諺解(언해)〉를 덧붙여 재편집하면서 '〈胎敎新記章句大全(태교신기장구대전)〉'으로 이름을 바꾸었다.

⑩	1937년	李忠鎬	한문 발③	
⑪	1937년[4]	權斗植	한문 발④	
⑫	1936년	柳近永	한문 발⑤	
⑬	1937년[5]	정인보	『胎教新記音義序略』	
⑭	1937년	이강년	태교신기역문	
⑮	1938년	채한조 편	『胎教新記 單』	석판본/목판본
⑯	1967년	한제찬	『태교신기의역』	
⑰	1991년	최삼섭, 박찬국	『역주 태교신기』	
⑱	1995년	강헌규	『註釋影印胎教新記』	삼광출판사

사주당 이씨가 작성한 최초의 『태교신기』는 수고본 1책으로, 서문과 원문을 합하여 26장(서문 5장+원문21장)과 언해 43장[6]을 합하여 모두 69장이다. 이 자료의 전체 내용은 한문 원문 및 언해문의 2부로 구성되고 각 내용이 10장으로 구성되어 있다. 한문 원문은 먼저 짤막한 서론을 통해 태교의 중요성을 알리고 그 방법을 설명하는 본문 내용을 10장으로 나누어 각 장마다 하위 절로 세분하여 1행 20자로 제시하였고 그에 대한 보충 설명을 한 칸 내려서 각 절에 대한 종합평과 함께 실었다. 여기에 난상 혹은

4 한국학중앙연구원의 서지 정보에는 權斗植(권두식)의 발문이 1836년에 작성된 것으로 잘못 기록되어 있다. 권두식의 발문은 이충호와 마찬가지로 丁丑年(정축년, 1837)에 작성된 것이다.

5 정인보의 글은 병자년 음력 12월에 작성되었는데 병자년은 1936년이지만 양력으로 환산하면 해가 바뀌어 1937년이 된다.

6 언해 부분은 『胎教新記(태교신기)』 원문 언해인 〈胎틱教교新신記긔諺언解해〉 34장과 〈太極理氣性情鬼神人心道心之訣(태극이기성정귀신인심도심지결)〉과 〈朞三百註說(기상백주설)〉 및 〈易說(역설)〉에 대한 언해문 9장을 포함한 것인데 강헌규(1995)에서는 후자의 원문은 누락되었고, 그에 대한 주석본만 따로 원문 영인과 별도로 제시되어 있다.

본문 내용 끝에 유희가 언해와 함께 덧붙인 〈音義〉가 있다. 언해문은 이 중 본문 부분만 漢韓文(한한문) 방식으로 제시한 후 이에 대한 유희의 언해문을 언해문 자체에 대한 주석과 함께 더하였다.

이러한 이유로 『태교신기』는 태교에 대한 최초의 본격적인 저서(특히 여성 저자에 의한)라는 의의 이외에도 〈태교신기대전(胎敎新記大全)〉의 한자어들에 대한 유희의 '음의(音義)'와 〈태교신긔언해(胎敎新記諺解)〉 및 그 언해문의 주석을 통해 19세기 초반 우리나라 한자음과 근대국어의 모습을 알 수 있는 자료로서도 의의가 있다. 또한 이 자료의 중요성을 인식한 사주당 이씨의 직계 혹은 방계의 후손들과 정인보에 이르기까지 여러 사람들의 '태교'에 대한 인식이 직접·간접으로 반영되어 있다는 점에서 이 자료는 단순한 개인의 작성 자료로서의 성격을 넘어 시대적 의식의 발로로 인식될 만한 인문학적 가치가 있다.

다만 본 논문에서는 이러한 인문학적 가치의 실질적 배경이 되는 『태교신기』(李師朱堂, 1800/1938) 본문의 내용상의 흐름을 따라 가면서 이 책에서 말하고자 하는 인문학적 관점에서의 '태교', 즉 '태교의 인문학'을 짚어 보고자 한다.

2. 『태교신기』의 탄생

『태교신기』(1800/1938)의 본문은 짤막한 서론적 내용과 함께 총 10장으로 구성되고, 일부 장은 하위 절로 내용이 나뉘어 있다. 전체의 구성을 표로 보이면 다음과 같다.

[표2] 『태교신기(胎教新記)』(1800/1938) 본문의 전체 구성

	분장	절 차례	절수
서론	서론		1절
본문	제1장	제1절/제2절/제3절/제4절/제5절/제6절	6절
	제2장	제1절/제2절	2절
	제3장	제1절/제2절/제3절	3절
	제4장	제1절~제14절	14절
	제5장	제1절/제2절	2절
	제6장		1절
	제7장	제1절/제2절	2절
	제8장	제1절/제2절	2절
	제9장		1절
	제10장		1절
합계	총11장		35절

아래 (1)에서 보인 바와 같이, 이 책의 서론에서는 이 책이 명나라 강녕 유씨(江寧劉氏)가 지은 『여범(女範)』[7]에서 가져온 '태교(胎教)'의 전통적 맥락을, 사주당 이씨가 자신의 경험을 바탕으로 재해석하고 이를 후대의 모범으로 삼고자 새로이 엮은 것임을 알 수 있다.

7 『여범첩록(女範捷錄)』을 말한다. 여사서(女四書) 중 하나로 알려졌으며, 명말청초(明末清初) 중국의 여성학자 유씨(劉氏)가 쓴 여성 교육서이다. 총 11편(篇)으로 구성되어 있는데, 각 편의 서두와 마무리는 주제별로 유교의 도리(道理)와 부덕(婦德)에 대해 설명하였고, 본 내용은 역사적으로 실존하였던 여성들의 행적들을 제시하였다. 『여범첩록』은 유씨(劉氏)의 아들 유왕상(兪王相)이 주를 달고, 『여계(女誡)』, 『여논어(女論語)』, 『내훈(內訓)』과 함께 《규각여사서(閨閣女四書)》로 간행하면서 동아시아 전체로 널리 전파되어 권위 있는 여성교육서로서 자리매김하게 되었다.(김지선, 2012 참조) 흥미로운 것은 『여범첩록』을 포함하여 《여사서》 전체에서 '태교(胎教)'에 대한 언급이 빠져 있다는 점이다. 김지선(2012)에서는 이를 통해, 《여사서》가 실질적으로 여성을 교육하는 데 필요한 서적이었다기보다는 남성 문인, 특히 명말청초(明末清初) 유민(遺民) 남성 학자의 시선에 의해 재구성된 교육서로 볼 수 있다고 지적한 바 있다.

(1) 『태교신기(胎教新記)』의 서론

女녀範범〈明명節절婦부劉류氏시의지은글〉에갈아대녯어진 녀편내아기잇음에胎태教교할줄을반다시 삼갓다하니이제모든글에상고하매그法법을傳전한대업스나제뜻으로求구하여도대컨或혹可가히알띠라내일즉두셔너娠신育육〈아기배여낫한말〉에시험한바로긔록하여한編편을만다러쎠모단딸을뵈나니敢감히쳔자로이[8]스사로著져述슐〈글짓단말이라〉하여사람의눈에자랑홈이아니나그러나오히려可가히內내則측〈禮례記긔녯글일홈〉의빠지옴을갓촐디라그럼으로일홈하여갈아대胎태教교新신記긔라하노라

〈여범〉[9]에 이르기를 옛날 현명한 여인은 임신을 하면 반드시 태교하는 것을 조심하여 행하였다 하니, 여러 책들을 조사해 봐도 그 법을 전하는 것이 없으나 스스로 (태교의 방법을) 찾아봐도 대강은 능히 알 것이다. 내가 일찍이 두서너 명을 임신하고 낳으며 시험해 본 경험을 기록하여 한 편의 책을 만들어 여러 딸들에게 보이는 것이니, 감히 멋대로 글을 써서 자랑하려 함이 아니고, 능히 내칙[10]에서 빠진 것을 갖춘지라.

---

8 擅恣(천자). 천자하다. 제 마음대로 하여 조금도 꺼림이 없다. '천자로이'는 '제 마음대로 해서 조금도 꺼림이 없이'의 뜻.

9 명나라 강녕 유씨(江寧劉氏)가 지은 책. 음양의 이치에 따라 남자와 여자의 근본과 도리를 설명한 뒤 가정에서 여성의 역할을 강조하면서 이에 따라 여성교육의 중요성을 역설하였다.

10 〈내칙(內則)〉: 오경 중 하나인 『예기(禮記)』의 49편 중 한 편. 예기는 예절에 대한 내용을 집대성한 책으로, 〈내칙(內則)〉은 여자들이 가정 안에서 지켜야 할 법도나 규칙에

그러므로 이름지어 이르기를 〈태교신기〉라 하노라.

(1)의 『태교신기(胎教新記)』 서론에서는 여러 책들을 조사해 봐도 태교의 방법을 전하는 것이 없어서 스스로의 태교 및 출산의 경험을 통해 이 책을 쓰게 되었다는 내용과 이 글이 단순히 남들에게 건방지게 자랑하려는 것이 아니라 여러 딸들에게 『예기(禮記)』의 〈내칙(內則)〉 등에서 빠진 것을 갖추어 보이려고 한 것을 강조하고 있다.

『태교신기(胎教新記)』의 서론 이하 본문(제1장~제10장)의 내용은 다음과 같이 세 부분으로 이루어져 있으며 그 하위로 총 34개의 절이 나누어져 있다.

(2) 『태교신기(胎教新記)』 본문의 구성

I. 태교의 개념

- 1장(1절~6절-가르침[教])
- 2장(1절~2절-임신[胎])
- 3장(1절~3절-가르침[胎]과 임신[教]의 상관성)

II. 태교의 방법

- 4장(1절~14절, 개관-대접하는 법-보는일-듣는일-마음가라앉히기-말하기-거하기-일하기-앉고움직이기-서고다니기-자고눕기-먹기-아이낳기-맺음)

대해 설명하고 있다.

Ⅲ. 태교에 대한 잡론

- 5장(1절~2절, 태교 권장-반복)
- 6장(1절, 태교를 하지 않았을 때의 손해)
- 7장(1절~2절, 태교에서 경계할 일)
- 8장(1절~2절, 태교의 이치를 밝힘)
- 9장(1절, 문왕의 고사)
- 10장(1절, 태교의 근본)

아래 3장에서는 (4)에 정리된 순서에 따라 『태교신기』 본문 내용을 구체적으로 살펴봄으로써 18세기 사주당 이씨가 생각하고 있던 '태교인문학'의 진수를 알아보고자 한다.

3. 『태교신기(胎教新記)』의 인문학

앞서 언급한 것처럼 『태교신기』(1800/1938)의 본문 내용은 ①태교의 개념 ②태교의 방법 ③태교에 대한 잡론의 세 가지 주제로 나뉘어 있다. 내용 전개의 흐름에 따라 그 각각의 내용을 알아보자.

1) 태교의 개념

이사주당은 『태교신기』(1800/1938)에서 '태교(胎教)'를 먼저 '가르침[教]'으로부터 '수태[胎]', 그리고 '수태[胎]'와 '가르침[教]'의 관계에 대한 개념의 순서로 설명하고 있다.

『태교신기』 본문 제1장에서는 '가르침[敎]'에 대해 포괄적으로 이야기하고 있다. 태교의 이치를, 태아의 기질(氣質)이 부모에게서 유래함을 밝힘으로써 이를 스승의 가르침에 앞서는 '최초의 가르침'이라고 보고 '태교(胎敎)'가 '가르침[敎]'의 영역에 속함을 강조하고 있다. 그 세부 내용은 다음과 같이 6단계로 이루어진다.

[표3] 본문 제1장 태교에서의 '가르침[敎]'의 의미

제1절	사람의 기질이 부모에게서 말미암음을 말함.
제2절	'가르침'에 본말이 있는데 '아버지의 낳음(하루)'과 '어머니의 기름(열 달)'이 '本'이고 '스승의 가르침(10년)'이 '末'임.
제3절	아버지의 도리-태교는 남녀가 한 방에 거하는 때부터 시작하며 그 책임은 전적으로 아버지에게 있음.
제4절	어머니의 도리-잉태한 이후, 열 달간의 태교의 책임은 오로시 어머니에세 있음…
제5절	스승의 책임-장성한 뒤에야 스승에게 책임이 있음. "잘 가르치는 자는 사람으로 하여금 그 뜻을 잇게 한다"(『禮記』〈學記〉를 인용)
제6절	3, 4, 5절을 요약. 知의 부족(아버지의 허물), 才의 부족(어머니의 허물) 그 후에야 스승의 책임을 물을 수 있음.

[표3]의 태교에서의 '가르침[敎]'은 전체적으로 '기(제1절)-승(제2절)-전(제3절~제5절)-결(제6절)'의 구성으로 이루어져 있다고 할 수 있다.

제1절은 내용의 흐름상 '기(起)'에 해당한다. 여기에서는 사람은 타고난 성품과 부모로부터 받은 기질의 조합으로 이루어지기 때문에 부모는 아이를 낳고 기르는 일에 있어서 그 아이의 기질이 한쪽으로 심하게 치우치지 않도록 신중히 해야 한다는 내용을 담고 있다.

제2절은 내용의 전개상 '승(承)'에 해당하는데, 여기에서는 '아버지로부터의 낳음(하루)'과 '어머니의 기르심(열 달)', '스승의 가르치심(10년)'

이 모두 교육의 관점에서 하나의 과정이되 '가르침[教]'의 근본(根本)이 '수태[胎]의 가르침[教]' 즉 '아버지로부터의 낳음(하루)'이고 '가르침[教]'의 끝[末]이 '사(師)의 교(教)' 즉 '스승의 가르침(10년)'임을 강조함으로써 '가르침[教]'의 관점에서 '임신[胎]'를 어떻게 인식해야 하는지를 설명해 주고 있다. '사람의 가르침'에 있어서 최초의 가르침은 곧 '아버지로부터 수태(受胎)'하는 단계에 이루어진다는 것이다.

제3절~제5절은 스토리 전개상 '전(轉)'에 해당한다. 여기서는 '사람의 교육'이 '아버지의 도리(처음 합방할 때부터 시작됨-이 시기의 교육은 전적으로 아버지에게 책임이 있다.)'와 '어머니의 도리(잉태한 이후, 열 달간의 태교-이 시기의 교육은 오직 어머니에게 책임이 있다.)'가 있은 이후에야 '스승의 책임(아이가 장성한 이후에만 스승에게 책임이 있다.)'이 있다고 본다. 또한 '잘 가르치는 자(즉 좋은 스승)'는 '그 뜻(즉 최초에 아버지로부터 잉태되어서 열 달간 어머니로부터 길러지는 것의 의미)'을 '잇게 하는 것'이 교육의 본질임을 강조한다.

제6절은 '결(結)'에 해당하는데, 제3절~제5절의 내용을 요약한 것이다. 즉 '기(氣)와 혈(血)이 엉겨 정체되고(순환되지 못하고) 지(知, 앎)와 각(覺, 깨달음)이 순수하지 못한 것'은 '아버지의 허물'이고 '형(形)과 질(質)[즉 용모]이 비루하고 재(才, '결단함'의 뜻)와 내(能, '견딤'의 뜻)[11]가 보태지지 못한 것'은 '어머니의 허물'이다. 무릇 그 이후에 스승의 책임이 있으니, 스승의 가르침이 부족한 것은 스승의 허물만이 아니라는 것이 제1장 제6절에서 요약 정리한 내용이다.

---

11 여기서 '能'은 [乃代]反으로 '내'로 발음되며 그 의미는 '능력'이 아니라 '견디다'이다.

『태교신기』 본문 제2장에서는 '가르침[教]'에 이어서 '수태[胎]'에 대하여 말하고 있다.

[표4] 본문 제2장 '수태[胎]'의 비유

제1절	만물의 본성은 처음 발생시(배태시)에 결정됨. 胎가 성품의 근본이며 가르침은 末이다.
제2절	사람의 본성은 어미의 뱃속에서 길러진다.(예, 南-너그럽고 어짊/北-굳세고 의기를 선호.)

제2장의 제1절에서는 만물의 본성이 처음 발생할 때 결정되기 때문에, 태(胎)야말로 근본적인 가르침이며 나머지 가르침은 지엽적인 일임을 나무와 쇠의 속성을 통해 비유적으로 나타내고 있다. 이 부분의 주석에서 사주당은, 사람의 본성을 태교에서 얻는 일이 나무의 속성이 봄에 부여되기 때문에 사물을 부드럽게 하여 흘러 합칠 수 있는 것과 같은 일이라고 보고, 이와 같이 사람의 태어나는 일이 나무의 싹이나 철광석이 생기는 일과 같은 것임을 강조하고 있다. 나무는 쇠의 성질이 왕성한 중추(中秋)에 수분(受粉)이 이루어지기 때문에 비록 잎이 무성해지더라도 (쇠처럼) 곧게 뻗어나가는 성질이 있는 것이고, 쇠는 나무의 성질이 왕성한 춘분(春分)부터 무른 땅의 압력을 받아 이루어지기 시작하기 때문에 비록 굳세고 날카로운 속성을 지니고 있다 하더라도 (녹으면) 흘러서 하나로 엉기는 성질을 지니게 된다는 것이다.

제2장의 제2절에서는 지역에 따라 사람의 기질이 다름을 『중용』에 인용된 자로와 공자의 대화를 통해 비유하고 있다. 중국에 한정된 일이겠지만 남방에는 물(즉 장강)이 흐르기 때문에 사람들의 입이 크고 북방에는

높은 산이 있기 때문에 사람들이 코가 크게 태어나는데, 남방은 물의 속성에 따라 너그러움과 부드러움으로 가르치고 무도한 이에게 보복하지 않는 강함을 지녔고, 북방은 산의 속성에 따라 쇠[무기]와 가죽[갑옷]을 깔고 살다가 죽더라도 이를 피하지 않는 강함을 지니고 있어서, 남방에서는 군자가 나기 쉽고 북방에서는 강자(强者)가 나기 쉽다는 기질론을 통해 사람을 포함하는 사물의 본성이 배태(胚胎) 시에 길러진다는 것이 이 부분 주석의 주요 내용이다.

제1장에서 '가르침[敎]'을 언급하고 제2장에서 '수태[胎]'를 언급한 데 이어 제3장에서는 '수태(胎)'와 '가르침[敎]'을 (함께) 갖추어 2개의 절로 나누어 논하고 있다. 제3장의 제1절에서는 옛날 성현들부터 태교의 방법이 있었음을 말했고, 제2절에서는 요즘에는 태교를 하지 않아서 자식이 불초하게 되는 경우가 많아진 것이 안타까움을, 제3절에서는 금수도 태교를 통해 부모를 닮는 새끼가 나오는데 사람 중에 그렇지 못한 경우가 나오기 때문에 이를 바로잡기 위해 성인의 태교가 필요함을 말하고 있다.

[표5] 본문 제3장 '태교'의 필요성

제1절	옛날 사람[聖王]의 태교. 아이 배고 석 달간 별궁에서 보고 듣고 먹는 일을 절제함. 자식이 부모를 닮는 것이 효이므로 군자는 '미리 가르치고자' 태교를 한다.
제2절	요즘 잉태한 사람 중에 열에 아홉은 태교를 안 해서 자식이 불초하게(갖추어지지 못하게) 됨.
제3절	금수(禽獸)도 어미를 닮는데 사람 가운데 사람 같지 않고 금수(禽獸)만도 못한 사람이 있기 때문에 성인이 태교의 법을 만들었음.

제3장 제1절에서는 옛 사람의 태교를 성왕(聖王)의 예를 통해 설명한다.[12] 그 핵심적인 내용은 임신한 사람은 아이를 배고 석 달간 별궁에서 보고 듣고 먹는 일을 절제해야 한다는 것으로, 이는 아이를 사랑하지 않아서가 아니라 미리 가르치기 위한 것인데, 가르침의 핵심은 '부모를 닮는 것'이다. 따라서 군자는 이를 '미리 가르치고자' 태교를 한다는 것이다.

제2절은 제1절의 옛 사람들과 대비할 때, 요즘(이 글을 쓰던 당시인 18세기 말)에는 잉태한 사람 중에서 열에 아홉은 "괴이한 맛을 먹고, 서늘한 것을 즐기고 웃기는 이야기를 선호하고, 아기 밴 것을 속이고 늦게 일어나고 오래 자"기 때문에 영양과 위생이 멈춰지고 섭생이 어그러지고 보충하는 것이 늦추어진다. 그러한 이유로 (임부가) 병이 더 많아지고 해산이 어려워지며 아이가 (제대로) 갖추어지지 못해서 그 집안을 망가뜨린 이후에야 (임부가) 제 운명에다가 원망을 돌린다는 내용을 통해서 태교의 부재로 인해 자식이 불초하게 됨을 강조하였다.

제3절은 짐승들도 새끼를 배면 수컷을 멀리하고 알을 품을 때는 먹을 것을 절제하며, 심지어 나나니벌은 새끼를 낳으면 '我類我類(워레이워레이, 〈날 닮아라 날 닮아라〉)'하고 소리를 내는데, 사람 가운데 갖추어지지 않은 채 태어나는 아이가 있는 것은 태교가 부족하기 때문이라고 보고, 성인(聖人)이 이를 안타까이 여겨서 태교(胎教)의 법을 만든 것이라고 하였다.

12 이 부분의 내용은 『안씨가훈(顏氏家訓)』에서 가져온 것이다.

2) 태교의 방법

『태교신기』(1800/1938) 본문의 두 번째 주제는 태교의 방법에 대한 것이다. 사주당은 『胎教新記』(1800/1938)의 제4장을 통해 태교의 구체적인 방법을 항목별로 상세하게 설명하고 있다. 이를 표로 정리하면 다음과 같다.

[표6] 제4장 태교의 방법

제1절	전체의 내용 개관. 임신을 하게 되면 온 집안 사람이 노력해야 함.
제2절	임부를 대하는 법: 뱃속 열 달 동안 어미에게서 칠정(七情)을 배운다.
제3절	보는 일: 좋은 것을 보고 나쁜 것을 보지 않아야 한다.
제4절	듣는 일: 좋은 것을 듣고 나쁜 것을 듣지 않아야 한다.
제5절	마음가짐: 마음을 차분히 해야 한다.
제6절	말하기: 마음을 바르게 한 뒤에 말을 바르게 한다.
제7절	거(居)하고 양생하기: 머리와 몸과 입을 늘 한결같이 단정히 하라.[13]
제8절	일하기: 해야 할 일과 하지 말아야 할 일
제9절	앉아서 움직이기
제10절	서서 돌아다니기
제11절	자고 눕기
제12절	먹기
제13절	출산과 출산 후의 대책
제14절	전체 13절을 끝맺음(맺음말)

제1절에서는 태교를 위한 방법의 전체적인 개관으로서, 임신을 하게 되면 임부(妊婦)뿐 아니라 온 집안 사람이 다 함께 노력해야 함을 강조하

13 임신한 뒤에는, 부부가 함께 자지 말며, 너무 덥게 입지 말며, 너무 배불리 먹지 말며, 잠자는 일과 눕는 일을 너무 많이 하지 말며(때때로 걸음을 걸으며) 찬 데 앉지 말며, 더러운 데 앉지 말며, 험한 데 지나가지 말며, 무거운 것을 들지 말며, 몸이 상하도록 수고하지 말며, 쓸데없이 침을 맞거나 뜸을 뜨지 말며, 공연히 약을 먹지 말라.

고 있다. 온 가족들은 합심하여 (姙婦가) '괴이한 일'과 '흉악한 일', '어려운 일', '급한 일'을 안 듣게 해야 하는데, 괴이한 일로 의심하면 자식의 기운이 병들고, 흉악한 일로 무서워하면 자식의 정신이 병들고, 어려운 일로 근심하면 자식의 피가 병들고, 급한 일로 놀라면 자식의 간이 병들기 때문이다. 여기에는 외부의 환경적 요인이 태아의 발생 단계에 영향을 미쳐서 태아의 신체에까지 그 영향이 남겨진다는 일종의 기질론(氣質論)이 반영되어 있다.

제2절에서는 임부를 대하는 법에 대한 것으로, 임부의 곁에는 항상 착한 사람이 있어서 임부의 기거를 돕고 임부의 마음을 기쁘게 해서 태아가 본 받을 말과 법 받을 일을 귀에 끊임없이 들려주어야 한다. 그렇게 하고 나면 게으르고 사기로운 마음이 생겨날 수가 없기 때문이다. 아이는 이와 같이 어머니의 뱃속에서부터 '희노애락애오욕'의 칠정(七情)을 배우기 때문에 어머니의 기쁨과 성냄, 슬퍼함과 즐거워함이 절도에 지나치지 않도록 해야 하는 것이다.

제3절에서 제12절까지는 임부(姙婦)가 임신 중에 가져야 하는 태도에 대해서 각각 '보는 일(3절), 듣는 일(4절), 마음가짐(5절), 말하기(6절), 거하고 양생하기(7절), 일하기(8절), 앉아서 움직이기(9절), 서서 돌아다니기(10절), 자고 눕기(11절), 먹기(12절)'의 각 항목에 대한 유의 사항을 세세하게 기록하고 있다. 즉 볼 때는 좋은 것[14]만 보고 나쁜 것[15]은 보지 말아야 하며,

---

14 예를 들면, 귀인과 호인, 흰 벽옥과 공작의 빛나고 아름다운 것, 성현의 글, 신선이 관대와 패옥을 한 그림 등이 이에 포함된다.

15 예를 들면, 광대, 난장이, 원숭이류, 희롱하며 다투는 모습, 형벌, 휘두르며 동이며 죽이며 해하는 일, 병든 것, 병든 사람, 무지개, 벼락, 일식, 월식, 낙성, 혜성, 발성, 물난리,

들을 때는 좋은 것[16]만 듣고 나쁜 것[17]은 듣지 말아야 하며, 마음가짐은 항상 마음을 가라앉히고 나쁜 마음[18]을 마음속에서 싹이 보이지 않게 해야 망녕된 말이 없어 얼굴에 거리끼는 기색이 없으니 이를 잠깐만 잊어도 (아기의) 피가 나빠진다고 하였다. 기실 이러한 주장의 의미는 임부의 정성이 태아의 성장에 물리적, 정신적 양향을 미침을 강조하고자 한 것일 뿐이다.

말할 때는 이와 같이 마음을 바르게 한 뒤에 말을 해야 하니, "분해도 모진 소리를 내지 말아야 하며, 성나도 사나운 말을 하지 말아야 하며, 말할 때 손짓을 해서도 안 되고, 웃을 때 잇몸을 드러내서도 안 되고, 외간남자와 희롱하는 말을 해서도 안 되며, 몸소 종을 꾸짖어서도 안 된다. 심지어 몸소 닭, 개를 꾸짖는 것도 안 되며, 사람을 속이지 말며, 사람을 훼방하지 말며, 귓속말을 하지 말며, 근거 없는 말을 전하지 말며, 직접 일을 당한 것이 아니면 말을 많이 하지 말라" 등등에 유의해야 한다. 또 어딘가에 거할 때는 머리와 몸과 입을 한결같이 단정하게 해야 하니, 곧 임신한 뒤에는 부부가 함께 자지 말아야 하고, 너무 덥게 입지 말아야 하고, 너무 배불리 먹지 말아야 하며, 잠자는 일과 눕는 일도 너무 많이 하지 말며(때때로 걸음을 걸으며), 찬 데 앉지 말고, 더러운 데 앉지 말며, 악취를 맡지 말

나무 부러지는 일, 집 무너지는 일, 새, 짐승 등이 흘레 붙는 일, 상한 것, 지저분하고 애처로운 벌레 등이 이에 포함된다.

16 예를 들면, 글귀를 외우고(독서), 글을 이루고(작문), 거문고나 비파 타기(음악감상) 등이 이에 포함된다.

17 예를 들면, 굿풍류, 잡노래, 시장통 수군거림, 여편네들의 잔걱정, 술주정, 분한 욕설, 서러운 울음 등이 이에 포함된다.

18 사람을 해하려는 마음, 산 것을 죽이겠다는 마음, 자라는 것을 꺾으려는 마음, 탐내고 도적질하고 시샘하고 훼방 놓을 생각 등.

며, 높은 곳에 오르지 말며, 밤에는 외출하지 말며, 바람 불고 비오는 날에는 나가지 말며, 산과 들에 나가지 말며, 우물이나 무덤을 엿보지 말며, 옛 사당에 들어가지 말며, 높은 데 오르거나 깊은 곳에 가지 말며, 험한 곳을 건너지 말며, 무거운 것을 들지 말며, 힘든 일을 심하게 해서 몸이 상하게 하지 말아야 하며, 침이나 뜸을 함부로 사용하지 말며, 탕약을 함부로 복용하지 말며, 항상 마땅히 마음을 맑게 하고 고요하게 거처하여 온화하고 알맞게 해야 하는 것이다.

이 밖에 임부는 일할 때는 굳이 맡길 사람이 없다고 하더라도 몸소 누에를 치지 아니하며, 베틀에 오르지 아니하며, 바느질을 반드시 삼가서 바늘이 손을 상하지 않도록 하며, 반찬 만드는 일을 반드시 삼가서 그릇을 떨어뜨려 깨뜨리지 않도록 하며, 찬물과 찬 국물을 손에 대지 말며, 날카로운 칼을 쓰지 말며, 산 것을 칼로 베지 말며, 부득이 자를 때에는 반드시 반듯하게 잘라야 한다. 또한 앉아서 움직이기,[19] 서서 돌아다니기,[20] 자고 눕기[21] 등에 대해서 자세히 설명하고 맨 마지막에 '먹기[22]'를 두었는데

---

19 (임부가 앉아서 움직일 때에는) 단정히 앉아서 기대지 말고, 뻗쳐 앉지 말고, 걸터앉지 말고, 마루기슭에 앉지 말고, 앉아서 높은 것을 내리지 말고, 서서 땅에 있는 것을 집지 말고, 왼쪽 것을 오른쪽에 두지 말고, 오른쪽 것을 왼쪽에 두지 말며, 어깨 뒤로 돌아보지 말며, 해산달에는 머리를 감지 말라.

20 (임부가 서서 돌아다닐 때에는) 한쪽 발에만 힘쓰지 말고, 기둥에 기대지 말고, 위험한 데를 딛지 말고, 기울어진 길에서 오지 말고, 올릴 때는 천천히 하고, 내릴 때는 반드시 앉아서 하며, 급히 뛰지 말며, 뛰어 건너지 말라.

21 (임부가 자고 누울 때에는) 엎드려 자지 말고, 죽은 사람처럼 누워있지 말고, 몸을 고부라뜨리지 말고, 문틈에 몸이 끼게 하지 말고, 추운데 누워있지 말고, 혹한과 무더위에 낮잠을 자지 말고, 배불리 먹고 자지 말고, 해산달이 되어가거든 옷을 빼서 옆에 괴고 반밤은 왼쪽으로 눕고 반밤은 바르게 누워서 법을 삼아야 한다.

22 (임부는) 자고 일어나면 바로 먹어야 한다. 하지만 생김이 바르지 않거나 벌레 먹거나

이는 '먹기'가 가장 중요하기 때문이다.

제4장의 제13절에서는 '출산' 뒤의 후처리에 해당하는 내용이다. 아이를 낳고 나면 곧 태교가 끝난다. 임부는 해산하고 나면 음식을 충실히 하고, 천천히 다니기를 자주하고, 잡사람들과 함께 하지 말며, 자식 보아줄 사람을 반드시 가리고, 아파도 몸을 비틀지 말고, 몸을 젖혀서 누우면 쉽게 낳는다는 내용을 통해 태교가 끝난 뒤(즉 출산한 뒤)의 임부에 대한 후처리를 이야기하고 있다.

제14절에서는 제4장의 제2절에서 제13절까지의 태교의 실제 내용을 요약 정리하면서, "임신한 동안 아기가 어머니와 혈맥이 붙어 이어지고 숨쉬기와 움직이고 그 기뻐하고 성내는 바가 자식의 성품이 되며, 보고 듣는 바가 자식의 기운이 되며 마시고 먹는 바가 자식의 살이 되니, 어미 된 자가 어찌 조심하지 않겠는가."라고 하여 태교의 필요성을 다시 한번 강조하고 있다.

떨어진 과일은 먹지 않고, 선물과 상추를 먹지 않으며, 찬 음식이나 물러지고 쉰밥이나 무른 물고기와 뭇괴 썩은 것을 먹지 않으며, 색깔이 나쁘면 먹지 않고, 냄새가 나쁘면 먹지 않고, 잘못 끓인 것은 먹지 않고, 제때 음식이 아닌 것은 먹지 않고, 고기가 비록 많지만 밥 기운을 이기게 하지 말아야 한다. 술을 먹으면 일백가지 맥이 풀리고, 나귀와 말고기와 비늘없는 물고기는 해산이 어렵고, 엿기름과 마늘은 태를 삭히고, 비름과 메밀과 율무는 태를 떨어뜨리고, 마와 메와 복숭아는 자식에 마땅하지 않고, 개고기는 자식이 소리를 못내고, 토끼고기는 자식이 언청이가 되고, 방게는 자식이 옆으로 나오고, 양의 간은 자식이 병이 많아지고, 닭고기와 계란을 찹쌀에 어우르면 자식이 촌백충이 들고, 오리고기와 오리알은 자식이 거꾸로 나고, 참새고기는 자식이 음란해지고, 생강싹은 자식이 손가락이 많아지고, 메기는 자식이 감창 먹고, 산양고기는 자식이 병이 많고, 버섯은 자식이 경풍을 앓아 일찍 죽는다. 계피, 마른생강으로 양념하지 말고, 노루고기와 말조개로 지짐을 하지 말며, 쇠무릅과 휫잎으로 나물을 하지 말고, 자식이 단정하고자 하거든 잉어를 먹고, 자식이 살이 많고 힘있게 하려면 쇠콩팟과 보리를 먹으며, 자식이 총명해지고자 하면 뮈를 먹고, 해산 때가 되면 새우와 미역을 먹으라.

3) 태교에 대한 잡론

『태교신기』(1800/1938)의 5장 이하 10장까지는 태교에 대한 잡론이다. 이 장에서는 다양한 방법으로 '태교하기'를 반복해서 권하는 내용을 담고 있다.

제5장은 태교의 중요성과 필요성을 강조한 것인데, 제5장의 제1절과 제3절에서는 태교의 중요함이 강조되어 있고, 제2절에서는 태교의 필요성이 부연 설명되어 있다.

제5장 제1절에서는 태교를 알지 못하면 어머니가 될 자격이 부족하다고 하고, 어머니는 반드시 마음을 바르게 가져야 하는데, 이를 위해서는 보고 듣는 것을 삼가고, 앉고 서는 것을 삼가며, 자고 먹는 것을 삼가되 잡됨이 없어야 하며, 충분히 잡됨이 없이 한다면 능히 마음을 바로 할 수 있어서 삼가는 일들에 맞는 방법이 있을 것이라고 함으로써 4장에서 나열한 태교 내용들의 중요함을 강조하였다. 제2절에서는 임부가 열 달의 수고를 꺼린다면 소인의 어머니가 될 수 있고, 열 달의 수고를 애쓴다면 군자의 어머니가 될 수 있는데, 이 둘 중 어느 쪽을 택하겠는가를 물은 뒤, 결혼에 앞서 이와 같은 자식 기르는 방법으로서의 태교를 배워 둘 필요가 있음을 부연 설명하였다. 제3절에서는 어머니로서 태교를 행하지 않는 경우는 태교를 듣지 못했거나 태교를 포기하여 행하지 않는 것인데, 힘써 행한다면 이루어질 터이니 어머니 되려는 사람이 어찌 태교에 힘쓰지 않을 수 있겠는가를 반문함으로써 태교의 중요함을 반복하여 강조하고 있다.

제6장에서는 태교를 통해 삼가지 않음으로써 발생하는 문제가 자식의 재주 없음에 그치지 않고 형태가 온전하지 않다든지, 병이 심하게 많을 것이라든지, 또는 낙태하거나 난산하거나 사산하는 일이 생길 수 있는데,

이는 '수태[胎]를 통한 가르침', 즉 '태교(胎敎)'를 제대로 하지 않았기 때문이라고 하여 '태교'는 반드시 행해야 하는 일임을 강조한 것이다.

제7장에서는 태교를 행함에 있어서 미혹한 사술을 취하는 경우와 삿된 마음을 갖는 경우를 경계하고 있다. 제1절은 소경과 무당을 집으로 불러들여 부적이며 진언을 하고 빌며 푸닥거리를 한다든지, 부처를 섬겨 중과 여승에게 시주한다든지 하는 일과 같이, 그릇된 생각이 들면 거스르는 기운이 이에 응하고 거스르는 기운이 (아이의) 형상을 이룸에 길한 바가 있을 수 없음을 말한 것이고, 제2절은 성품이 질투가 많은 경우는 태어난 아이에게 재주가 있으면서 오래 사는 일이 쉽지 않으며, 마음이 선해야 그 내림이 손자 자식에까지 이름을 말한 것이다.

제8장은 '태(胎)'의 비유를 다룬 제2장의 내용에 대한 보충으로써, 태교의 이치를 증거를 통해 밝히려고 한 것인데, 제1절에서는 임부인 어머니가 찬병을 얻으면 뱃속의 아이도 함께 차가워지고, 어머니가 열병을 얻으면 아이도 함께 덥게 되니 어머니의 몸을 기르지 못했는데 태(胎)가 능히 길러지고, 태(胎)가 길러지지 못했는데 아이가 능히 재주가 있고 오래 사는 것을 본 적이 없다고 하였고, 제2절에서는 태교의 세 가지 징후로서 쌍둥이의 얼굴이 같은 이유(태의 기름이 같기 때문), 같은 나라 사람의 버릇과 숭상함이 서로 같은 이유(태를 기를 때 먹은 음식이 가르침이 되었기 때문), 같은 시대 사람의 기품과 골격이 서로 비슷한 이유(태를 기를 때 보고 들은 것이 가르침이 되었기 때문)를 들고, 이렇듯 태교가 사람됨에 영향을 미치는 것이 분명함에도 태교를 행하지 않는 이유를 알 수 없다고 하여 태교가 필요하다는 점을 강조하고 있다.

제9장에서는 주나라 때만 하더라도 태교(胎敎)의 도리를 옥판에 새기고

금궤에 넣어서 나라의 사당에 두어서 후세에 경계를 삼았기 때문에 태임(太妊, 주 문왕의 어머니)이 문왕을 가졌을 때 눈으로는 나쁜 색을 보지 않았으며, 귀로는 음란한 소리를 듣지 않았으며, 입으로는 오만한 말을 내뱉지 않았는데 그 덕분에 문왕을 낳았고, 읍강(邑姜, 주 무왕의 왕후, 성왕의 어머니)이 성왕(成王)을 임신했을 때, 설 때는 한쪽 다리에만 기대어 서지 않았고, 앉아서는 몸이 뒤뚱거리지 않게 앉았으며, 혼자 있을 때에도 자세를 거만하게 취하지 않고, 비록 성이 나더라도 꾸지람을 하지 않았다는 고사(故事)를 통해 태교의 오래됨과 오늘날(즉 18세기 말 당시) 행해지지 않음을 안타까워하였다.

끝으로 『胎教新記』(1800/1938) 제10장에서는 아래 (5)에 정리한 바와 같이, 『가씨신서(賈氏新書)』의 권십(卷十) 〈태교(胎教)〉편의 내용을 들어 태교의 근본을 다음과 같이 비유적으로 언급하고 있다.

(5) 태교의 근본

〈태교(胎教)〉에서 말하기를 "'바탕을 이루는 일[素成]'은 자손을 위하되 처를 들이는 일과 딸을 시집보냄에 반드시 효성스럽고 공손한 사람과 대대로 의로운 사람을 가려서 택한다"[23]고 하였으니, 군자의 가르침에 '바탕을 이루는 일'보다 앞서는 것이 없거늘, 그 책임은 부인에게 있다. 따라서 어진 사람을 가려서 택하되, 부족한 자식을 가르치는 일은 자손을 위해서 염려하는 바이니, 진실로 성인의 도리를 알지 못하면 그 누

23 "素成, 謹為子孫婚妻嫁女, 必擇孝悌世世有行義者, 如是則其子孫慈孝."(『가씨신서(賈氏新書)』 권십(卷十) 〈태교(胎教)〉)

가 능히 이 일에 참여하겠는가.(胎敎曰素成, 爲子孫, 婚妻嫁女, 必擇孝悌, 世世有行義者, 君子之敎莫先於素成, 而其責, 乃在於婦人, 故賢者擇之, 不肖子敎之, 所以爲子孫慮也, 苟不達聖人道者, 其孰能與之.)

(5)의 내용은 '사람의 바탕을 이루는 일'(즉 수태[胎])에 있어서, 장부(즉 남편)의 책임을 탓함으로써 아내의 선택을 극찬한 것인데, 아내가 태교의 가르침을 택하는 일이야말로 성인의 도리를 아는 데에서 시작한다는 내용을 담고 있다.

4. 맺음말: 18세기, 태교에 관한 체험적 사유의 정화

이상에서 『태교신기(胎敎新記)』(1800/1938) 본문의 '태교(胎敎)의 개념' 및 '태교의 방법', 기타 '태교에 대한 여러 가지 이야기'들을 종합하여 정리함으로써 18세기 말, 이 사주당의 태교 인문학의 본질을 탐색하여 보았다. 무엇보다 이 사주당의 '태교론'은 자신의 실제 경험에 기반하여 기존의 여러 경서 속 내용들을 종합하고 이를 바탕으로 하나의 일관성 있는 '가르침'을 '태[胎]-육[育]-교[敎]'의 연속으로 이해하고, 이를 각각 '아버지-어머니-스승'으로 이어지는 '하루의 가르침-열 달의 가르침-십년의 가르침'으로 체계화하여 설명하였다는 데 의의가 있다. 한편 이러한 사주당의 견해는 사주당의 아버지 이창식이나 사주당의 남편 유한규, 아들 유희 등의 삼대의 지지를 받으며 해당 집안의 딸들에게 세전되었다는 점에서 인문학적 의의를 찾아볼 수 있다. 본고에서 이사주당의 『태교신기』(1800/1938)를 태교에 관한 체험적 사유의 정화(精華)로 보고자 하는 이유이기도 하다.

한편 『태교신기』(1800/1938)와 관련한 기존의 내용들이 대부분 〈태교신기대전(胎教新記大全)〉의 원문에 담긴 내용의 소개에 한정되어 있었던데 비하여 본고에서는 『태교신기』(1800/1938)의 본문 주석 속의 각 정보를 적극적으로 활용하여 그 내용을 분석하고 이를 인문학적 관점에서 이해하고자 하였다는 점에 기존의 연구와 큰 차이가 있다. 특히 본고를 통해, 『태교신기』(1800/1938) 속 사주당 이씨의 주장을 일관된 기준에 의해 일목요연하게 정리하여 단계적으로 논의가 전개되고 있는 과정으로 보임으로써 '태교'에 대한 사주당의 관점을 좀 더 명확하게 할 수 있었다.

향후 이러한 관점에 『태교신기』(1800/1938)의 본문을 둘러싸고 있는 주변의 여타 기록들과 어떠한 사상적, 계보적 관계를 맺으면서 사회적 맥락을 형성하였는지 등에 주안점을 두고 논의를 전개할 필요가 있다.

부록2

『태교신기』 원문과 주석 원문 인용서목의 서지 및 인용 내용

김세서리아(2018)에서는 『胎教新記』에 인용된 참고서적 중 유교 경서에 대해 서술하고, 이에 관한 철학적 논의를 덧붙였다. 하지만 이 논문에서 인용된 참고서적은 원문의 본문 속 인용 서목에 한정되고 『胎教新記(태교신기)』 원문에 대한 주석문 속 인용 서목은 다루지 않아서 이에 대한 부분적 논의에 그친다는 한계를 지닌다. 아래에서 『胎教新記(태교신기)』에 인용된 참고 서목을 종합적으로 검토해 보고자 한다.

인용 서목의 서지를 주로 설명하되 필요에 따라 인용 내용을 덧붙여 두었다.

『가씨신서(賈氏新書)』 한나라 때의 천재학자 가의(賈誼, B.C.200-B.C.168)가 지은 책으로 흔히 『가의신서(賈誼新書)』 또는 『가자신서(賈子新書)』라고도 한다. 전체 열 권으로 되어 있는데 앞의 다섯 권은 조주문(條奏文)이며, 뒤의 다섯 권은 선현의 예악정술(禮樂政術) 등을 인용 서술하였다. 본래 원본은 58편이 있었는데, 그 후 산일(散佚)되어 지금 있는 것은 학자가 가의의 본전(本傳) 중에서 발췌하여 장단(章

段)을 나누고 순서를 바꾸어 58편의 숫자에 맞춘 것이다. 『태교신기』에서는 이 책의 열 번째 편인 〈태교(胎敎)〉편의 내용을 인용하였는데 그 내용은 "胎敎曰素成, 爲子孫, 婚妻嫁女, 必擇孝悌, 世世有行義者('바탕 이룸[素性]'은 자손을 위하되 처를 들이는 일과 딸을 시집보냄에 반드시 효성스럽고 공손한 사람과 대대로 의로운 사람을 가려서 택한다)"이다.

『격치여론(格致餘論)』: 원(元)나라 주단계(朱丹溪) 즉 주진형(朱震亨)이 1347년에 지은 한의학 이론에 관한 책. 1권이다. 모두 41편의 논문이 실려 있는데 '양(陽)은 늘 남아돌고 음(陰)은 노상 모자란다'는 한의학 이론을 강조하였다. 질병을 치료하는 법칙에 있어서 '자음강화법(滋陰降火法)' 및 '화혈소혈(和血疏血)', '도담행체법(導痰行滯法)' 등을 주장하였다. 임상에서 '몸의 형체와 빛깔 살펴보기', '맥 짚어 보기'와 '증상 물어 보기'를 강조하였는데, 특히 '맥 짚어 보기'를 중시하였다. 자서(自序)에 말하기를 "옛 사람은 의학을 우리 유학(儒學)의 격물치지(格物致知)와 한가지로 여겼다"고 하며, 『격치여론(格致餘論)』을 책 이름으로 삼았다. 『태교신기』에서는 이 책에서 "母得寒兒俱寒, 母得熱兒俱熱, 知此理也.(어미가 찬병을 얻으면 아이도 함께 차가워지고, 어미가 열병을 얻으면 아이도 함께 덥게 되니, 이와 같은 이치를 알아야 한다.)"는 내용을 인용하였다.

『논어(論語)』: 사서(四書)의 하나로 중국 춘추시대의 사상가 공자와 그 제자들의 언행을 기록한 유학의 경전이다. 공자의 생애 전체에 걸친

언행을 모아 놓은 것으로, 인(仁), 군자(君子), 천(天), 중용(中庸), 예(禮), 정명(正名) 등 공자가 평생을 두고 설파한 유학의 기본 윤리개념을 모두 담고 있으며 전체 20편으로 구성되어 있다. 『태교신기』에서는 이 가운데 〈술이편(述而篇)〉과 〈옹야편〉의 구절을 인용하고 있다.

『대학(大學)』: 사서(四書)의 하나로 송나라 때의 주희가 『예기』 49편 중의 42편이었던 〈대학(大學)〉편에 장구(章句)를 짓고 자세한 해설을 붙이는 한편, 편장의 순서가 잘못된 것을 바로잡아서 별도의 책으로 출간한 것이다. 전체를 경(經) 1장, 전(傳) 10장으로 나누어 '경'은 공자(孔子)의 사상을 제자 증자(曾子)가 기술한 것이고, '전'은 증자의 생각을 그의 문인이 기록한 것이다.

『득효방(得效方)』: 원나라의 위역림이 1337년(원나라 혜종 5)에 편찬하여 1345년(원나라 혜종 13)에 간행한 의방서. 원서명은 『세의득효방(世醫得效方)』이나 흔히 '득효방'이라 약칭한다. 이 책은 편자가 5대째 내려오는 가전(家傳) 처방을 바탕으로 하여 편찬하였다. 내용의 차례는 원나라의 의학십삼과(醫學十三科)에 의거하여, 내과·외과·부인과·소아과·오관과·상과 등 각 전문과에 속하는 질병의 맥상(脈象)과 병증·치법을 구분하여 설명하였고, 질병 분류를 비교적 세밀히 하였다. 수록한 역대 처방과 가전방(家傳方)은 수량이 많을 뿐만 아니라 대부분 실제 경험한 것을 바탕으로 하였기 때문에 참고할 만한 가치가 크다. 특히 골상과(骨傷科) 병증의 치료에 탁월한 점이 많다는 평가를 받고 있다. 전19권으로 되어 있으나 『사고전서(四庫全書)』 본에서는 그 끝에 『천금방양생서(千金方養生書)』 1권이 부록으로 덧붙어 모두 20권으로 늘어났다. 조선시대에는 전의감(典醫監)에서 강서(講書)의 한 과목으로 이 책의 제목으로 시험을 보았는데 여기에서 18명의 합격자를 선발하였다.

『서경(書經)』: 유학의 대표 경전인 오경(五經) 중의 하나로, 중국 상고시대(上古時代)의 정치를 기록한 책이다. 고대에는 제도상으로 사관(史官)이 있어 나라 안에서 일어나는 모든 정치적 상황이나 사회 변동·문물 제도 등을 낱낱이 문자로 기록하였다고 한다. 따라서, 옛날에는 그저 『서(書)』라 일컬었으며 때로는 왕조(王朝)의 이름을 위에 얹어 『우서(虞書)』, 『하서(夏書)』, 『상서(商書)』 등으로 일컫기도 하였다. 지금 전하는 책은 『상서(商書)』 계열이다. 공자(孔子)는 이 『서(書)』를 대단히 중히 여겨 번잡한 것을 정리해 다시 편찬했다는 설이 있으며, 『시(詩)』(즉 『시경』)와 더불어 제자들의 교육에 핵심적인 교과 과정으로 삼았다. 『태교신기』에는 『서경(書經)』의 〈열명편(說命篇)〉과 『상서(商書)』〈태갑지편(太甲之篇)〉 등의 내용이 인용되어 있다.

『수세보원(壽世保元)』: 명(明)나라 공정현(龔廷賢, 1522~1619)이 지은 종합의서(綜合醫書)의 이름으로 전체 10권으로 되어 있다. 만력 43년 즉 1615년에 출간되었다. 권1은 진단·치료와 관계가 있는 기초 이론을 소개하고 권2권~권10은 각과 병증의 변(辨)-증(證)-논(論)-치(治)

를 나누어 말하였는데 권2~권6까지는 내과 잡증, 권7에서는 부인과, 권8은 소아과, 권9는 외과, 권10은 민간처방, 잡치료, 응급처방, 뜸치료 등을 다루고 있다. 『만병회춘(萬病回春)』(공정현, 1587)과 짝을 이루는 책으로 내용이 상당 부분 비슷하지만 꽤 많은 방약(方藥)과 치료법을 찾아서 모으고 널리 자료를 구하여 얻었기 때문에 좀 더 자세하다. 특히 〈의설(醫說)〉 중에서 〈신농상백초(神農嘗百草)〉, 『황제내경(黃帝內徑)』, 『난경(難經)』, 『상한(傷寒)』, 『금궤요략(金櫃要略)』 등의 의서와 후대 의원들의 공헌을 요약 정리하고 중국 한의학에서의 『내경(內徑)』에 대한 내용을 강조하였는데 그 내용이 매우 포괄적이며 골라 놓은 방제들이 대부분 매우 실용적이다.

『시경(詩經)』: 춘추 시대의 민요를 중심으로 하여 모은, 중국에서 가장 오래 된 시집. 주로 황하강 중류 중원 지방의 시로서, 시대적으로는 주(周)나라 초(初)부터 춘추(春秋)시대 초기까지의 것 305편을 수록하고 있다. 본래 3,000여 편이었던 것을 공자가 311편으로 간추려 정리했다고 알려져 있는데, 오늘날 전하는 것은 305편이다. 『시경』은 〈풍(風)〉, 〈아(雅)〉, 〈송(頌)〉의 셋으로 크게 분류되고 다시 〈아(雅)〉가 〈대아(大雅)〉, 〈소아(小雅)〉로 나뉘어 전해진다. 〈풍(風)〉(〈국풍(國風)〉이라고도 한다)은 여러 나라의 민요로 주로 남녀 간의 정과 이별을 다룬 내용이 많다. 〈아(雅)〉는 공식 연회에서 쓰는 의식가(儀式歌)이며, 〈송(頌)〉은 종묘의 제사에서 쓰는 악시(樂詩)이다. 『태교신기』에서는 이 가운데 〈대아(大雅)〉의 〈억지편(抑之篇)〉, 〈개취지편(大雅_既醉之篇)〉 및 〈국풍(國風)〉의 〈인지지편(麟之

趾篇)〉의 내용을 인용하고 있다.

『악서(樂書)』: 송나라 진양(陳暘)이 지은 음악이론서. 1104년에 완성되었으며 주로 당나라의 음악을 그림과 함께 실어 설명하였다. 약 40년에 걸쳐 지어졌으며 200권에 이르는 방대한 걸작이다. 권1에서 권95까지는 『예기』, 『주례』, 『의례』, 『시경』, 『상서』, 『춘추』, 『주역』, 『효경』, 『논어』, 『맹자』 등의 경전에서 '악(樂)'과 관련된 내용을 뽑아 풀이한 훈의(訓義)이고, 권96에서 권200까지는 '악(樂)'을 시행하는데 필요한 실질적인 사항을 서술한 '악도론(樂圖論)'이다. 악도론에서 권96에서 권108까지는 12율, 5성, 8음(八音)과 같은 음악이론을 서술하였고, 권109에서 권188까지는 아부(雅部), 호부(胡部), 속부(俗部)로 나누어서 악기, 노래, 춤, 잡악(雜樂)을 그림과 함께 상세히 설명해놓았으며, 권189에서 권200까지는 오례(五禮)를 서술하였다.

『안씨가훈(顔氏家訓)』: 중국 남북조(南北朝) 때 북제(北齊)의 문학가인 안지추(顔之推)의 대표작이다. 그는 자신의 인생경력, 처세철학을 결합해 『안씨가훈(顔氏家訓)』이라는 책을 펴내 자손에게 경계를 삼도록 하였다. 『안씨가훈(顔氏家訓)』은 중국 역사상 가장 내용이 풍부하고 체계가 광대한 가훈이며 또한 학술적인 저작이다. 중국 봉건시대 가정교육이 집대성된 저작물로 『가교규범(家教規範)』으로 불린다. 총 20편이다. 안지추(531~591)는 자(字)는 개(介). 낭야(琅邪)(지금의 산동) 임기(臨沂) 사람으로 북제, 후주, 수 등에서 관리로 있었으며 이 책은 589년 이후에 완성하였다. 가정교육의 전범으로서 후대에 중요한 영향을 미쳤으며, 특히 송나라 이후 더욱 큰 영향을 미쳤다. 송나라 주희의 『소학(小學)』과 청나라 진굉모의 『양정유규(養正遺規)』는 모두 일찍이 『안씨가훈(顏氏家訓)』에서 소재를 따왔다. 주희와 진굉모뿐 아니라 당나라 이후 나타난 수십 가지 가훈은 모두 『안씨가훈(顏氏家訓)』의 영향을 직간접적으로 받았기 때문에 왕삼빙은 "고금의 가훈이 이 책을 비조로 삼는다"고 하였다. 『안씨가훈(顏氏家訓)』이 이후에 다시 여러 번 중간되었는데 비록 천여 년이 지났어도 그 가치가 일실되지 않고 깊은 영향을 남겼다.

『여범(女範)』: 명나라 강녕 유씨(江寧劉氏)가 지은 책의 이름이다. 청나라 왕진승(王晉升)이 여성이 반드시 읽어야 할 네 권의 책으로, 후한(後漢) 조대가(曹大家)의 『여계(女戒)』, 당나라 송약소(宋若昭)의 『여논어(女論語)』, 명나라 인효문황후(仁孝文皇后)의 『내훈(內訓)』, 명나라 강녕유씨(江寧劉氏)의 『여범첩록(女範捷錄)』을 묶어 4권 3책의 『여사서(女四書)』를 편찬하였는데, 이를 조선시대 후기인 1736년에, 영조가 홍문관 제학 이덕수에게 언해하도록 명하여 『여사서언해』로 간행되면서 일반에 널리 알려졌다. 『여범(女範)』은 『여범첩록(女範捷錄)』을 줄여서 이르는 말로, 음양의 이치에 따라 남자와 여자의 근본과 도리를 설명한 뒤, 가정에서 여성의 역할을 강조하면서 이에 따라 여성교육의 중요성을 역설한 책이다. 『태교신기』에는 글의 첫머리에 "女範曰上古賢明之女有娠胎教之方必慎(女範明節婦劉氏所著)[『여범(女範)』에 이르기를 옛날 현명한 여인이 임신을 하면 반드시 태교의 방안을 조심하여 행하였다. (『여범』은 명나라의 절부 유씨가 지은 것이다)]"의 내용으로 인용되어 있다.

『열녀전(列女傳)』(=『여전(女傳)』): 한(漢)나라 유향이 지은 책으로 전통 사회에서 오랫동안 여성의 생활 지침서로 사용되어 온 문헌이다. 주로 여성의 활약상을 모아서 엮은 역사서로 여성의 모범이 될 만한 인물에 대하여 담고 있어서, 여성에게 가르치는 훈육서의 성격이 강하다. 유향의 원저서는 7편으로 구성되어 있었는데, 훗날 본문 7편을 상편과 하편으로 나누어서 편집하고, 송(頌) 1권을 가미한 전 15권으로 구성되었다. 여기에 여학자 반소(班昭)의 주석이 더해진 유흠(劉歆)의 『열녀전』이 전해진다. 현재 유통되는 통용본은 남송(南宋) 때 채기(蔡驥)가 재편집하여 원래의 『열녀전』 7권에서 〈송(頌)〉편을 나누어서 『속열녀전(續列女傳)』 전체 8권으로 구성한 것이다.

『예기(禮記)』: 오경(五經)의 하나로 예경으로 불리는 『의례(儀禮)』와 구별하기 위해 『예기(禮記)』로 부른다. 유가(儒家)의 관점에서 예절에 대한 내용을 집대성한 책으로, 총 49편으로 이루어져 있다. 본래 공자 이후 한대에 이르기까지 예(禮)에 대해 기록한 200편의 기록으로부터 시작하였으며 이 가운데에서 한나라 때의 대덕(戴德)이 85편으로 골라낸 것을 『대대예기(大戴禮記)』라 하고, 대덕의 조카인 대성(戴聖)이 46편을 골라 『소대예기(小戴禮記)』를 만들었는데 여기에 후한 말에 마융이 3편을 더 추가해서 49편으로 지어졌다. 흔히 『소대예기(小戴禮記)』라고 하면 이 49편으로 된 것을 말한다. 한편 『대대예기(大戴禮記)』는 다 전하지 않고 현재 대략 40여 편만

전하기 때문에 일반적으로 『예기(禮記)』라고 하면 『소대예기(小戴禮記)』만을 가리킨다. 『태교신기』에는 『소대예기(小戴禮記)』 49편 가운데 열두 번째인 〈내칙(內則)〉편과 열여덟 번째인 〈악기(樂記)〉편, 열아홉 번째인 〈학기(學記)〉편의 내용이 인용되어 있는데, 그 중 〈내칙(內則)〉은 여자들이 가정 안에서 지켜야 할 법도나 규칙에 대해 설명하고 있다. 한편 『태교신기』에는 『대대예기(大戴禮記)』의 〈보전(保傳)〉편도 인용되었는데 이 부분은 『소대예기(小戴禮記)』에 없는 부분이다.

『의례(儀禮)』: 『주례周禮』·『예기禮記』와 함께 '삼례(三禮)'라고 일컬어지며, 유가의 대표적 경전인 구경(九經)·십삼경(十三經)의 하나이다. 한(漢)나라 때는 '예(禮)', '예경(禮經)', '사례(士禮)' 등으로 불렸으며, 『의례』라는 명칭은 서진(西晉) 시대에 시작되어 동진(東晉) 때 확정되었다. 전통적으로 주공(周公)의 저작으로 보며, 공자(孔子)가 수정했다고 전하지만, 실제로는 춘추시대부터 전국시대에 걸쳐 성립된 것으로 보는 것이 통설이다. 이 책은 주(周)나라 때의 종교적·정치적 의례를 비롯하여 관혼상제 등 사회적 의례까지를 수록하여, 당시의 생활양식과 풍속 등의 연구와 의례의 원칙을 세우는 데에 중요한 자료가 된다. 이 책은 〈사관례(士冠禮)〉·〈사혼례(士昏禮)〉·〈사상견례(士相見禮)〉·〈향음주례(鄕飮酒禮)〉·〈향사례(鄕射禮)〉·〈연례(燕禮)〉·〈대사의(大射儀)〉·〈빙례(聘禮)〉·〈공식대부례(公食大夫禮)〉·〈근례(覲禮)〉·〈상복(喪服)〉·〈사상례(士喪禮)〉·〈기석(旣夕)〉·〈사우례(士虞禮)〉·〈특생궤식례(特牲饋食禮)〉·〈소뢰궤식례(少

牢饋食禮)〉·〈유사철(有司徹)〉의 17편으로 구성되어 있다. 이와 같이 『의례(儀禮)』는 '사례(士禮, 선비들의 예절)'에 대해 주로 다루고 있는 책으로, 〈상복(喪服)〉편을 제외하면 주로 의식의 진행을 규정한 내용이어서 시작에서 끝마침까지의 세부 조목을 모두 들고 있으며, 복장·기구(器具) 등에 대해서도 자세히 설명하고 있다. 『태교신기』에서는 두 번째 편인 〈사혼례(士昏禮)〉편이 인용되었다.

『의학입문(醫學入門)』: 종합 의학책. 명(明)나라 이천(李梴)이 엮었다. 1575년에 펴냈다. 이 책은《의경소학(醫經小學)》을 저본(底本)으로 삼고 여러 의사들의 학설을 참고하여 분류·편찬한 것이다. 내용은 의학약론(醫學略論)·의가전략(醫家傳略)·경혈도설(經穴圖說)·경락(經絡)·장부(臟腑)·진법(診法)·침구(鍼灸)·본초(本草)·외감병(外感病)·내상병(內傷病)·내과 잡병·아낙네의 질병·어린아이 질병·외과 질병·각과의 약물 사용 및 급구방(急救方) 등을 포함한다. 본문은 가부(歌賦) 형식이며 주해(注解)한 글을 보태어 보충 설명하였다. 책 속에 여러 의사들의 학설을 인용한 것 외에, 또 개인의 견해를 덧붙였다. 이것은 의학 입문서 가운데 꽤 큰 영향력을 가지고 있다.

『의학정전(醫學正傳)』: 종합 의학책. 8권이다. 명(明)나라 우단(虞摶)이 1515년에 지었다. 이 책은 앞에 '의학혹문(醫學或問)' 51조(條)를 죽 벌여 놓았는데 우단이 의학에 있어서의 몇몇 문제에 대하여 분석하고 옛 사람이 마음속의 뜻을 말로 다 나타내지 못한 뜻을 풀어서 밝힌 것이다. 다음은 임상 각과의 흔한 병증을 나누어 논술하였는데 증(證)으로 문(門)을 나누고 각 문(門)은 먼저 증상을 논술하고 나서 나중에 맥법(脈法)을 논술하고 방제와 치료를 논술하였다. 논술한 많은 증(證)의 총론은《내경(內經)》의 요지(要旨)를 벼리로 삼았고 증상과 치료는 주단계(朱丹溪)의 학술 경험을 근본으로 삼았다. 맥법은《맥경(脈經)》에서 자료를 골라 썼고, 상한(傷寒)·내상(內傷)·어린아이의 병은 각각 장중경(張仲景)·이고(李杲)와 전을(錢乙)을 본받았다. 지은이는 여러 의사들의 학설을 두루두루 참고하고 집안에 대대로 전하여 내려오는 것과 개인의 학술 경험을 결합하여 논술하였다. 우단은 주문[呪文·주술(呪術)]·무술(巫術), 운기(運氣)로 병기(病期)·병증과 치료법을 미루어 짐작하는 것 등에 대하여 모두 비판적인 태도를 가졌다.

『이아(爾雅)』: 유교 경전의 집성으로서 당나라 때 이루어진 개성석경(開成石經)인 '12경'이나 송나라 때 성립한 '13경'에 포함되어 있는 경전의 하나이다. 그 내용은 문자의 뜻을 고증하고 설명하는 사전적인 성격을 지닌 책이다. 진(晉)나라의 곽박(郭璞)이 10여 학자의 설을 집성하면서 여러 주석들이 나왔다. 여기에는 곽박의 주와 송나라 형병(邢昺)의 소로 이루어진 『이아주소(爾雅注疏)』(11권), 송나라 때 정초(鄭樵)가 지은 『이아주(爾雅注)』(3권), 나원(羅願)이 지은 『이아익(爾雅翼)』(32권) 등이 있다.

『장자(莊子)』: 중국 전국시대의 사상가 장자(莊子/莊周, B.C.369-B.C.289)의 저서. 당나라 현종(玄宗)에게 남화진경(南華眞經)이라는 존칭을 받아《남화진경(南華眞經)》이라고도 한다. 내편(內編) 7, 외편(外編) 15, 잡편(雜編) 11로 모두 33편이다. 그 중 내편이 비교적 오래되었고 그 근본사상이 실려 있어 장자의 저서로, 외편과 잡편은 후학(後學)에 의해 저술된 것으로 추측된다. 『태교신기』에는 이 책의 〈외편_변무(外篇_駢拇)〉편의 내용이 인용되었다.

『전국책(戰國策)』: 중국 전국시대(戰國時代, 기원전 475~222)의 유세가(遊說家, 여러 국가에서 유세하여 외교를 논하는 종횡가)의 언설(言說), 국책(國策), 헌책(獻策), 그 외의 일화를 각 나라별로 편집하여, 정리한 서적이다. 전국 칠웅(戰國七雄) 시대 즉, 위(衛)나라 도공(悼公) 때(기원전 476)부터 진 시황제(기원전 222) 때까지, 육국이 진나라(秦)에게 멸망할 때까지의 250여 년에 걸친 전국시대 유세가의 말이 기록되어 있다. 원래는 『국책(國策)』, 『국사(國事)』, 『사어(事語)』, 『단장(短長)』, 『장서(長書)』, 『수서(修書)』라는 서적이 있었지만, 이것을 전한의 유향(劉向, B.C.77~B.C.6)이 33편을 모아서 정리했다. 전국시대(戰國時代)라는 말도 이 책에 유래한다. 송(宋)나라 시대에는 일부가 없어져서, 북송의 증공(曾鞏)이 분실된 자료를 사대부가(士大夫家)에서 찾아 보정(補訂)하여 동주(東周), 서주(西周), 진(秦), 제(齊), 초(楚), 연(燕), 조(趙), 위(魏), 한(韓), 송(宋), 위(衛), 중산(中山)의 12개국 486장으로 정리하였다. 사마천(史馬遷)의 『사기(史記)』〈열전(列傳)〉은 『전국책』의 자료를 많이 이용하였기 때문에 전국책의 내용과 동일한 것이 많다. 주석은 한(漢)나라 고유(高誘)의 주석이 있었지만 없어졌다. 송나라의 학자 포표(鮑彪)는 『전국책』을 개정하여 새로운 주석을 만들었다. 장사의 마왕퇴 한나라 묘지에 출토한 백서에는 『전국책』과 유사한 내용이 적혀있어, 『전국종횡가서(戰國縱橫家書)』라고 명명되기도 하였다.

『주례(周禮)』: 주(周) 왕실의 관직 제도와 전국 시대(戰國時代) 각 국의 제도를 기록한 책으로, 후대 중국과 우리나라에서 관직 제도의 기준이 되었다. 원래의 이름은《주관(周官)》또는《주관경(周官經)》이었는데 전한(前漢) 말에 이르러 경전에 포함되면서 예경(禮經)에 속한다고 '주례'라는 명칭을 얻게 되었다.《예기(禮記)》·《의례(儀禮)》와 함께 삼례(三禮)로 일컬어지며, 당대(唐代) 이후 13경(十三經)의 하나로 포함되었다. 성립 시기에 대해서는 고문학파(古文學派)에서는 주나라 초기 주공(周公)이 지은 것이라 하고, 금문학파(今文學派)에서는 전국 시대에 이루어진 것이라 하며, 또 한대(漢代) 유흠(劉歆)의 위작(僞作)이라고 하는 등 많은 논란이 있어 왔다.

『주자어류(朱子語類)』 卷第四 〈性理一〉: 송대 유학의 집대성자인 주희가 강학하면서 제자들의 질문에 답한 어록 모음집. 모두 140권이다. 주희가 죽은 후 이도전(李道傳)이 가정(嘉定) 8년(1215)에 『주자어록』 43권을 편집하여 지주(池州)에서 간행하였다.("지록") 그 안에는 요덕명(廖德明) 등 주희의 제자 33명이 기록한 것이 수집되어 있다. 이도전의 동생 이성전(李性傳)은 또 1238년에 『주자어속록』 46권을 편집하여 요주에서 간행하였다.

『중용(中庸)』: 사서(四書)의 하나이며 공자의 손자인 자사의 저서로, 동양 철학의 중요한 개념을 담고 있다. 오경(五經)의 하나인 『예기(禮記)』에 있던 〈중용편(中庸篇)〉이 〈대학편(大學篇)〉과 함께 송(宋)나라 때 단행본이 된 것으로, 《대학(大學)》《논어(論語)》《맹자(孟子)》와 함께 사서(四書)로 불리고 있으며, 송학(宋學)의 중요한 교재가 되었다. '中'이란 어느 한쪽으로 치우치지 않는 것, '庸'이란 평상(平常)을 뜻한다. 인간의 본성은 천부적(天賦的)인 것이기 때문에 인간은 그 본성을 따르지 않으면 안 된다. 따라서 본성을 좇아 행동하는 것이 인간의 도(道)이며, 도를 닦기 위해서는 궁리(窮理)가 필요하다. 이 궁리를 '교(教)'라고 하는데, 『중용』은 바로 이 궁리를 연구한 책이다. 즉 인간의 본성은 한마디로 말해서 '성(誠)'이기 때문에 사람이 어떻게 하여 이 '성(誠)'으로 돌아갈 수 있는가를 규명한 책이라고도 할 수 있다.

『춘추(春秋)』: 오경(五經)의 하나로, 기원전 5세기 초에 공자(孔子)가 엮은 것으로 알려진 중국의 사서(史書)이다. 춘추시대(春秋時代) 노(魯)나라 은공(隱公) 원년(元年, BC 722)으로부터 애공(哀公) 14년(BC 481)까지의 사적(事跡)을 연대순으로 기록하고 있으며 공자(孔子, BC 552~BC 479)가 노(魯)에 전해지던 사관(史官)의 기록을 직접 편수(編修)한 것으로 알려져 있다. 흔히 동주(東周) 시대의 전반기를 춘추시대(春秋時代)라고 부르는 것도 이 책의 명칭에서 비롯되었다. 『태교신기』에는 이 책의 〈곡량전(穀梁傳)〉과 〈공양전(公羊傳)〉의 내용이 인용되었다.

부록3

주요 인물 사전

권두식(權斗植, ?~?): 연대 및 활동 내력 미상. 안동 지역의 학자 및 출판 담장자로 『태교신기』(1938)를 출간할 때 함께 참여하였다.

권상규(權相圭, 1874~1961): 1874년(고종 11) 8월 25일~1961년 7월 23일. 조선 말기 의병. 자는 치삼(致三)이고 호는 채산(蔡山)·인암(忍庵)이다. 본관은 안동(安東)이다. 충재(冲齋) 권벌(權橃)의 후손이다. 증조부는 권재화(權載華), 조부는 권진하(權鎭夏)이며, 부친은 의병장 권세연(權世淵)이다. 외조부는 이문직(李文稷)이고, 처부는 박심수(朴尋洙)이다. 면우(勉宇) 곽종석(郭鍾錫), 가산(柯山) 김형모(金瀅模) 등과 교유하였다. 을미사변 때 의병을 일으켰으나 실패하였으며, 1896년(건양 1)에 다시 의병을 일으켜 활동하였다. 경술국치 이후로 세상과 인연을 끊고 동서양의 역사를 탐독하여 당시의 국제 정세를 파악했다. 무덤은 경상북도 봉화군 물야면(物野面) 동막(東幕)에 있다. 문집으로 『인암집(忍庵集)』 24권 12책이 있다.

신작(申綽, 1760~1828): 조선 후기의 학자. 본관은 평산(平山). 자는 재중(在

中), 호는 석천(石泉). 아버지는 호조참판 신대우(申大羽)이며, 어머니는 연일정씨(延日鄭氏)로 정후일(鄭厚一)의 딸이다. 우리나라 양명학의 대가인 정제두(鄭齊斗)가 외증조부이다. 1809년(순조 9) 증광시에 장원으로 급제하였다. 아버지의 병이 위독함을 듣고 미처 방이 붙기도 전에 달려갔으나 도중에 부음을 받았다. 삼년상을 마치면서 평생 벼슬길에 나서지 않기로 작정하였다. 그 뒤 돈녕도정(敦寧都正)·예조참의 등 여러 관직에 임명되었으나 모두 취임하지 않고 오로지 학문에만 열중하였다. 정약용(丁若鏞)과는 평소에 친분이 두터웠으며, 정약용은 신작의 지극한 효도에 감동하여 시를 지어 보내기도 하였다. 신작은 양명학을 공부하였고 실학으로 이를 절충하였다. 또한 경학에도 밝았을 뿐 아니라 노장학에도 심취하여 진실돈박(眞實敦朴)한 인간상을 노자에게서 찾고자 하였다. 저서로는 『시차고(詩次故)』·『춘추좌씨전례(春秋左氏傳例)』·『역차고(易次故)』·『상차고(尙次故)』·『노자지략(老子旨略)』 등이 있는데, 그 가운데 『시차고』는 신작이 28세 때에 강화 진강(鎭江)에서 서울교외인 현호(玄湖)로 이사하여 마포와 서강 사이에 죽리관(竹裏館)이라는 정자를 짓고 31권 12책을 완성하였으나, 소실되어 다시 모은 것이 지금 전하고 있는 『시차고』 7책이다.

유근영(柳近永, 1897~1954): 1897년 1월 3일~1954년. 경기도 용인시 처인구 모현면 일산리에서 유희의 3세손으로 태어났다. 1919년, 경성고등보통학교 4학년에 재학 중에 3월 5일 남대문역(지금의 서울역) 만세시위에 적극적으로 참여하였다가 일본 경찰에 붙잡혀서 6개월형을 언도 받았다. 정인보, 권두식, 권상규, 이충호 등과 함께 1938년 경북 예천군 예천읍 백전동에서 석판본 『태교신기』의 간행을 주도하였다.

유한규(柳漢奎, ?~?): 본관은 진주(晉州). 자는 단오(端五), 자호는 애오로(愛吾盧). 문성공 유순정(柳順汀)의 9대손으로, 할아버지는 이조참판 유진운(柳振運), 아버지는 유담(柳紞)이다. 부인은 『태교신기(胎教新記)』를 쓴 사주당(師朱堂) 이씨이며, 『언문지(諺文志)』의 저자 유희(柳僖)의 아버지이다. 영조·정조 대에 활동한 문신으로 벼슬은 높지 않았으나, 담운(澹雲) 조명교(曺命敎)에게 수학하여 『주역』과 『예기』에 통달하였고 시문에 능하였다. 행서·해서를 잘 쓰고 화살을 잘 쏘았으며, 의술·수학·역법 등에도 조예가 있었다. '애오로'라 자호할 정도로 자연 속에 살기를 좋아하였다. 저서로 시집 2권과 『기주주설(朞註籌說)』 1권이 전한다.

유희(柳僖, 1773~1837): 본관은 진주(晉州). 초명은 경(儆). 자는 계중(戒仲), 호는 서파(西陂)·방편자(方便子)·남악(南嶽). 아버지는 역산(曆算)과 율려(律呂)에 조예가 깊은 현감 유한규(柳漢奎)이며, 어머니는 통덕랑 이창식(李昌植)의 딸로 경사에 능통하여 『태교신기(胎教新記)』를 저술한 전주이씨 사주당(師朱堂)이다. 유희는 나면서부터 특출하여 13세에 이미 시부(詩賦)를 지으며 구장산법(九章算法)을 이해하고, 15세에 역리복서(易理卜筮)를 꿰뚫었으며, 18세에 향시(鄕試)에 합격하였다. 그러나 11세에 아버지를 여의고 어머니의 가르침을 받아 과거에 나아가지 않았다. 37세에 충청북도 단양으로 옮겨 농사를 짓다가 10년이 지난 48세에 고향인 경기도 용인으로 돌아왔으며, 이듬해에 어머니의 상을 당하였다. 53세에 둘째 누나의 권유로 과거에 세 번 응시하여 생원시에, 57세에 황감제(黃柑製)에 3등 3석으로 입격하는 것으로 그쳤다. 일찍 경학에 잠심하여 성리학을 주로 하고, 춘추대의(春秋大義)를 본으로 삼아 경서의 주석에 전념하였다. 그의 유저로 방대한 『문통(文通)』 100권이 초고로 전해 왔는데, 진주유씨 문중의 기탁으로 44책 69권이 현재 한국학중앙연구원 장서각에 소장되어 있다. 그의 학문은 천문·지리·의약·복서·종수(種樹)·농정(農政)·풍수·충어(蟲魚)·조류 등에 두루 통하였고, 특히 그중에서 따로 전하는 『시물명고(詩物名考)』·『물명유고(物名類考)』(物名考)·『언문지(諺文志)』는 국어학사적 사료로서 논의의 대상이 되고 있다. 일찍이 실학자이며 정음학자인 정동유(鄭東愈)를 직접 사사하여 당대의 문자음운학에 일가견을 가지게 되었다.

이사주당(李師朱堂, 1739~1821): 통덕랑 이창식의 2남 5녀 중 넷째 딸로 청주에서 출생하였다. 본명은 미상이고 처음의 당호는 희현당(希賢堂)이었는데 나중에 사주당(師朱堂)으로 바꾸었다. '희현(希賢)'은 비록 여성이지만 선비로서 현자가 되기를 바란다는 것이고 '사주(師朱)'는 오직 주자만을 사숙(私淑)한다는 뜻이다. 19세인 1757년에 부친 이창식의 상을 당하였고, 25세인 1763년(癸未) 진주인(晉州人) 유한규(柳漢奎, 1718~1783)에게 시집을 갔다. 결혼 후 10년 뒤인 1773년(35세)에야 아들 희(僖, 초명은 儆)를 낳았는데, 이후로 세 딸을 더 두었다. 어려서부터 베짜기와 바느질로 소문이 났지만 조금 장성해서는 "사람이 사람 노릇하는 일이 여기에 있겠는가"하고는 『가례언해(家禮諺解)』·『소학언해(小學諺解)』·『여사례(女四禮)』를 가지고 밤이 깊도록 혼자 길쌈 등불 너머로 1년 동안 공부한 끝에 문리가 통하여, 마침내 사자서(四子書: 사서)와 『시경(詩經)』·『서경(書經)』을 읽었고 이씨 문중의 남자 중에 선비를 앞서는 자가 없었다. 시집 가기 전부터 남당(南塘) 한원진(韓元震)과 역천(櫟泉) 송명흠(宋明欽) 같은 충청북도의 선비들이 친척이 아니라서 만나지 못하게 되었음을 한스럽게 여겼고 근기 지방의 후배들인 상사(上舍) 이면눌(李勉訥)과 처사(處士) 이양연(李亮淵) 등이 당에 올라 절하면서 스스로 가르침을 받기도 하였고 소릉(少陵) 이창현(李昌顯)과 법은(法隱) 강필효(姜必孝) 같은 이들은 다른 사람의 전달을 통해 경전을 읽으면서 의심스러웠던 문장을 질문하기도 하였다. 시집 온 후 문학과 역사에 밝은 재능을 숨기고, 집안일에만 힘썼지만 남편인 유한규와는 경전(經典)을 토론하고, 시를 주고받으니, 서로의 덕행을 빛나게 하고, 서로 자랑스러운 지기로 삼았다. 동시대의 경서와 사서를 주로 읽되 제자서와 시문집은 좋아하지 않았고, 항상 연구하고 해석했지만 저작은 드물었다. 노년에는 약간의 문장 초고를 불태우고 오직 『태교신기(胎教新記)』 한 편을 남겼다. 〈胎教新記(태교신기)〉는 사주당 이씨가 유희를 낳기 전인 1772년경에 지었는데, 여기에 남편인 유한규가 '교자집요'라는 이름을 붙여 두었다. 1남 3녀를 낳고 오랫동안 이 책의 존재를 잊고 있다가 20여년 뒤에 우연히 셋째 딸의 상자 속에서 이 책이 발견하여, 62세인 1800년에 〈胎

敎新記(태교신기)〉라는 이름으로 책을 완성하였는데, 아들인 유희가 여기에 주석과 음의, 언해를 더하여 자신의 스물여덟 번째 생일인 1801년 3월에 한 권의 책으로 묶었다. 그로부터 9년 뒤인 1810년(72세)에 큰딸과 작은딸의 발문과 함께 〈부셜〉 등 후기와 언해를 덧붙여 하루 만에 묶어서 만든 것이 유씨 문중에서 오래도록 세전되어 왔던 것이다. 이후 80세가 넘으면서 고질병이 있어 3년 남짓 고생하다 1821년 9월 22일 83세의 나이로 세상을 떠났다. 그해 11월 20일 용인 모현촌 관청동 당봉(鐺峯) 아래 자리를 정하고 관청동의 다른 곳에 있던 유한규의 묘를 옮겨 합장하였다.

이충호(李忠鎬, 1872~1951): 일제강점기 유학자. 자는 서경(恕卿)이고, 호는 하정(霞汀)이다. 본관은 진성(眞城)이고, 출신지는 경상북도 예안(禮安: 현 안동군(安東郡))이다. 퇴계 이황의 종손(宗孫)으로, 부친은 이중경(李中慶)이다. 타고난 자질이 영민하였으며, 족부(族父) 이만인(李晩寅)의 문하에서 수학하였다. 1900년(광무 4) 장릉참봉(章陵參奉)을 지냈으며, 주자학과 퇴계학에 전념하였다. 도산서원(陶山書院)·한수정(寒水亭)·오산정(吾山亭)·한서암(寒栖菴)을 중수하는 등 조상들을 받드는 일에 많은 업적을 세웠으며, 해방 후에는 백성들을 일깨우기 위한 보문의숙(普文義塾)을 세우고 가르침을 베풀었다. 김영락(金榮洛)의 문집인 『구계집(龜溪集)』의 서문과 이익(李瀷)·이황(李滉)의 글을 뽑아 모은 『이자수어(李子粹語)』의 발문을 쓰기도 하였으며, 『주서절요(朱書節要)』·『계몽전의(啓蒙傳疑)』·『도산문현록(陶山門賢錄)』·『교남빈홍록(嶠南賓興錄)』·『고계문집(古溪文

集)』 등 다수의 책을 간행하였다.

정인보(鄭寅普, 1893년~1950): 본관은 동래(東萊). 유명(幼名)은 정경시(鄭景施). 자는 경업(經業), 호는 담원(薝園)·미소산인(薇蘇山人). 아호는 위당(爲堂). 서울 출신. 조선 명종대의 대제학 정유길(鄭惟吉)의 후손으로, 철종대의 영상 정원용(鄭元容)의 증손인 장례원부경(掌禮院副卿)·호조참판을 역임한 정은조(鄭誾朝)의 아들이다.

어려서 아버지로부터 한문을 배웠고, 13세 때부터 이건방(李建芳)에게서 사사하였다. 을사조약이 체결 이후 관계(官界)에 진출할 뜻을 버리고 부모와 함께 진천(鎭川)·목천(木川) 등지에 은거하며 학문에 전념하다가 1910년 일제가 무력으로 한반도를 강점하여 조선조가 종언을 고하자 중국 상해(上海)로 망명, 국제 정세를 살폈다. 얼마 후 귀국하였다가 1912년 다시 상해로 건너가 신채호(申采浩)·박은식(朴殷植)·신규식(申圭植)·김규식(金奎植) 등과 함께 동제사(同濟社)를 조직, 교포의 정치적·문화적 계몽활동을 주도하며 광복운동에 종사하였다.

부인 성씨(成氏)가 첫째 딸을 낳던 중 산고로 죽자 노모의 비애를 위로하고자 귀국하여 국내에서 비밀리에 독립운동을 펴다 여러 차례 일본 경찰에 붙잡혀 옥고를 치렀다. 서울로 이사한 뒤 연희전문학교·협성학교(協成學校)·불교중앙학림(佛敎中央學林) 등에서 한학과 역사학을 강의하였다. 후학들을 가르쳐 민족의 역량을 키우는 교수 생활에 힘쓰는 한편, 《동아일보》·《시대일보》의 논설위원으로 민족의 정기를 고무하는 논설을 펴며 민족계몽운동을 주도하였다. 1926년 순종이 죽었을 때는 유릉지문(裕陵誌文) 찬술의 일을 맡아보았다. 다음 해 불교전문학교·이화여자전문학교에도 출강하였다. 1931년에는 민족문화의 유산인 고전을 민족사회에 알리고자 다수의 고전을 소개하는 「조선고전해제」를 《동아일보》에 연재하였다. 1935년 조선 후기 실학 집대성자인 정약용(丁若鏞) 사후 100주년을 맞아 조선 후기의 실학을 소개하기 위한 학문 행사를 주도, 실학 연구를 주도하였는데, '실학'이라는 용어가 이때부터 사용된 것으로 알려져 있다. 한편, 이 무렵부터 조선 양명학에 관심을 가지고 정동유 등 일련의 양명학자들의 학문을 추적하였고, 1933년 66회에 걸쳐 《동아일보》에 「양명학연론(陽明學演論)」을 연재해 많은 호응을 얻었다.

1936년 연희전문학교 교수가 되어 한문학·국사학·국문학 등 국학 전반에 걸친 강좌를 담당하였다. 그러나 태평양전쟁이 일어난 뒤 국학에 대한 일제의 탄압이 거세지자 1943년 가솔을 이끌고 전라북도 익산군 황화면 중기리 산중에 은거하였다. 광복 후 서울로 상경, 일제의 포악한 민족 말살 정책으로 가려졌던 국학을 일으켜 세우고자 교육에 힘을 쏟았으며, 민족사를 모르는 국민에게 바른 국사를 알리고자 1946년 9월 『조선사연구(朝鮮史研究)』를 간행하였다.

1947년 국학의 최고학부를 표방하고 설립된 국학대학(國學大學) 학장에 취임, 일제의 광폭한 식민정책으로 일시 단절된 국학을 일으켜 세우고, 발전시키려는 새로운 각오로 다시금 육영사업에 투신하였다. 1948년 대한민국정부 수립 후 초대 대통령인 이승만의 간곡한 청으로 신생 조국의 관기(官紀)와 사정(司正)의 중책을 지닌

감찰위원장이 되었으나, 1년 후 정부의 간섭으로 의지를 펼 수 없다고 판단, 미련없이 자리를 사임하였다. 이후 한때나마 학문과 교육을 떠났던 심정을 달래고자 남산동에 은거하며 오로지 국학 연구에 몰두하였다. 1950년 6·25가 일어나던 그 해 7월 31일 서울에서 인민군에 의해 납북되었다가 그해 12월 사망한 것으로 알려져 있다. 시문·사장(詞章)의 대가로 광복 후 전조선문필가협회 회장으로 선출되기도 하였으며, 서예에 있어서도 일가를 이루었고, 인각(印刻)에도 능하였다.

정인보는 이와 같이, 30여 년을 두고 대학 강단에서 국고(國故)·절의(節義)·실학·양명학과 역사학으로 후학들을 지도하였고, 국혼(國魂)·경세(警世)·효민(曉民)의 학덕이 높았던 학자이며 교육자였다. 저서로는 『조선사연구』와 『양명학연론』이 있고, 시문과 국학 논고의 글은 『담원시조집(薝園時調集)』·『담원문록(薝園文錄)』·『담원국학산고(薝園國學散藁)』에 수록되어 있다.

1990년에 건국훈장 독립장이 추서되었다.

정자(程子): 중국 송나라 정명도(程明道, 1032~1085)와 정이천(程伊川, 1033~1107) 두 형제를 말한다. '이(二)정자'라고도 한다. 모두 유교 철학자. 주렴계(周簾溪)에게서 배우고 '이'(理)를 최고의 범주로 삼아 도학(道學)을 체계화하고 발전시켰다. 그들은 하늘(天)을 이(理)라고 하여 달이 냇물에 그 모습이 비치듯이 천하 만물은 이 유일하고 절대인 이(理)를 구현하고 있는 것이고, 천리(天理)가 일정한 목적 하에 우주의 질서를 세운다고 하는 목적론적 세계관을 수립하였다. '부자·군신'도 '천하의 정리'(天下之定理)이기에 어느 누구도 이 관계로부터 벗어날 수 없다고 하여 불교의 출세간(出世間)주의를 비판하고 현실의 봉건적 신분질서를 절대화했다.

주돈이(周敦頤, 1017~1073): 자(字)는 무숙(茂叔)이고 호(號)는 염계(濂溪)이다. 본래 이름은 돈실(敦實)이었으나 송나라 영종(英宗, 재위 1063~1067)의 초명인 종실(宗實)과 같은 글자를 피하기 위해 돈이(敦頤)로 이름을 바꾸었다. 주자(周子)라고도 부르는데, 성리학을 집대성한 주희(朱熹, 1130~1200)를 가리키는 주자(朱子)와 혼동되므로 일반적으로 널리 사용되지는 않는다. 죽은 뒤에 신종(神宗, 1067~1085)에게 '원'(元)이라는 시호를 받아 '원공'(元公)으로 불리기도 한다. 염계(濂溪)라는 호는 1072년 장시성[江西省]의 루산[廬山] 개울가에 집을 짓고 살면서, 그 개울을 염계라 하고 스스로를 염계 선생이라고 부른 데서 비롯되었다. 주돈이는 중국 성리학의 틀을 만들고 기초를 닦은 인물로 평가된다. 그는 도가(道家)와 불교의 주요 인식과 개념들을 받아들여 우주의 원리와 인성에 관한 형이상학적인 새로운 유학 이론을 개척했고, 그의 사상은 정호·정이 형제와 주희 등을 거치며 이른바 정주학파(程朱學派)라고 불리는 중국 유학의 중심적 흐름을 형성했다. 때문에 그는 한(漢)나라 때의 훈고학(訓詁學)을 거치며 끊어졌던 성(性)과 도(道)에 관한 철학적 논의를 되살려 유학을 새롭게 부흥시킨 인물이라는 평가를 받는다.

주희(朱熹, 1130~1200): 중국 남송의 유학자. 이름은 희(熹), 자는 원회(元

晦), 호는 회암(晦庵). 주자는 존칭이다. 신안(안휘성) 사람. 주자학을 집대성하였다. 19세에 진사에 합격하여 관계(官界)에 들어갔으며 그 전후에 도학 외에 불교, 도교도 공부하였다. 24세에 이연평(李延平)과 만나 그의 영향 하에서 정씨학(程氏學)에 몰두하고, 다음에 주염계, 장횡거(張橫渠), 이정자(二程子)의 설을 종합 정리하여 주자학으로 집대성하였다. 주자의 학문은 이기설(理氣說: 존재론), 성즉리(性卽理)의 설(윤리학), 격물규리(格物竅理)와 거경(居敬)의 설(방법론), 경전의 주석이나 역사서의 저술, 구체적인 정책론으로 되어 있고, 그 모두에 중세 봉건사회의 근간인 신분혈연적 계급 질서의 관점이 관철되고 있다.

원문

원문1:

태교신기 단(1801/1938)

원문2:

(존경각본) 태교신기언해(1801/1938)

원문3:

(유기선 소장본) 태교신기언해(1810)

※ 원문의 수록은 본문에 번역한 순서에 따른다

태교신기 단(1801/1938)

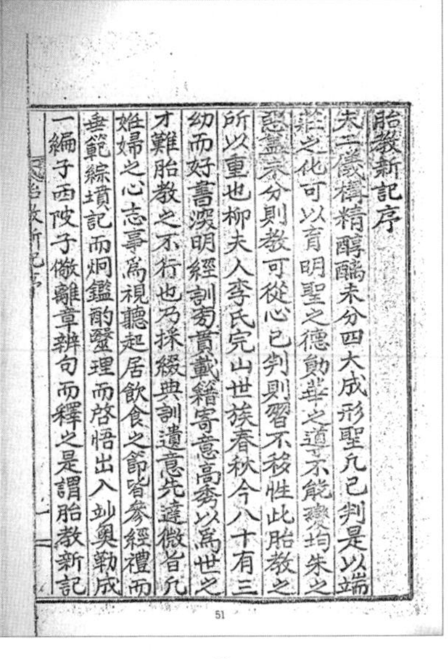

胎教新記序

夫二儀構精醇醨未分四大成形聖凡已判是以端莊之化可以育明聖之德勳華之道不能變均朱之惡蓋未分則教可從心已判則習不移性此胎教之所以重也柳夫人李氏完山世族春秋今八十有三幼而好書深明經訓旁貫載籍寄意高奇以爲世之才難胎教之不行也乃採綴典訓遺意先達微旨凡姙婦之心志事爲視聽起居飮食之節皆參經禮而垂範綜墳記而炯鑑酌醫理而啓悟出入玅奧勒成一編子西陂子儆離章辨句而釋之是謂胎教新記

胎教新記序 一

51

②

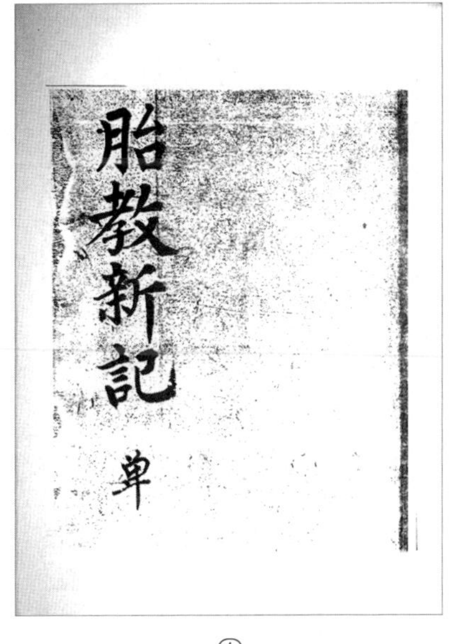

胎教新記

單

①

胎教新記序

以補前人之闕文於戲遠矣西陂子與余新知有絶
倫聰識詩書執禮固所雅言其學尤深春秋而於陰
陽律呂星曆醫數之書莫不達其源而窮其支君子
謂夫人之教使然西陂子曰稼谷尹尙書光顔甚奇
此書欲序未及而卒子爲我成之綽奉覽反復曰此
秦漢以來所未有之書且婦人之立言垂世尤所罕
聞昔曹大家作女誡扶風馬融善之使妻女誦焉然
女誡所以誡成人成人而誡豈若胎教之力夫胎者
天地之始陰陽之祖造化之橐籥萬物之權輿太始
氤氳渾沌之竅未鑿妙氣發揮幽贊之功在人方其

52

①

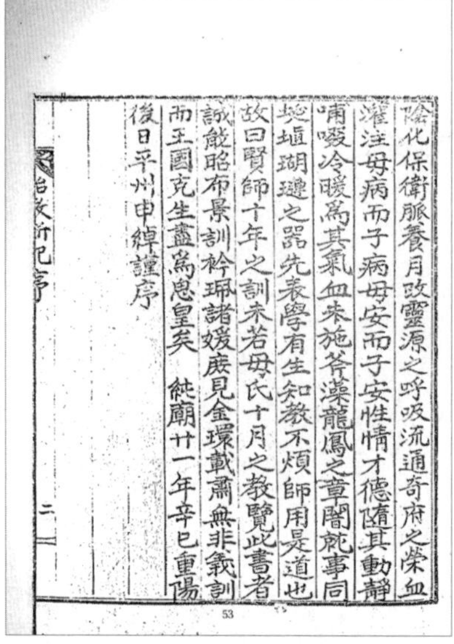
陰化保衛脈養月致靈源之呼吸流通奇府之榮血
灌注毋病而子病毋安而子安性情才德隨其動靜
喘吸冷暖爲其氣血來施斧藻龍鳳之章闇就事同
埏埴瑚璉之器先義學有生知教不煩師用是道也
故曰賢師十年之訓未若母氏十月之教覽此書者
誠能昭布景訓矜珮諸媛庶見金環載甬無非義訓
而王國克生盡爲思皇矣　純廟廿一年辛巳重陽
後日平州申綽謹序

胎教新記序　二

53

②

胎教新記序

54

③

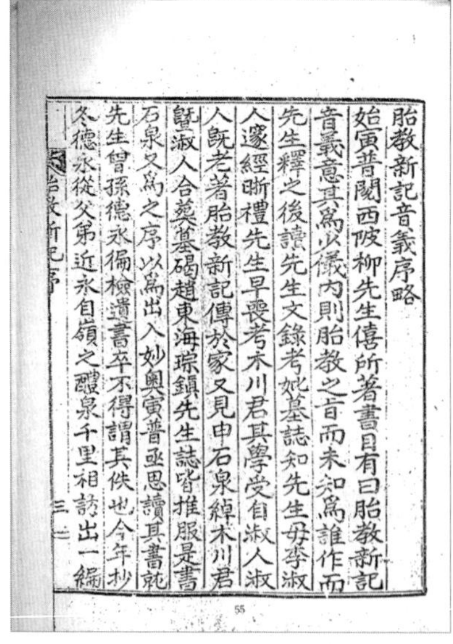
胎教新記音義序略

始寅普聞西陂柳先生僖所著書目有曰胎教新記
音義意其爲以儀內則胎教之旨而未知爲誰作而
先生釋之後讀先生文錄考妣墓誌知先生母李淑
人邃經晰禮先生早喪考木川君其學受自淑人淑
人旣老著胎教新記傳於家又見申石泉綽木川君
暨淑人合葬墓碣趙東海琮鎭先生誌皆推服是書
石泉又爲之序以爲出入妙奧寅普亟思讀其書就
先生曾孫德永偏檢遺書卒不得謂其佚也今年抄
冬德永從父弟近永自嶺之醴泉千里相訪出一編

胎教新記序　三

55

④

則先生手書胎教新記音義也寅普竊喜殆不自定
不惟十載耿耿一朝而償久願以先生卓犖閎碩而
淑人訓之知先生者當知淑人之學爲何如而是書
實淑人平生心力所凝聚此而不傳於震域學術遺
恨至鉅乃幾不傳而傳其爲幸可勝道哉淑人在室
習經讀六藝百家之言旣歸木川君木川君又負絶
學夫婦術術講明古聖賢恉義旁治曆筭五律呂靈
素靡所不備偕暨木川君沒則婦意教先生夫其勤
勤於腹胎以預其薰化纖之苦心繁縟思廣其道於
後則其養之於旣生導之於旣長者不待言也迨淑

56

①

人晩節先生道行俱高著述滿家先生同母姊妹三
人皆端莊有文淑人之爲是書固驗諸已而徵觀見
之實與虛依於理而設其言者異矣胎教之說昉見
於戴記然已略旣世遠而始言優生優生者優其生
也凡倨僂悴瘠癲癡瘖聾諸惡疾浸淫綿聯終以瘵
瘵族類則明爲之防用擇其良其說視醫養療餌爲
玄遠益以彼治其成此事其先然亦止於是而已至
其養之於胸盒之初制術猶疎絅仁煦義艳德教眇
化去之固邈然也淑人之書首重父行母儀俾懷子
之母率由順正以御氣血而方化者象焉觀其博究

57

②

精辨謂世多不肖非氣數使然孤懷璟識可謂前無
古人矣夫目見則論見物而變爲耳聞則論聞聲而
感其說髓理纊粟冥會幼眇居養事爲坐動行立寢
臥飮食皆審碻周詳其言存心也曰延醫服藥足以
止病不足以美子貌汎室靜處足以安胎不足以良
子材子由血成而血因心動其心不正子之成亦不
正妊婦之道敬以存心毋或有害人殺物之意奸詐
貪竊妬毁之念不使蘖芽於胸中然後口無妄言面
無歉色若斯須忘敬已失之血矣嗚呼豈非所謂造
之深而體之切者耶此講學之精言足以頡頏前賢

58

③

其徒以胎教垂後則自以婦人珩璜造次思不越其
位故也蓋其講之至明察之至密古之言胎教至是
克底成典爲數千年來所未有衡諸遠西兼包有優
生家言而其洞本原操心御血優生家所莫逮苟行
之廣而群以則焉雖俊乂比屋可也其毗輔人群豈
有旣哉自女教中衰　昭惠后內訓以外域中閨壼
以經禮著述傳者絶鮮　爾　英以後樸學起而洪
淵泉奭周母徐氏名能文僅傳其詩徐楓石有榘兄
有本夫人李氏淵博富聞著閨閤叢書今其書存否
未可知其有書以傳而書又關係世道則獨淑人爲

59

④

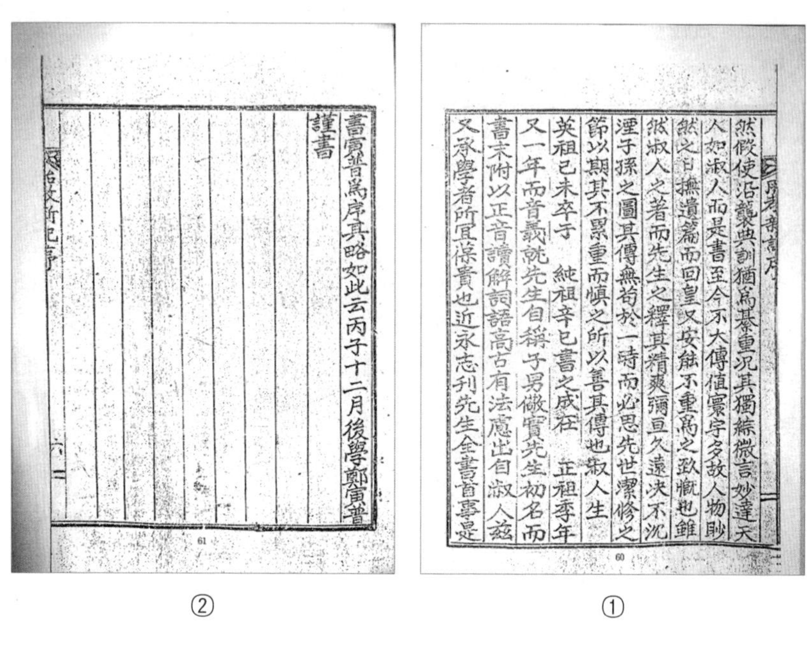
然假使沿襲典訓猶爲綦重況其獨綜微言妙達天人如淑人而是書至今不大傳值寰宇多故人物眇然之日撫遺篇而回皇又安能不重爲之歎慨也雖然淑人之著而先生之釋其精爽彌亘久遠決不泯湮子孫之圖其傳無苟於一時而必思先世潔修之節以期其不累重而愼之所以善其傳也淑人生英祖己未卒于 純祖辛巳書之成在 正祖季年又一年而音義就先生自稱子男儆實先生初名而書末附以正音讀解詞語高古有法應出自淑人玆又承學者所宜葆貫也近永志刊先生全書首事是

胎教新記序

60

①

書寰普爲序其略如此云丙子十二月後學鄭寅普謹書

胎教新記序

61

②

胎教新記序

62

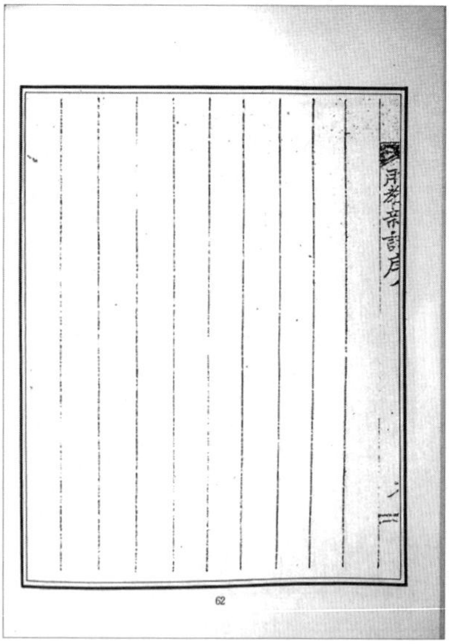

③

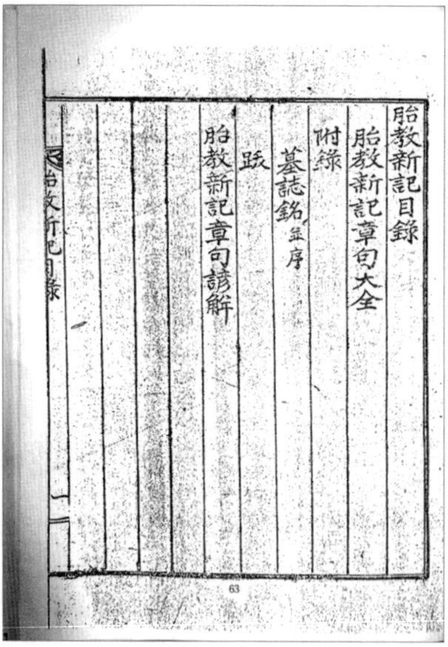

胎教新記目錄

胎教新記章句大全

附錄

墓誌銘 并序

跋

胎教新記章句諺解

胎教新記目錄

63

④

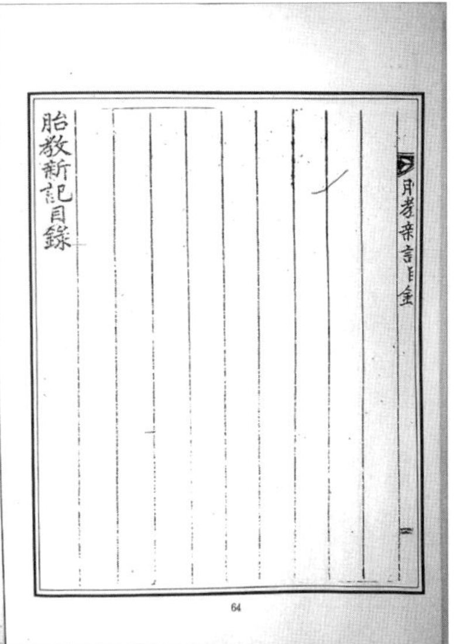
胎教新記目錄

胎教新記全 一

①

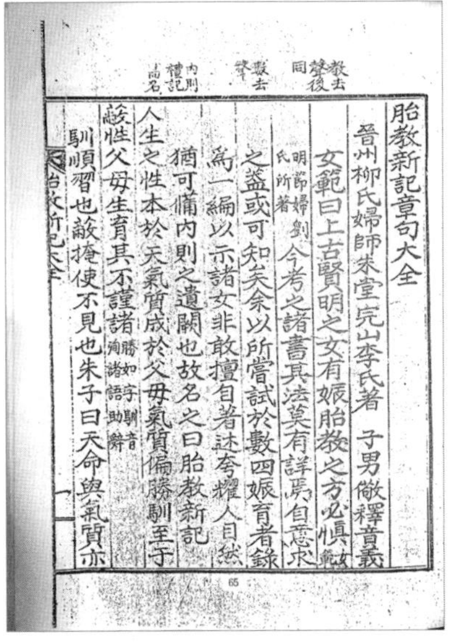
教去聲後同 數去聲 內則禮記篇名

胎教新記章句大全
晉州柳氏婦師朱堂完山李氏著 子男儆釋音義
女範曰上古賢明之女有娠胎教之方必愼 女範明節婦劉氏所著 今考之諸書其法莫有詳焉自意求
之蓋或可知矣余以所嘗試於數四娠育者錄
爲一編以示諸女非敢擅自著述夸耀人目然
猶可備內則之遺闕也故名之曰胎教新記
人生之性本於天氣質成於父母氣質偏勝馴至于
蔽性父母生育其不謹諸 勝如字馴音巡諸語助辭
馴順習也蔽掩使不見也朱子曰天命與氣質亦

胎教新記大全 一

65

②

相衆同纔有天命便有氣質若無此氣則此理如
何頓放天命之性本未嘗偏但氣質所禀卻有偏
處蓋此氣承載此理而行氣有傾向理不得不隨
故氣質之性用事既久遂能掩蔽本然之至善實
由於男女未謹胎教使其方至之氣方凝之質不
得中正而然也○此節首言人生氣質之由
父生之母育之師教之一也善醫者治於未病善斅
者斅於未生故師教十年未若母十月之育母育十
月未若父一日之生 斅音効
生指入胞也育指養胎也教誨也斅亦教也十月

胎教新記大全

66

③

自入胞至解産月數也入胞之後始合成胎母之
十二經脈分月遞養始于足厥陰終于足太陽而
手太陽手少陰則下主月水上爲乳汁故不在養
胎之數餘計十箇月乃産也○此節言教有本末
胎教爲本師教爲末
夫告諸父母聽諸媒氏命諸使者六禮備而後爲夫
婦日以恭敬相接無或以褻狎相加屋宇之下牀席
之上猶有未出口之言焉非內寢不敢入處身有疾
病不敢入寢身有麻布不敢入寢陰陽不調天氣失
常不敢宴息使虛欲不萌于心邪氣不設于體以生

胎教新記大全 二

67

④

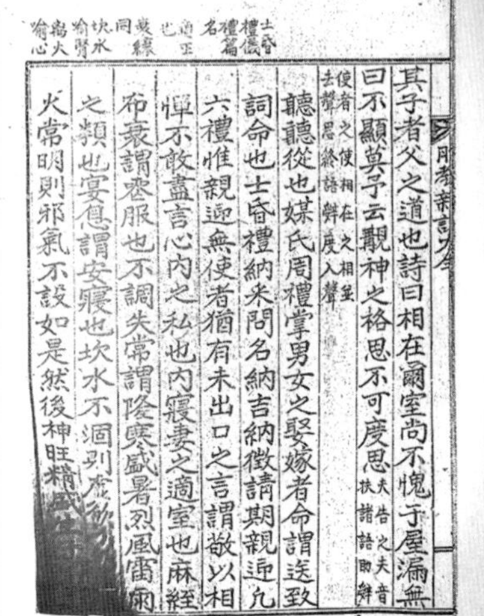

士昏禮儀禮篇名 適正也 褻纏同 坎水喻腎 离火喻心

其子者父之道也詩曰相在爾室尚不愧于屋漏無曰不顯莫予云覿神之格思不可度思(夫告之夫音 扶諸語助辭)使者之使相在之相並去聲君終語辭度入聲

聽聽從也媒氏周禮掌男女之娶嫁者命謂送致詞命也士昏禮納采問名納吉納徵請期親迎凡六禮惟親迎無使者猶有未出口之言謂敬以相悍不敢盡言心內之私也內寢妻之適室也麻經布衰謂衰服也不調失常謂隆寒盛暑烈風雷雨之類也宴息謂安寢也坎水不涸列炬欲火常明則邪氣不設如是然後神旺精[illegible]

68

①

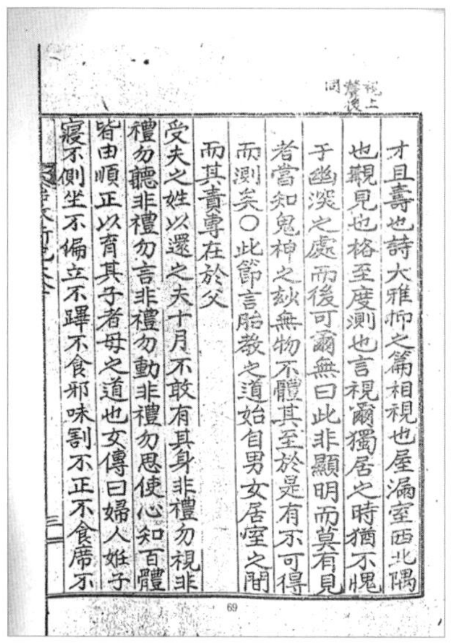

視上聲 後同

才且壽也詩大雅抑之篇相視也屋漏室西北隅也覿見也格至度測也言視爾獨居之時猶不愧于幽深之處而後可爾無曰此非顯明而莫有見者當知鬼神之妙無物不體其至於是有不可得而測矣○此節言胎教之道始自男女居室之間而其責專在於父

受夫之姓以還之夫十月不敢有其身非禮勿視非禮勿聽非禮勿言非禮勿動非禮勿思使心知百體皆由順正以育其子者母之道也女傳曰婦人妊子寢不側坐不偏立不蹕不食邪味割不正不食席不

69

②

詩並鰈篇 記文樂禮篇 記名 任去聲 況音雲

正不坐目不視邪色耳不聽淫聲夜則令瞽誦詩道正事如此則生子形容端正才過人矣(知傳並去聲 偏本作過義)

(同瞽讀 彼智反)古者爲子孫爲姓詩云振振公姓有私有也非禮勿視以下十六字論語文使心知以下九字樂記文女傳漢劉向所著列女傳妊娠懷子也寢寐也側仄同不正也偏邊同一邊也蹕跛同偏任也邪味饌品之奇巧者邪色容色之妖冶者淫聲音樂之襍亂者瞽樂師無目者詩孔子所刪三百篇也道說也正事正人君子之事也陳氏曰婦人妊

70

③

能耐同 春秋穀梁 傳無行 以下論語 文以聲 色以下中 庸文

子坐立視聽言動無不一出於正然後生子形容端正才能過人矣○此節言胎教之責專在於女

子長羈丱擇就賢師師教以身不教以口使之觀感而化者師之道也學記曰善教者使人繼其志(長去聲 羈丱音奇慣)

羈束髮也丱兩角貌春秋傳曰羈丱成童師教以身猶曰無行而不與二三子者也不教以口猶曰聲色之於以化民末也觀目觀感心感化身化也學記禮記篇名繼其志者人樂倣傚也○此節言既長之後責在於師

71

④

是故氣血凝滯知覺不粹父之過也形質寢陋才能
不給母之過也夫然後責之師師之不敎非師之過
也(知過並去聲能爲代反夫音扶後同)
粹精純也寢醜陋劣也能耐同才力也給之爲言
足也○此節結上三節之意而言子有才知然後
專責之師
右第一章只言敎字○此章言氣質之病由於
父母以明胎敎之理
夫木胎乎秋雖蕃廡猶有挺直之性金胎乎春雖勅
利猶有流合之性胎也者性之本也一成其形而敎

72

①

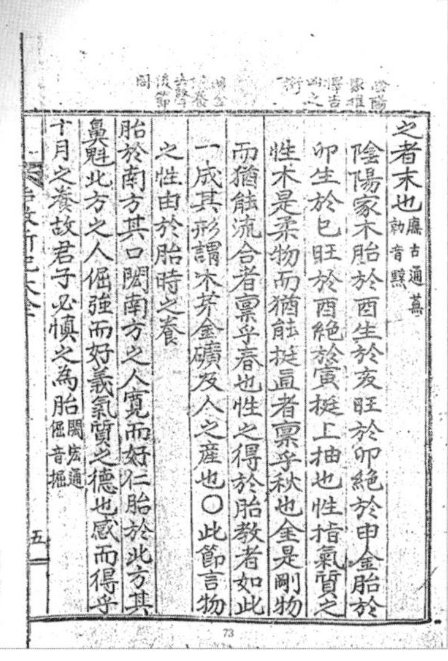
之者末也(廡古通蕪 勅音驟)
陰陽家木胎於酉生於亥旺於卯絶於申金胎於
卯生於巳旺於酉絶於寅挺上抽也性指氣質之
性木是柔物而猶能挺直者稟乎秋也金是剛物
而猶能流合者稟乎春也性之得於胎敎者如此
一成其形謂木芽金礦及人之產也○此節言物
之性由於胎時之養
胎於南方其口闊南方之人寬而好仁胎於北方其
鼻魁北方之人倔強而好義氣質之德也感而得乎
十月之養故君子必愼之爲胎(闊廣通 倔音掘)

五

73

②

闊淡大也魁高擧也南方水淡故口闊北方山高
故鼻魁孔子曰寬柔以敎不報無道南方之強也
衽金革死而不避北方之強也德性之效也○此
節略擧以見人之性由於胎時之養
右第二章只言胎字○此章引譬以見胎敎之
效
古者聖王有胎敎之法懷之三月出居別宮目不衺
視耳不妄聽音聲滋味以禮節之非愛也欲其敎之
豫也生子而不肖其祖比之不孝故君子欲其敎之
豫也詩曰孝子不匱永錫爾類(衺古邪字 匱音饋)

74

③

梁顔之推家訓　比三以下大戴禮文 荷上聲 升一作調 平聲 種上聲

古者聖王以下三十三字顔氏家訓文懷之三月
、始知胎也出居別宮欲寧靜也目不衺視正容貌
也耳不妄聽絶褻語也音聲滋味以禮節之節所
謂比三月若王后所求聲音非禮樂則太師撫樂
而稱不習所求滋味非正味則太宰荷升不敢煎
調而曰不敢者也愛憐惜也豫先事也肖似也子
不肖祖比之無後故其父自爲不孝也詩大雅旣
醉之篇匱竭錫賜也言孝子之種不竭長賜以汝
之類也○此節言古人有胎敎而其子賢
今之娠者必食恠味以悅口必處凉室以泰體閑居

六

75

④

無樂使人諧語而笑之始則誑家人終則久卧恒眠誑家人不得盡其養久卧恒眠榮衛停息其損之也悖待之也慢惟然故滋其病而難其産不肖其子而墜其家然後歸怨於命也閒音閑樂音洛養去聲誑俱曠反

諧語謂可笑謊說也誑欺瞞也盡盡其道也血行爲榮氣行爲衛周流一身者也息止也損姙婦自護也待謂他人待姙婦也滋益也家謂家聲也命命數也○此節言今人無胎教而其子不肖

夫獸之孕也必遠其牡鳥之伏也必節其食果蠃化子尚有類我之聲是故禽獸之生皆能肖母人之不

①

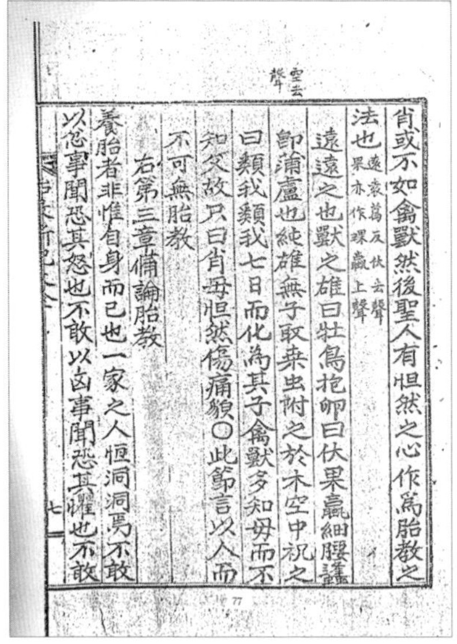

空去聲

肖或不如禽獸然後聖人有怛然之心作爲胎教之法也遠袁萬反伏去聲果亦作蜾蠃上聲

遠遠之也獸之雄曰牡鳥抱卵曰伏果蠃細腰蠭即蒲盧也純雄無子取桑虫附之於木空中祝之曰類我類我七日而化爲其子禽獸多知母而不知父故只曰肖母怛然傷痛貌○此節言以人而不可無胎教

右第三章備論胎教

養胎者非惟自身而已也一家之人恒洞洞焉不敢以忿事聞恐其怒也不敢以凶事聞恐其懼也不敢

胎敎新記大全 七

②

以難事聞恐其憂也不敢以急事聞恐其驚也怒令子病血懼令子病神憂令子病氣驚令子癲癎養去聲後凡言養胎同洞上聲聞去聲難平聲癲亦作顚

自身指姙婦而言也洞洞敬謹貌怒則氣逆而血迫懼則氣下而神散憂傷肺肺主氣驚傷膽膽屬木癲癎風木疾在小兒爲驚風○此節首擧胎教之大段

與友久處猶學其爲人況子之於母七情肖焉故待姙婦之道不可使喜怒哀樂或過其節是以姙婦之旁常有善人輔其起居怡其心志使可師之言可法

③

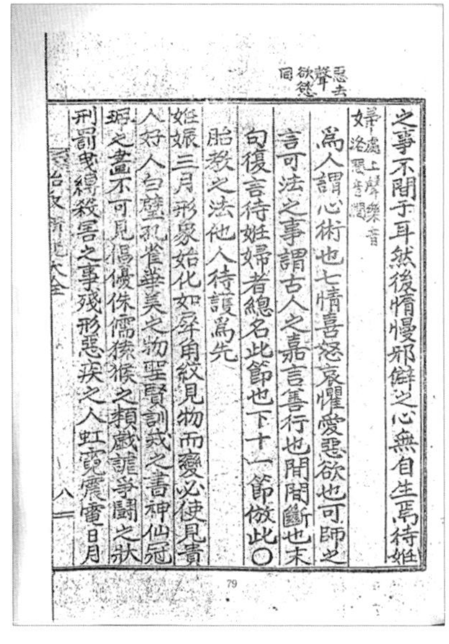

惡去聲欲慾同

之事不聞于耳然後惰慢邪僻之心無自生焉待姙婦處上聲樂音洛

爲人謂心術也七情喜怒哀懼愛惡欲也可師之言可法之事謂古人之嘉言善行也間間斷也末句復言待姙婦者總名此節也下十一節倣此○胎教之法他人待護爲先

姙娠三月形象始化如犀角紋見物而變必使見貴人好人白璧孔雀華美之物聖賢訓戒之書神仙冠珮之畫不可見俳優侏儒猿猴之類戲謔爭鬪之狀刑罰曳縛殺害之事殘形惡疾之人虹霓震雷日月

胎敎新記大全 八

④

醫學入門李梴著　胚血候　胞音運　惡入聲

薄蝕星隕彗孛水漲火焚木折崖崩禽獸淫泆病傷
及汚穢可惡之蟲妊婦目見[illegible]
醫學入門曰夫人之有生也精血日化從有入無
中數日生從無入有包然旋轉九日一息次九又
九九二十七日即成一月之數凝成一粒如露珠
然乃太極動而生陽天一生水謂之胚此月經閉
無潮無痛飲食稍異平日不可觸犯及輕率服藥
又三九二十七日即二月數此露珠變成赤色如
桃花瓣子乃太極靜而生陰地二生火謂之胞此
月腹中或動不動猶可狐疑若吐逆思酸名曰惡

80

①

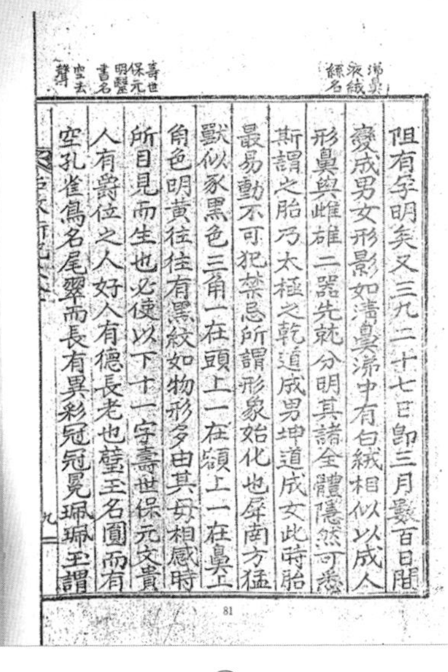
涕鼻液　絨綿名　壽世保元明醫書名　空去聲

阻有孕明矣又三九二十七日即三月數百日間
變成男女形影如清鼻涕中有白絨相似以成人
形鼻與雌雄二器先就分明其諸全體隱然可悉
斯謂之胎乃太極之乾道成男坤道成女此時胎
最易動不可犯禁忌所謂形象始化也犀南方猛
獸似豕黑色三角一在頭上一在額上一在鼻上
角色明黃往往有黑紋如物形多由其母相感時
所目見而生也必使以下十一字壽世保元文貴
人有爵位之人好人有德長老也鸞王名圓而有
空孔雀鳥名尾翠而長有異彩冠冠冕珊瑚玉謂

81

②

公羊春秋

冠珊之朝官也倡優即今之才人花郎侏儒即今
之難長者所以爲戲者猿猴二獸名寓屬似人人
家馴之以供玩美詭戲語也曳週曳也縛綁縛也
殘形如跛躄無脣之類惡疾如狂癎瘡癩之類霓
雌虹也震雷擊物也薄蝕相薄而食也朔而月過
日下則日蔽不見望而日月正相當則月入地影
而光沒皆其形漸漸犯入如蟲食葉故曰蝕自上
而下曰隕春秋作霣彗妖星有芒而長尾如掃篲
孛妖行之星也漲水大至也焚燒之壯也淫淫亂
也泆淫貌淫泆病傷並指禽獸而言也汚穢如蝸

82

③

蝎音歇

蚓之屬可惡如蛇蝎之屬○自正其心者先謹目
見
人心之動聞聲而感妊婦不可聞淫樂淫唱市井喧
譁婦人誶罵及凡醉酗忿辱傢哭之聲勿使婢僕入
傳遠外無理之語惟宜有人誦詩說書不則彈琴瑟
妊婦耳聞 樂音岳 譁音嘩 酗凡赴反 誶音晬 不平聲
淫樂如巫覡迎神佛事請衆之類淫唱如倡優打
量兒童時調之類古者八家同井相救助故民居
謂之井誶詬語也酗醉怒也傢哭聲也遠外遠方
相外之地無理之語謂鄙俚樵談也詩指三百篇

83

④

及樂府歌行誦之取其音響也書指經書及先儒
文字說之取其旨義也彈手彈也○旣謹目見耳
聞次之
延醫服藥足以止病不足以美子貌汎室靜處足以
安胎不足以良子材子由血成而血因心動其心不
正子之成亦不正妊婦之道敬以存心毋或有害人
殺物之意奸詐貪竊妒毁之念不使蘖芽於胸中然
後口無妄言面無歉色若斯須忘敬已失之血矣妊
婦存心（汎音信 處上聲 毋無通 歉訶歛反）
延迎致也飮藥曰服汎洒也謂洒水而掃之也良

84

①

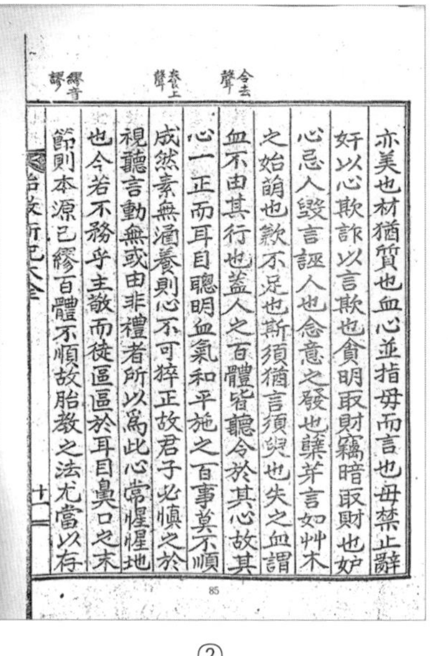

令去聲　養上聲　繆音謬

亦美也材猶質也血心並指毋而言也毋禁止辭
奸以心欺詐以言欺也貪明取財竊暗取財也妒
心忌人毁言誣人也念意之發也蘖芽言如艸木
之始萌也歉不足也斯須猶言須臾也失之血謂
血不由其行也蓋人之百體皆聽令於其心故其
心一正而耳目聰明血氣和平施之百事莫不順
成然素無涵養則心不可猝正故君子必愼之於
視聽言動無或由非禮者所以爲此心常惺惺地
也今若不務乎主敬而徒區區於耳目鼻口之末
節則本源已繆百體不順故胎教之法尤當以存

85

②

心爲主○視聽旣正然後心正
妊婦言語之道忿無厲聲怒無惡言（句）語無搖手笑
無見矧與人不戱言不親詈婢僕不親叱鷄狗勿誑
人勿毁人無耳語（句）言無根勿傳非當事勿多言妊
婦言語（言語耳語之語上聲 語無之語去聲 當亦去聲 見音現 惡入聲 傳平聲）
直言曰言論難曰語厲猛也惡言不順之言也搖
手如抵掌揶揄之類矧齒本也不親者使人代之
也叱詈聲也誑人謂詐語毁人謂誣語也言無根
猶（句）無稽之言也當事凡謀事成務皆是也○心
正則言正

86

③

居養不謹胎之保危哉妊婦旣妊夫婦不同寢衣無
太溫食無太飽不多睡卧須時時行步不坐寒冷不
坐穢處勿聞惡臭勿登高厠夜不出門風雨不出不
適山野勿窺井塚勿入古祠勿升高臨深勿涉險勿
擧重勿勞力過傷勿妄用鍼灸勿妄服湯藥常宜淸
心靜處溫和適中頭身口目端正若一妊婦居養（養去聲 穢處之處亦去聲 靜處之處上聲 不適之適音迹 適中之適音的）
居自居養受養也衣無太溫以下十七字勿涉險
以下二十一字並醫學入門文勿登高厠四字醫
學正傳文適中適天時之中也○外養則居處爲

87

④

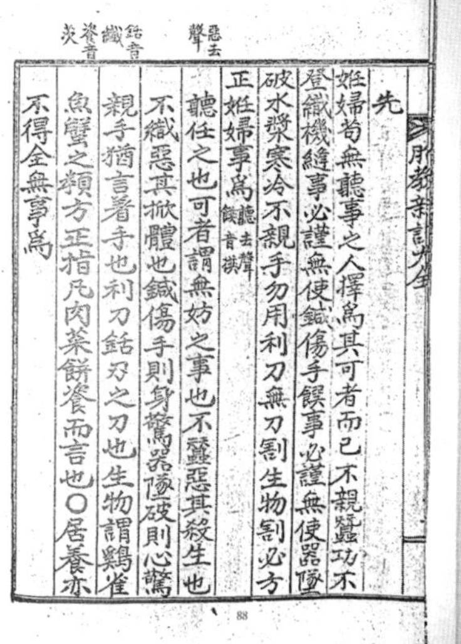

惡去聲　銛音纖　飡音炎

先

姙婦苟無聽事之人擇爲其可者而已不親蠶功不登織機縫事必謹無使鍼傷手饌事必謹無使器墜破水漿寒冷不親手勿用利刀無刀割生物割必方正姙婦事爲（聽去聲 饌音撰）

聽任之也可者謂無妨之事也不蠶惡其殺生也不織惡其撼體也鍼傷手則身驚器墜破則心驚親手猶言着手也利刀銛刃之刀也生物謂鷄雀魚鼈之類方正指凡肉菜餅飡而言也○居養亦不得全無事爲

①

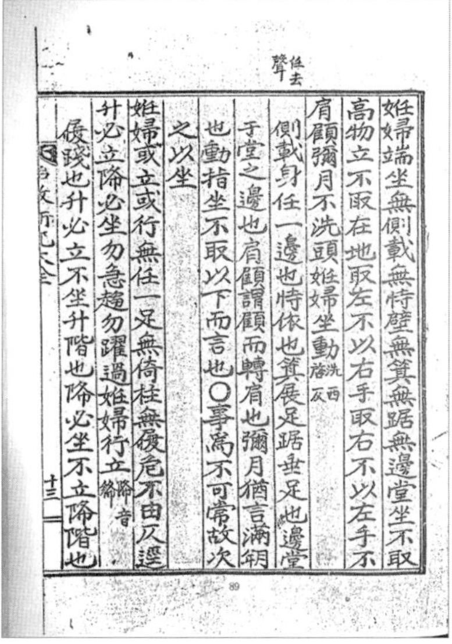

任去聲

姙婦端坐無側載無恃壁無箕無踞無邊堂坐不取高物立不取在地取左不以右手取右不以左手不肩顧彌月不洗頭姙婦坐動（洗西 落反）

側載身任一邊也恃依也箕展足踞垂足也邊堂于堂之邊也肩顧謂顧而轉肩也彌月猶言滿朞也動指坐不取以下而言也○事爲不可常故次之以坐

姙婦或立或行無任一足無倚柱無履危不由仄逕升必立降必坐勿急趨勿躍過姙婦行立（降音絳）

履殘也升必立不坐升階也降必坐不立降階也

十三

②

過指溝渠而言也○人不可以常坐故次之以行

姙婦寢臥之道寢毋伏臥毋尸身毋曲毋當隙毋露臥大寒大暑毋晝寢毋飽食而寢彌月則積衣支旁而半夜左臥半夜右臥以爲度姙婦寢臥（伏旁並如字 度去聲）

尸仰臥曲屈臥也隙戶穴也露無庇也積襞積也支拄旁脇也度常法也○行立之久必有寢臥

姙婦飮食之道果實形不正不食蟲蝕不食腐壞不食瓜蓏生菜不食飮食寒冷不食食饐而餲魚餒而肉敗不食色惡不食臭惡不食失飪不食不時不食肉雖多不使勝食氣服酒散百脉驢馬肉無鱗魚難

③

産麥芽葫蒜消胎莧菜蕎麥薏苡墮胎薯蕷旋葍桃實不宜子狗肉子無聲兎肉子缺脣螃蟹子橫生羊肝子多厄鷄肉及卵合糯米子病白蟲鴨肉及卵子倒生雀肉子淫薑芽子多指鮎魚子疳蝕山羊肉子多病菌蕈子驚而夭桂皮乾薑勿以爲和獐肉馬刀勿以爲膾牛膝鬼箭勿以爲茹欲子端正食鯉魚欲子多智有力食牛腎與麥欲子聰明食黑蟲當產食蝦與紫菜姙婦飮食

十四

④

胎敎新記大全

蟲蝕腐壞亦指果實而言也菜諸蔬總名生菜如
萵苣菘葉之類飮水漿也食飯也食饐以下三十
五字論語文饐飯傷熱溼也餲味變也魚爛曰餒
肉腐曰敗色惡臭惡味亦將變也飪烹調生熟之
節也不時五穀未成果實未熟之類服酒以下十
六字皆禁忌之由也服酒散百脈五字得効方文
驢馬以下至子驚而夭見醫學入門而本文無蕎
麥二字及薯蕷以下九字無鱗魚黃顙鰻鱺之屬
葫蒜大蒜也莧有六種此言莧指人莧也蕎麥木
麥也薏苡草實名穀薄者可作穀食薯蕷山藥也

92

①

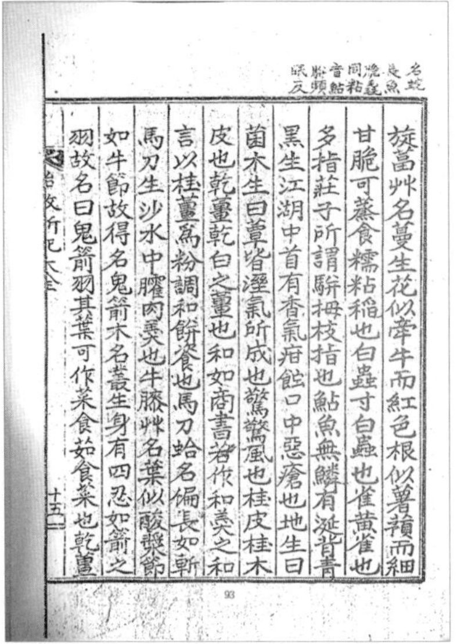

旋葍艸名蔓生花似牽牛而紅色根似薯蕷而細
甘脆可蒸食糯粘稻也白蟲寸白蟲也雀黃雀也
多指莊子所謂駢拇枝指也鮎魚無鱗有涎背青
黑生江湖中首有香氣瘖餂口中惡瘡也地生曰
菌木生曰蕈皆溼氣所成也驚鷩風也桂皮桂木
皮也乾薑乾白之薑也和如商書若作和羹之和
言以桂薑爲粉調和餠餈也馬刀蛤名偏長如斬
馬刀生沙水中臛肉羹也牛膝艸名葉似酸棗節
如牛節故得名鬼箭木名叢生身有四忍如箭之
羽故名曰鬼箭羽其葉可作菜食茹食菜也乾薑

胎敎新記大全 十五

93

②

胎敎新記大全

馬刀散氣犢肉桂皮牛膝鬼箭皆墮胎故不食欲
子端正以下十八字壽世保元文腎臟名麥大麥
也黑蟲生海中卽海蔘也當產猶言臨產也蝦乾
蝦也紫菜卽海藿也○寢起必食食最重故在後
姙婦當產飮食充如也徐徐行頻頻也無接褋入子
師必擇痛無扭身句偃臥則易產姙婦當產扭音粗易去聲
充如言常實也頻頻少休復行也子師若今之乳
母也內則曰擇於諸母與可者必求其寬裕慈惠
溫良恭敬愼而寡言者使爲子師扭絞轉也偃臥
倚物仰面而臥也○胎敎止於產故以產終焉

94

③

腹子之母血脉牽連呼吸隨動其所喜怒爲子之性
情其所視聽爲子之聰明其所寒暖爲子之氣候其
所飮食爲子之肌膚爲母者曷不謹哉候去聲
腹猶言懷也候節候也以言氣之往來也○總結
上文十三節

右第四章胎敎之法

不知胎敎不足以爲人母必也正心乎正心有術謹
其見聞謹其坐立謹其寢食無褋焉則可矣無褋之
功裕能正心猶在謹之而已
術路也褋謂不一也裕優也蓋言無褋則優足以

胎敎新記大全 十六

95

④

難去聲

正心其功之大如此猶不過謹之一字也○此節

言胎教之要

寧憚十月之勞以不肖其子而自爲小人之母乎曷不強十月之功以賢其子而自爲君子之母乎此二者胎教之所由立也古之聖人亦豈大異於人者去取於斯二者而已矣大學曰心誠求之雖不中不遠矣未有學養子而后嫁者也 勞平聲強去養並上聲中去聲后後通

寧猶豈也憚患之也強勉強也功猶言工夫也去取猶言取舍也大學舊禮記篇名今爲別書誠實也言若以實心求之庶幾得其道也○此節難之

96

①

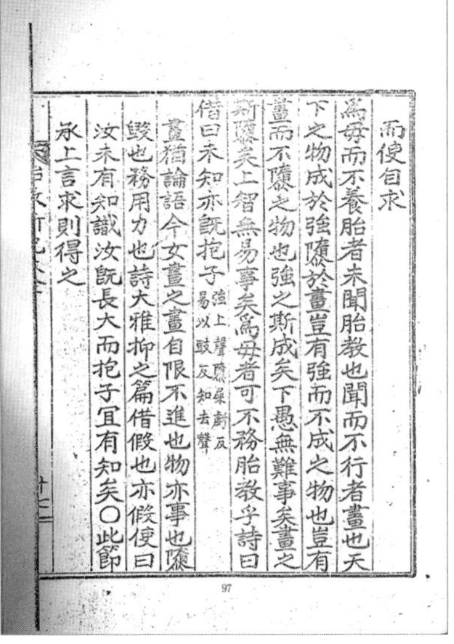

而使自求

爲母而不養胎者未聞胎教也聞而不行者畫也天下之物成於強隳於畫豈有強而不成之物也豈有畫而不隳之物也強之斯成矣下愚無難事矣畫之斯隳矣上智無易事矣爲母者可不務胎教乎詩曰借曰未知亦旣抱子 強上聲隳桑虧反易以豉反知去聲

畫猶論語今女畫之畫自限不進也物亦事也隳毁也務用力也詩大雅抑之篇借假也亦假使曰汝未有知識汝旣長大而抱子宜有知矣○此節承上言求則得之

97

②

右第五章以下襍論胎教○此章反覆勸人使行胎教

養胎不謹豈惟子之不才哉其形也不全疾也孔多又從而墮胎難産雖生而短折誠由於胎之失養敢曰我不知也書曰天作孼猶可違自作孼不可逭 從去聲失養之養亦去聲逭音換

形不全謂殘缺不成形也疾病孔甚也短折撗夭也誠信也我不知猶言非我之罪也書商書太甲之篇孼災違避逭逃也言天降災禍猶可修德而避之身旣失德而致之則又安所逃乎

98

③

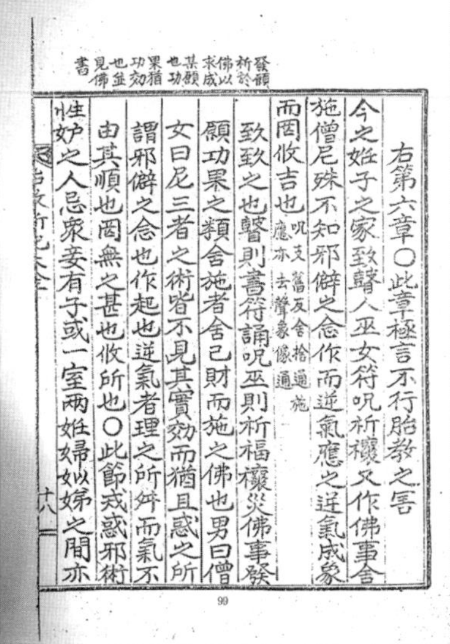

發願祈於佛以求成其功也功果猶功效也並見佛書

右第六章○此章極言不行胎教之害

今之姙子之家致瞽人巫女符呪祈禳又作佛事舍施僧尼殊不知邪僻之念作而逆氣應之逆氣成象而罔攸吉也 呪支舊反舍捨通施應亦去聲象像通

致致之也瞽則書符誦呪巫則祈福禳災佛事發願功果之類舍施者舍己財而施之佛也男曰僧女曰尼三者之術皆不見其實效而猶且惑之所謂邪僻之念也作起也逆氣者理之所舛而氣不由其順也罔無之甚也攸所也○此節戒惑邪術

性妒之人忌衆妾有子或一室兩姙婦姒娣之間亦

99

④

未相容持心如此豈有生子而才且壽者吾心之天
也心善而天命善天命善而及子子孫詩曰豈弟君
子求福不回 閒音艱豈弟音愷悌
性指氣質之性爾雅長婦謂稚婦爲娣婦娣婦謂
長婦爲姒婦持心猶言處心也吾指姙婦而言也
吾心之天猶言吾之心天也吾之心本受於天命
而天命旣善故心善則理順理順則和氣應之而
生子才且壽也詩大雅旱麓之篇豈弟樂易也回
邪也言君子之所以求福乃無邪回也一有邪回
之心則福不可求矣○此節戒存邪心

①

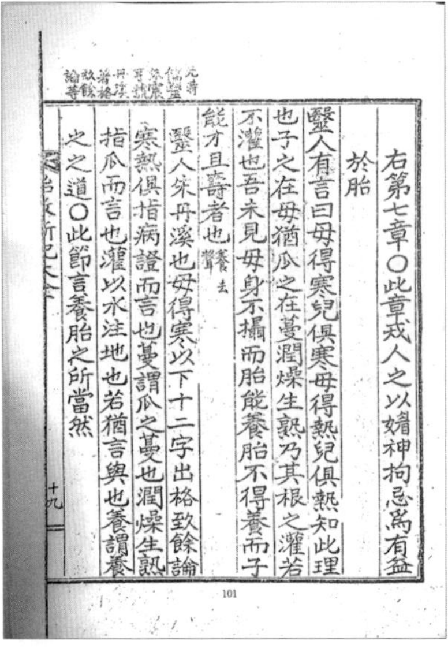

元時儒醫朱震亨號丹溪著格致餘論等

右第七章○此章戒人之以媚神拘忌爲有益
於胎
醫人有言曰母得寒兒俱寒母得熱兒俱熱知此理
也子之在母猶瓜之在蔓潤燥生熟乃其根之灌若
不灌也吾未見母身不攝而胎能養胎不得養而子
能才且壽者也 養去聲
醫人朱丹溪也母得寒以下十二字出格致餘論
寒熱俱指病證而言也蔓謂瓜之蔓也潤燥生熟
指瓜而言也灌以水注地也若猶言與也養謂養
之之道○此節言養胎之所當然

②

諸書曰丹溪心法

孿子面貌必同良由胎之養同也一邦之人習尚相
近養胎之食物爲教也一代之人品格相近養胎之
見聞爲教也此三者胎教之所由見也君子旣見胎
教之如是其皦而猶不行焉吾未之知也 孿雙汗反養同之養
去聲尚亦去聲由見之見音現皦皦通音皎
孿雙生也戰國策曰孿子之相似唯其母知之良
信也邦邑也習尚謂習俗之所尚如晉魏儉嗇燕
趙悲慨是也食物姙婦所食之物爲教言自然之
效有如胎教也一代一時也稟格謂所稟之氣格
如西漢重厚東晉淸虛是也見聞姙婦之所見所

③

聞也所由見言始徵於此三者也皦明白貌曰未
之知者恠之也○此節言養胎之所已然又歎其
不行
右第八章○此章襍引以證胎教之理申明第
二章之意
胎之不教其惟周之末廢也昔者胎教之道書之玉
版藏之金櫃置之宗廟以爲後世戒故太任娠文王
目不視邪色耳不聽淫聲口不出敖言生文王而明
聖太任敎之以一而識百卒爲周宗邑姜姙成王於
身立而不跛坐而不蹉獨處而不踞雖怒而不詈胎

④

夫如 字 姆蒙 怨友 女師 也孟 子母 見列 女傳 保傳 大戴 禮篇 名孫 古遜 字祭 法禮 記篇

教之謂也
按内則妻將生子及月辰居側室夫使人日再問
之作而自問之妻不敢見使姆衣服而待是知春
秋之時猶有胎教餘意也又按孟子母曰吾聞古
有胎教今適有之而欺之不信也是知戰國之世
已無胎教也道法也所謂玉版金櫃之書今略見
大戴禮保傳篇中太任娠文王以下三十九字列
女傳文太任文王母任姓摯國女也教言不孫之
言也教一識百生知之至也卒終也祭法有祖有
宗而周人以九月宗祀文王於明堂故曰周宗邑

胎教新記大全

104

①

名跌 音耋 賈氏 名誼 新書 其所

姜成王母姜姓太公女也娠成王以下二十八字
亦大戴禮文跛蹇蹉跌皆喻其傾偏不正之貌
右第九章〇此章引古人已行之事以實一篇
之旨
胎教曰素成爲子孫婚妻嫁女必擇孝悌世世有行
義者君子之教莫先於素成而其責乃在於婦人故
賢者擇之不肖者教之所以爲子孫慮也苟不達聖
人道者其孰能與之 爲去聲 與音預
胎教賈氏新書篇名素成以下十九字是其文而
亦本大戴禮素成素有所成指胎教也世世指彼

105

②

着 任平 聲下 句去 聲

家先世也責職任也賢不肖皆指婦人而言也擇
娶賢婦人所以任胎教而若不得賢者則又當教
之使行胎教故此書之不得不作蓋以是也
右第十章推言胎教之本〇此章乃責丈夫使
婦人因而極贊之

胎教新記章句大全

胎教新記大全

106

③

胎教新記附錄
師朱堂李氏夫人墓誌銘 幷序
師朱堂李氏全州人故木川縣監柳公諱漢奎之
配春秋八十三 廿載太歲辛巳九月己巳二十二日
終漢南之西陂寓廬遺令以先妣手簡一軸木川
公性理答問一軸自寫擊蒙要訣一通藏諸緣中
粤三月丁卯葬龍仁之觀青洞鍮峯下遷木川公
柩合窆子儆後改名儆既穎追撰遺徽以來請銘曰夫
人之姓系出 太支敬寧君裶十一代孫考昌植
祖咸溥皆未顯 妣晉州姜氏佐郎德彦女 英廟己未十二月五日酉時生夫人于

胎教新記附錄

107

④

清州西面池洞村第夫人幼循整女紅旣而希心古烈乃取
小學家禮及女四書借績燈誦習適年成一家語
柳公序所云不減內訓文範者也繼治毛詩尚書
論語孟子中庸大學等書綜理微密辨解透晤李
宗丈夫莫之先也在室爲父不肉不緜服佩古制
動遵禮訓流馥下邑聲稱彌遠湖右先輩莫不歎
賞時柳公喪其偶無意復娶聞夫人自笄年通經
史行能殊異喜曰是必能善事吾母委禽焉夫人
入門尊姑年老眼昏多激惱承歡左右有順無違
舅黨諸人曰新婦不知勞不知怨然繁性嚴恪根

108

①

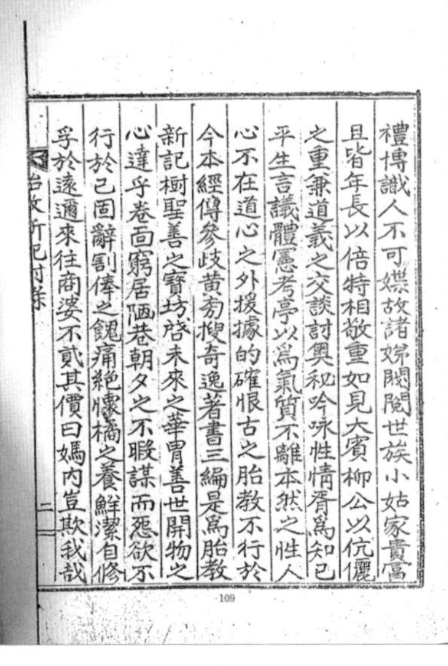

禮博識人不可媟故諸娣閥閱世族小姑家貴富
且皆年長以倍特相敬重如見大賓柳公以伉儷
之重兼道義之交談討與秘吟咏性情眘爲知己
平生言議體憲考亭以爲氣質不離本然之性人
心不在道心之外援據的確根古之胎教不行於
今本經傳參歧黃旁搜奇逸著書三編是爲胎教
新記樹聖善之寶坊啓未來之華胄善世開物之
心達乎卷面窮居陋巷朝夕之不暇謀而恧欲不
行於己固辭割俸之餽痛絶懷橘之養鮮潔自修
乎於遠邇來往商婆不貳其價曰嫣內豈欺我哉

109

②

別墅贏資歲計而餘贖還山下祭田封修遠基崩
頹預具後日祀用凡百幹擧多力所不逮嘗爲親
家經紀立後比晩年嗣又絶族人遽癈三世廟主
夫人痛絶于心曰餘生未亡忍見親廟之毁是亦
喪之類也爲之服素週大碁以后仍抱貞疾而坐
臥寄怡不出墳典李都正昌顯姜洗馬必孝嘗紹
人轉達質厥文疑李上舍勉訥李山林亮淵升堂
而拜自幸親灸其爲有識所重如此始夫人晝哭
辛率弱子女寄寓龍仁生人所求輒無有然諸子
女不以饑困廢業終能嫁娶成立於義訓之中儆

110

③

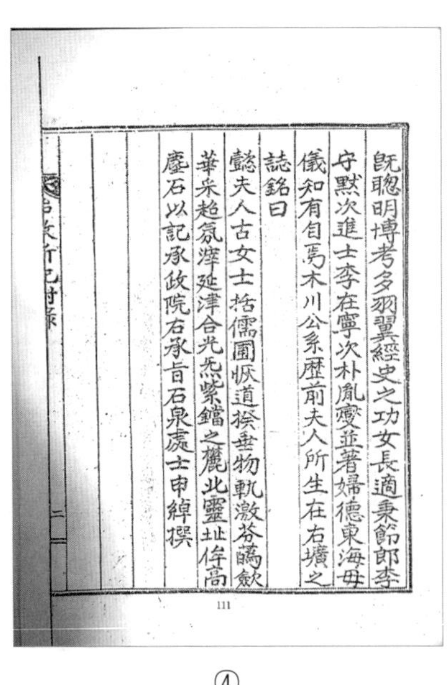

旣聰明博考多羽翼經史之功女長適秉節郎李
守默次進士李在寧次朴胤夔並著婦德東海毋
儀知有自焉木川公系歷前夫人所生在右壙之
誌銘曰
懿夫人古女士括儒圍恢道撰垂物軌激芬藹歎
華采超氛滓延津合光烈紫鐺之麓北靈址侔高
塋石以記承政院右承旨石泉處士申綽撰

111

④

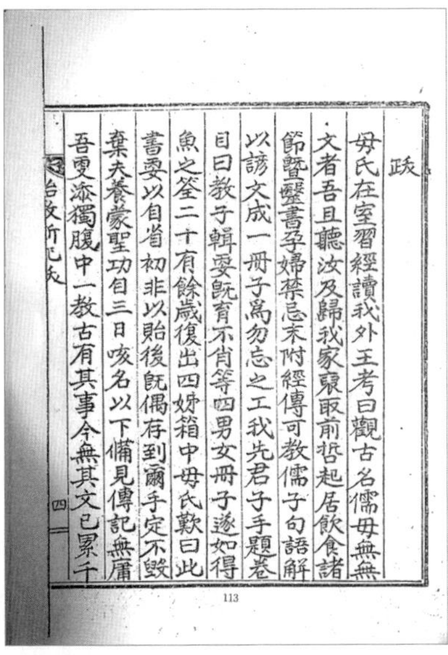

跋

毋氏在室習經讀我外王考曰觀古名儒毋無
文者吾且聽汝及歸我家衰取前哲起居飮食諸
節暨蠶書孕婦禁忌未附經傳可教儒子句語解
以諺文成一冊子爲勿忘之工我先君子手題卷
目曰教子輯要既育不肖等四男女冊子遂如得
魚之筌二十有餘歲復出四娣箱中毋氏歎曰此
書要以自省初非以貽後既偶存到爾手定不毁
棄夫養蒙聖功自三日咳名以下備見傳記無庸
吾更添獨腹中一敎古有其事今無其文已累千

胎敎新記跋　四

113

②

112

①

胎敎新記跋

年巾幗家曷從自覺而行之宜生才不逮古昔無
徒氣化充也吾自恨女子無以致讀書益更恐負
先人意嘗試之胎教凡四度果爾曹形氣無大盭
此書傳于家豈不亦有助於是刪去末附只取養
胎節目反覆發明務庸世迷命之曰新記以補少
儀內則舊闕也篇完後一年不肖節章句釋音義
適于毋氏劬勞日斷筆亦異哉謹語一語尾之曰
嗚呼觀此書然後知儆爲自賊者爾人但有善性
猶君子責使其充況氣質未始不粹乎此書卽儆
厥初受也爲教十月如是其摯儆在孩提不無少

114

③

異及孤以還狼狽爲顚覆焉一至今日焉今日[illegible]
莽豈由我父母迺由儆自賊者晦盡我父母勤勞
使世人識生子不肖何我父母誣也此此書不可
不傳庶觀者憫我父母畜無穫也　純廟元年辛
酉三月二十七日癸卯不肖儆謹識
大대凡범사람가라침이術술이만흐니童동蒙
몽으로붓허長장成셩항에이라기에안흐로賢
현父부兄형의敎교導도와밧그로嚴엄師사友
우의有유益익함이無무非비變변化화氣긔質
질호애君군子자의地디位위에이라게함이로

胎敎新記跋　五

115

④

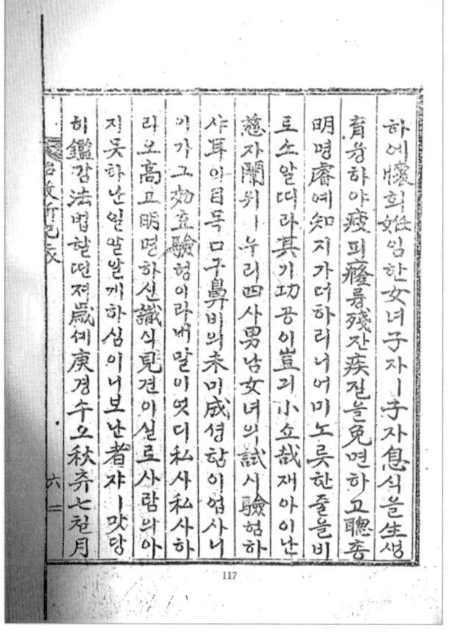

②

①

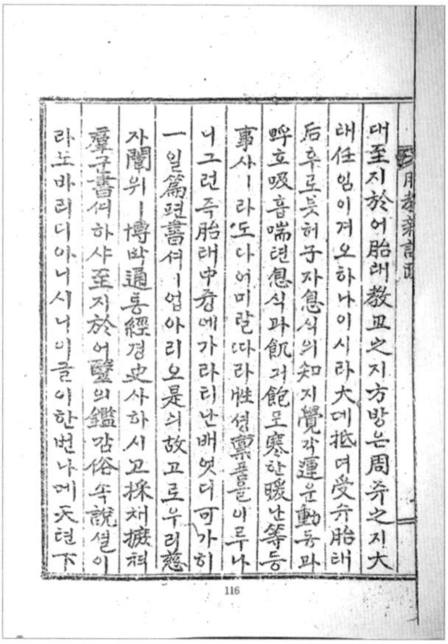

④

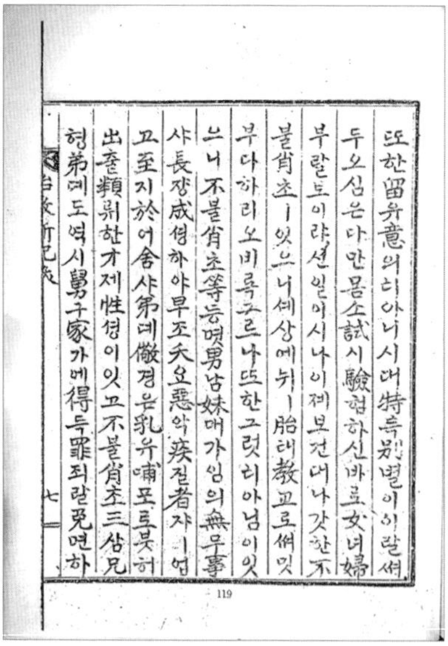

③

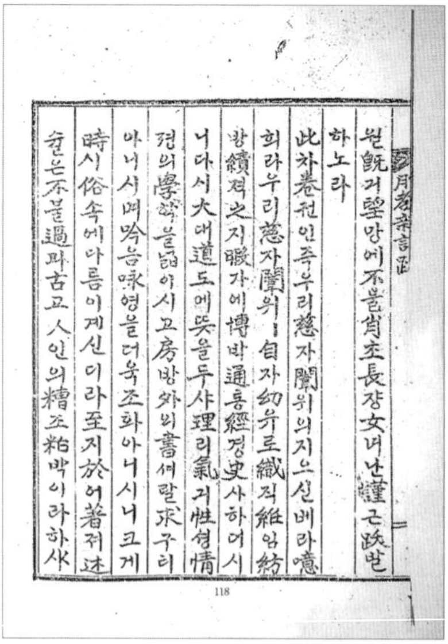

①

니엇지우리慈자闈위ㅣ胎태에삼가신恩은德
뎌이아닌줄알니오可히恨한하옴은不블肖초
等등도受슈稟품신즉거의下하等등은免면할
너니자라옴으로本본質질을剛강勵려티못하
야맛참내破파噐긔랄免면티못하니悲비夫부
悲비夫부ㅣ로다歲셰庚경午오季계秋추初초
吉길에不블肖초小쇼女녀난謹근跋발하노라
○圭嘗慕方便子先生柳公經術文章之盛而意其
謂胚胎鍾毓之有不凡也日柳君近永賚其高王
妣李淑人所著胎教新記徠示予屬以卷尾之語

②

李氏乃方便子之大夫人也予盥讀訖斂衽敬歎
曰有是哉宜是母而有是子也竊觀其書首言性
命賦受之原氣質善惡之由次言夫婦居室之道
姙娠日用之節引經訓以實之參璧方以證之或
引物而取譬或悯俗而存戒理義昭晳文章典雅
使天下之爲父母者曉然知胎教之不可不謹而
方便翁又註以繹之諺以解之雖愚夫愚婦未或
難悟儘所謂憂之也深故其言之也切慮之也遠
故其說之也詳者也昔朱夫子之編小學也以太
任胎教爲首而列女傳姙子之方次之聖賢教人

③

端本淸源之意盖如是也是書本於小學首篇之
旨而言之詳且切有加焉垂世立教孰有先於此
者乎向使早進王國印于書舘頒示爲天下教則
豈不生育得多少俊英而寥寥數百載藏弆于一
家私篋則雖欲無才難之歎得乎近永甫懼家獻
之湮沒慨世教之陵夷將刊印是書公于一世可
謂篤於孝慕而爲志亦不苟矣世之讀者苟能玩
味而體行之則東邦人才之盛其庶幾乎丙子重
陽節永嘉權相圭謹書
此胎教新記李氏夫人師朱堂所著書也人之生

④

均受天之所賦予而其容貌之姸媸才藝之智愚
有萬不齊者抑又何哉小學列女傳曰婦人姙子
寢處坐立飮食之節必以其道則生子形容端正
才過人矣古人已實驗行之豈可以微獨而忽之
也師朱堂夫人生乎仙李之華閥博通經史百家
歸乎晉柳之名門恭執內則諸訓已是閨壼中女
士旁究子育之道以謂教之於胞胎之中母之職
也教之於長成之時父師之責也於是乎以是母
生是子卽上舍南岳柳公諱儆也始也姿相出類
終焉文行絕世豈非胎教之有以致此耶南岳公

胎教新記跋

一自孤露搜出古箱中深藏之此記感手澤之尚
存懼懿戒之或泯旣註釋於章句且謄諺於編尾
俾便男女各自省觀其綱領条目也大而天地陰
陽之交泰風雨雷霆之相剝細而吉凶之不相襍
邪正之不相容粲然具備較諸向所云列女傳尤
極詳密此婦人之寶鑑也我族弟鍾洙甫向余道
此記之珍貴而師朱堂玄孫近永自東華來寓襄
陽追從甚好云以其又恬澹文雅之爲邇家人也
近永甫已鈔寿南岳遺稿幾十卷力絀而留俟鋟
繡擬先此一局刊布於遠邇要我記實于卷端使

124

①

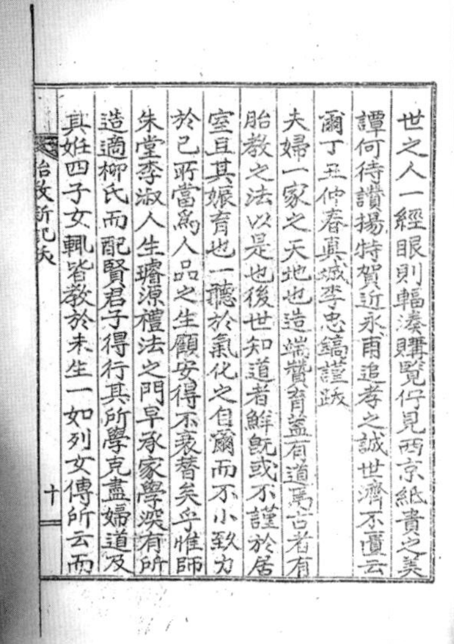

世之人一經眼則輻湊購覧佇見西京紙貴之美
譚何待讃揚特賀近永甫追孝之誠世濟不匱云
爾丁丑仲春眞城李忠鎬謹跋
夫婦一家之天地也造端贊育蓋有道焉古者有
胎教之法以是也後世知道者鮮旣或不謹於居
室且其娠育也一聽於氣化之自爾而不小致力
於己所當爲人品之生顧安得不衰替矣乎惟師
朱堂李淑人生璿源禮法之門早承家學深有所
造適柳氏而配賢君子得行其所學克盡婦道及
其姙四子女輒皆教於未生一如列女傳所云而

胎教新記跋 十

②

胎教新記跋

胤子西陂先生以鴻才明智卒能邃於文學爲世
名儒此其爲胎教之驗也淑人嘗因其平日踐歷
者著爲一書名曰胎教新記見其引喩該博節目
詳備實有前人所未發苟非仁淑明睿徹人理而
贊天化者其能得與於此哉蓋古女士之能文章
者或無德可稱而有德者又無文可傳若淑人者
卓乎其無與儔者歟西陂翁嘗解釋是書使人曉
然易知其述先徽爲後慮者至矣至久在巾笥識
者恨之玄孫近永甫慨然發慮圖所以鋟梓而壽
傳請余一言識其尾旣懇辭不獲則乃歛衽而言

126

③

曰不亦善乎祖先之文孰非可重而是書之有關
於世教尤非尋常咳唾之比也世之巾幗家能以
淑人爲法則足以致一家之位育而不患夫生才
之不逮古昔也是編之行豈非吾東方之一大倖
歟於乎休哉丁丑春分節永嘉權斗植謹識
此胎教新記吾高王妣淑人完山李氏師朱堂之
所著書也其珍重奇異而可嘉惠寶鑑類於此書
者幾希於古今諸書也自古立言垂軌以男子言
之非人人所能也而況於婦人乎聖王之經義傳
旨蓋其生后成人之戒也而此書宗旨乃在於生

胎教新記跋 十一

127

④

民厥初之受也彼璇璣織錦之詞玉樓少年之篇
才則才矣過於哀傷久於貞靜之德矣而此篇則
詞章之反覆排列簡重正肅可以補戴記之久闕
也自任姒之後儀此胎教之法者千古無幾而盖
是淑人踐履之實記也嗚呼淑人一生所著不爲
不多而於易簀之日命之曰女書不緊於世也皆
可褁之獨此一書則當傳之于家使兒女輩鑑考
焉所以此書之猶存於今日者也噫淑人之謦咳
永秘一書僅存而凡我孱孫輩零替無狀使此書
終未免世遠湮沒之歎故不肖昕夕痛恨幾殫綿

128

①

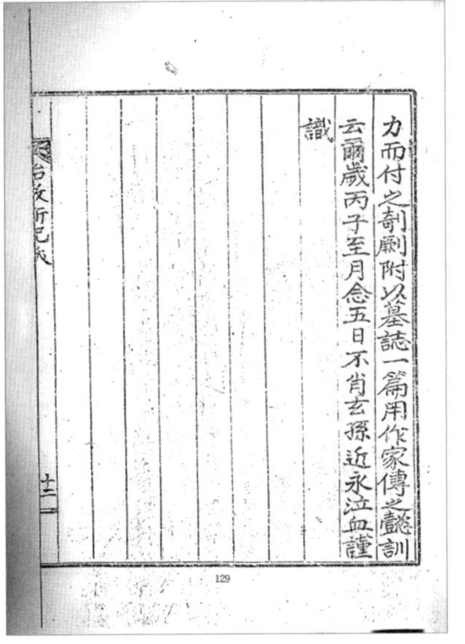

力而付之剞劂附以墓誌一篇用作家傳之懿訓
云爾歲丙子至月念五日不肖玄孫近永泣血謹
識

129

②

원문2

(존경각본) 태교신기언해(1801/1938)

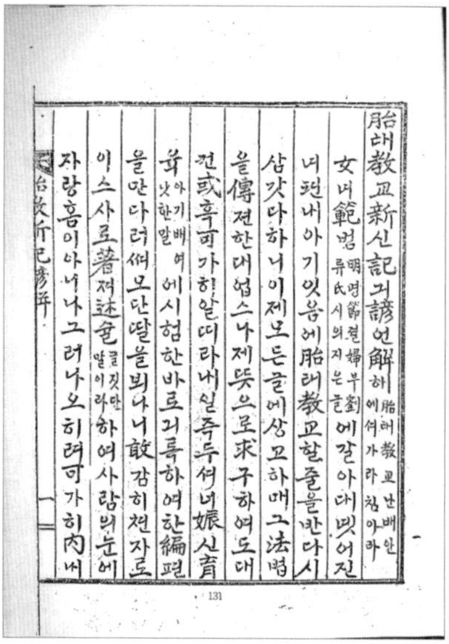

①

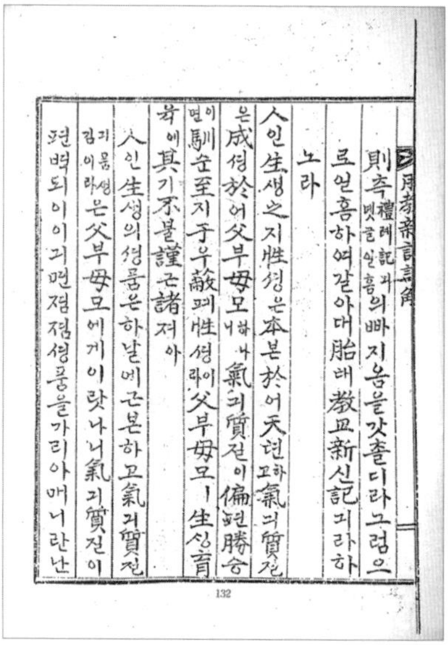

②

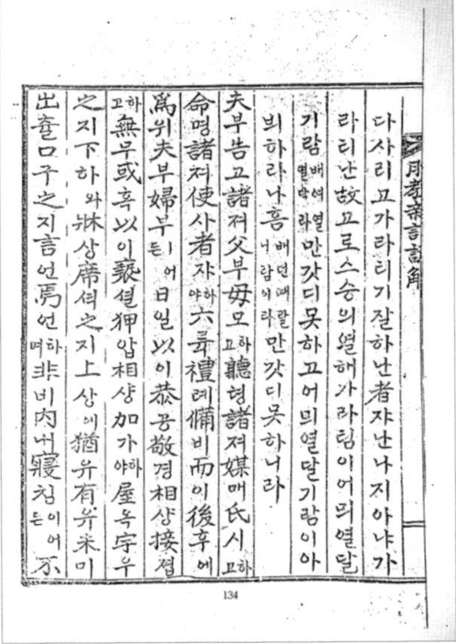

②

①

④

③

①

여곰혓뷕삼이마암에나디아니하고샤긔엣긔운이몸에붓디아니케하야써그자식을낫난者쟈난아비의도리니詩시(게벗노래라 셔빠시라)에갈아대네방의잇늠을보아도오히려집구석이붓그럽디아닐띠니갈이대나타나디아냐날보나니업다말나귀신의봄을가히혜아리디못한다(한가)

(한중도귀신이 살일안알이라)하나니라

受수夫부之지姓셩(하야)以이還환之지夫부(하되)十십月월을不불敢감有유其기身신(하야)非비禮례勿물視시(하며)非비禮례勿물聽텽(하며)非비禮례勿물言언

137

②

(하며)非비禮례勿물動동(하며)非비禮례勿물思사(하야)使사心심知지百백體례로皆개由유順순正졍(하야)以이育육其기子자者쟈난母모之지道도也야니女녀傳젼에曰왈婦부人인이姙임子자에寢침不불側측(하며)坐좌不불偏편(하며)立립不불蹕피(하며)不불食식邪샤味미(하며)割할不불正졍不불食식(하며)席셕不불正졍不불坐좌(하며)目목不불視시邪샤色색(하며)耳이不불聽텽淫음聲셩(하며)夜야則즉令령瞽고로誦송詩시道도正졍事사(하니)如여此차則즉生생子자에形형容용이端단正졍(하고)才재ㅣ過과人인矣의

138

③

(나하 니라)

디아븨姓셩(가 식을 감이라)을바다써디아뵈게도라보낼새열달을敢감히그몸을임의로못하여禮례아니어든보디말며禮례아니어든듯디말며禮례아니어든니라디말며禮례아니어든옴작이지말며禮례아니어든생각디말아하여곰마암과지각과백가지몸으로다順슌하고바라게하야써그자식을기라난者쟈난어미의도리니女녀傳젼(漢한劉류向향의지은 列렬女녀傳젼이라)에갈아대婦부人인이자식배매잠자기를기우로아니하며안

139

④

끼랄한편으로아니하며서기랄치드더디아니하며샤긔로온맛알먹디아니하며버힌것이바라디아니커든먹디아니하며돗치바라디아니커든안띠아니하며눈에샤긔로온빗흘보디아니하며귀예음난한소래랄듯디아니하며밤이면쇼경으로하여곰詩시(공자 뫼노래라 빼신)를외오며바란일을니라니어럿탓하면자식을나흐매열골이端단正졍하고재죄남에게디나다하니라

子자長장羈긔丱관에擇택就취賢현師사ㅣ(로) 師사敎교以이身신(하고)不불敎교以이口구(하야)使사之

140

지觀관感감而이化화者쟈난師사之지道도也야
ㅣ니學학記긔에曰왈善션敎교者쟈난使사人인繼
계其기志지하니라
자식이자라가래샹호하매어진스승을갈히여
나아가거든스승이몸으로써가라티고입으로
써가라티디아니하야하여곰보아감동하야化
화케하난者쟈난스승의도리니學학記긔禮례記긔
벽글일홈이라에갈아대잘가라티난者쟈난사람으로
하여곰그뜻을닛게한다하니라
是시故고로氣긔血혈이凝응滯톄하야知지覺각이

台文行己篇 六

141

①

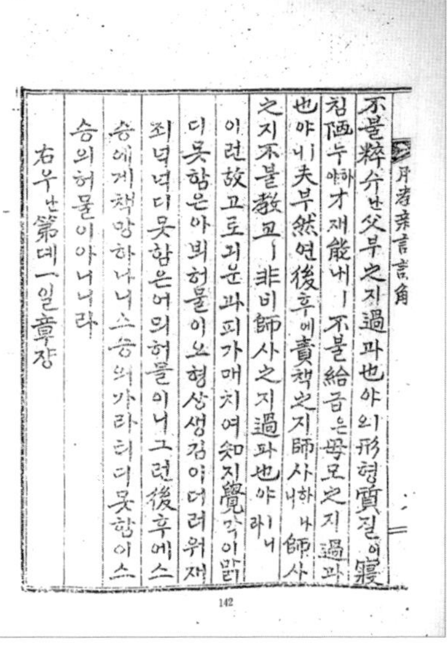
月孝親言篇

不불粹슈난父부之지過과也야의形형質질이寢
침陋누하야才재能내ㅣ不불給급은母모之지過과
也야ㅣ니夫부然연後후에責책之지師사하나니師사
之지不불敎교ㅣ非비師사之지過과也야ㅣ라니
이런故고로괴운과피가매치여知지覺각이밝
디못함은아뷔허물이오형상생김이더러워재
죄넉넉디못함은어믜허물이니그런後후에스
승에게책망하나니스승의가라티디못함이스
승의허물이아니니라
右우난第뎨一일章쟝

142

②

夫부木목胎태乎호秋츄春ㅣ라雖슈蕃번廡무ㅣ니猶유
有유挺뎡直직之지性셩이오金금胎태乎호春츈이라
雖슈勍경利리나猶유有유流류合합之지性셩이어
胎태也야者쟈난性셩之지本본也야ㅣ라一일成셩
其기形형而이敎교之지者쟈난末말也야ㅣ니
무릇남기가을에胎태하난더라비로소생기단말이라비
룩덧거츠러도오히려꼿게빼곳난셩품이잇고
쇠가봄에胎태하난디라비록굿세고날카나오
히려흘너엉긔난셩품이잇으니胎태난셩품의
근본이라그형상을한번날운대가라티난者쟈

台文行己篇 七

143

③

月孝親言篇

난말재니라
胎태於어南남方방에其기口구ㅣ闊활하나니南
方방之지人인은寬관而이好호仁인이오胎태於어
北북方방에其기鼻비ㅣ魁괴하나니北북方방之지
人인은倔굴強강而이好호義의라氣긔質질之지
德덕也야ㅣ니感감而이得득乎호十십月월之지養
양이라故고로君군子자ㅣ必필愼신之지爲위胎태
라ㅣ니
南남方방에서배면그입이너르나니南남方방
사람은너그러워어딘믈조하하고北북方방에

144

④

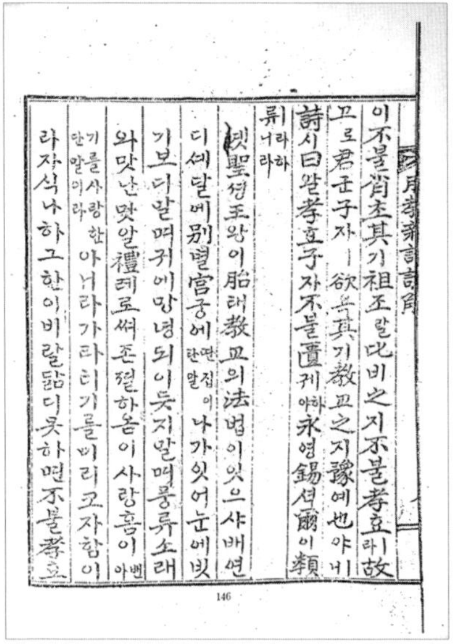

②

①

④

③

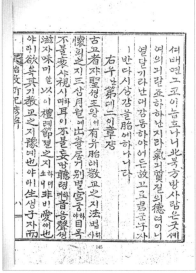

이매그기라난도리랄다못하고오래숨고상해
잡자매榮영衛위사람의몸에도난혈긔라머추나너그조섭
하기랄그릇하고남이대접하기랄게열이하난
디라오직그런故고로그病병을더으고그해산
을어렵게하며그자식을갓디아나디게하고그
家가門문을떠러텬그런後후에팔자의원망을
奚호하나니라
夫부獸슈之지孕잉也야에必필遠원其기牡모하고
鳥됴之지伏부也야에必필節절其기食식하고果과
蠃라ㅣ化화子자지에尚상有유類뉴我아之지聲셩

①

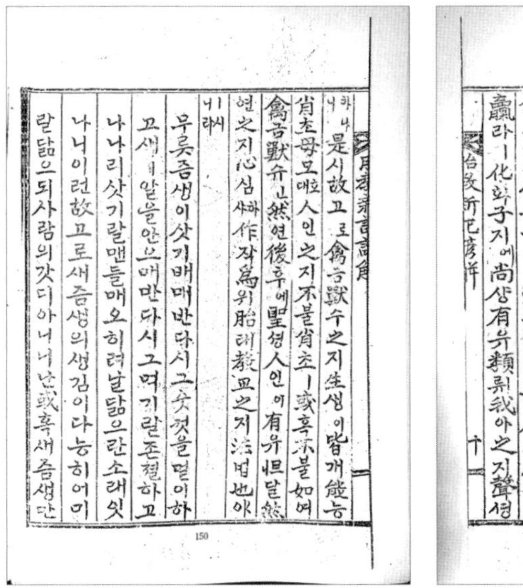

하나니是시故고로禽금獸수之지生생이皆개能능
肖쵸母모호대人인之지不불肖쵸ㅣ或혹不불如여
禽금獸슈ㅣ난然연後후에聖셩人인이有유怛달然
연之지心심하사作작爲위胎태教교之지法법也야ㅣ
시니라
무릇즘생이삿기배매반다시그숫것을멀이하
고새ㅣ알을안으매만다시그먹기랄조졀하고
나나리삿기랄맨들매오히려날닮으란소래잇
나니이런故고로새즘생의생김이다능히어미
랄닮으되사람의갓디아너너난或혹새즘생만

②

도못한그런後후에聖셩人인이불샹히너기신
마암이잇으야胎태教교의法법을맨드시니라
右우난第뎨三삼章쟝
養양胎태者자ㅣ非비惟유自자身신而이已이也
야라一일家가之지人인이恒항洞동洞동焉언하야
不불敢감以이忿분事사聞문하나니恐공其기怒노
也야ㅣ며不불敢감以이凶흉事사聞문하나니恐공其
기懼구也야ㅣ며不불敢감以이難난事사聞문하나니
恐공其기憂우也야ㅣ며不불敢감以이急급事사聞
문하나니恐공其기驚경也야ㅣ라怒노ㅣ令령子자病

③

병血혈하고懼구ㅣ令령子자病병神신하고憂우ㅣ令
령子자病병氣긔하고驚경ㅣ令령子자癲뎐癎간하나
니라
胎태랄기라난者자ㅣ몸스사로할뿐이아니라
온집안사람이샹해洞동洞동조심하난거동하야敢감
히忿분한일로써들이지못하나니그셩내일가
저흠이오敢감히凶흉한일노써들이디못하나
니그두렬가저흠이오敢감히난쳐한일로써들
니디못하나니그근심할가저흠이오敢감히急
급한일로써들이디못하나니그놀날가저흠이

④

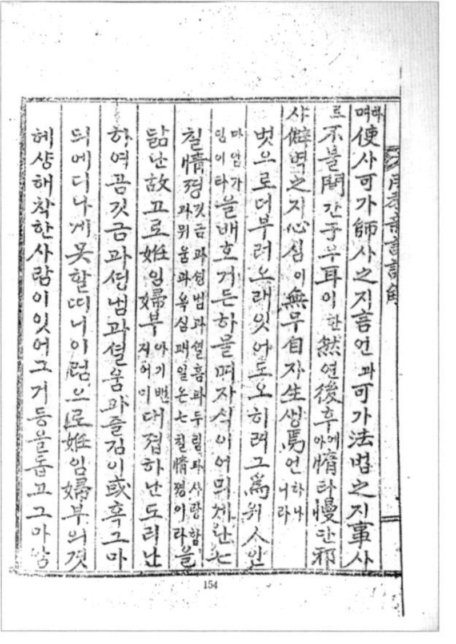

②

①

④

③

胎敎新記諺解

好호人인모양얌젼한사람이며흰壁벽옥이라이며孔
공雀작이상이빗고운새이며빗나고아람다운것과聖
셩賢현의가라티고경계하신글과神신仙션이
며관대하고패옥한그림을볼것이고관대며난
쟝이며원숭의類류와희롱하며다토난형상과
刑형罰벌이며두루며동히며죽이며害해롭게
하난실과병신이며못쓸병잇난사람과무디개
와별약과번개와日일月월蝕식과별이떠러디
며彗혜성孛발셩과彗혜셩孛발셩은다재앙의별물이넘티며
불이붓흠과남기부러디며집이문허딤과새즘

十四

①

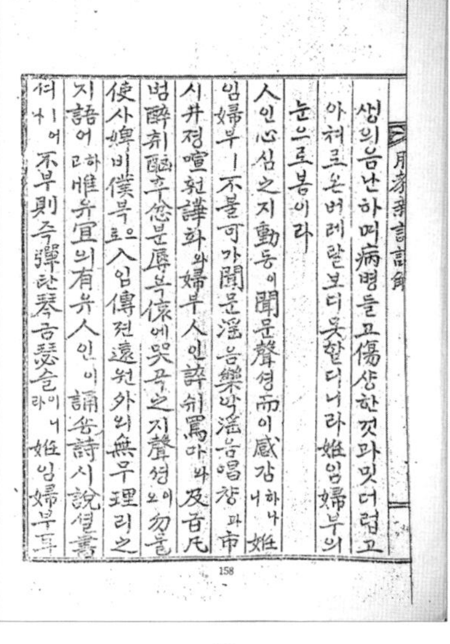
月孝新言諺解

생의음난하며病병들고傷샹한것과밋더럽고
아쳐로온버러랄보디못할디니라妊임婦부의
눈으로봄이라
人인心심之지動동이聞문聲셩而이感감하나니妊
임婦부ㅣ不불可가聞문淫음樂악淫음唱창과市
시井정喧훤譁화와婦부人인誶쉬罵마와及급百
범醉취酗후忿분辱욕僕예哭곡之지聲셩이오勿물
使사婢비僕복으로入입傳뎐遠원外외無무理리之
지語어하고惟유宜의有유人인이誦송詩시說셜書
셔ㅣ어不부則즉彈탄琴금瑟슬이니라妊임婦부耳

158

②

胎敎新記諺解

이聞문이라
사람의마암움작임이소래를드르면감동하나
니妊임婦부ㅣ굿풍류며잡노래와저재숫두어
림과녀편네잔져졍과밋대텬술쥬졍이며忿분
한辱욕질이며셜운우람소래랄듯디못할것이
오종들로하여곰드러와먼밧긔딱업슨말을젼
티못하게하고오직맛당이사람이잇서귀글을
외오고네책을말하거나아넌則즉거문고나瑟
슬거문고갓고스물다섯줄이라이나탈디니라妊임婦부의귀
로드름이라

十五

159

③

月孝新言諺解

延연醫의의服복藥약이足족以이止지病병이로대不
불足족以이美미子자貌모ㅣ오汎신室실靜졍處쳐
ㅣ足족以이安안胎태로대不불足족以이良량子자
材재니子자由유血혈成셩而이血혈因인心심動
동새일其기心심이不불正졍이면子자之지成셩이亦
역不불正졍하나니妊임婦부之지道도난敬경以이
存존心심해하毋무或혹有유害해人인殺살物믈之
지意의해여姦간詐사貪탐竊졀妒투毀훼之지念념
을不불使사蘖얼芽아於어胸흉中중인然연後후
에아口구無무妄망言언이며面면無무歉겸色색이니若

160

④

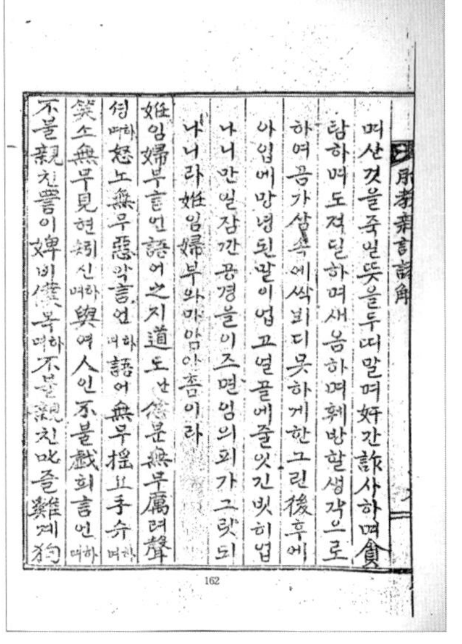

②

①

④

③

산野야며하勿물窺규井정塚총며하勿물入입古고祠
사며하勿물升승高고臨림深심며하勿물涉섭險험며하
勿물擧거重중며하勿물勞로力력過과傷샹며하勿물
妄망用용鍼침灸구며하勿물妄망服복湯탕藥약이오
常상宜의淸청心심靜정處처야하溫온和화ㅣ適뎍
中즁며하頭두身신口구目목이端단正졍若약一일
이니라 姙임婦부居거養양이라
거처와갈니임믈삼가디아니면胎태의보젼키
위태한디라姙임婦부ㅣ임의아기배매夫부婦
부ㅣ한가디로자자아니며옷을너모덥게말며

胎教新記諺解 十八

165

①

胎教新記諺解

먹기말며보부르게말며잠과눕기랄만히아나
부되때때로거름거르며찬데안띠아니며더러
온대안띠아니며못쓸내를맛디말며놉흔뒷간
에오르디말며밤에운에나디아니며바람비에
나가디아니며뫼와들에가디아니며우물과고
총을엿보디말며녯사당에들디말며놉흔데오
라고깁흔데臨림하디말며險험한데시나가디
말며무거운것들디말며슈고하며힘써셔過과
히傷샹토록말며鍼침과뜸을망령되이쓰디말
며藥약을망령되이먹디말것이오샹해맛당히

166

②

아암을밝히고고요히잇어다삽고화괴로옴이
알마초하며머리와몸과입과눈이端단正졍함
이한갈갓티할띠니라姙임婦부의거처와갈니
임이라
姙임婦부ㅣ苟구無무聽령事사之지人인이어든擇
택爲위其기可가者자而이已이오不불親친蠶잠
功공며하不불登등織즉機긔며하縫봉事사랄必필謹
근야하無무使사鍼침傷상手슈며하饌찬事사랄必필
謹근야하無무使사器긔墜추破파며하水슈漿장寒한
冷랭을不불親친手슈며하勿물用용利리刀도며하無

胎教新記諺解 十九

167

③

胎教新記諺解

무刀도割할生생物물며하割할必필方방正졍이니라
姙임婦부事사爲위라
姙임婦부ㅣ구티여일맛기리업것은그할만한
거랄갈해예할뿐이오몸소누에치디아니하며
뵈틀에오라디아니하며바나딜을반다시삼가
하여곰바날이손을傷상케말며만빗을반다시
삼가하여곰그랏이닷텨깨여디게말며믈과국
물찬것을손에다히디아니며드난갈을쓰디말
며산것을갈로버히디말며버히기랄반다시모
바로할띠니라姙임婦부의일함이라

168

④

姙임婦부ㅣ端단坐좌하야無무側측載재하며無무倚의
시壁벽하며無무箕기하며無무踞거하며無무邊변堂당
하며坐좌不불取취高고物물하며立립不불取취在재
地디하며取취左자手수하며不불以이右우手수하며取취右우
不불以이左자手수하며不불肩견顧고하며彌미月월
이어든不불洗세頭두ㅣ니라姙임婦부坐좌動동이라
姙임婦부ㅣ단졍히안자기우로몸싯디말며바
람벽지게디말며벗텨안디말며거러안디말며
마루기슭에말며안자놉흔것나리오디말며서
서따힛것집디말며왼편의집기랄올흔손으로

胎敎新記諺解 二十一

169

①

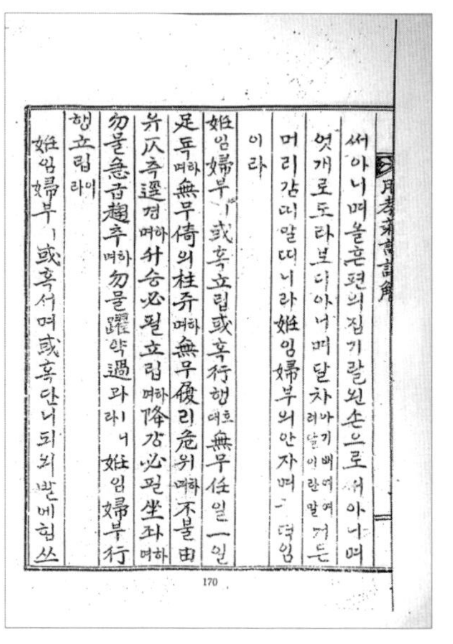
서아니며올흔편의집기랄왼손으로서아니며
엇개로도라보디아니며달차아기배여여러날이란말거든
머리감디말디니라姙임婦부의안자며 [illegible] 임
이라
姙임婦부ㅣ或혹立립或혹行행호대無무任일一인
足족하며無무倚의柱주하며無무履리危위하며不불由
仄측逕경하며升승必필立립하며降강必필坐좌하며
勿물急급趨추하며勿물躍약過과ㅣ라니姙임婦부行
행立립이라
姙임婦부ㅣ或혹서며或혹단니되뫼받베험쓰

胎敎新記諺解

170

②

디말며기동블의지하디말며위태한데드대디
말며기우렴길로말매암지아니며오랄제반다
시셔셔하며나릴제반다시안자하며急급히닷
디말며뛰여건너디말띠니라姙임婦부의다니
며셤이라
姙임婦부寢침臥와之지道도난寢침無무伏복하며
臥와毋무尸시하며身신毋무曲곡하며毋무當당隙극
하며毋무露로臥와하며大대寒한大대暑셔에毋무晝
주寢침하며毋무飽포食식而이寢침하고彌미月월則
즉積적衣의支지旁방而이半반夜야左자臥와半

胎敎新記諺解 二十二

171

③

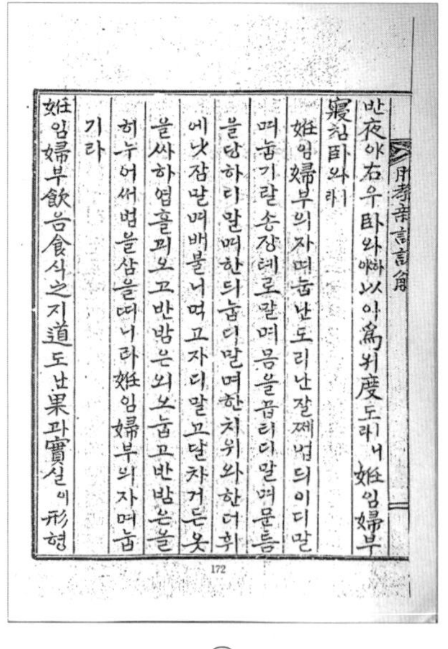
반夜야右우臥와하야以이爲위度도ㅣ라니姙임婦부
寢침臥와ㅣ라
姙임婦부의자며눕난도리난잘쩨엎되이디말
며눕기랄송장톄로말며몸을굽티디말며문틈
을당하디말며한되눕디말며한치위와한더휘
에낫잠말며배불니먹고자디말고달차거든옷
을싸하엽흘괴오고반밤은왼오눕고반밤은올
히누어써법을삼을띠니라姙임婦부의자며눕
기라
姙임婦부飮음食식之지道도난果과實실이形형

胎敎新記諺解

172

④

不불正졍不불食식하며蟲츙蝕식不불食식하며腐부
壞괴不불食식하며瓜과蓏라生생菜채ㅣ라不불食식
하며飮음食식에寒한冷랭不불食식하며食사饐에而
이餲애와魚어餒뇌而이肉육敗패ㅣ라不불食식하며
色색惡악不불食식하며臭츄惡악不불食식하며失실
飪임不불食식하며不불時시不불食식하며肉육雖슈
多다ㅣ나不불使사勝승食사氣긔ㅣ며服복酒쥬ㅣ면撤
산百백脈맥이오驢노馬마肉육無무鱗린魚어ㅣ는難
난産산이하고麥맥芽아葫호蒜션은消쇼胎태하고莧현
菜채蕎교麥맥薏의苡이는墮타胎태하고薯셔蕷여

胎敎新記諺解 二十二

173

①

胎敎新記諺解

旋션葍복桃도實실은不불宜의子자하고狗子肉육
은子자無무聲셩하고兎토肉육은子자缺결脣슌하고
螃방蟹해는子자橫횡生생하고羊양肝간은子자多
다厄액하고雞계肉육及급卵란이合합糯나米미면
子자病병白백蟲츙하고鴨압肉육及급卵란은子자
倒도生생하고雀작肉육은子자淫음하고薑강芽아는
子자多다指지하고鮎뎜魚어는子자疳감蝕식하고山
산羊양肉육은子자多다病병하고菌균蕈심은子자
驚경而이夭요ㅣ라ㅣ니桂계皮피乾건薑강을勿믈以
이爲위和화하며獐쟝肉육馬마刀도랄勿믈以이爲

174

②

위膗확하며牛우膝슬鬼귀箭젼을勿믈以이爲위茹
여하고欲욕子자端단正졍이어든食식鯉리魚어하며欲
욕子자多다智지有유力력이어든食식牛우腎신與
여麥맥하며欲욕子자聰총明명이어든食식黑흑蟲츙
하며當당産산이어든食식蝦하與여紫자菜채ㅣ니라姙
임婦부飮음食식이라
姙임婦부의飮음食식하난도리난실과가형상
이바라디아냐도먹디아니며버레머어도먹디
아니며셔어떠러뎌도먹디아니며선물파상최
랄머디아니며飮음食식이차도먹디아니며밥

胎敎新記諺解 二十三

175

③

胎敎新記諺解

이물킈고쉰이와생선이물고못고기셔으니랄
먹디아니며빗그른것을먹디아니며내암새그
른것을먹디아니며끌힘이그르거든먹디아니
며때아닌것을먹디아니며고기비록만흐나하
여곰밥긔운을이긔디아닐띠니라술을먹으면
일백가지혈맥이풀이이고나귀며말고기와비
눌업순물고기는해산이어렵고엿기룸과마날
은胎태랄삭히고비름과모밀과쥴무는胎태랄
떠르트리고마와메와복셩이난자식에맛당티
아니코개고기는자식이소래못하고톳기고기

176

④

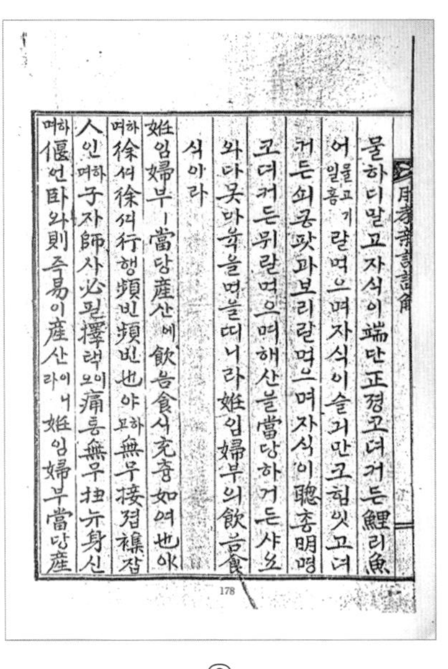
胎敎新記諺解

물하디말고자식이端단正졍코뎌커든鯉리魚
어(물고기일홈)랄먹으며자식이슬긔만코힘잇고뎌
커든쇠콩팟과보리랄먹으며자식이聰총明명
코뎌커든뮈랄먹으며해산을當당하거든샤쇼
와다못바육을먹을띠니라姙임婦부의飮음食
식이라
姙임婦부ㅣ當당產산에飮음食식充츙如여也ㅣ오
하며徐셔徐셔行행頻빈頻빈也야하고無무接졉襍잡
人인하며子자師사必필擇택하오이痛통無무扭뉴身신
하며偃언臥와則즉易이產산이라니姙임婦부當당產

178

②

胎敎新記諺解 二十四

논자식이어청이고방게논자식이가라나오고
年냥의肝간은자식이우환만코닭고기며밋알
을찹쌀에어우루면자식이촌백충이들고올히
고기며밋알은자식이것구루나오고참새고기
논자식이음난하고새양염은자식이륙가락이
오며여기는자식이감창며고山산年양의고기
논자식이병만코버섯은자식이경풍하고쉬죽
난이라桂계皮피(약일홈)와乾간薑강(새양마라)으로
써양념하디말며노로고기와말밋조개로써지
딤하디말며쇠무릅(나물일홈)과회닙(나모닙)으로써나

177

①

胎敎新記諺解

子자之지肌긔膚부니하나爲위母모者쟈ㅣ曷갈不
불謹근哉재오리
자식이배어미난血혈脈맥이부터네이교숨쉼에
딸아움덕여그깃그며셩내는배자식의셩품이
되며그보며듯는배자식의긔운이되며그마시
며먹난배자식의살이되나니어미된이가엇디
삼가디아니리오
右우난第뎨四사章쟝
不불知지胎태敎교면不불足족以이爲위人인母
모니必필也야正졍心심乎호니正졍心심이有유

180

④

胎敎新記諺解 二十五

산이라
姙임婦부ㅣ해산을當당하매飮음食식을든든
히하며련련이단니기랄자조하고잡사람을못
디디말며자식보아주리랄반다시갈해고앏아
도몸을뷔트디말며쟈밧음히누으면해산하가
쉬오니라姙임婦부에해산當당함이라
腹복子자之지母모난血혈脈맥이牽견連연고하呼
吸흡에隨슈吽動동하야其기所소喜희怒노ㅣ爲위
子자之지性셩情졍하며其기所소視시聽텽이爲위
子자之지氣긔候후하며其기所소飮음食식이爲위

179

③

術술ᄒᆞ니謹근其기見견聞문ᄒᆞ며謹근其기坐좌立립
ᄒᆞ며謹근其기寢침食식ᄒᆞ야無무褋잡焉언則즉可가
矣의니無무褋잡之지功공이裕유能능正정心심
이로대猶유在재謹근之지而이已이니라
胎태敎교란아디못하면사람의어미足족히써
되디못하리니반다시마암을바랄띤뎌마암바
람이절이잇으니그보며드람을삼가며그안자
며섬을삼가며그자며먹음을삼가되褋잡됨이
엽으면무던할띠니褋잡됨엽은功공이넉넉히
能능히마암을바라리로대오히려삼감에잇을

胎敎新記諺解 二十六

181

①

胎敎新記諺解

뿐이니라
寧녕憚탄十십月월之지勞로ᄒᆞ야以이不불肖쵸其
기子자而이自자爲위小쇼人인之지母모乎호아
曷갈不불強강十십月월之지功공ᄒᆞ야以이賢현其
기子자而이自자爲위君군子자之지母모乎호아
此차二이者자난胎태敎교之지所소由유立립也
야니古고之지聖셩人인이亦역豈긔大대異이於
어人인者자ㅣ리오去거取츄於어斯사二이者자而
이已이矣의니大대學학에曰왈心심誠셩求구之
지면雖슈不불中즁이나不불遠원矣의니未미有유

182

②

學학ᄒᆞ야養양子자而이后후에嫁가者쟈也야니라ᄒᆞ
엇띠열달슈고랄꺼려써그자식을갓디아냐디
게하고스사로小쇼人인이란좀사람의어미되랴어
이열달공부랄강잉하야써그자식을어딜게하
고스사로君군子자이란큰사람의어미되디아니라
이두가지난胎태敎교에말매암아셰배니녯聖
셩人인이또한엇디사람에하다란者쟈ㅣ시리오
이두가지에서去거取츄한가지를버리고한가지를잡을할뿐이
시니大대學학일경에에갈아대마암으로진실히
求구하면비록맛디아냐도멀든아니하니자식

胎敎新記諺解 二十七

183

③

胎敎新記諺解

기람을배혼后후에셔방맛난者쟈ㅣ잇디아니
라하니라
爲위母모而이不불養양胎태者쟈난未미聞문胎
태敎교也야ㅣ외聞문而이不불行행者쟈난畫획也
야ㅣ라天텬下하之지物물이成셩於어強강ᄒᆞ며隳휴
於어畫획ᄒᆞ나니豈긔有유強강而이不불成셩之지
物물也야ㅣ며豈긔有유畫획而이不불隳휴之지物
물也야ㅣ리오強강之지면斯사成셩矣의니下하愚
우ㅣ無무難난事사矣의오畫획之지면斯사隳휴
矣의니上상智지ㅣ無무易이事사矣의라爲위母

184

④

모者자ㅣ 可가不블務무胎태教교乎호아 詩시曰
왈借챠曰왈未미知지나 亦역既긔抱포子자ㅣ라 하다
어미되고 胎태教교기라디 아니ᄒᆞ니 낫나니 난말녀 胎태教교
랄듯디 못함이 오듯고 行행티 아니ᄒᆞ니 난말녀
함이라 天텬下하 잇것이 강잉함에 이루고 말녀
함에 그릇되나니 엇디 강잉코 못니루난 것이 잇
으며 엇디 날녀하고 아니 그릇되난 것이 잇으리
오 강잉하면 이루나니 말자미련도 어련운 일이
얻고 말녀하면 그릇되나니 숫듬슬긔도 쉬운 일
이 업난디라 어미되니가 胎태教교랄 힘쓰디 아

胎教新記諺解 二十八

185

①

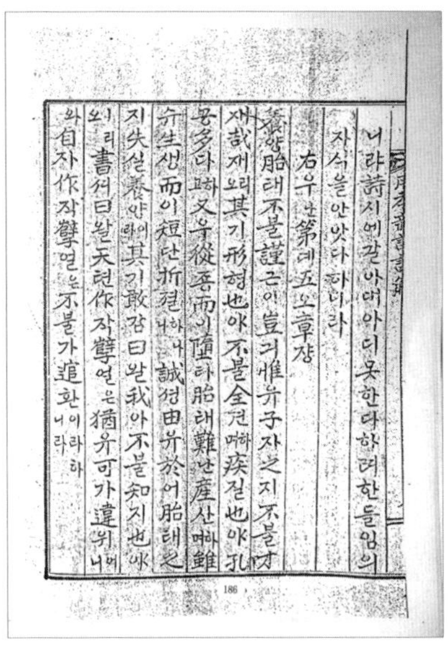
胎教新記諺解

니라 詩시에 갈아대 아디 못한다 하려한들 임의
자식을 안앗다 하니라
右우난 第뎨五오章장
養양胎태不블謹근이 豈긔惟유子자之지不블才
재哉재오리 其기形형也야ㅣ 不블全젼하며 疾질也야ㅣ 孔
공多다하고 又우從죵而이墮타胎태難난産산하며 雖
슈生생而이短단折졀하나니 誠셩由유於어胎태之
지失실養양이라 其기敢감曰왈我아不블知지也야ㅣ
오리 書셔曰왈天텬作작孼얼은 猶유可가違위니어
와 自자作작孼얼은 不블可가逭환이라 하니라

186

②

胎태기람을 삼가디 아님이 잇지 자식의 재조업
슬뿐이리오 그 형상이 온젼티 못하며 병이 심히
만코 또 조차 胎태도 떠러디며 해산도 어려우며
비록 나하도 쉬 죽나니 진실로 胎태기람을 그릇
함에 말매암은디라 그 감히 갈아대 내 몰나라 하
랴 書셔 셔쳇글을 공자게 빠시니라 에 갈아대 하날이 지은 재
앙은 오히려 可가히 피하려니와 스사로 지은 재
앙은 可가히 도망티 못한다 하니라
右우난 第뎨六륙章장
今금之지姙임子자之지家가에 致치瞽고人인巫

胎教新記諺解 二十九

187

③

胎教新記諺解

무女녀하야 符부呪주祈긔禳양하고 又우作작佛불事
사하야 舍샤施시僧승尼니하나니 殊슈不블知지邪샤
僻벽之지念념이 作작而이逆역氣긔應응之지하고
逆역氣긔成셩象샹에 而이罔망攸유吉길也야ㅣ니
라
이제의 자식 밴 집에서 쇼경과 무당을 불너 부작
이며 진언이며 빌며 푸리하고 또 부텨에게 일하
야 중과 승년을 시조하나니 샤긔엣 생각이 나면
거슨 긔운이 응하고 거슨 긔운이 형상을 일움에
吉길한 배 엄난 줄을 사람의 마암이 슌치 아니면 일도 그대로 잘되디 아닌난

188

④

단말이라자못아디못하나니라
性셩妒두之지人인은忌긔衆즁妾쳡有유子자하고
或혹一일室실兩량姙임婦부면姒사娣뎨之지間
간에도亦역未미相상容용하나니持지心심如여此차
오니豈긔有유生생子자而이才재且챠壽슈者쟈리
오吾오心심之지天텬也야ㅣ라心심善션而이天텬
命명善션하고天텬命명善션而이及급子주孫손子
자하나니詩시曰왈豈개弟뎨君군子자여求구福복
不불回회라하니라
셩품이새옴바란사람은여러妾쳡의자식잇음

189

①

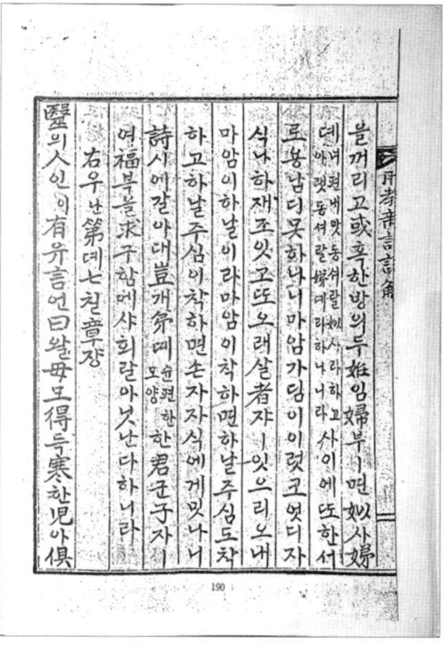

을꺼리고或혹한방의두姙임婦부ㅣ면姒사娣
뎨ㅣ녀편네맛동셔랄姒사라하고아래동셔랄娣뎨라하나니라사이에또한서
로용납디못하나니마암가딤이이렇코엇디자
식나하재조잇고또오래살者쟈ㅣ잇으리오내
마암이하날이라마암이착하면하날주심도착
하고하날주심이착하면손자자식에게밋나니
詩시에갈아대豈개弟뎨순편한모양한君군子자ㅣ
여福복을求구함에샤회랄아냣난다하니라
右우난第뎨七칠章장
醫의人인이有유言언曰왈母모得득寒한兒아俱

190

②

구寒한하며母모得득熱열兒아俱구熱열이라하니知지
此차理리也야ㅣ니子자之지在재母모난猶유瓜과
之지在재蔓만이라潤윤燥조生생熟슉이乃내其기
根근之지灌관若약不불灌관也야ㅣ니吾오未미見
견母모身신不불攝셥而이胎태能능養양하며胎태
不불得득養양而이子자能능才재且차壽수者쟈
也야ㅣ라
의원사람이말이잇어갈아대어미찬병을엇으
면아해도차디고어미더훈병을엇으면아해도
더훕다하엿으니이런묘리랄알면자식이어미

191

③

에게잇음은외너출에잇음갓한디라부르며말
으며설며익음이이에그뿔회의물젓음과다못
물젓디못함이니어믜몸이도셥못하고도胎태
能능히걷니이며胎태걷니임을엇디못하고도
자식이能능히재조잇고또오래산者쟈랄내보
디못하게라
寡산子자而면貌모必필同동은良양由유胎태之
지養양이同동也야ㅣ오一일邦방之지人인의習습
尙샹相샹近근은養양胎태之지食식物물이爲위
敎교也야ㅣ오一일代대之지人인의稟품格격相샹

192

④

近근은養양胎태之지見견聞문이爲위敎교也야
ㅣ니此차三삼者쟈ᄂᆞᆫ胎태敎교之지所소由유見현
也야ㅣ라君군子자ㅣ旣긔見견胎태敎교之지如여
是시其기繳교ㅣ오而이猶유不블行ᄒᆡᆼ焉언ᄒᆞ나吾
오未미之지知지也야ㅣ로라
쌍생의열골이ᄒᆞᆫ다시갓ᄒᆞᆷ은진실로胎태의길
너임이갓ᄒᆞᆷ에말매암음이오ᄒᆞᆫ나라사람의버
룻과숭샹ᄒᆞᆷ이서로갓가옴은胎태기ᄅᆞᆯ제여은
것이식이임이오ᄒᆞᆫ남군때사람의긔룸과골격
이서로갓가옴은胎태기ᄅᆞᆯ제보고드ᄅᆞᆷ이식이

胎敎新記諺解 三十二

193

①

胎敎新記諺解

임이니이세가지ᄂᆞᆫ胎태敎교의말매암아뵈인
배라君군子자ㅣ이믜胎태敎교의이럿틋밝음
을보고도오히려行ᄒᆡᆼ티아니ᄒᆞᄂᆞ니내아디못ᄒᆞ
노라

右우ᄂᆞᆫ第뎨八팔章쟝
胎태之지不블敎교ᄂᆞᆫ其기惟유周쥬之지末말에
廢폐也야ㅣ라昔셕者쟈에胎태敎교之지道도를書
셔之지玉옥版판ᄒᆞ야藏장之지金금櫃궤ᄒᆞ야置치之
지宗종廟묘ᄒᆞ야以이爲위後후世셰戒계라故고로
大태任임이娠신文문王왕ᄒᆞ샤目목不블視시邪사

194

②

色ᄉᆡᆨᄒᆞ시며耳이不블聽텽淫음聲셩ᄒᆞ시며口구不블
出츌敖오言언이러시니生ᄉᆡᆼ文문王왕而이明명聖셩
ᄒᆞ시늘大태任임이敎교之지ᄒᆞ샤대以이一일而이識
식百ᄇᆡᆨ이러시니卒졸爲위周쥬宗종ᄒᆞ시고邑읍姜강이
姙임成셩王왕於어身신ᄒᆞ샤立립而이不블跛파ᄒᆞ시며
坐좌而이不블蹉차ᄒᆞ시며獨독處쳐而이不블踞
거ᄒᆞ시며雖슈怒노而이不블詈리ᄒᆞ더시니胎태敎교之
지謂위也야ㅣ러라
胎태의가ᄅᆞ티디아님은그오직周쥬나라ᄭᅳᆺ헤
ᄇᆞ림이라녯적에胎태敎교의도리ᄅᆞᆯ玉옥녈쪽

胎敎新記諺解 三十三

195

③

胎敎新記諺解

에써서金금櫃궤에녀허宗종廟묘ᄒᆞ샤ᄋᆡ두어
써후사ᄅᆞᆷ의경계ᄅᆞᆯ삼은故고로大태任임쥬나라
문왕의어마님셩이任임氏시이文문王왕을배샤눈에샤긔
로온빗흘보지아니시며귀에음난ᄒᆞᆫ소래ᄅᆞᆯ듯
디아니시며입에오만ᄒᆞᆫ말ᄉᆞᆷ을내디아니터시니
文문王왕을나ᄒᆞ매밝고聖셩ᄒᆞ聖셩은모ᄅᆞᆫ일이업ᄉᆞᆷ이라하
샤ᄂᆞᆯ大태任임이가ᄅᆞ티샤대ᄒᆞ나흐로써일백
을아더시니마참내周쥬나라웃듬님군이되시
고邑읍姜강무왕의안해오셩왕의어마님셩이姜강氏시이成셩王왕
을몸에배샤서기ᄅᆞᆯ치드대디아니시며안ᄭᅵ랄

196

④

기우로아니시며혼자잇슬제거러안디아니시
며비록셩나도꾸디럼을아니허시니胎태教교
의일홈이러라
右우난第뎨九구章장
胎태教교에曰왈蔡소成셩은爲위子자孫손대호婚
혼妻쳐嫁가女녀에必필擇택孝효悌뎨와世세世
세有유行행義의者자ㅣ라하니君군子자之지教교ㅣ
莫막先션於어蔡소成셩이어늘而이其기責책이乃
내在재於어婦부人인이라故고로賢현者쟈ㅣ擇택
之지대호不불肖쵸者쟈ㅣ教교之지난所소以이爲

197

①

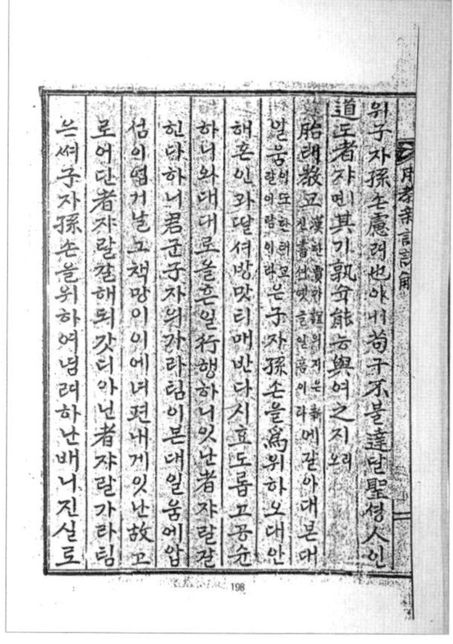
위子자孫손慮려也야니荀순子자不불達달聖셩人인
道도者쟈ㅣ면其기孰숙能능與여之지오리
胎태教교漢한賈가誼의지은新신書셔옛글일홈이라에갈아대본대
말숨이또한례쏘람이라은子자孫손을爲위하오대안
해혼인과달셔방맛티매반다시효도롭고공슌
하니와대대로올흔일行행하니잇난者쟈ㅣ랄갈
힌다하니君군子자의가라팀이본대일움에압
셤의엽거날그책망이이에녀편네게잇난故고
로어단者쟈ㅣ랄갈해되갓디아닌者쟈ㅣ랄가라팀
은써子자孫손을위하여념려하난배니진실로

198

②

聖셩人인의도리랄사뭇디아니한者쟈ㅣ면그
뉘能능히참예하리오
右우난第뎨十십章장

199

③

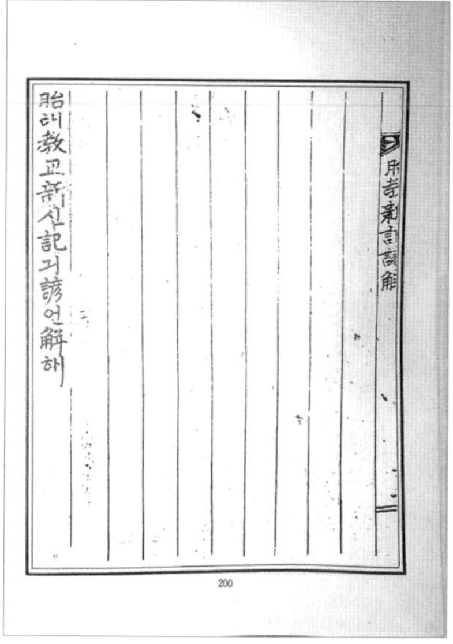
胎태教교新신記긔諺언解해

200

④

원문3

(유기선 소장본) 태교신기언해(1810)

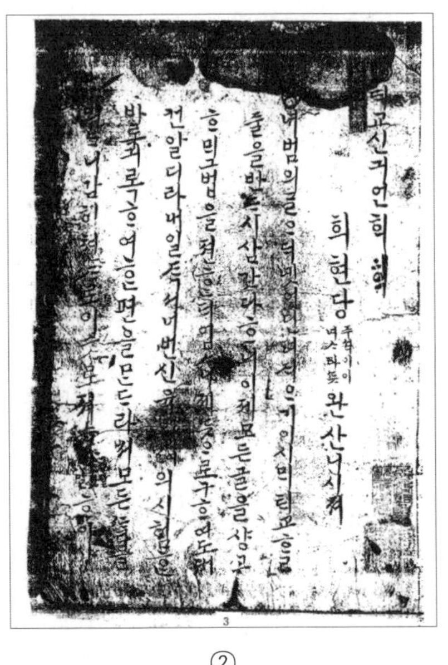

②

①

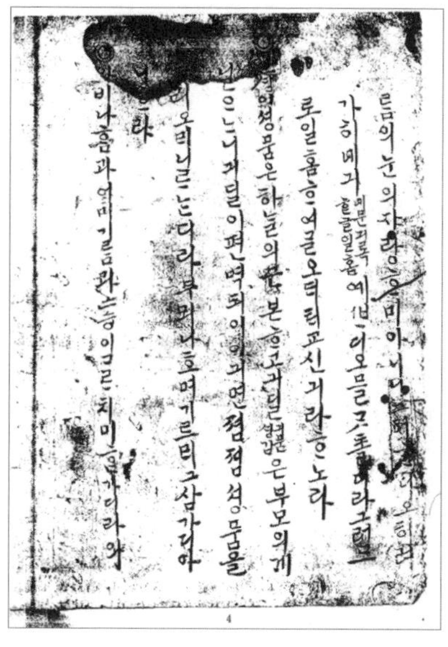

①

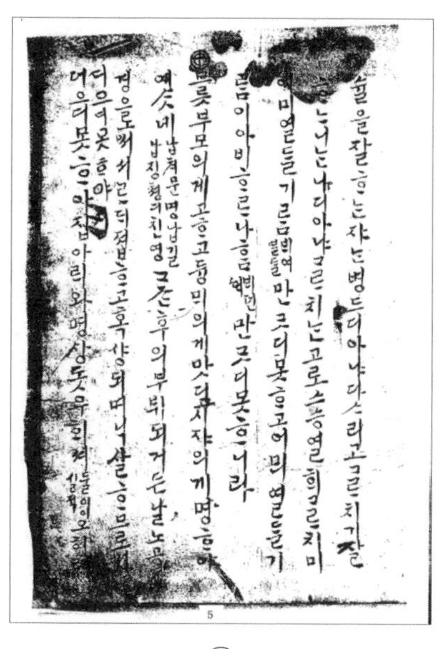

②

③

④

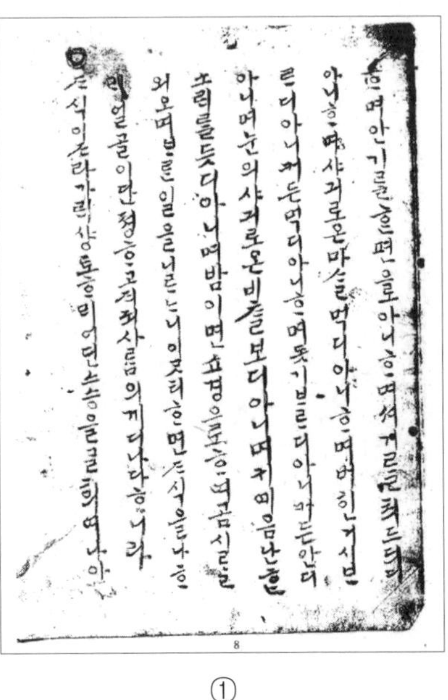

①

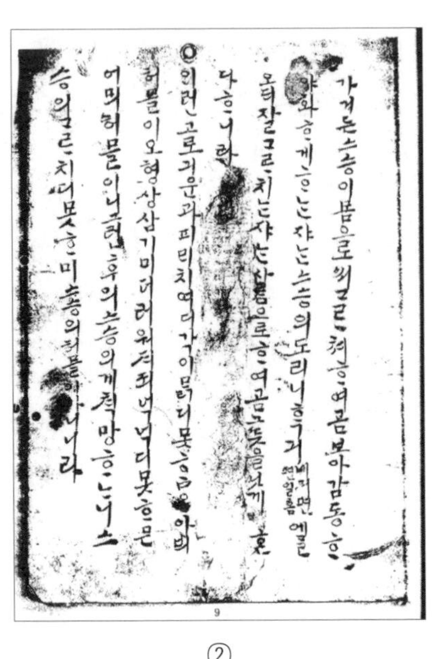

②

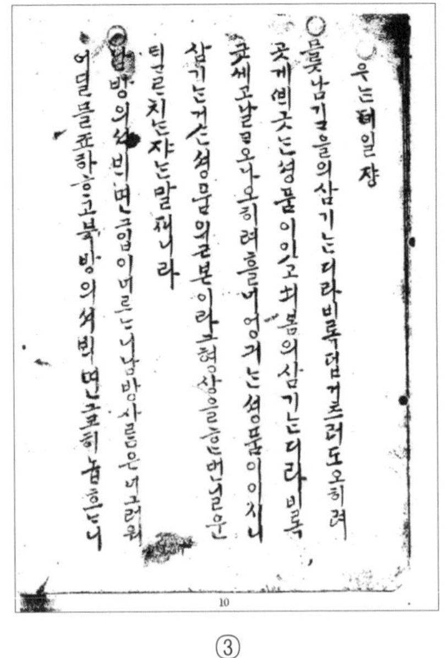

③

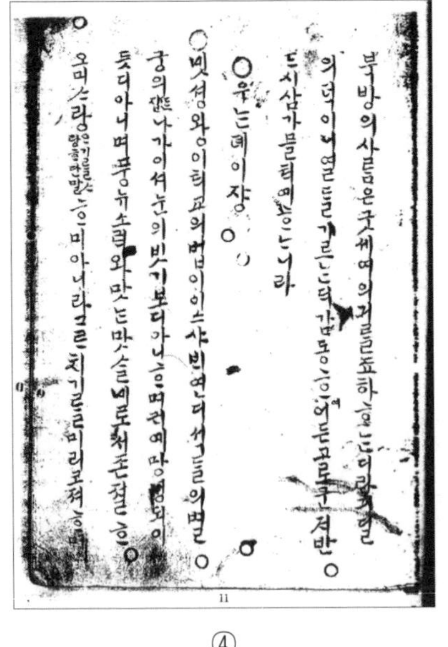

④

라ᄒᆞ시나 하고도 샹을 드며 못ᄒᆞ면 블효와 ᄀᆞᆺ다 ᄒᆞ
는 고로 군ᄌᆞㅣ 치믈 미리 조져ᄒᆞᄂᆞ니 시매 ᄀᆞ르ᄎᆞ며 효ᄌᆡ
못ᄒᆞ리라 ᄒᆞ야 ᄀᆞ리 네 뉴를 주신다 [illegible] ᄒᆞᄂᆞ니라
◎이제 우기 비연ᄂᆞ니 반ᄃᆞ시 괴이ᄒᆞᆫ 맛ᄉᆞᆯ 먹어 ᄡᅦ구업을
깃기고 반ᄃᆞ시 서늘ᄒᆞᆫ ᄃᆡ 이셔 ᄲᅧ 몸을 편히 ᄒᆞ며
한가ᄒᆞᆫ ᄯᅢ 이셔 놀녀 ᄃᆞᆫ니거든 사ᄅᆞᆷ으로 ᄒᆞ여곰 회회 말
ᄒᆞ며 우ᄉᆞ며 비로소 ᄂᆞᆫ 엽만 사ᄅᆞᆷ을 괴이 고마ᄒᆞᆸ엔 오래
눕고 샹ᄒᆞ엿ᄉᆞᆸᄂᆞ니 집 사ᄅᆞᆷ을 ᄉᆞᆨ이ᄂᆞ니 그릇ᄂᆞᆫ 도리로ᄃᆞ

12

①

다 못ᄒᆞ고 오래 눕고 샹ᄒᆞ엿ᄉᆞᆸᄂᆞ니 영위 [illegible] 멈추
ᄂᆞ니 ᄌᆞ셥ᄒᆞᆫ 기를 ᄀᆞᆯᄋᆞᆺᄒᆞᆫ 고님이 더 졉ᄒᆞᆫ 기를 게얼
니ᄒᆞᄂᆞᆫ 디라 오ᄃᆡ 그런 고로 구병을 더ᄋᆞ고 나미를 어렵
게 ᄒᆞ며 ᄀᆞᆺ시식을 못 더아니ᄒᆞᆫ 게 ᄒᆞ고 ᄀᆞ문물 셜
친 그런 후의 명을 원망ᄒᆞᆫ 기ᄯᅢ 도라가ᄂᆞ니라
◎믈릇 즘ᄉᆡᆼ이 삿기 비미 반ᄃᆞ시 구ᄉᆔ를 멀니ᄒᆞ고 새
알을 안으미 반ᄃᆞ시 그 먹기를 존졀ᄒᆞ고 나리
삿기를 만든 믈 미오히려 날ᄃᆞᆯ 므란 소리 잇ᄂᆞ니 이

13

②

런 고로 새 즘ᄉᆡᆼ의 삿기미 다 능히 어미를 ᄃᆞᆯ므 되사
름의 ᄀᆞᆺ디 아니ᄂᆞᆫ 후 ᄉᆡ 즘ᄉᆡᆼ만도 못ᄒᆞᆫ 그런 후
의 셩인이 슬피 너기신 ᄆᆞᄋᆞᆷ을 두샤 태교의 법을
믄ᄃᆞ시니라
◎우는 ᄯᅢ 삼쟝
◎ᄐᆡ를 기르는 재 몸을 ᄉᆞᆺ고로 ᄒᆞᆯ 분 아니라 ᄒᆞᆫ 지ᄇᆡ
안 사ᄅᆞᆷ이 다 샹히 동동 [illegible] ᄒᆞ야 감히 괴이ᄒᆞᆫ
일노ᄡᅥ 들니디 못ᄒᆞᄂᆞ니 ᄂᆞᆷ의 심ᄒᆞᆷ을 가져 러ᄒᆞ미오

14

③

감히 분ᄒᆞᆫ 일노ᄡᅥ 들니디 못ᄒᆞᄂᆞ니 그 두림을 가져
ᄒᆞᆷ이오 감히 어려운 일노ᄡᅥ 들니디 못ᄒᆞᄂᆞ니 근심을
가져 ᄒᆞᆷ이오 감히 급ᄒᆞᆫ 일노ᄡᅥ 들니디 못ᄒᆞᄂᆞ니
과 놀날가 저ᄒᆞᆷ이오 의심ᄒᆞ면 ᄌᆞ식으로 ᄒᆞ여곰
거운이 병들고 두리면 ᄌᆞ식으로 ᄒᆞ여곰 졍신이 병들
고 근심ᄒᆞ면 ᄌᆞ식으로 ᄒᆞ여곰 피 병들고 놀나면 ᄌᆞ식
으로 ᄒᆞ여곰 간 병이 드ᄂᆞ니 이 ᄀᆞᆺᄒᆞ매 임부ᄒᆞ 어디
삼가지 아니ᄒᆞ리오

15

④

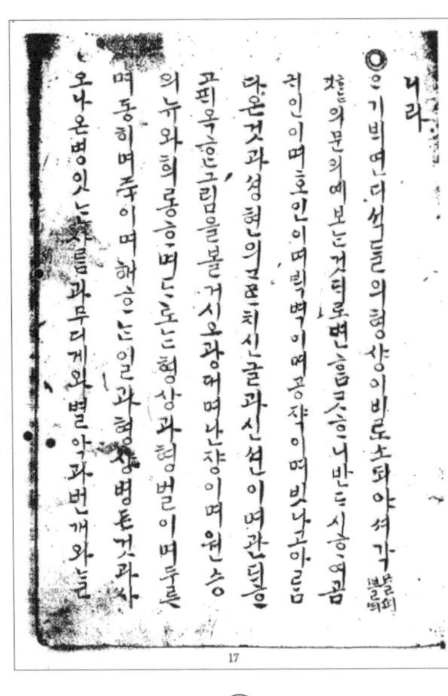

②

①

③

④

폭히 ᄢᅢ어 덜게 못ᄒᆞᄂᆞ니 ᄌᆞ식이 피로ᄆᆞᆫ ᄆᆞᄋᆞᆷ이
ᄂᆞᆯ우고 ᄑᆡᄆᆞᄋᆞᆷ을 인ᄒᆞ야 움ᄌᆞᆨ일 ᄉᆡᆼᄆᆞᄋᆞᆷ을 ᄆᆡ로ᄃᆡ
못ᄒᆞ면 ᄌᆞ식의 ᄂᆞᆯ옴이 ᄯᅩᄒᆞᆫ 므르ᄃᆡ 못ᄒᆞᄂᆞ니 임
부의 도리ᄂᆞᆫ 공경으로ᄡᅥ ᄆᆞᄋᆞᆷ을 안조아 ᄒᆞᆨ 살ᄆᆞᆷ
을 해리며 산거ᄉᆞᆯ 죽일 ᄯᅳᆺ을 두디 말며 간사ᄒᆞ며
탐남ᄒᆞ며 도적ᄃᆞᆯ ᄒᆞ며 새옴ᄒᆞ며 훼방ᄒᆞᄂᆞᆫ ᄉᆡᆼ각으
로ᄒᆞ여곰 가ᄉᆞᆷ 속의 ᄯᅡᆨ ᄆᆡ디 못ᄒᆞ게 ᄒᆞᆫ 그런 후와야
입의 망녕된 말이 ᄭᅥᆷ고 얼골의 주ᄅᆞᆷ이 긴 ᄆᆡᆺ지 업ᄂᆞ

20

①

니 만일 잠간 공경을 니즈면 임의 피 가ᄅᆞᆷ ᄯᅮᆺ 되ᄂᆞ니라
임부의 ᄆᆞᄋᆞᆷ 안초미라
◎ 임부의 말ᄒᆞᄂᆞᆫ 도리ᄂᆞᆫ 분ᄒᆞ여도 모진 소리를 말며
셩나도 사오나온 말을 말며 말ᄒᆞᆯ 제 손 즛슬 말며 은
슬 ᄯᅱ니 모옴을 뵈디 말며 사ᄅᆞᆷ으로 더브러 희롱 잇ᄉᆞ
말을 아니ᄒᆞ며 몸소 ᄌᆞ잘 흉을 숫디 아니ᄒᆞ며 몸소 리
개를 숫디 아니ᄒᆞ며 사ᄅᆞᆷ을 속이디 아니ᄒᆞ며 사
ᄅᆞᆷ을 훼방타 말며 ᄎᆞ 멋 말을 말며 말이 블리

21

②

업거든 쳔티 말며 일을 당치 아냣거든 말ᄒᆞᆯ
만히 말ᄂᆞ니라 임부의 말ᄒᆞ미라
◎ 거쳐와 길니임을 삼가디 아니ᄒᆞ면 태의 보젼ᄒᆞ기 위
티ᄒᆞᆫ디라 임부 임의 이 기ᄇᆡ 민 부부ᄒᆞᆫ 가디로 ᄌᆞ디
아니ᄒᆞ며 옷슬 너모 덥게 말며 음식을 너모 비브
르게 말며 ᄌᆞᆷ과 누읍기를 만히 말며 모ᄅᆞᆷ즉 이 ᄯᅢᄯᅢ로 거
름 거르며 ᄎᆞᆫ ᄃᆡ 안ᄃᆡ 아니ᄒᆞ며 더러온 ᄃᆡ 안디 말며 사
오나온 버ᄅᆞᆷ 맛디 말며 놉흔 뒤 간의 오ᄅᆞ디 말며 밤의

22

③

ᄂᆞᆫ 뒤의 나디 말며 ᄇᆞᄅᆞᆷ 비 ᄋᆡ 나가디 말며 우믈과 고총을
엿보디 말며 녯 ᄉᆞ당의 드디 말며 놉흔 ᄃᆡ 오ᄅᆞ고 기픈 ᄃᆡ
임ᄒᆞ디 말며 험ᄒᆞᆫ ᄯᅡ ᄃᆡ 나가디 말며 무거온 것 드디 말
며 슈고ᄒᆞ고 힘써 과히 샹ᄒᆞᆫ 족 말며 침과 ᄯᅳᆷ ᄯᅳᆫ 을 망
녕되이 쓰디 말며 약을 망녕되이 먹디 말며 거시오 샹ᄒᆞᆫ
맛당이 ᄆᆞᄋᆞᆷ을 ᄆᆞᆰ히 ᄒᆞ고 고요히 이셔 ᄆᆞᄋᆞᆷ 화ᄒᆞ미 알마초
ᄒᆞ며 머리와 몸과 입과 눈이 단졍ᄒᆞ미 ᄒᆞᆫ ᄀᆞᆯᄆᆞᆺ치홀
디니라 임부의 거쳐와 길니미라

23

④

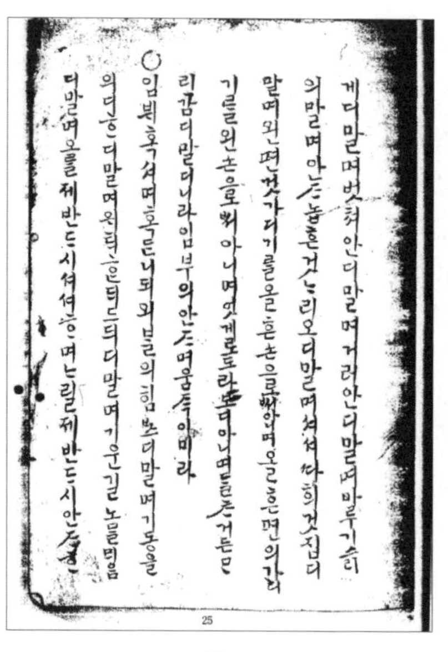

②

①

③

④

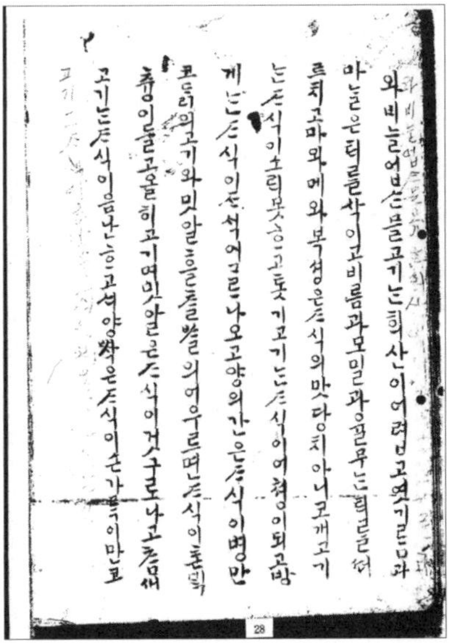

②

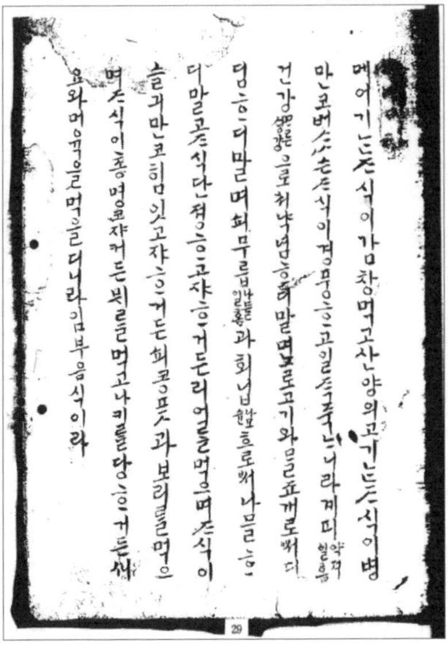

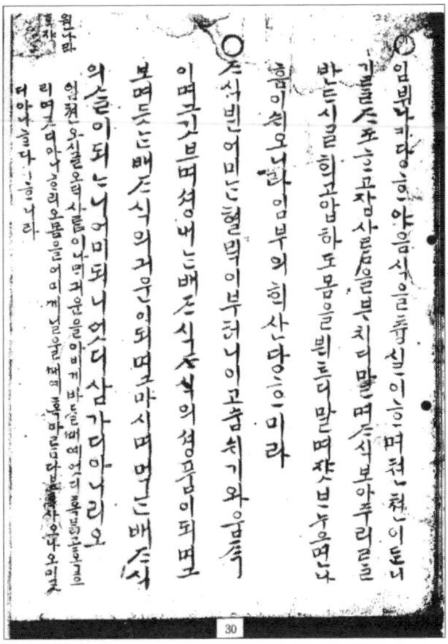

①

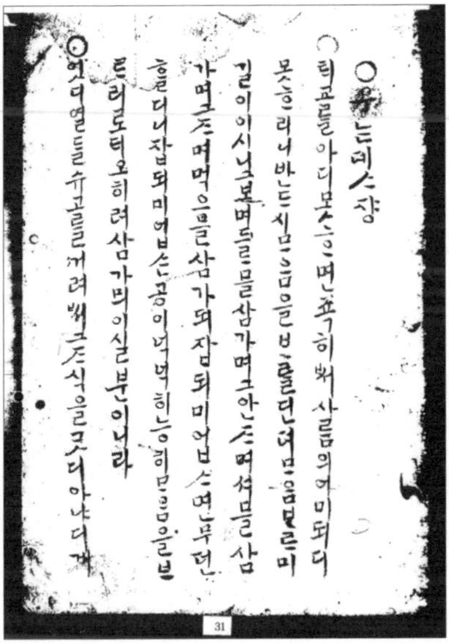

④

③

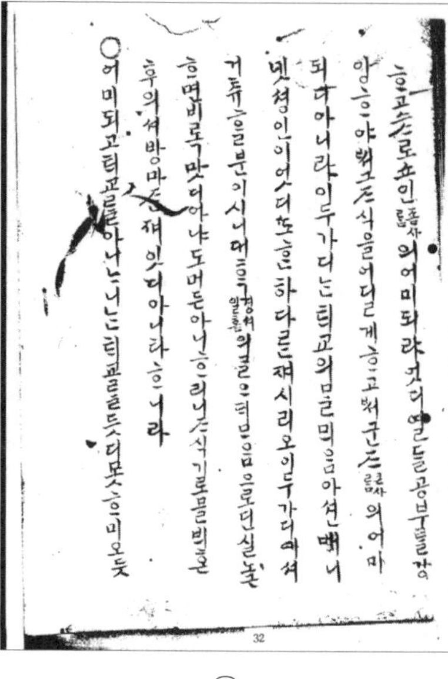

①

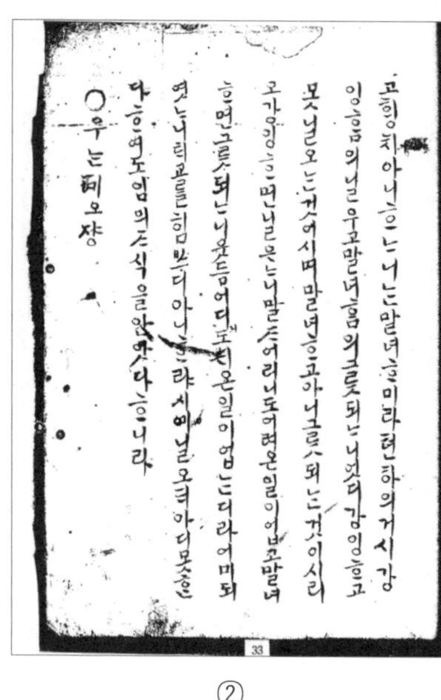

②

③

④

①

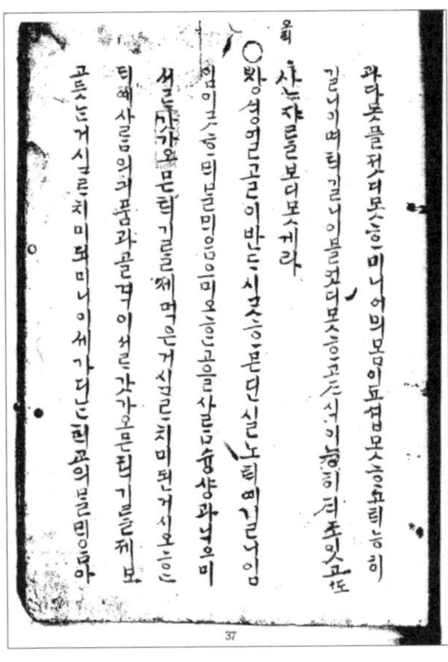

②

③

④

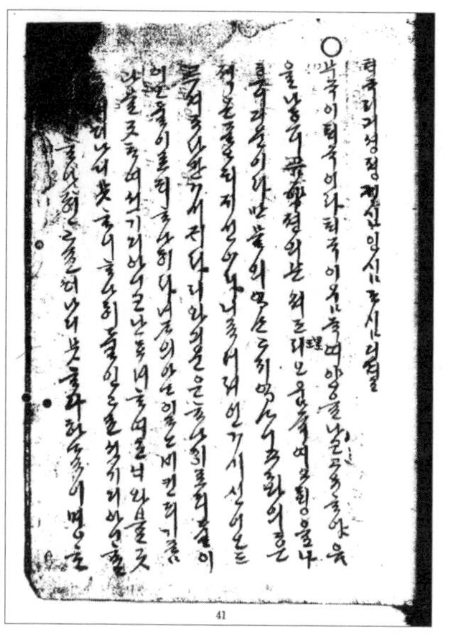

②

①

③

④

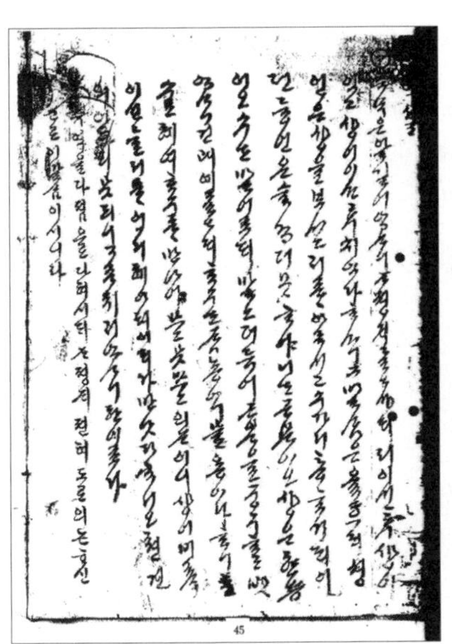

②

①

④

③